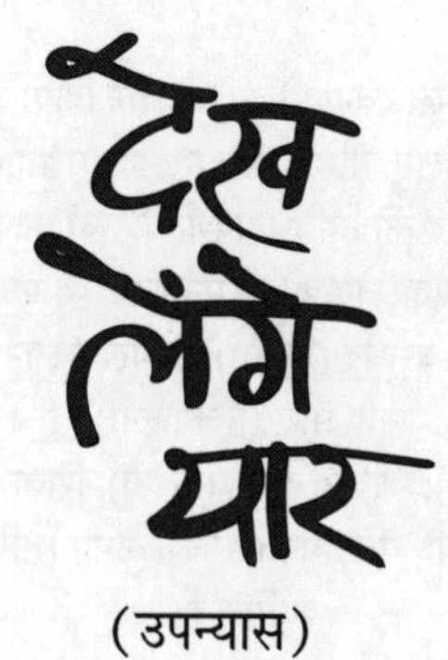

(उपन्यास)

कई कहानियाँ कई भाषाएँ

'एका' शब्द एकता का पर्याय है। इसका तात्पर्य है 'कई' को 'एक' के रूप में समेकित करना। विभिन्न भारतीय भाषाओं की बेहतरीन रचनाओं को संग्रहित करने तथा विभिन्न भाषाओं में पुस्तकों के पठन को बढ़ावा देने के लिए, देश के विचारशील व्यक्तियों की रचनाओं को प्रकाशित करने के उद्देश्य से वेस्टलैंड के इस नवीन भाषाई प्रकाशन-चिह्न को बनाया गया है। एका विभिन्न भाषाओं में अनुवाद तथा अलग-अलग संस्कृतियों एवं पृष्ठभूमि के लेखकों और पाठकों को संबद्ध करते हुए साहित्य को अन्य विविधतापूर्ण व जीवंत भाषाई बाजारों तक पहुंचाने के लिए भी प्रयासरत है। 23 आधिकारिक भाषाओं और 700 से अधिक बोलियों वाले इस देश में अनुवाद केवल ज़रूरत की पूर्ति का साधन नहीं है—बल्कि यह एक तात्कालिक आवश्यकता है।

एका द्वारा दस भारतीय भाषाओं की मूल रचनाओं का प्रकाशन किया जाएगा: जिसमें हिंदी, उर्दू, बंगाली, गुजराती, मराठी, ओडिया, कन्नड़, तेलुगु, तमिल और मलयालम शामिल हैं। यह इन भाषाओं में परस्पर अनुवाद तथा इनके अंग्रेजी में अनुवाद की विविधतापूर्ण किताबों का भी प्रकाशन करेगा। वर्ष 2019 के लिए प्रस्तावित 100 पुस्तकों के प्रमुख लेखकों में मनोरंजन ब्यापारी (बंगाली), सिरशो बंदोपाध्याय (बंगाली), विवेक शानभग (कन्नड़), वसुधेंद्र (कन्नड़), पेरुमल मुरुगन (तमिल), कैफ़ी आज़मी और जां निसार अख़्तर (उर्दू), वोल्गा (तेलुगु), उन्नी आर. (मलयालम), वीजे जेम्स (मलयालम), जॉनी मिरांडा (मलयालम), विश्वास पाटील (मराठी), रणजीत देसाई (मराठी), शिवाजी सावंत (मराठी), पवन के. वर्मा, संजीव सान्याल, अमीश, अश्विन सांघी, चेतन भगत, राजेश कुमार (तमिल) तथा अनु सिंह चौधरी (हिंदी) शामिल हैं।

बीते वर्षों में अनुवादित रचनाओं के क्षेत्र में वेस्टलैंड को आशातीत सफलता प्राप्त हुई है। एका अंतरराष्ट्रीय स्तर पर सर्वाधिक बिकने वाली पुस्तकों के प्रकाशन के महत्वाकांक्षी कार्यक्रम का भी संचालन कर रहा है, जिसके अंतर्गत नोबेल पुरस्कार विजेता उपन्यासकार, काज़ुओ इशिगुरो की पुस्तक *व्हेन वी वेयर ऑर्फन्स* और द *रिमेंस ऑफ* द डे, बड़े पैमाने पर लोकप्रिय स्वीडिश लेखक स्टीएग लार्सन की *मिलेनियम ट्रिलॉजी,* जापानी लेखक केइगो हिगाशिनो की द *डिवोशन ऑफ सस्पेक्ट एक्स* तथा जेफ़री आर्चर की *केन एंड एबेल* शामिल हैं।

इस वर्ष वेस्टलैंड **हिंद युग्म** के साथ *नई वाली हिंदी* के 12 लेखकों की पुस्तकें भी प्रकाशित करेगा। इन सभी लेखकों की कृतियाँ मूल हिंदी की होंगी जिससे 'एका' के पाठकीय संसार को एक नया आयाम मिलेगा।

हम आपको वेस्टलैंड के इस बिल्कुल नए व रोमांचक सफ़र, अर्थात् एका के साथ जुड़ने के लिए आमंत्रित करते हैं।

देख लेंगे यार

दीपक कुमार

eka

Published in Hindi in paperback as *Dekh Lenge Yaar* in 2019 by Hind Yugm and Eka, an imprint of Westland Publications Private Limited.

1st Floor, A Block, East Wing, Plot No. 40, SP Infocity, Dr MGR Salai, Perungudi, Kandanchavadi, Chennai 600096

Hind Yugm
201 B, Pocket A, Mayur Vihar Phase-2, Delhi-110091
www.hindyugm.com

ISBN: 9789388689977

9 8 7 6 5 4 3 2 1

This is a work of fiction. Names, characters, organisations, places, events and incidents are either products of the author's imagination or used fictitiously.

Printed at Thomson Press (India) Ltd

शुक्रिया

माँ-पापा—एक भी लक्षण न होने के बावजूद मुझपर भरोसा बनाये रखने के लिए

विम्मी—आँख बंद कर मेरा हर उल्टी-सीधी बात में साथ देने के लिए

रौशनी और लक्की—मेरी सारी गलतियों को मम्मी-पापा से छुपाने के लिए

बंटी और मनीष—मेरी हर लड़खड़ाहट को सँभालने और मुझे ये यकीन दिलाने के लिए कि तुझे जो भसड़ मचानी हो वो मचा, हम हैं तेरे साथ हमेशा तुझे बचाने के लिए।

नरेश—किताब के फर्स्ट ड्राफ्ट को सबसे पहले रिव्यू करने और हर बार बिना आऊ-टाऊ किए अपना क्रेडिट कार्ड देने के लिए

सोनाली—मेरे ऊटपटाँगपने को अच्छे से समझने और उसे सहन करने के लिए।

जीत जीजू—'तुम कुछ भी कर सकते हो दीपू' बार-बार मुझे ये भरोसा दिलाने के लिए

प्रियंका, ज्योति, रुचि और अभि—मेरी कहानी पर सबसे पहले अपना विश्वास जताने के लिए

हिंद-युग्म—मेरी कहानी को किताब की शक्ल देने के लिए

कहानी के बारे में कहानी से पहले कुछ

“आपकी कब, कहाँ और कैसे लगने वाली है ये पहले से ही तय है, आपका काम बस इतना-सा है कि आप सही वक्त पर अपनी लेकर वहाँ पहुँच जाएँ और फिर आराम से बैठकर तमाशा देखें।”

हमने इसे कहीं से सुना नहीं था, हमने तो इसे जिया था और ये उसी दौर की बात है जिसने हमें एक मासूम लड़के से एक बेबाक लौंडा बनाया था। जिसने हमारी जवानी की अकड़ को इतना बढ़ा दिया था कि हम बिना कुछ सोचे-समझे ही इस धर्म और जात-पात के सदियों पुराने भूत के सामने अपना सीना चौड़ा करके खड़े हो गए थे। तब जिन पर हम चल रहे थे, ये असल में वो रास्ते थे जिनके एक ओर तो जमाने भर के उसूल और कायदे-कानून हमारे घरवालों का हाथ थामे हुए हमें सही रास्ता दिखाने के लिए खड़े थे, तो दूसरी ओर जिंदगी को अपने ही हिसाब से जीने की एक आवारा जिद हमारी नसों में भड़क रही जवानी की उस धधकती आग में ऊपर से और घी डालने के लिए किसी भूखे भेड़िये-सी अपनी लार टपकाए खड़ी थी।

इस दौर में हमने बहुत-सी लड़ाइयाँ लड़ीं। कभी इस वर्जिनिटी की बीमारी से खुद को आजाद कराने की, तो कभी इस जिंदगी को उसकी औकात याद दिलाने की। मैं मानता हूँ कि इस सफर में हमसे बहुत-सी गलतियाँ भी

हुईं, पर आज भी इस बात को सोचकर खुद पर फख्र-सा होता है कि हजारों बार टूटने के बाद भी हम कभी बिखरे नहीं, हम किसी के सामने झुके नहीं। हमने जो भी जिया, जितना भी जिया, अपने ही हिसाब से जिया। अपनी ही अकड़ में जिया।

ये हमारी दोस्ती की कहानी है। ये हमारे प्यार की कहानी है। ये जिंदगी पर हमारी जीत की कहानी है। ये सब कुछ पाकर भी अपना सब कुछ खो देने की कहानी है।

तो चलें...

(1)

एक बात आपको मैं पहले ही बता देना चाहता हूँ कि आगे के 5-6 पन्नों को पढ़कर कहीं ये मत समझ लेना कि ये लड़का तो रोतलू किस्म का है। और अगर सोच भी लो तो भी मैं क्या उखाड़ पाऊँगा आपका! सच कहूँ तो मैं आज तक उसका भी कुछ नहीं उखाड़ पाया जिसने मेरी ये हालत की थी। अगर अभी भी आपको मेरी बात समझ नहीं आ रही हो तो मैं आपको ये बता दूँ कि 'हम कोटा रिटर्न हैं।' और इस बात का दर्द हमें उतना ही है जितना आपको सालों तक किसी कंचे (ड्रीम गर्ल) के लिए लार टपकाने के बाद, उसे किसी और लौंडे के साथ सेट होते हुए देखने पर होता है। हाँ, हाँ वही वाला, मर जाएँगे, मार डालेंगे वाला। अब तो साला हाल ये है कि अगर कोई गलती से भी 'कोटा' या 'MBBS' का नाम ले लेता है तो मन करता है कि साले को पेल दे वहीं के वहीं। अब छोड़ो भी यार, फालतू में फिर याद दिला दिया सब कुछ।

"अंकल रूम खाली है क्या कोई?" मैंने लगभग चिल्लाते हुए उस सेकेंड फ्लोर से मेरी ओर झाँकती हुई किसी फूले खरबूजे-सी मुंडी से पूछा।

"हाँ है न, अंदर आओ दिखाता हूँ।"

2 साल तक किसी गन्ने की तरह कोटा में पिसने के बाद, घर वाले शायद यही सोचकर मुझे यहाँ उदयपुर ले आए थे कि कहीं मर-मरा न जाए। सच कहूँ तो उन दो सालों में, टेस्ट-दर-टेस्ट मैं इतनी दफा टूटा था कि जिंदगी अब बस एक मजाक-सी लगने लगी थी। मुझे अपनी गहराइयों तक ये यकीन हो गया था कि अब यहाँ अपने बस का कुछ भी नहीं। और वैसे भी जब रोज-रोज आपने खुद को यूँ कतरा-कतरा बिखरते देखा हो तो जिंदगी की उन खुशनुमा गलियों के बारे में वैसे भी आपको कोई गुमान नहीं रहता। वही गलियाँ जहाँ कहते हैं

कि खुशियाँ और सपने हाथों में हाथ डाले आजाद उड़ा करते हैं।

तो लगातार दूसरे साल भी जब मैं प्री-मेडिकल टेस्ट क्लियर नहीं कर पाया तो एक बार तो मन किया कि एक साल और ड्राप लेकर एक अटेम्प्ट और ले लेता हूँ। पर मैं कुछ सोचता, अपने लिए कुछ फैसला लेता इससे पहले ही पापा ने ये डिक्लेयर कर दिया कि तुमसे नहीं हो पाएगा बेटा, तुम्हारे बस का ये खेल नहीं है लल्ला और इसीलिए उन्होंने मेरी औकात के हिसाब से ही (जितनी उन्हें तब लगी) B.Sc. में मेरा एडमिशन करवा दिया। लेकिन सच कहूँ तो मैं तब ये समझ ही नहीं पा रहा था कि मेरे साथ ये क्या हो रहा है कि B.Sc. और वो भी मैं! ये कैसे हो सकता है! शायद इसीलिए ही कॉलेज शुरू होने के 5-6 महीनों के बाद तक भी मैं कॉलेज गया ही नहीं। फर्स्ट ईयर का लगभग आधा सेशन निकल चुका था पर मैं अभी भी अपने ही गुस्से में घर वालों के फैसले से रूठा हुआ अपने घर ही बैठा हुआ था। मैंने तो सोच लिया था कि अब मुझे कुछ करना ही नहीं है। मैं अब ऐसे ही पड़ा रहूँगा बस। पर जैसे-जैसे वक्त निकलता जा रहा था, मुझे फिर से अपने करियर की चिंता सताने लगी थी और दूसरी ओर मेरे यूँ ठाले घर पर बैठे रहने से मेरी और पापा की अब हर रोज भयंकर लड़ाइयाँ होने लगी थीं। इसी रोजाना की मचमच की वजह से मेरे लिए अब घर में एक दिन भी गुजारना मुश्किल-सा हो गया था। मैंने अपने इस बेकारीपने से छुटकारा पाने के लिए और अपनी रुकी हुई-सी जिंदगी को आगे बढ़ाने के लिए बेमन ही सही पर कॉलेज कंटीन्यू करना ही सही समझा और इसीलिए मैं आ गया उदयपुर।

मुझे अभी भी वो पल याद है कि कैसे स्कूल खत्म होते ही पूरे जोश के साथ मैं कोटा के लिए निकला था कि साला अब कुछ भी क्यों न हो जाए डॉक्टर तो बनकर ही आएँगे। पर शायद जिंदगी के आईने में कुछ सपनों का अक्स कभी नहीं बनता। वो सपने होते हैं और हमेशा के लिए सपने ही रह जाते हैं।

कॉलेज ज्वाइन करते ही कुछ जान-पहचान के सीनियर लड़कों ने कॉलेज प्रेसिडेंट से बात करवाकर मेरी अटेंडेंस वाली प्रॉब्लम तो सॉल्व करवा दी लेकिन अभी भी रूम सेट करना बाकी था, इसीलिए मैं अब यही कर रहा था। आज अपने एक पहचान के लड़के के बताए अनुसार एक रूम देखने आया था।

''कैसा लगा कमरा?'' लैंडलॉर्ड ने अपना साम्राज्य रूपी कमरा दिखाने

बाद मुझसे मेरी राय जाननी चाही।

"अच्छा है अंकल, बहुत अच्छा है।"

सच कहूँ तो तब मुझे कोई आइडिया नहीं था कि अच्छा कमरा क्या होता है और बुरा क्या होता है। ये पहली बार था जब खुद के लिए खुद ही कुछ फैसला करना था। इससे पहले तो मैंने सिर्फ घरवालों और करीबी रिश्तेदारों की उम्मीदों की जमीन पर महल खड़े कर उन्हें अपना बताया था और खुश भी हुआ था कि देखो कैसे सब कुछ अपनी मर्जी से हो रहा है। पर अब जब इतनी दफा टूटे हैं तो उनका वो छलावा भी बड़े अच्छे से समझ आने लगा है कि कैसे उन सब ने मिलकर मेरे खुरदरेपन को किसी मार्बल की तरह घिसा था और उसे इतना चिकना बनाने की कोशिश की थी कि जिससे मैं बड़े आराम से उनके जानने वाले लोगों के सामने चमक सकूँ, उनके सामने उनकी इज्जत बनाए रख सकूँ।

"करते क्या हो तुम?" लैंडलार्ड ने फिर से अपनी उसी लैंडलॉर्ड वाली अकड़ में मुझसे पूछा।

"B.Sc. कर रहा हूँ अंकल। दो साल तक कोटा था, पी.एम.टी. की कोचिंग के लिए।" मैंने भी किरायेदार वाले लहजे में जवाब दिया।

"क्या बात है भाई! बहुत मेहनत कर के आए हैं आप तो!" इस बार उनके चेहरे पर कुछ अजीब ही भाव थे और उन्हें देखकर मैं ये समझ नहीं पा रहा था कि वो मेरी तारीफ कर रहे हैं या फिर मेरी ले रहे हैं।

"पता नहीं अंकल, शायद कुछ ऐसा ही!" मैंने भी बात को टालने के इरादे से कहा।

"देखो, कुछ बातें मैं पहले ही क्लियर कर देता हूँ। हम शर्मा हैं, मतलब समझते होना इसका? यहाँ शराब, माँस-मच्छी और लौंडियाबाजी बिलकुल नहीं चलेगी। वैसे तुम तो मुझे शरीफ दिख रहे हो लेकिन फिर भी बता देता हूँ।" उन्होंने अपनी टर्म एंड कंडिशन का पिटारा बड़ी बेरहमी से मेरे सामने खोलते हुए कहा।

"हाँ, हाँ अंकल। सवाल ही नहीं उठता है इन सबका तो।" मैंने भी तुरंत अपने चेहरे पर भोलेपन का फेसपैक लगा लिया।

'शर्मा' ये शब्द सुनते ही पुराने दिनों की कुछ यादें मेरे जेहन में अचानक ही ताजा हो गईं और दिमाग कहने लगा, 'अच्छा तो ये 'देवदूत' हैं भई! भगवान के बचे हुए दूत और पूत'। जैसे ही दिमाग ने उन खयालों से छेड़छाड़ करनी

शुरू की, मेरी हँसी ने भी उन्हीं पुराने दिनों की तरह बिना कुछ सोचे-समझे ही उनका साथ देना शुरू कर दिया। एक्चूअली हमारे एक हिंदी के टीचर थे कालिया जी। उनके नाम की तरह उनकी शक्ल-सूरत भी उतनी ही काली थी। मैं शर्त लगा सकता हूँ कि फेयर एंड लवली वाले अपनी पिछाड़ी का दम भी लगा दे ना, तब भी उन्हें एक शेड भी गोरा नहीं कर सकते। लेकिन इसके इतर यहाँ खास बात तो ये थी कि उनको भगवान और इन पंडितों जिनको वो 'देवदूत' कहते थे, से बहुत ही ज्यादा चिढ़ थी। अब ये तो कालिया जी और उनकी धर्म पत्नी ही बता सकती हैं कि इन 'देवदूतों' ने उनका क्या बिगाड़ा था। जब भी कभी किसी चैप्टर में कहीं ब्राह्मण, पंडित या ज्योतिषी लिखा आ जाता तो वो शुरू हो जाते और माँ कसम तब उनकी बातें सुनकर पूरी क्लास का हँस-हँसकर बुरा हाल हो जाता। उनको सुनना तब किसी भी कॉमेडी शो से कम नहीं होता था।

"चाय लोगे क्या?" देवदूत ने अपने दिल की दरियादिली दिखानी शुरू की।

"नहीं अंकल, थैंक यू!"

"अरे जनाब चाय को कभी मना नहीं करते, ये तो अमृत है। बस दो बूँद चढ़ने दो इसकी और फिर देखो कैसे शरीर और दिमाग दौड़ने लगता है!"

"ठीक है अंकल!" मैंने उनकी दो टके की फिलॉसफी में न चाहते हुए भी अपनी हामी भरते हुए कहा।

"मतलब ले रहे हो ना?" इस बार उनके माथे की लकीरें पहले से ज्यादा गहराई लिए हुए थीं।

"हाँ अंकल।"

शर्मा अंकल, नाम शायद प्रदीप था उनका। तब उनकी शक्ल को देखकर मुझे आंटी पर तरस आ रहा था और उनका पेट देखकर उस चेयर पर दया जिस पर वो बैठे थे। उनको देखकर मुझे लग रहा था कि जैसे भगवान अपने इस दूत को बनाने के बाद शायद फिनिशिंग टच देना भूल गया था। पर कुछ भी हो, बंदा इज्जत से बात कर रहा था और इज्जत के बदले इज्जत देना तो इंसानियत का पहला उसूल रहा है। तो मैं कैसे पीछे हट सकता था। जहाँ तक हो सके मैं भी वही किए जा रहा था।

"ये लो जनाब, गरमा गरम अदरक वाली चाय।" देवदूत ने गर्म चाय से भरे हुए कप को मेरे सामने पड़े लकड़ी के एक शानदार टी टेबल पर रखते

हुए कहा।

"थैंक यू अंकल!"

"जनाब, क्या तुम्हें पता है चाय पीने का भी एक तरीका होता है?" उन्होंने लैंडलॉर्डगिरी छोड़कर, सामाजिकता की तरफ अपना पहला कदम बढ़ाते हुए मुझसे पूछा।

"हाँ, हाँ पता है ना मुझे, मर्द की तरह चाय पीनी चाहिए एकदम खुल के। मतलब कि आवाज आनी चाहिए हर सिप के साथ।" मैंने भी अपनी शेखी झाड़ते हुए कहा।

तभी पता नहीं क्यों, मेरी बात सुनते ही देवदूत के मुँह से ठूँसी हुई चाय तुरंत ही बाहर आ गई और वो खाँसते-खाँसते अपनी हँसी रोकने की नाकाम कोशिश करने लगे। मुझे समझने में ज्यादा देर नहीं लगी कि मैंने होशियारी झाड़ने के चक्कर में अपनी ही लगवा ली है।

"क्या हुआ अंकल? कुछ गलत कह दिया क्या मैंने?" मैंने चाय के कप को वापस टेबल पर रखते हुए कहा।

"अरे नहीं रे! बस अलग-सा कह दिया तूने। कहाँ से सुना ये सब?" उन्होंने ये पूछते हुए खुद के इमोशंस को थोड़ा-सा सँभाला।

"पता नहीं अंकल, शायद किसी मूवी में देखा होगा ये।" मैं अपनी इज्जत को बचाते हुए बोला।

"अच्छा है ये भी, पर मैं कहने वाला था कि अगर आपको अपनी चाय का पूरा मजा लेना है तो सबसे पहले आपको अपनी चाय से दोस्ती करनी पड़ेगी जनाब!" वो अपने चाय के कप को अपनी महबूबा की तरह देखते हुए कहने लगे। "आपको पहले उसे अपने हाथों में थामकर उसकी थोड़ी-सी गर्मी बाँटनी पड़ेगी, उससे थोड़ी-सी अपने हाथों की ठंडक बाँटनी पड़ेगी। उसे अपने हाथों में लेकर, कुछ देर उसे खुद से जुड़ने का मौका देना पड़ेगा। उसकी खुशबू को अपनी गहराइयों तक उतारकर उसे इजाजत देनी होगी एक नये रिश्ते के रूप में आपसे एक होने की। और फिर जो रिश्ता बनेगा, उसका रंग जिंदगी भर नहीं उतरेगा। वो फिर हर मूड में आपके हाथों में होगी, चाहे आप खुश हो या फिर परेशान।"

'बूढ़ा जरूर सठिया गया है या फिर शायद खुद को मार्गन फ्रीमैन समझने लगा है,' उनकी बात सुनकर पहला खयाल दिमाग में यही आया। अरे भाई चाय को लेकर ऐसी बातें कौन करता है! हद है यार! पर जो भी था, तब वो क्या

कहना चाह रहे थे ये तो मुझे सही से समझ नहीं आया पर उनका उनकी चाय से रिश्ता जरूर समझ आ गया था मुझे। और अगर सच कहूँ तो वो रिश्ता मुझे थोड़ा संदिग्ध ही लग रहा था।

"सही है अंकल!" मैंने तुरंत ही एक आइडियल किरायेदार की तरह बिना कुछ सोचे-समझे ही अपने मकान मालिक की बात के समर्थन में अपना हाथ उठा लिया।

"समझे कुछ?" देवदूत ने फिर से बाजी मार लेने वाली मुस्कान के साथ पूछा।

"थोड़ा-सा अंकल!" मैंने एक मरी-सी मुस्कान को अपने होंठों तक लाते हुए कहा।

मकान मालिक की बुराई करना शायद किसी भी किरायेदार का पहला हक होता है, जो मैं यहाँ कर भी रहा हूँ। लेकिन सच में कितने दिनों बाद या फिर शायद सालों बाद किसी जिंदादिल इंसान से बात कर रहा था मैं। हमने घंटों बातें की उस दिन पर ज्यादातर मैंने उनकी सुनी। इसलिए नहीं कि मजबूरी थी पर इसलिए कि कहीं-न-कहीं वो बातें मुझे चुभ रही थीं। जैसे कि वो मुझे ये कहकर चिढ़ा रहे हों कि देख रे उल्लू जीते कैसे हैं। हँसते कैसे हैं। बस 21 साल की उम्र में एक नाकामी ने मुझे इतना हिला दिया था कि जैसे मेरा सब कुछ खत्म हो चुका हो। मेरा जमीर तो ये तक मानने लगा था कि अब जो बचा है वो बस जिंदगी की खैरात है, जिसे बस काटना है और एक दिन मौत की गहरी नींद में सो जाना है। एक ओर उस एक एग्जाम में सलेक्ट न हो पाने की वजह से न मैं अब तक घरवालों से खुद को जोड़ पाया था और न ही शायद खुद से। तो दूसरी ओर अब मुझे वो काम करना था जो इस खेल में हारे हुए खिलाड़ी किया करते थे। मतलब कि किसी भी कॉलेज से ग्रेजुएशन और फिर कोई भी गवर्नमेंट एग्जाम निकालकर एक सरकारी नौकरी। पर इससे भी मुश्किल बात तो ये थी कि अब मेरी माँ को हर बार कई वजह गिना-गिनाकर लोगों को ये बताना होता था कि मैं क्यों सलेक्ट नहीं हो पाया। लेकिन ये बात मैं और मेरी माँ दोनों ही अच्छे से जानते थे कि उन वजहों का सच से दूर-दूर तक कोई लेना-देना नहीं था। माँ की बातें सुनकर ऐसा लगता था कि मानो जैसे वो मुझे हारने के बाद भी हारा हुआ नहीं देखना चाहती थी। अब इसकी वजह उसका प्यार था या अपने खून को जमाने के सामने बेहतर साबित करने की होड़, ये न तो मुझे तब समझ आया और न ही अब।

तो आखिरकार मिड सेशन के बाद ही सही पर अब मैं उदयपुर था, शर्मा अंकल के साथ। मैं हँस रहा था। सुन रहा था। थोड़ा-सा जी रहा था तो थोड़ी-सी काट रहा था। मैं, अभिनव कलाल।

(2)

''साले किससे बातें करता रहता है तू इतनी? और यहाँ गार्डन में आकर भी अगर तुझे किसी और से ही बात करनी थी तो मुझे यहाँ क्यों लेकर आया?'' बस दो मिनट का कहकर फिर से फोन पर चिपक जाने के कारण मैं उस पर चिल्लाने लगा।

रितेश, अभी महीने भर पहले ही मिले थे केमेस्ट्री लैब में। वैसे तो ये साहब कॉलेज की स्टार्टिंग से ही यहाँ थे पर उन हजारों की भीड़ में शायद उस दिन पहली बार मैंने और बाकी सब ने उन्हें नोटिस किया था। उस दिन लैब में घुसते ही क्लास की सबसे हॉट लड़की को इन्होंने टीचर और सबके सामने ही प्रपोज कर दिया। अब ये तो तय था कि लड़की ना बोलने वाली थी पर बड़ी बात तो ये थी कि इन्हें भी ये पता था। फिर भी कर दिया इन्होंने और जब पूछा कि भाई क्यों किया? तो बोले, ''देख यार, वैसे भी पूरे ग्रेजुएशन में वो मेरे बारे में क्या सोच रही है मैं यही सब सोचता रहता। क्या पता वो कभी मुझे नोटिस करती भी या नहीं? ये तो तू भी जानता है कि न मैं दिखने में ज्यादा स्मार्ट हूँ, न ही तेरी तरह इंटेलीजेंट हूँ और न ही पैसे वाला। और वो शक्ल से समझदार दिखती है यार! और उसकी समझदारी मुझे यही बता रही है कि मैं उसकी ब्वायफ्रेंड वाली लिस्ट के बहुत ही ज्यादा बाहर हूँ। पर अब मेरी इस हरकत से उसके साथ मेरा नाम हमेशा के लिए जुड़ गया है। अब जब भी कॉलेज में कहीं भी उसकी बात होगी, वहाँ पर कहीं-न-कहीं मेरा नाम भी जिंदा रहेगा। अब जब भी मैं उसके सामने आऊँगा मुझे और उसे दोनों को पता होगा कि हम एक-दूसरे के बारे में क्या सोच रहे हैं और वो पूरे ग्रेजुएशन मेरे बारे में कुछ भी न सोचे उससे तो यही अच्छा है कि कुछ उल्टा ही सोचे।''

रितेश की फिलॉसफी एकदम सिम्पल थी, ''कोई अपना रहे या न रहे इससे ज्यादा फर्क नहीं पड़ता, पर उस शख्स में हमारा कुछ-न-कुछ जरूर रहना चाहिए। कोई फर्क नहीं पड़ता कि वो प्यार हो या नफरत। जब तक तुम हो वहाँ तुम्हारा चांस है भाई।'' और शायद उसकी इन्हीं हरकतों और इसी बेकार-सी फिलॉसफी के कारण हम जल्द ही अच्छे दोस्त बन गए थे।

''अरे! दोस्त है अपनी।'' रितेश ने कॉल काट कर मेरी पीठ पर अपना हाथ तबीयत से जमाते हुए कहा, जिसे वो अपना सोकॉल्ड प्यार कहता था।

''कॉलेज की कम पड़ गई हैं क्या जो फोन पर भी तू चालू हो जाता है?'' मैंने रितेश के उस प्यार की वजह से अपनी पीठ पर पैदा हुए दर्द को कम करने के लिए उस पर अपना हाथ रगड़ते हुए कहा, ''और हर बार अपने इस चवन्नीछाप प्यार के नाम पर मुझे मारा मत कर, लगता है बे साले!''

''अरे यार, तू नहीं समझेगा। इंसान को अपने टैलेंट की धार को हमेशा तेज करते रहना चाहिए।'' उसने मेरी न मारने वाली बात को लगभग इग्नोर करते हुए कहा।

''कभी-कभार अपने दिमाग की धार भी तेज कर लिया कर क्लास में काम आएगा।'' मैं अभी भी अपनी पीठ को आराम पहुँचाने के लिए उस दर्द वाली जगह को रगड़े जा रहा था।

''चल अब चढ़ मत ऊपर। बता क्या प्लान है फिर आज का?'' रितेश सीधे अपने मतलब की बात पर आते हुए बोला।

''देख बे, शब्दों का इस्तेमाल ना तू सही से किया कर। माना कि साले सिंगल हैं पर इतनी खराब च्वाइस भी नहीं है मेरी और न ही अभी इतने खराब दिन आए हैं कि तुझ पर चढ़ना पड़े। और अभी तक घर से रोकड़ा आया नहीं है तो तू ही देख ले प्लान के बारे में तो।'' मैंने अपनी लाचार, पर सख्त भावनाओं और अपनी जेब की हालत का सीधा आकाशवाणी प्रसारण करते हुए कहा।

''हद है यार! अब पैसों की बात यहाँ कहाँ बीच में आ गई! तेरा भाई है ना यार! पैसों की चिंता मत कर तू और बस बोल कि क्या करना है?'' रितेश ने मौका देखते ही अपनी अमीरी का सर्टिफिकेट दिखा दिया।

रितेश के पास हमेशा मुश्किल से 300-400 रुपये ही रहते थे पर बातें उसकी ऐसी होती थीं मानो जैसे वो पूरा आसमान ही खरीद लेगा, पर कुछ भी कहो साला डेरिंग बहुत था वो। हर हाल में जीना कैसे है ये बड़े अच्छे से आता था उसको। वो भी मेरी तरह एक एवरेज लुकिंग लड़का ही था, चलो ठीक है ना... थोड़ा-सा मुझसे ज्यादा हैंड्सम था। लेकिन पता नहीं वो ये सब कुछ कैसे कर लेता था। वो बड़े आराम से कुछ ही दिनों में किसी भी लड़की को इम्प्रेस कर लेता था और फिर बड़ी आसानी से बाकी सब कुछ भी। अब बाकियों का तो पता नहीं पर मुझे तो कहीं-न-कहीं पूरा यकीन था कि उस साले की कामदेव से तगड़ी वाली सेटिंग थी और दूसरी ओर उसके इन कारनामों से मैं

ये भी समझ गया था कि गर्लफ्रेंड बनाने में शक्ल का कोई ज्यादा लेना-देना नहीं होता। फिर भी मैं अब तक कुछ भी नहीं कर पाया था। मेरा कॉन्फिडेंस तो उस लेवल पर था जहाँ से मुझे तो बस यही लगता था कि अपन तो किसी भी लड़की के लायक ही नहीं हैं। तो खुद की सामने से बेइज्जती करवाने से तो अच्छा ही है कि साला किसी के लिए ट्राई ही न किया जाए और इसीलिए ही अपन किसी-न-किसी बहाने का टैग लगाकर इस ट्राई वाली बात को खुद से दूर ही रखा करते थे।

पर अगर लड़कियों की बात छोड़ दी जाए तो बाकी सब मैटर्स में अपने भी अलग ही नखरे थे। चाहे अपनी औकात एक पेग की ही क्यों न थी पर अपन को ब्रांड अपने वाली ही चाहिए होती थी और चखना भी अपनी ही पसंद का। पर दूसरी ओर रितेश को कभी कुछ फर्क ही नहीं पड़ता था। चाहे उसके पास पैसे हों या नहीं। चाहे कोई उसके साथ हो या नहीं। न कभी उसे ब्रांड की चिंता होती थी और न ही कभी चखने की। वो नमकीन के साथ भी उतने ही मजे से शराब पीता था जितना कि चिकन के साथ। वो किसी बकवास लड़की को भी उतने ही प्यार और गौर से देखता था जितना कि किसी टंच वाली को। उसका मानना था कि हमें कोई हक नहीं है कि हम भगवान की बनाई चीजों में बँटवारा करें। उन्हें अच्छा-बुरा कहें।

"कितने हैं तेरे पास?" मैंने रितेश की अमीरी से पर्दा उठाने के लिए उससे पूछा।

"200-300 रुपये तो होंगे ही, बाकी का तू देख ले न यार!"

"क्या लेगा फिर?"

"ठंडाई (बियर) पिएँगे आज तो।" वो अपनी भौहों को ऊपर उठाते हुए बोला।

"और कहाँ पर?"

"तेरे रूम पर और कहाँ!" रितेश गार्डन की उस सीमेंटेड चेयर से उठते होते हुए बोला।

"सही है, क्यों तेरे घर पर क्या हुआ है? वहाँ जाएँगे आज।" मैं भी रितेश के पीछे-पीछे खड़ा हो गया और फिर हम दोनों गार्डन के बाहर खड़ी मेरी स्प्लेंडर की ओर बढ़ने लगे।

"वहाँ पर वो बात नहीं है यार, जो तेरे रूम में है। मन लगा रहता है वहाँ।" उसने बाइक के पीछे बैठते हुए कहा।

आज मौसम बड़ा बेईमान है...

किसी महान आदमी ने कहा है कि आपकी कब, कहाँ और कैसे लगने वाली है ये पहले से ही तय है। आपका काम बस इतना-सा है कि सही वक्त पर अपनी लेकर वहाँ पहुँच जाएँ और फिर आराम से बैठकर तमाशा देखें। रितेश जी तीन-चार बियर में ही जन्नत छूने लगते थे और उसके बाद उनकी प्यारी बातें मेरे रूम की दीवारें चीरकर पास के पेड़, बाथरूम, बाइक और उस हवा को पूरे लोकतांत्रिक तरीके से अपना प्यार बाँटने लगती थीं। वो भी बिना किसी भेदभाव के।

"अभिनव, मौसम का हाल तो ठीक है ना?" देवदूत की आवाज रितेश की उस प्यार की हवा के बीच से अपना रास्ता बनाते हुए, बड़े हौले से मेरे कानों में आई।

"रितेश, चुप हो जा भाई। रूम खाली करवाएगा तू आज।" मैंने घबराहट में धीमी-सी आवाज में उससे कहा और फिर दूसरे ही पल उसके राग बेवड़े की तानों को रोकने के लिए अपने दोनों हाथों से मैंने उसके मुँह को जोर से दबा दिया। और हाँ मैं कोई मूवी का हीरो नहीं था जिसे चढ़ती नहीं थी और जो इस कंडीशन में कोई कॉमेडी कर के अपने रूम और अपने दोस्त की इज्जत बचाएगा। मुझे तो एक बियर में ही चढ़ जाती थी और इसी डर से मैं ज्यादा पीता नहीं था। उधर रितेश भी ज्यादा पीने की लालच में कभी मुझे फोर्स करता नहीं था। तो जब देवदूत की आवाज मेरे रूम के और नजदीक आ गई तो मैंने फटाफट ही अपने आस-पास किसी माउथ फ्रेशनर को ढूँढ़ा और कुछ भी न मिलने की हालत में मैंने फटाफट पास में रखे प्याज को ही अपने मुँह में ठूस लिया और देवदूत महाराज से बात करने बाहर चला आया।

"हाँ अंकल, कुछ कह रहे थे आप?"

"जनाब मैं कह रहा था कि मौसम का हाल कैसा है? सुनने में आ रहा है कि बड़ा बेईमान है आज!"

"अंकल, वो रितेश आया है। वो ऐसे ही गाते रहता है दिन भर।" मैंने बात को संभालने की कोशिश करते हुए कहा।

"तो दोस्त बन गए तुम्हारे यहाँ, अच्छा है चलो।"

"हाँ अंकल, बस एक-दो।"

मेरी कोशिश थी कि कम-से-कम शब्दों में ज्यादा-से-ज्यादा बात की

जाए क्योंकि मैं किसी भी हाल में ये नहीं चाहता था कि उस देवदूत को ये पता चल जाए कि हमने पी रखी है।

''और क्या कर रहे हो अभी? आओ ऊपर दोनों, थोड़ी चाय और बाते-श्याते हो जाएँ।'' देवदूत ने फिर से बेवक्त-बेमाहौल अपनी सामाजिकता की गंध फैलानी शुरू कर दी और दूजे ही पल मैं भी धीरे-धीरे खुद को उस गंध में फँसता हुआ महसूस करने लगा पर दूसरी ओर मुझे ये भी अच्छे से याद था कि चाय को मना नहीं करते हैं। पर तब की हकीकत चीख-चीखकर ये कह रही थी कि अगर यहाँ लंबे तक फ्री वाली चाय पीनी है तो आज तुझे इसे मना करना ही पड़ेगा।

''अंकल वो आज मन नहीं है और आज थोड़ा एसिडिटी जैसा भी हो रहा है हम दोनों को।'' मैंने बड़े हौले से अपने पेट पर हाथ घुमाते हुए खुद को और अपने रूम को बचाने की एक और कोशिश की।

''ओह्ह, चलो ठीक है तो फिर तुम दोनों एन्ज्वाय करो। और हाँ अगर तुम दोनों की एसिडिटी ठीक न हो तो ऊपर से नींबू ले जाना, आराम मिलेगा। तुम्हें तो पता ही होगा कि अगर सोमरस का असर गानों तक पहुँच जाए तो नींबू आराम देता है।'' उन्होंने वापस अपने रूम की ओर जाते हुए कहा।

मैं उनकी ये बात सुनकर कुछ और कह ही नहीं पाया पर वो इतनी-सी बात में बहुत कुछ कह गए। मुझे अभी भी अच्छे से याद था कि वो शर्मा हैं और ये भी कि इस बात का मतलब क्या है और शायद इसीलिए ही तब उनकी एक ही बात से मेरी फट के हाथ में आ गई। मेरे पेट में अचानक ही गुड़-गुड़ होने लगी मानो जैसे पीछे के रस्ते से वो अभी निकलने ही वाली हो। पर तब इन सबके बीच मुझे बस इस बात की तसल्ली थी कि कम-से-कम अभी के लिए तो चलो बात टल गई।

असल में देवदूत समझ गया था कि हम पी रहे हैं पर पता नहीं क्यों उसने हमें कुछ नहीं कहा और ऊपर से नींबू भी ऑफर किया। लैंडलॉर्ड के जुल्मों से परेशान इस दुनिया में ऐसा कौन करता है भाई? बस फिर क्या था मैंने तुरंत ही वहीं के वहीं कसम खाई कि 'मैं आज से और अभी से गलती से भी कभी इस महान पुरुष को देवदूत नहीं कहूँगा। अब से मैं उन्हें सिर्फ और सिर्फ 'अंकल जी' कहूँगा।' पर कुछ भी कहो, साला जिंदगी भर कभी भूत से तो कभी पापा के कॉल से डरने के बाद आज पहली बार नींबू के नाम से डरा था। मेरा मन तो कह रहा था छी:! साले क्या दिन आ गए हैं तेरे! अब इस नींबू से

भी डरना पड़ रहा है तुझे?

***

उस नींबू वाली बात के सदमे से बाहर निकलने के लिए अंकल जी के जाने के बाद मैं वहीं रूम के बाहर ही रोड की साइड बैठ गया और वहाँ बैठे-बैठे आती-जाती गाड़ियों को देखने लगा। उनको चलाने वाले लोगों को ताड़ने लगा। देखते-ही-देखते वो शाम रात के आगोश में समाने लगी और उधर न जाने कौन-सी आफत आ गई थी कि रितेश का फोन न जाने कब से लगातार बजे ही जा रहा था। पर अब उस फोन की रिंग की आवाज में वो बात कहाँ थी कि जो उसे अपने जन्नत के सफर से वापस बुला सके। मैंने रूम में जाकर देखा तो मोबाइल स्क्रीन पर 'कस्टमर केयर' लिखा आ रहा था। अब मैं उसका पापा, मम्मी या सिस्टर तो था नहीं तो मुझे पूरा यकीन था कि ये कॉल किसी-न-किसी लड़की का ही है। मतलब कि अपनी भाभी का ही है। और अब इसे अपनी फूटी किस्मत कहो या फिर खुद की गाँड़ पर खुद ही लट्ठ मारना कि मैंने न जाने क्या सोचकर वो कॉल रिसीव कर लिया।

"रितेश जी पी कर पड़े हैं। उठेंगे तो बता दूँगा कि आपने कॉल किया था।" मैंने दूसरी ओर से 'हाय' सुनते ही पूरे शिष्टाचार के साथ उनका सच से सामना करवाया।

"मतलब क्या है तुम्हारा? तुमने दारू पिलाई उसे?" भाभी जी ने अपनी स्वीट-सी आवाज में गुस्सा और पागलपन बराबर लेवल में मिलाते हुए कहा।

"ओ हेल्लो, हिसाब से बोलो पहले तो। वो बाप है मेरा पीने में। मैं क्या पिलाऊँगा उसे?" मैंने सफाई देने के साथ-साथ अपने चरित्र का बचाव किया।

"मतलब तुमने भी पी रखी है?" भाभी ने CID का झंडा उठा लिया।

"हाँ, तो क्या?" इस बार ऐंठकर बियर की तन्नाटी बोली।

"बिगड़ गया है वो तुम जैसे दोस्तों के साथ रहकर, शर्म नहीं आती क्या तुम्हें ये सब करके?" भाभी अब अपनी औकात से ज्यादा बोलने लगीं।

"आती है ना, अभी भी आ रही है तुमसे बात करके। अब मेरी माँ बनने की कोशिश मत करो। तुम्हारा ब्वायफ्रेंड होश में आएगा तब उसकी बनना, ज्यादा सूट करेगा।" मैंने भाभी-वाभी सब छोड़ उसे लगभग झाड़ते हुए कहा।

"होशियारी की पोटली, जबान संभाल के बात करो तुम। रितेश सिर्फ

दोस्त है मेरा।'' वो भी लगभग चीखते हुए बोली।

पता नहीं वो दिन कब आएगा जब लड़कियाँ गीता पर हाथ रखकर कसम खाएँगी कि वो दोस्त को दोस्त और ब्वायफ्रेंड को ब्वायफ्रेंड कहेंगी। भगवान जाने उन्हें ये कब समझ आएगा कि उनके इस कंफ्यूजन से मर्द को कितना दर्द होता है।

''हाँ वही तो कह रहा हूँ, तुम्हारा दोस्त!'' बियर फिर हावी होने लगी।

''तुम्हारी सोच सड़ चुकी है, समझे? मुझे यहीं से पता चल रहा है कि तुम क्या सोच रहे हो।''

''बहुत काम हैं मुझे, तुम्हारे बारे में सोचने के अलावा भी।'' वो बियर पता नहीं कहाँ से ढूँढ़कर मेरे गुमशुदा एटीट्युड को मेरी आवाज तक ले आई। मैं तब उसकी उस बेदिमागी, बेतुकी बकवास पर चिल्ला रहा था या शायद गुस्सा कर रहा था या शायद कुछ और ही... पता नहीं क्या था वो? पर वो जो भी था, सच कहूँ तो मुझे बहुत मजा आ रहा था उसमें।

''एक बात बताओ, तुमने भी पी है? उसने भी पी है। तो तुम्हें क्यों नहीं चढ़ी?'' उसने अपने दिमागी घोड़ों को रेडबुल पिलाते हुए एक भारी वाला सवाल मेरी ओर दागा।

''मर्जी भाई शराब की, उसको नहीं चढ़ना था, नहीं चढ़ी।'' मैंने भी अपने एटीट्युड पर पकड़ जारी रखी।

''स्मार्ट बनने की कोशिश मत करो और बताओ कि ठीक तो है ना वो?'' उसने अपनी पागल जैसी बातों को तुरंत ही केयर मोड पर सेट कर दिया।

''हाँ, और क्या! शराब पी है कोई जहर नहीं।'' मैं बिना पिघले हुए अपनी वाली पर ही अड़ा रहा। पर फिर भी यार जितनी फिक्र तब उसे रितेश की हो रही थी उतनी फिक्र तो मुझे भी रितेश की नहीं थी और शायद न ही रितेश को खुद की भी। पर हाँ, इतनी फिक्र करने के बाद भी वो सिर्फ उसकी दोस्त थी। इससे ज्यादा कुछ भी नहीं। साला चूतिया समझा है क्या हमको। मेरे दिमाग में तब यही सब कुछ चल रहा था और एक अफसोस भी कि साला मेरी ऐसी कोई दोस्त क्यों नहीं है!

''हाँ पता है मुझे। कब तक ठीक होगा वो?'' उसने फिर से झल्लाते हुए पूछा।

''यार तुम्हारी हर बात मुझे ये दिखा रही है कि तुम कितनी इडियट हो। अब ये बताओ कि ऐसी बातें तुम सिर्फ मुझे दिखाने के लिए कर रही हो या

फिर यही तुम्हारा नेचुरल फ्लो है!'' इस बार मैंने सीधा हाइड्रोजन बम फेंका।

''तुम्हारी इतनी हिम्मत कैसे हुई फटीचर कहीं के कि तुम मुझे इडियट कहो?'' वो किसी जवान कड़क बिजली की तरह चमकते हुए चिल्लाई।

''एक तो जबरदस्ती गले पड़ रही हो और ऊपर से कुछ भी बके जा रही हो गँवार कहीं की।'' मैंने भी उसकी बात को अब अपनी इज्जत पर ले लिया।

''कोई शौक नहीं है मुझे तुम्हारे जैसों के गले पड़ने का फटीचर कहीं के।'' उसकी एक और कोशिश और उसके जवाब में मैं कुछ और कह पाता उसके पहले ही वो 'बीप' बज गई जिसने पहले भी मेरे जैसे हजारों को लाचार छोड़ा था। देखो यार वो भाभी थी अपनी रिश्ते में, दिल में कोई बैर-वैर नहीं था उसके लिए। पर खुद की बेइज्जती भी कैसे होने देते! माना कि हम धर्मेंद्र नहीं थे पर माँ का दूध तो पिया ही था ना!

तो उस फोन के कटने के बाद मैं भी रितेश के पास जाकर लेट गया पर अपनी लाख कोशिशों के बावजूद भी नींद का आज कोई अता-पता नहीं था। मैं बस नींद की तलाश में बिस्तर में इधर-से-उधर करवटें बदले जा रहा था और न चाहने के बाद भी उसी आवाज के बारे में रह-रहकर सोचे जा रहा था जिससे अभी कुछ वक्त पहले मैं पागलों-सा लड़ रहा था। इतने गुस्से के बाद भी कितनी मिठास थी उसकी आवाज में, मानो जैसे किसी ने चीनी की पूरी बोरी ही उसकी आवाज में उड़ेल दी हो। मैं तब ऐसे ही उसी के बारे में सोचते-सोचते इस रात के गुजर जाने का इंतजार करने लगा पर तभी रात के 11 बजे के आस-पास फिर से रितेश का फोन बजने लगा। रितेश जी अभी भी अपनी उसी जन्नत के सफर में व्यस्त थे और मुझे वैसे भी नींद नहीं आ रही थी तो खुराफाती दिमाग बोला, 'वैसे भी हम रिश्तेदार हुए और भाभी से बात तो की ही जा सकती है। इसमें गलत क्या है!' तो मैंने फिर से उसका कॉल रिसीव कर लिया।

''कैसे हो अब? उतर गई तुम्हारी?'' उसने मेरे कॉल रिसीव करते ही टोंट कसते हुए कहा। उसकी आवाज में अब भी हमारी पहले वाली बात से पैदा हुए गुस्से की पूरी गर्मी थी मानो जैसे उसे फोन के इस तरफ से बस रितेश की आवाज भर का इंतजार हो और उसके बाद तो जैसे वो बस बरस जाने वाली हो।

''हाँ बोलो।'' मैंने रितेश बनने की कोशिश करते हुए कहा।

''कौन था वो पागल जिसने पहले फोन उठाया था?''

''अरे हद है यार कुछ भी! मैं ही था वो।'' मैं अपनी इज्जत बचाते हुए बोला।

''रितेश कहाँ है फिर ? उतरी नहीं क्या उसकी अब तक ?'' इस बार उसकी आवाज में थोड़ी-सी नरमी थी।

''नहीं, सो गया है वो बस। सुबह तक ठीक हो जाएगा तुम टेंशन मत लो।'' मैंने भी उसकी नर्म आवाज को सहेजते हुए कहा।

''ओके, और तुम्हारी उतरी कि नहीं ?'' इसबार उसकी आवाज एक मासूम-सी हँसी में भीगती हुई मेरे कानों तक आई।

''अजीब हो यार तुम भी। पहले पूछ रही थी कि चढ़ी क्यों नहीं और अब पूछ रही हो उतरी कि नहीं।''

''तुम इरीटेट कर रहे थे तब तो बस गुस्सा आ गया मुझे।'' उसकी आवाज की वो मिठास जिसके बारे में मैं अभी कुछ वक्त पहले ही सोच रहा था वो आहिस्ता से वापस आने लगी।

''सही है यार! अब ये भी मुझ पर ही डाल दो तुम।'' उस मिठास का रंग अब मेरी आवाज पर भी छाने लगा।

''तो और है कौन यहाँ! तुम पर ही आएगा सब।''

''अच्छा! पर तुमने अपना पता तो बताया ही नहीं ?'' मैंने तुरंत ही शाहरुख खान मोड में आते हुए पूछा।

''पता ?''

''अरे! आपको कहते क्या है ?''

''विधि और आप जनाब ?''

''अभि मतलब अभिनव।'' मैंने 'अभि' पर ज्यादा जोर देते हुए कहा जैसे कि मैं उसे ये बता देना चाहता था कि अगर तुम मुझे अभि बुलाओगी तो मुझे ज्यादा खुशी होगी। ''इतना शोर किस बात का हो रहा है वहाँ ?'' मैंने कुछ लड़कियों के चिल्लाने की आवाज सुनकर उससे पूछा।

''मैं हॉस्टल में रहती हूँ और लग रहा है कि आज किसी का बर्थडे है तो एन्ज्वाय कर रहे हैं सब।''

''तो तुम्हें नहीं जाना क्या एन्ज्वाय करने ?''

''नो थैंक्स, ठीक हूँ मैं यहीं। कहीं तुम बोर तो नहीं हो रहे हो न मुझसे ?'' उसने शरारत भरी आवाज में पूछा मानो जैसे उसे मेरा जवाब पहले से ही पता हो।

''नहीं तो, ऐसी कंपनी तो नसीब वालों को मिलती है यार।'' मैंने अपनी बात पर मक्खन लगाते हुए कहा।

''ये तारीफ थी या... ?'' शायद वो मक्खन ज्यादा लग रहा था उसे।

''तारीफ थी यार, तुम्हें भरोसा नहीं है क्या खुद पर ?''

''तुम पर नहीं है, तुम कुछ भी बोल सकते हो।'' उसकी आवाज थोड़ी-सी बदमाशी लिए हुए थी।

''वाह रे मेरे शेर! बहुत जल्दी ही पहचान लिया तुमने मुझे!'' मैं हँसने लगा।

''करते क्या हो तुम ?'' उसने एक सधी हुई आवाज में पूछा।

''देखो यार, अब ये पूछकर माहौल की ऐसी-तैसी मत करो तुम।'' मैं गम और गुस्से के मिक्स फ्लेवर में बोला।

''अब क्या हुआ ? मैंने तो कुछ कहा ही नहीं !''

''यार तुम्हारा ये सवाल मेरे जले पर नमक छिड़क रहा है।''

''मतलब ?''

''कोटा था यार पहले मैं।'' मैंने उसके सवाल का फिल इन द ब्लेंक्स भर दिया।

''ओह्ह्ह्ह, चलो फिर तो सही में ही रहने दो मैं समझ गई।'' उसने शायद मेरे जख्मों को पुचकारते हुए कहा।

ये एक नाम कोटा अपने साथ बहुत-सी कहानियाँ समेटे हुए है। इससे कोई फर्क नहीं पड़ता कि आपने कौन-सी कहानी सुन रखी है या फिर आज तक सुनी भी है कि नहीं। अगर सामने वाला इस जगह का नाम लेकर दुख से मुँह लटकाए बैठा है तो हो सकता है आप उसकी कहानी का पता नहीं लगा पाएँ, पर एक चीज है जिसके बारे में आप बड़ी आसानी से पता लगा सकते हैं और वो है उस कहानी का अंत, जो हमेशा एक-सा ही रहता है। दूसरी ओर इस हादसे के बाद समझदार लोग इतनी सिम्पैथी तो दिखाते ही हैं कि वो आपसे इस हादसे के बारे में कोई बात नहीं करते।

''ह्म्मम्म। और तुम क्या करती हो ?'' मैंने भी पूछा।

''B.sc. in Biotech.'' उसने थोड़ी-सी हँसी के साथ कहा।

''अच्छा जी !'' मैं 'ठीक है ये भी' वाले टोन में बोला।

''सोना नहीं हैं क्या तुम्हें ?'' विधि ने बात को चेंज करते हुए पूछा।

''नींद नहीं आ रही यार।''

"क्यों?"

"बस सो नहीं पाता कभी-कभार।" मेरी आवाज ने फिसलकर अचानक ही उदासी का दामन थाम लिया, जैसे वो विधि की थोड़ी-सी केयर की उम्मीद में हो।

"तुम कहो तो लोरी सुना दूँ?" विधि ने लगभग हँसते हुए कहा।

"रहने दो यार बेकार ही आस-पास के जानवर जाग जाएँगे।" मेरी इस बात पर हम दोनों थोड़ा ही सही पर पहली बार एक साथ हँस दिए।

उस रात देर तक बातें की हमने जैसे हम दोनों अपना-अपना सफर छोड़ कुछ देर के लिए रुक गए हों। बिलकुल वैसे ही जैसे अचानक ही पीछे से किसी के हाथ लगाने पर हम अपना सफर छोड़ कुछ पल के लिए पलट जाते हैं ये देखने के लिए कि कौन है? अगर कोई अपना मिल जाए तो हम ठहरते हैं। उससे बातें करने लगते हैं। और अगर कोई अनजान हो तो हम वापस अपने सफर पर चल देते हैं। उस रात हम दोनों भी रुक गए थे। क्या बातें हुई इसका तो सही से अंदाजा नहीं पर हमने उस रात खूब बातें कीं।

उस रात पहली बार रात को बड़ी गहराई से देखा था मैंने। रास्ते की उन सीढ़ियों पर बैठकर मच्छरों की उस तानाशाही के बीच अँधेरे के साथ सड़क के उस मासूम से रिश्ते को बड़ी शिद्दत से महसूस किया था मैंने। मैंने महसूस किया था कि कैसे रात का अँधेरा और उसकी वो हल्की ठंड बेघर लोगों और जानवरों को सुलाने के लिए लोरियाँ लेकर आती हैं और वो लोग भी अपने अधूरे सपने और अपना खाली पेट लिए इस सुकून में सो जाते हैं कि ये रात उनके लिए एक नये रंग की सुबह लेकर आएगी और फिर सब कुछ ठीक हो जाएगा। सच कहूँ तो उस रात ने सब को सुलाकर कुछ जगा दिया था मुझमें। मैं खुश था, सही वाला खुश।

(3)

"अरे कौन-सी ब्रांड पीते हो तुम लोग?" अगली सुबह अंकल ने मोर्चा सँभालते हुए पूछा।

उनकी आवाज सुनते ही मेरी फिर फटकर हाथ में आ गई। मैं समझ गया कि आज तो गए भाई, आज तो यहाँ से पत्ता कट है अपना। तभी पलक झपकते ही एक ओर मेरा दिमाग ये सोचने में लगा कि अब इस बात को कैसे सँभालूँ तो उसकी दूसरी ओर वो ये सोचने लगा कि अगर यहाँ से रूम खाली करना

पड़ा तो नया रूम ढूँढ़ने की मशक्कत कौन-से एरिया से शुरू करनी है और साथ-ही-साथ इस बात के लिए रितेश को जो गालियाँ देनी हैं उस मेन्यू में कौन-कौन सी गालियाँ किस-किस ऑर्डर में रखनी हैं।

"क्या अंकल मैं कुछ समझा नहीं?" मैंने तुरंत ही नादानी के तालाब में डुबकी लगा दी।

"अच्छा! तो अब ये भी समझाना पड़ेगा मुझे।" अंकल तुरंत गंगाधर से शक्तिमान बन गए मतलब कि लैंडलॉर्ड जोकि शर्मा हैं के अवतार में आ गए।

मुझे तो कल से ही इस बात का अंदाजा हो गया था कि अब जल्द ही मकान मालिक वाली ब्रांड पीनी ही पड़ेगी और वो भी गालियों के चखने के साथ। कॉलेज में बहुत से लड़कों के रूम इस शराब ने खाली करवा दिए थे और अब मैं कोई उनका जमाई तो था नहीं कि वो जमाने के सदियों पुराने रीति-रिवाज तोड़कर मेरी मनमानियाँ सहेंगे।

"अंकल वो ..." मैं कुछ कहते-कहते, कुछ भी न सूझने पर फिर से खामोश हो गया।

"मैंने पहले ही साफ-साफ कह दिया था कि खाना और पीना यहाँ नहीं चलेगा। तुम्हें क्या लगता है कि तुम अपनी मर्जी से यहाँ जो चाहो वो कर सकते हो! यहाँ का मौसम मैं कभी बेईमान नहीं होने दूँगा। समझ में आ रहा है तुम्हें?" उनकी आवाज की गूँज उनके खामोश हो जाने के बाद भी हवाओं में गूँज रही थी और दूसरी ओर रह-रहकर बस मेरी फटी जा रही थी।

"हम्ममम्म, सॉरी अंकल!" मैंने इतना कहकर फिर से अपना सिर नीचे झुका लिया।

"क्या हम्म्म्म? और क्या सॉरी? ये उम्र है तुम्हारी दारू पीने की! तुम यहाँ पढ़ने आए हो या ये सब करने! नहीं भाई ये सब नहीं चलेगा यहाँ।" वो फिर गरजे।

"सॉरी ना अंकल, कसम से आगे से ध्यान रखूँगा।" मैं लगभग गिड़गिड़ाया।

"नहीं, हमें ऐसे किरायेदार चाहिए ही नहीं भाई। हमारी भी इज्जत है आस-पास। तुम आज ही खाली कर दो रूम और रेंट वापस मिल जाएगा ये गलती से भी सोचना मत। मुझे ऐसे लड़के अपने यहाँ नहीं चाहिए जो दारू पीकर तमाशा करें। अरे मोहल्ले के लोग क्या सोचेंगे हमारे बारे में! मैंने

बताया था ना कि हम शर्मा हैं!" उनकी आवाज अपनी पूरी अकड़ से चलकर मेरे पास आई और इसका मतलब ये था कि कल से नहीं, आज से ही नया रूम ढूँढ़ने का काम शुरू कर देना है।

साला आज कहीं जाकर मुझे कालिया जी की उस नफरत की वजह का अंदाजा हो रहा था कि क्यों वो इन देवदूतों से हमेशा चिढ़े हुए रहते थे। मेरी हालत बिलकुल उस लड़के की तरह हो गई थी जिसे किसी लड़की ने प्यार के खट्टे-मीठे सपने दिखाकर, कुछ दिन घुमा-फिराकर और उसका बहुत सारा खर्चा करवाकर, उसे बस ये कहकर छोड़ दिया हो कि बलमा तुम्हारी शक्ल मेरी ड्रेसिंग सेंस के साथ सूट नहीं करती। उस शराब और उस बेईमान मौसम ने एक और घर तोड़ दिया था आज। सॉरी, एक और रूम तोड़ दिया था आज और वो भी उस रितेश की वजह से। मैंने मना किया था उसे चिल्लाने के लिए पर उसका वो 'देख लेंगे यार' वाला ऐटिट्युड! अब जब रूम खाली करना पड़ेगा तो क्या घंटा देख लेगा किसी को वो।

"अब बोलो भी कुछ। कल तो बड़े जोरों से गाने गाए जा रहे थे!" अंकल ने अपनी भारी-भरकम मुंडी को अपनी आवाज के साथ ऊपर करते हुए पूछा जैसे वो किसी मरे हुए आदमी को एक-दो लात और मारकर ये कंफर्म कर लेना चाहते हों कि मरा भी कि नहीं।

"सॉरी अंकल ... अब कभी नहीं पिऊँगा और किसी दोस्त को भी नहीं आने दूँगा रूम पर।" मैंने पूरी मासूमियत के साथ अपना रूम बचाने की फिर एक कोशिश की। पर सच में यार क्या दिन आ गए थे मेरे। एक तो मैं पैसे भी दे रहा था और ऊपर से अपने हाथों से ही अपनी मरवा भी रहा था।

"हाहाहा .. क्यों, आया मजा अब?" देवदूत अचानक ही किसी रावण की तरह हँसते हुए बोला।

पुरानी फिल्मों में लड़के वालों के सामने जैसे कोई लड़की बड़े धीरे से, बड़े हौले से, अपना सिर उठाकर लड़के को देखती है उसी तरह मैंने भी इतनी देर तक फर्श पर हीरे-जवाहरात खोजने के बाद उस 'हम शर्मा हैं' को देखने की हिम्मत की।

"क्यों भाई, मजे सिर्फ तुम ही करोगे क्या? हमारा क्या?" अंकल ने फिर से हँसते हुए कहा।

"अंकल वो ..."

"तुम तो वहीं अटक गए यार! मैं तो बस मजाक कर रहा था। देखो

कितना डर गए तुम और वैसे भी मकान मालिक से डरना भी चाहिए। चलो अब एक-एक चाय हो जाए पर आज की चाय तुम बनाओगे।'' शक्तिमान ने फिर गंगाधर बनकर कहा।

''ओके अंकल!'' गाँवों में जैसे बिजली आ जाने पर बच्चे खुश हो जाते हैं, मेरी हँसी भी वैसे ही आसमान छूने लगी। चलो अच्छा है यार, नहीं तो अब कहाँ रूम खोजने जाते फिर से। और मैं अभी किसी भी हाल में उन बेरूम लोगों की कटैगरी में नहीं आना चाहता था जिन्हें दोस्त बेचारे की नजर से देखते हैं।

''वैसे अभिनव कौन-सी ब्रांड थी कल?'' अंकल ने बड़े लाड से पूछा।

''अंकल छोड़ो भी ना अब उस बात को।'' मैंने बात को टालते हुए कहा।

''अरे ऐसे ही जनरल नॉलेज के लिए पूछ रहा हूँ। बताओ भी अब।''

''अंकल वो बियर लाए थे।'' मैंने फटाक से बोल दिया।

''तो हमेशा यही पीते हो फिर?''

''अंकल मैंने तो कल पहली बार पी थी आप तो जानते ही हो कि मैं ऐसा लड़का नहीं हूँ।'' मैंने अपना करेक्टर सर्टिफिकेट उन्हें दिखाते हुए कहा। पर अंकल ने मेरी इस बात पर ऐसा मुँह बनाया मानो जैसे कोई सास अपनी बहू को ये दिखाना चाहती हो कि बहुत हुआ अब फटाफट लाइन पर आ जाओ।

''अंकल जितने पैसे होते हैं उसमें से खाने के निकालकर जो बच जाते हैं, उसी हिसाब से ब्रांड डिसाइड करते हैं हम।'' मैंने माहौल का अंदाजा लगाकर सच बोलना ही सही समझा।

''और चखना, वो कैसे डिसाइड होता है?''

''वो तो जिसको ज्यादा गम हो वो अपने-आप ही ले आता है अंकल।''

''सही है यार तुम्हारा तो। पता है जब हम कॉलेज में थे तब शराब पीने का मतलब था कि उस रात कोई-न-कोई तो पिटने वाला है या फिर उस रात कोई-न-कोई गर्ल्स हॉस्टल के बाहर खड़ा होकर पूरे हॉस्टल के सामने किसी लड़की को प्रपोज करने वाला है।'' शर्मा अंकल ने चाय की एक चुस्की के साथ अपनी यादों का पिटारा खोल दिया।

''सही में!'' मैंने ऐसे रियेक्ट किया जैसे उन्होंने कोई बड़ा तीर मार दिया हो।

''और क्या! पर हमारे वहाँ बीयर-शीयर का रिवाज नहीं था क्योंकि ये

महँगा सौदा था। क्योंकि एक तो हम जैसे रोज पीने वालों को बियर चढ़ती नहीं थी और चढ़े उतनी खरीदने की तब हमारी औकात नहीं थी और वैसे भी जनाब वो नशा ही क्या जो कुछ वक्त तक कलेजे में ठहरे नहीं!'' अंकल ने अपनी बाजी के पत्ते खोलते हुए कहा।

''तो क्या पीते थे आप?''

''ये उस शाम के बकरे पर डिसाइड होता था।''

''और कोई बकरा न मिले तो?'' मैं भी उनकी बातों में रस लेने लगा।

''तो खुद ही कट जाते थे उस दिन।'' वो एक हल्की-सी मुस्कान के साथ बोले।

''पर अंकल एक बात मुझे समझ नहीं आई!''

''क्या?''

''अंकल उन दिनों आप शर्मा नहीं थे या फिर शर्मा का मतलब क्या होता है ये नहीं जानते थे आप? नहीं, मतलब कि आपने मुझे पहले दिन ही कहा था कि हम शर्मा हैं और जहाँ तक मुझे पता है शायद ये 'शर्मा' शराब, माँस-मच्छी और लौंडियाबाजी नहीं करते हैं।'' इस बार बाजी मेरी थी और अंकल को अब चेक-मेट होने से कोई नहीं बचा सकता था।

मेरी बात सुनते ही वो जोर से हँस दिए, ''ये कॉलेज के दिनों की बात है बेटा और उन दिनों सब चलता था। पर हाँ, अब मैं शर्मा हूँ, एकदम सही वाला शर्मा। समझे?''

''हाँ समझ गया शर्मा अंकल।'' मैंने शर्मा पर ज्यादा जोर देते हुए कहा और उनके साथ ही इस बात पर हँसने लगा।

***

''साले हरामी कहीं के, तेरी वजह से मुझे कल रूम खाली करना पड़ता।'' दूसरे दिन रितेश के आते ही मैं उसपर बरस पड़ा।

''क्या बात कर रहा है यार! पर उस दिन तो सब स्मूदली हुआ था।'' रितेश ने लगभग सर्प्राइज होते हुए कहा।

''हाँ साले, तेरा स्मूदली निकालता हूँ मैं रुक तू। चिल्ला-चिल्ला के गाने गा रहा था तू पता भी है कुछ तुझे और फिर फैल गया फर्श पर किसी साँड़ की तरह। तेरी सुरीली आवाज सुनकर अंकल नीचे आ गए थे।''

''ओह तेरी! फिर क्या हुआ?''

''कुछ नहीं, संभाल लिया मैंने फिर।'' मैंने अपनी कॉलर ऊपर चढ़ाते

हुए कहा।

''यार, ये बूढ़ा चाहता ही नहीं है कि हम एन्ज्वाय करें। खुद ने तो अपने टाइम में कुछ किया नहीं और अब हमें भी कुछ करने नहीं दे रहा है।'' रितेश ने खीजते हुए बोला।

''सही है भाई। पर पता है कल इमोशनल हो गया वो देवदूत, साले ने खूब गुलछर्रे उड़ाए हैं जवानी में।''

''क्या बात है यार! तेरा माकन मालिक तो साला रंगीला निकला।'' रितेश ने शर्मा अंकल की तारीफ करते हुए कहा।

''अच्छा सुन ना भाई, तेरे सोने के बाद कल वो विधि का कॉल आया था तो मैंने बात की थी।'' मैंने बड़े आराम से और पूरे विश्वास से उससे कहा।

''तो क्या कहा उसने?''

''वही, कि वो तेरी गर्लफ्रेंड है।'' मैंने इस बार टोंट मारते हुए कहा।

''हाहाहा, तो साले बात वहाँ तक पहुँच गई तुम्हारी। तू तो छा गया यार!'' उसने अपनी आवाज में सर्प्राइज वाले जेस्चर का तड़का लगाकर मेरी पीठ को फिर से अपने हाथों का प्यार देते हुए कहा।

''ऐसा कुछ नहीं है बे, बस ऐसे ही बात की थोड़ी-बहुत। और तेरे को कितनी बार कहा है मैंने कि फालतू का मारा मत कर, लगता है यार।'' मैं अपनी पीठ पर हाथ फेरते हुए रितेश पर चिल्लाने लगा।

''सही है लगा रह, बहुत अच्छी लड़की है। यहीं उदयपुर ही मिली थी मुझे, क्रैश कोर्स के टाइम पर। हम दोनों हिंदी मीडियम में थे तो जान-पहचान हो गई थी बस।'' उसने अपने मोबाइल में कुछ टटोलते हुए मुझसे कहा। और फिर वो मेरे बिना पूछे ही मुझे विधि के बारे में बहुत कुछ बताने लगा। तब उसकी बातें सुनकर लग रहा था मानो जैसे वो अपनी गर्लफ्रेंड के खजाने में से एक गर्लफ्रेंड मुझ जैसे लाचार-गरीब दोस्त को दे रहा हो। पर विधि तो उसकी गर्लफ्रेंड थी ही नहीं! तो शायद वो बस मुझे यही कहना चाह रहा था कि लड़की सही है और उन दोनों के बीच कुछ नहीं है। उसने जो बात तब मुझे नहीं बताई थी वो ये थी कि उसने भी उन दिनों विधि को प्रपोज किया था, पर विधि ने मना कर दिया था। मुझे लगता है शायद वो ये जानता था कि कभी-कभी सब कुछ जानना भी खराब होता है। हमें बस वही पता होना चाहिए जो हमारे वर्तमान के लिए सही हो। बाकी तो सब सिर्फ बातें हैं, जिनके न सिर हैं और न ही पैर।

(4)

500 से अधिक टाइल्स लगी थीं गार्डन के बीचो-बीच चलने के लिए बने उस रास्ते पर लेकिन उनमें से भी बहुत सारी कहीं-कहीं से टूट रही थीं। क्यारियों में लगे पौधे भी किसी सरकारी सब्सिडी के इंतजार में लगभग सूखे जा रहे थे। किसी होशियार ने इतनी सुबह घास पर छप्पर फाड़ पानी छोड़ दिया था तो अब वहाँ भी बैठा नहीं जा सकता था। रितेश अपनी गर्लफ्रेंड के साथ मेरे रूम में था, इसीलिए मैं घंटे भर से यहाँ गार्डन में बैठा हुआ उसके फ्री होने का इंतजार किए जा रहा था। इसी बीच बहुत बार मन तो किया कि विधि को कॉल करूँ, पर न जाने क्यों मैं कर नहीं पा रहा था। अब ये बात भी नहीं थी कि मैं कोई भाव खा रहा था या मुझमें ईगो जैसा कुछ था, क्योंकि मैं ये अच्छे से जानता था कि हम जैसे फकीरों का कोई भाव नहीं होता और ईगो तो हमारे लिए किसी लेम्बोर्गिनी कार जैसा था जिसकी हमने अब तक सिर्फ बातें सुनी थीं। कुछ-एक पिक्स देखी थीं।

"भाई कैसा रहा, बता तो और क्या-क्या किया आज?" लगभग 2 घंटे बाद रितेश के फ्री होकर गार्डन आते ही मैंने उसके सामने अपनी लार टपकानी शुरू कर दी और दूजे ही पल अपना पूरा फोकस रितेश के मुँह से निकलने वाली अगली बात पर लगा दिया। अब अपने उन बेबस हाथों को देखने के अलावा मैं तब अपने हालात का कुछ तो कर नहीं सकता था लेकिन इन हालात में भी अपने किसी दोस्त के फ्रेश रोमांस की लाइव कमेंट्री सुनने का मजा ही कुछ और होता है।

"बस यार, तुझे तो पता ही है अब क्या बताऊँ समझ जा।" रितेश ने बात को टालते हुए और मेरी लाचारी को मुझे याद दिलाते हुए कहा।

"अब बातें मत बना यार। बता ना भाई, क्या-क्या हुआ?" मैं लगभग भीख माँगने लगा।

"क्या-क्या हुआ, रूम में जाते ही ले लिया उसे बाँहों में मैंने और यार तूने वो टेबल सही जगह पर नहीं रखा है। बहुत दिक्कत हुई आज।"

"अरे रख दूँगा यार, तू आगे बता।" मेरा एक्साइमेंट धीरे-धीरे बढ़ने लगा और साथ-साथ मेरी साँसें भी।

"यार क्या किस करती है वो! मैं तो साँस ही नहीं ले पा रहा था। आधे घंटे तक किस करते रहे हम। चाट लिया पूरा एक-दूसरे को हमने।" रितेश अपनी जीभ से अपने होंठों को भिगाते हुए बोलने लगा।

"फिर फिर?" मैंने भी अपनी वर्जिन जीभ को अपने होंठों पर फेरते हुए उससे पूछा।

"फिर क्या! वही जो तू सोच रहा है। अब क्या पूरा नंगा करवाएगा उसे!" रितेश ने लाइव कमेंट्री रोकते हुए कहा।

"कितनी बार किया भाई?"

"अरे वो जल्दी ही थक के सो गई यार और पहली बार में ज्यादा फोर्स भी तो नहीं कर सकते ना। तू तो जानता ही है!" रितेश ने ठंडी साँस छोड़ते हुए कहा।

'तू तो जानता ही है' कहकर रितेश ने मेरी नहीं बल्कि मेरी मर्दानगी की तेल लगा-लगाकर बेइज्जती की थी। क्या जानता था मैं? घंटा? सच कहूँ तो अगर ये हाथ साथ नहीं होते तो अब तक तो मैं शायद आत्महत्या कर चुका होता।

"भाई पीते हैं आज फिर तो।" मैंने अपनी जगह से खड़े होते हुए कहा।

"क्यों, क्या हुआ तुझे? अचानक ही पीने का प्लान?" रितेश ने सर्प्राइज होते हुए पूछा।

"अरे, कुछ नहीं हुआ है। बस मन कर रहा है।" मैंने अपने वर्जिनिटी के फ्रस्ट्रेशन को लगभग छुपाते हुए कहा।

"तेरे पास तो पैसे भी नहीं हैं, कैसे लाएँगे फिर?"

"ले आएँगे यार, तू चल बस।" मैं बाइक की ओर बढ़ने लगा।

अब क्या बताता उसे कि मुझे हुआ क्या था। मेरी कंडीशन बस वर्जिन समाज ही अच्छे से समझ सकता था कि कितना बुरा लगता है जब आपका दोस्त आए दिन अपने झंडे गाड़ रहा हो और आप अभी भी उन्हीं पुराने हाथों से काम चला रहे हों। बस इस गम को भुलाने के लिए तो पीना ही पड़ेगा आज। और वैसे भी किसी महान इंसान ने कहा है, "अगर तुम्हें अपनी औकात से ऊपर उठना है तो तुम्हें सबसे पहले अपनी आज की औकात को भूलना होगा।" अपनी आज की औकात को भूलने के लिए शराब से ज्यादा खूबसूरत चीज और क्या हो सकती थी! इसीलिए मैं तब बिना अगर-मगर किए ही शुरू हो गया और जब वो सोमरस खून में घुलकर मेरे अकड़ के गुब्बारे में गर्म हवा भरकर उसे ऊपर उठाने लगा तो मैं समझ गया कि ये हालात विधि को कॉल करने के लिए एकदम परफेक्ट हैं और इसीलिए बिना कुछ सोचे मैंने लगा दिया उसे कॉल।

"हाय! कैसी हो?" मैंने उसके फोन उठाते ही कहा।

"याद आ गई आपको मेरी?"

हाय! उसकी आवाज में कितनी ठंडक थी! एक अजीब ही सुकून था उसमें, एक अजीब-सी सुगंध थी उसमें। उसकी आवाज जैसे ही मेरे कानों तक पहुँची, वैसे ही मेरी आँखें अपने-आप ही बंद होने लगीं, मानो जैसे वो आवाज नहीं कोई तिलस्मी सुर हो जिसे मेरा दिमाग अपनी पूरी ताकत के साथ महसूस करना चाहता हो, उसका एक कतरा भी गलती से गवाना नहीं चाहता हो।

"वो ऐसे ही मन किया बात करने का तो ..." मैं अपनी बात कहते-कहते फिर से ठहर गया।

"हाँ तो ठीक है ना, तुम कर सकते हो कॉल।" विधि ने मेरी झिझक को सहलाते हुए, उसे किसी जादूगर की तरह अपनी टोपी में कहीं गायब कर दिया।

'तुम कर सकते हो कॉल' सुनने में कितना अच्छा लग रहा था! बहुत ही अच्छा।

"ओहह्ह! मुझे तो पता नहीं था बेकार में मैंने इतने दिन खराब कर दिए।" मैंने खुद को थोड़ा और उससे जोड़ते हुए कहा।

"तो क्या कर रहे हैं आप?" उसने पूछा।

"बस कोशिश कर रहा हूँ कि कैसे भी ये बात थोड़ी लंबी चले।" मैंने अपना सच कह दिया।

"मतलब?"

"मतलब सोच रहा हूँ कि किस-किस टॉपिक पर बात कर सकता हूँ तुमसे जिससे कि तुम बोर भी न हो और थोड़ी ज्यादा देर तक मेरे साथ भी रहो। आज बहुत अकेला महसूस कर रहा हूँ यार और कोई है भी नहीं यहाँ तो तुम्हें साथ रखने की कोशिश चल रही है बस।"

"अरे वाह! ऐसी बातें भी कर लेते हो तुम!" उसने मेरी हालत की नजाकत समझते हुए कहा।

"कैसी बातें?"

"वही जो सुनाई अलग देती हैं और उनका मतलब अलग होता है।"

"पता नहीं यार! ऐसा लगा तुम्हें?"

"जस्ट किडिंग यार। तो बताओ क्या हुआ है आज हमारे मोटू को?" विधि ने मेरी उदासी का कारण जानने के लिए पूछा।

"मोटू? तुमने देखा भी है मुझे, कुछ भी बोले जा रही हो!"

"अरे पागल, मोटू का मतलब है 'क्यूट वाला बच्चा।" उसने गुदगुदाते हुए कहा।

अगर जिंदगी भर के हादसों को देखूँ तो माँ के बाद एक विधि ही थी जिसने मेरे लिए ऐसी क्यूट वाली बात कही थी। मेरी आँखें देख सकती थी कि ये बात बिलकुल सच नहीं है, क्यूट और मेरा दूर-दूर तक कोई लेना देना नहीं है पर बारिश न भी आए तो भी उसके आने की खबर उतनी ही तसल्ली देती है ना। माँ कसम, उसकी ये 'क्यूट' वाली बात सुनकर मैं तब सच में रो देता। 'क्यूट वाला बच्चा' और वो भी मैं! हाय...! कितना क्यूट साउंड कर रहा था!

"ऐसी बात है क्या मोटू, मुझे तो पता ही नहीं था।" मैंने भी उसी के अंदाज में उससे फ्लर्ट करने की कोशिश करते हुए कहा।

"चलो अपनी फोटो भेजो, मुझे देखना है कि कैसे दिखते हो तुम।" विधि ऐसे बोली जैसे कोई पत्नी अपने बेचारे पति की बुरी हालत देखकर उससे थोड़ा प्यार से गुलामी करवा रही हो।

बस, गए अब। शायद भगवान चाहता ही नहीं कि मेरी लाइफ में भी कुछ अच्छा हो। यार मैं इतना भी बुरा नहीं था दिखने में, पर मैं जानता था कि एक भारतीय होने का मतलब ही यही है कि सबसे पहले आपको किसी में खराबी और बेवजह गलतियाँ निकालनी आए और जब ये काम लड़कियों को दिया जाए और वो भी हॉस्टल वाली, तो अपना चांस न के बराबर ही समझो। वो पूरे पिक को जूम कर-करके, किसी एक्सपीरियंस्ड CID ऑफिसर की तरह इन्वेस्टीगेट करेंगी। माँ कसम, मेरा तो मन बैठा जा रहा था।

"अरे क्या जरूरत है इसकी! हम कुछ अलग करते हैं ना। हम बिना एक-दूसरे को देखे ही धमाल मचाएँगे। क्या खयाल है?" मैं बात टालने की नाकाम कोशिश करते हुए बोला।

"कोई मूवी चल रही है क्या? चलो जल्दी भेजो, मुझे देखना है।" उसने किसी बेरहम कसाई की तरह कहा।

वैसे तो मुझे पूरा यकीन था कि उसने पहले ही इन्वेस्टीगेशन कर ली होगी, पर लड़कियों का क्या कह सकते हैं यार! तो मैंने खुद को समझाया कि देख जिंदगी भर इन हाथों के सहारे रहने से तो अच्छा है कि एक चांस ले लिया जाए।

''ओह्ह्ह्ह! तो नहीं मानोगी तुम! फेसबुक पर मेरी पिक्स हैं, देख लो फिर।'' मैंने अपने हथियार डालते हुए कहा।

''अच्छा तो तुम फेसबुक पर हो।'' उसने सर्प्राइज होते हुए कहा जैसे उसे पता नहीं हो।

''हाँ तो क्या!'' मैंने ओब्वीयस वाले टोन में कहा।

''रुको 2 मिनट, लोड हो रहा है।''

इन 2 मिनट का वजन मेरी रूह को दबाए जा रहा था और इसी बीच थोड़ी साँस भी फूलने लगी थी मेरी। वैसे तो फेसबुक पर सारी पिक्स अच्छी वाली ही अपलोड की थी मैंने पर क्या पता मेरा सबसे अच्छा भी उसके लिए अच्छा न हो।

''ओके! तो मोटू आप स्क्रीन पर हैं।'' उसकी आवाज अचानक ही न जाने किस बात की खुशी मनाने लगी।

''क्या यार! देख लिया ना, अब बंद भी करो ये सब। मुझे अच्छा नहीं लग रहा है।'' मैंने अपनी हालत उसे जताते हुए कहा।

''क्यों, क्या हुआ? हमें तो देखना है यार कि आप चीज क्या हैं।'' उसने मेरे मजे लेने की अपनी ख्वाहिश जाहिर कर दी।

''चलो तो फिर मैं बाद में कॉल करता हूँ, तुम देख लो पहले।''

''डर रहे हो न कि क्या सोच रही हूँ मैं?'' उसने मेरी हालत को बयान कर दिया।

''ओह मैम! माना कि हम इतने स्मार्ट भी नहीं पर डर लगे इतने बेकार भी नहीं, समझी क्या?'' उसकी बात सुनकर मेरे खून में घुली बियर बैकफूट से फ्रंटफूट पर आकर बोली।

''हाँ, समझ रही हूँ। पर जो हाल तुम्हारी आवाज का हो रहा है, उससे तो लग रहा है कि बहुत ही ज्यादा नर्वस हो तुम।''

''ये तो ऑब्वियस है यार! कोई लड़की तुम्हारा पिक देख रही है और वो भी ये देखने कि लिए तुम कैसे दिखते हो तो बंदा नर्वस तो होगा ही!'' मैंने अपने डर को जायज बताते हुए कहा।

''क्या यार तुम भी ना, बेकार ही नर्वस हो रहे हो। अच्छे तो दिखते हो!''

''उम्मीद तो मस्त की थी पर अभी तो इससे भी काम चल ही जाएगा।'' मैंने एक गहरी साँस छोड़कर उसकी बात को भुनाते हुए कहा। लेकिन कॉलेज

भर के लड़कों का हाल सुन-सुनकर इतना तो मैं सीख ही गया था कि लड़कियाँ जो कहती हैं वैसा हो, ये भी जरूरी नहीं है। अभी खुद को तसल्ली देने के लिए उसके मुँह से ये सुनना काफी था कि मैं ठीक दिखता हूँ। पर इसे सच तो मैं तब ही मानूँगा जब कल फिर वो कॉल करे। क्या पता कुछ समझ नहीं आ रहा हो इसलिए ये कह दिया हो उसने या फिर कहीं मुझे बुरा न लग जाए इसलिए। जो भी हो, सच तो उसके अगले कॉल पर ही सामने आएगा।

"अब मेरी बारी, अब तुम अपनी पिक भेजो। फेसबुक पर तुम्हारी कोई पिक नहीं है तो आगे तुम समझदार हो।" मैंने अपनी शेखी झाड़ते हुए कहा।

"मतलब साहब ने पहले ही कोशिश कर रखी है देखने की।" उसने टोंट कसा।

"अरे नहीं, बस ऐसे ही देख लिया था मैंने।" मैंने बात सँभाली।

"अगर मैं खराब हुई तो?"

हहाहाहा ... तो क्या हुआ! कौन-सा हमारे पास यहाँ लड़कियों की लाइन लगी है। जिसके पास कुछ न हो उसे सब कुछ चलता है। अब उसे मैं ये कैसे बताता कि अब तो जो भी हो, जैसी भी हो तुम ही हो।

"इतना तो तुम्हारी आवाज पर भरोसा है मुझे और थोड़ा अपनी किस्मत पर भी।" मैं बात को सँभालते हुए बोला।

"क्या मतलब?"

"कुछ नहीं यार। पर मुझे ऐसा क्यों लग रहा है कि थोड़ी नर्वस हो तुम? तुम चिंता मत करो, मुझे तो ठीक-ठाक भी चलेगा।" मैं फिर बिना सोचे-समझे कुछ भी बक गया।

"मतलब क्या है तुम्हारा कि मुझे तो ठीक-ठाक भी चलेगा? और इसका मुझसे क्या लेना-देना है? कहीं तुम ये तो नहीं कहना चाहते कि ..." वो हकीकत और मेरे ख्वाबों के बीच में साफ लकीर खींचते हुए कहने लगी। वो अपनी बात पूरी करती इससे पहले ही मैंने ये सोचकर बात सँभाल ली कि मुश्किल से तो एक लड़की से बात होने लगी है और कहीं मेरी होशियारी के चक्कर में वो भी हाथ से न निकल जाए।

"मेरा मतलब ये है कि दोस्ती में शक्ल थोड़े ही देखते हैं और वैसे भी सारे खराब शक्ल के ही दोस्त हैं मेरे, एक और आ जाएगी तो भी चलेगा।" मैंने पहली वाली बात को हँसी में टालते हुए कहा और एक गहरी साँस ली।

"अब ये ज्यादा हो रहा है।"

''तो चलो अब जल्दी भेजो फिर।''

''ओके।'' उसने हामी भरते हुए कहा और फिर कुछ देर बाद वो अपने फोन के खजाने से निकालकर शायद अपनी सबसे अच्छी वाली फोटो ये कहकर मुझे भेजी कि मेरे पास तो कोई अच्छी वाली पिक है नहीं, ये बस ऐसे ही कहीं क्लिक कर ली थी तो यही है। पर मैं भी कहाँ कम था! मैंने पहले तो उसके पिक को गौर से देखा और फिर कहने लगा, ''मुझे लग रहा है कि...'' और बात को यहीं बीच में अधूरा छोड़कर फिर से चुप हो गया।

''क्या लग रहा है?'' उसने मेरे सोचे अनुसार ही नर्वस होते हुए कहा।

''रुको तो, जूम तो करने दो पहले।'' मैंने उसे थोड़ा और परेशान करना चाहा।

''ठीक है, पहले देख लो अच्छे से, फिर बोलो कुछ।'' वो परेशान और इन्सीक्योर होते हुए बोली।

''यार बाकी सब तो ठीक है पर ये नाक थोड़ी-सी...'' मैंने फिर से अपनी बात अधूरी छोड़ दी।

''क्या थोड़ी-सी?''

''चलो छोड़ो यार, जो भी है।'' मैंने बात को टालने के अंदाज में कहा।

''नहीं, क्या छोड़ो? बताओ नाक में क्या प्रॉब्लम है?''

''इतना डेस्परेट क्यों हो रही हो यार! थोड़ा चिल्ल मारो तुम।'' मैंने उसे और परेशान करते हुए कहा।

''तुम बात को बीच में काटा मत करो और बताओ कि अब नाक से क्या दिक्कत हुई तुम्हें।'' इस बार उसकी आवाज थोड़ी सीरियस थी।

''अरे, ऐसे ही कह दिया यार, सॉरी ना। और हाँ अच्छी लग रही है पिक।'' मैंने अब बात को सँभाल लेने में ही अपनी भलाई समझते हुए, उस बात को वहीं रोकना सही समझा।

''मतलब कि सिर्फ पिक अच्छी लग रही है, मैं नहीं?'' उसने वही पुराना डायलॉग फिर से पेल दिया।

''अरे, पिक तुम्हारी ही तो है!''

''नहीं, दोनों बातों में फर्क है।''

''ओके, तुम अच्छी लग रही हो, अब ठीक है?''

''हम्म। पर सच्ची में मेरी नाक तुम्हें पसंद नहीं आई ना?'' उसने फिर भैंस की पूँछ खींचते हुए कहा।

"नहीं बाबा, ऐसा नहीं है।" मैंने अपनी आवाज में भोलापन और थोड़ा-सा प्यार मिलाते हुए कहा।

"तो कैसा है फिर?"

"एक्चुअली, आई लव योर नोजी। इट्स क्यूट, रियली क्यूट!"

"ओह सच्ची! थैंक्यू!" उसकी आवाज में खुशी और बदमाशी बराबर मात्रा में थी।

"अब हो गया तुम्हारा कि कुछ और भी देखना है?" मैंने राहत की साँस लेते हुए पूछा।

"इतना काफी है आज के लिए।" उसने हँसते हुए कहा।

असल में हम दोनों की आवाज और बातें वक्त के साथ-साथ क्यूट होती जा रही थीं। जैसे वो किसी ढलान की तरह हम दोनों को एक-दूसरे के पास धकेलना चाहती हो। उसके साथ गुजारा वक्त मतलब कि उस मोबाइल फोन के आजू-बाजू वाला, अपने साथ-साथ मेरा भी बहुत कुछ बिखेरता जा रहा था। मेरी अकड़, मेरी सड़ी-गली सोच, मेरा नजरिया, मेरी हवस, सब कुछ कहीं पीछे ही छूटता जा रहा था और मुझे इन्हीं दिनों शायद ये लगने लगता था कि रिश्तों में भी एक समझ होती है। रिश्ते जानते हैं कि अगर दो लोगों को पास लाना है तो उनमें कुछ-न-कुछ तो बदलना ही होगा और जब दिल किसी इंसान को लेकर बेमतलब और फिजूल-सी हरकतें करने लगता है तब ये रिश्ते समझ जाते हैं और फिर ये चुपचाप ही अपना काम करने लग जाते हैं। उस नये रिश्ते के बनने के लिए उन दो लोगों में जो बदलाव जरूरी हैं वो उन्हें चुपचाप बिना उन लोगों को खबर होने दिए ही उन बदलावों को उनमें लाने लगते हैं। मैं ये तो नहीं कहूँगा कि मैंने कहीं देखा है ये सब। पर हाँ, तब उन बदलावों को खुद में महसूस जरूर कर रहा था मैं। मैं बदल रहा था, विधि बदल रही थी। हमारा रिश्ता बदल रहा था। हमारी बातें बदल रहीं थीं।

अब हम दोनों अक्सर बातें करने लगे थे। एक-दूसरे को रोज थोड़ा-थोड़ा करके अपनाने लगे थे। मुझे लगता है कि जब आप दूसरों की छोटी-छोटी गलतियों पर खुद माफी माँगने लगते हैं तब ये तो समझ जाना चाहिए कि आपका रिश्ता बदल रहा है और ये उल्टा भी उतना ही सही है। मतलब कि जब आप किसी रिश्ते में अपनी गलतियों पर भी माफी माँगना सही नहीं समझते तब भी बहुत कुछ बदल रहा होता है।

मैं ये दिल से चाहता था कि मेरे प्यार की कहानी थोड़ी रोमांटिक हो। ऐसी

हो कि मैं हमेशा याद रख सकूँ। वैसी ही, जैसी किसी फिल्म में होती है। जिसे मैं अपने भाग का थोड़ा-सा और प्यार डालकर किसी कागज पर गाढ़े रंग में लिख सकूँ। पर ऐसा कुछ भी हुआ नहीं और अब जब बात मेरे पहले प्यार की है तो इसे झूठ के कपड़ों में मैं देख नहीं पाऊँगा, चाहे इस कागज पर वो लफ्ज कितने भी अच्छे क्यों न लगें। तो ऐसा कुछ रोमांटिक हुआ नहीं। सही कहूँ तो हम दोनों में से किसी ने भी एक-दूसरे को प्रपोज नहीं किया। लड़ते-झगड़ते, रुठते-मनाते, हँसते-हँसाते हर दिन थोड़ा-थोड़ा जुड़ता गया और एक रिश्ता बन गया। जिसे हम दोनों ने बिना इक-दूजे को बताए ही अपना लिया या फिर शायद हमें कभी भी एक-दूसरे को ये बताने की जरूरत ही नहीं पड़ी कि हम एक-दूसरे को पसंद करने लगे हैं, कि हम एक-दूसरे से प्यार करने लगे हैं। मानो जैसे हम दोनों ही ये जानते थे कि हम किस ओर जा रहे हैं।

(5)

मैंने लोगों को ये कहते सुना है कि कॉलेज की लाइफ किसी भी इंसान की जिंदगी का सबसे हसीन वक्त होता है। लेकिन दूसरों से इतर, मेरा ये हसीन वक्त थोड़ा लेट शुरू हुआ था। मेरे फर्स्ट ईयर का आधे से ज्यादा वक्त तो घर पर ही दम तोड़ चुका था और बचा हुआ वक्त फिर से अपनी जिंदगी को सही पटरी पर लाने में खर्च हो गया। और इन्हीं सब के बीच पता ही नहीं चला कि कैसे ये फर्स्ट ईयर गुजर गया लेकिन मुझे इस बात का कोई अफसोस नहीं था कि अगर मैं पहले सँभल गया होता तो मेरा ये साल भी बाकियों की तरह वही लंबाई लिए हुए होता, क्योंकि किसी महान इंसान ने कहा कि अंत भला तो सब भला। वैसे भी अगर कुछ बातों को छोड़ दिया जाए तो इस साल सब कुछ तो सही हुआ था। फाइनल एग्जाम अच्छे से निपट गए थे। एक मस्त मौला मकान मालिक न जाने पिछले जन्म के कौन-से अच्छे कर्म से मेरी झोली में आ गिरा था! आगे का वक्त गुजारने के लिए एक भाई जैसा दोस्त बन चुका था और सबसे बड़ी बात मुझे अब अपना प्यार मिल चुका था। अब इससे ज्यादा और क्या चाहिए एक लड़के को!

विधि और मेरा प्यार वक्त के साथ-साथ एहसासों की आँच पर पकते-पकते, धीरे-धीरे, एकदम गाढ़ा हो चुका था। उसका सुर्ख रंग सूरज की पहली किरण की तरह हमारी जिंदगी के आसमान में चमक उठा था। और उससे भी बड़ी खुशी की बात ये थी कि आखिरकार मेरे लाख मनाने के बाद, कल सुबह

विधि उदयपुर आ रही थी। उसका कुछ भी और बन पाता उससे पहले ही उसका पापा बन गया था मैं। उसकी हॉस्टल वार्डन को उसका पापा बनकर बात कर चुका था और उसकी छुट्टियों के लिए झूठा फैक्स भी। सच कहूँ तो उसे उदयपुर लाने के लिए उस दिन मैं कुछ भी कर सकता था, शायद कुछ भी।

वो आ रही थी, ये ठीक था। मैं खुश था, ये भी ठीक था पर पता नहीं क्यों मुझे उस दिन बहुत अजीब-सा कुछ हुए जा रहा था। मैं अपनी हजार कोशिशों के बाद भी एक जगह टिककर बैठ ही नहीं पा रहा था। कल सुबह विधि यहाँ होगी। मेरे पास होगी। ये सब बार-बार सोच-सोचकर जैसे मेरी हालत ही खराब हो चुकी थी। मैं वो सब कुछ किए जा रहा था जो मैं नॉर्मली कभी नहीं करता था। इतनी बेचैनी मुझसे सही नहीं जा रही थी। ऐसा लग रहा था मानो जैसे मेरा दिमाग आज फट जाएगा। मैं सच में बहुत कोशिश कर रहा था खुद को शांत करने की पर मेरे लिए उस दिन खुद को शांत कर पाना मुश्किल था, शायद बहुत ही ज्यादा मुश्किल। रह-रहकर मेरे दिमाग में अजीबो-गरीब खयाल आए जा रहे थे। कभी मेरा मन करता कि जाकर एक-दो बियर गटक लूँ, तो कभी मन करता कि एक-दो सिगरेट फूँक आऊँ। लेकिन अकेले कहीं भी जाने की न तो तब मेरी हिम्मत हो रही थी और न ही मन। थक-हारकर मैंने रितेश को कॉल किया और उसे अपना पूरा हाल बता दिया। रितेश जानता था कि मुझे क्या हो रहा है, क्यों हो रहा है और ये भी कि इस हालात में क्या किया जाना चाहिए।

तो उसके कहे अनुसार मैंने वही काम किया जिसे करने मैं हर वर्जिन को महारथ हासिल होती है। देखते-ही-देखते कुछ ही देर में सब कुछ थम-सा गया। मैंने भगवान को इन हाथों के लिए, आदमी की सोच को उन वीडियोज के लिए और साथ-ही-साथ रितेश को उस आइडिया के लिए दिल से शुक्रिया किया। उसके बाद मुझे कब नींद आ गई पता ही नहीं चला पर जब उठा तो देखा कि रात के 9:30 बज चुके थे और मोबाइल में विधि के 16 मिस कॉल थे।

''कहाँ हो यार तुम, कब से कॉल किए जा रही हूँ मैं ?'' मेरा कॉल रिसीव करते ही विधि चिल्लाने लगी। उसकी आवाज में उदयपुर आकर मुझ पर एहसान करने वाली फीलिंग्स साफ-साफ नजर आ रही थी। पर मैं कोई पागल नहीं था। आज तो मैं उसकी गालियाँ तक भी सुन सकता था और वो भी बिना उफ तक किए।

''सॉरी ना बिट्टू, वो थोड़ा थक गया था तो पता ही नहीं चला कि कब

आँख लग गई।'' मैंने मासूमियत ओढ़ते हुए कहा।

''तुम्हारा अच्छा है यार सो गए! मैं सुबह से यहाँ परेशान हुए जा रही हूँ। तुम तो जानते हो ना कि मैं पहली बार रात में अकेली सफर कर रही हूँ।'' उसकी बातों में रात में अकेले सफर करने का डर पानी में घुले किसी रंग की तरह साफ-साफ झलक रहा था। उसकी आवाज में एक डर था जिसमें उस रात में उसके साथ क्या-क्या हो सकता है इसकी सारी संभावनाएँ अपना हाथ उठाए खड़ी थी। मुश्किल होता है एक लड़की के लिए पहली बार खुद की जिम्मेदारी लेकर और उस पर पूरी दुनिया से झूठ बोलकर रात में अकेले ट्रेवल करके कहीं जाना। वो भी उस दौर में जब इंसान की इंसानियत किसी जंगली जानवर के जंगलीपने से ज्यादा बदतर हो चुकी हो।

''मैं हूँ ना यार! क्यों डर रही हो तुम इतना। हम पूरे सफर बात करते रहेंगे। तू तो मेरा ब्रेव वाला लायन है ना? किसमें इतनी हिम्मत है कि जो तुम्हें डरा सके!'' मैंने उसके डर और उसकी बेचैनी को हौले से सहलाते हुए कहा।

''हम्म्म ..... लव यू बिट्टू!'' उसकी आवाज अभी भी थोड़ी-सी उदासी लिए हुए थी।

''लव यू टू बेबू।'' मैं उसे थोड़ा-सा भरोसा और सब कुछ ठीक है, सब कुछ ठीक होगा की उम्मीद देते हुए बोला।

मैं सही से तो नहीं कह सकता पर शायद विधि की हालत उस वक्त नदी के उस पानी की तरह थी जिसे पता था कि उसे कुछ वक्त के बाद समंदर में जाकर मिलना है और समंदर में मिलते ही वो अपनी पहचान खो देगा। वो रहेगा तो पानी ही पर बहुत कुछ बदल जाएगा उसका। उसका रंग, उसकी मिठास और भी बहुत कुछ। पर शायद कभी-कभी खुद को खोने का नशा इतना गहरा होता है कि उसके सामने सही-गलत, अच्छा-बुरा, सब कुछ बौना-सा लगता है। हमें बस वो चाहिए होता है जो हमें चाहिए। और इसी नशे में शायद वो आज सबसे झूठ बोलकर उस लड़के से मिलने आ रही थी जिससे उसने आज तक सिर्फ फोन पर बात की थी। जिसकी उसने बस कुछ एक फोटो देखी थी।

मुझे भरोसा था खुद पर कि उसकी हाँ के बिना मैं उसे हाथ तक नहीं लगाऊँगा लेकिन क्या उसे भी मुझ पर इतना ही भरोसा था? और अगर ऐसा था, तो मैंने उसे ऐसा क्या कह दिया था कि उसे मुझपर इतना भरोसा था? क्या कर सकती थी वो अगर मैं गलत बंदा निकलता? क्या वो मुझे रोक सकती थी अगर मैं, मैं ही न रहता? अगर मैं खुद की हैवानियत को रोक ही नहीं पाता?

ऐसे कई सवाल थे जिन्हें उसकी आवाज के उस डर ने तपाक से मेरे जेहन में उतार दिया था लेकिन उस वक्त मेरे पास इन सवालों के कोई जवाब नहीं थे। पर आज, जब मैं इन रास्तों की हवाओं को थोड़ा बहुत समझने लगा हूँ तो लगता है जैसे उस दिन उसे मुझ पर थोड़ा-सा भी भरोसा नहीं था। उसे बस यकीन था अपने कुछ महीनों के प्यार पर। उसे बस यकीन था अपने 'बिट्टू', 'बेबी' जैसे कुछ शब्दों पर, जिन्होंने मुझे हर बार कभी शराब पीने से, तो कभी लड़ाई-झगड़ों से रोका था। उसे यकीन था अपनी आवाज की उस गर्माहट पर जिसने कई बार मेरे सिरदर्द को बिना किसी दवाई के ही कहीं गायब कर दिया था। उसे यकीन था अपनी उस खामोशी पर, जिसने कई बार मेरे गुस्से, मेरी नाराजगी, मेरी अकड़ को भाप की तरह कहीं उड़ा दिया था। उसे शायद उन दूरियों पर यकीन था जिसने उससे दूर जाने की मेरी लाख कोशिशों के बाद भी मुझे हर बार अपना सिर झुकाए वापस उसकी आगोश में लौटाया था। हाँ, मैं ये कह सकता हूँ कि उसे उस दिन मुझ पर रत्तीभर भी यकीन नहीं था पर उसे अपनी पसंद पर यकीन था। उसे अपने रिश्ते पर यकीन था और शायद तब ये काफी था उसके लिए।

अगर मैं अपनी कहूँ तो मैं भी एक नॉर्मल लड़का ही था जिसे वो सब कुछ चाहिए था जो उसके बाकी दोस्तों के पास था। उसे वो सब कुछ करना था जो उसके बाकी दोस्तों ने किया था। लेकिन इन सब से अलग मैं ये जानता हूँ कि तब एक और 'मैं' था मेरे अंदर जो सिर्फ 'अभि' नहीं था वो 'विधि का अभि' था। जो उससे बेइंतहा मोहब्बत करता था, जो उससे पागलों की तरह मोहब्बत करता था। शायद उस अभि को आज के जमाने की हवा नहीं लगी थी। उसका विधि के लिए प्यार उतना ही पाक था जितना पाक शायद खुद खुदा। वो रात भर जागता था जब पीरियड्स में वो सो नहीं पाती थी। वो रात भर सिर्फ उसकी आवाज के साथ अकेले रहने के लिए गली के उन मच्छरों से लड़ता रहता था। जो चाहता था कि इन कुछ दिनों में वो विधि को पूरा उदयपुर दिखाए और इसी के लिए उसने अपने दोस्तों से भीख माँग-माँगकर हजारों का बजट भी इकट्ठा किया था। वो मीरा वाला प्यार करता था उससे और अगर सच कहूँ तो वो आज भी उससे उतना ही प्यार करता है और शायद हमेशा ही करता रहेगा। और वैसे भी पहले प्यार में ऐसी आशिकी की इजाजत होती है, चाहे बाद में इस पागलपन पर हम खुद ही लाख क्यों न हँसें।

***

वैसे जयपुर से उदयपुर ज्यादा दूर तो नहीं था पर जब सफर में किसी का इंतजार जुड़ जाता है तो वक्त अपनी रफ्तार अचानक ही धीमी कर लेता है और फिर थोड़ी-सी दूरी भी हमें बहुत ज्यादा लगने लगती है। हर सेकंड लगता है कि मानो घड़ी खराब हो गई है पर हर तरह से उसे पीटने-पटकने के बाद भी जब वो वापस से वैसे ही रुकी-रुकी-सी, वैसे ही ढुलमुल-सी चलने लगती है तो लगता है जैसे ये वक्त ही आपके खिलाफ कोई साजिश रच रहा है कि ये रात अब बिना रुके सदियों तक चलनी है। असल में ये तो सिर्फ मेरी सोच थी, वो तो वक्त था, उसे तो न चाहते हुए भी खुद को खर्च करना ही था। लेकिन फिर भी चाहे आप मानो या न मानो पर बातो-बातों में रात कैसे निकली पता ही नहीं चला। अब अगर सच कहूँ तो इस बात से बड़ी घटिया बात आज तक कभी बोली ही नहीं गई है और शायद इसीलिए ही अपने दिल के लाख चाहने के बाद भी मैं ये झूठा डायलॉग यहाँ नहीं मारूँगा। असलियत तो ये है कि बड़ी मुश्किल से वो रात गुजरी पर आखिरकार उसने वो कह ही दिया जिसका मुझे पूरी रात से इंतजार था। जिसके लिए पूरी रात मैं कभी वक्त से तो कभी नींद से लगातार लड़े जा रहा था। आखिरकार उसने कह ही दिया, ''बिट्टू मैं पहुँचने वाली हूँ, तुम बस स्टेशन आ जाओ।''

उसके मुँह से ये सुनकर मैं खुशी से पागल हुआ जा रहा था। एक अजीब से डर के साथ-साथ बहुत सारी खुशी मेरी नस-नस में किसी आवारा साँड़ की तरह बेकाबू होकर इधर-उधर दौड़े जा रही थी। जितना जल्दी हो सकता था, उतना जल्दी मैं स्टेशन पहुँच गया और उसे ढूँढ़ने लगा। ATM के किनारे खड़ी थी वो। कंधे पर स्पाइडरमैन का बैग और हाथ में एक वाटर बोतल लिए हुए। उसे देखकर लग रहा था जैसे कोई लड़की अभी-अभी अपने स्कूल से बाहर आई हो। मैं उसकी ओर जाने के लिए बाइक से उतरने ही वाला था कि उसने भी मुझे देख लिया। मुझे देखते ही उसके चेहरे पर एक मासूम-सी खुशी छलक आई मानो जैसे बारिश की पहली बूँद को जमीन मिल गई हो। फिर वो किसी बच्चे की तरह अपना भारी-सा बैग अपनी पीठ पर सँभालते हुए मेरी ओर भागी चली आई। उसे अपनी ओर आते देख मेरा मन तो किया कि बाइक से उतरकर उसे गले लगा लूँ, पर तब जो मेरे अंदर हो रहा था वो मुझे कुछ भी सही से सोचने नहीं दे रहा था। कुछ भी सही से करने नहीं दे रहा था। असल में मेरे हार्मोंस की वो उथल-पुथल मेरी समझ को किसी किनारे ढकेल आई थी। मैं उन इमोशंस के समंदर में किसी भटके हुए नाविक की तरह, बिना कंपास

लिए बस तैरे जा रहा था। फिर मेरे यूँ देखते-ही-देखते वो मेरी बाइक के पास आकर खड़ी हो गई और उसी मासूमियत के साथ मुझे देखकर मुस्कुराने लगी। मुझे यकीन नहीं हो रहा था कि मेरी गर्लफ्रेंड मेरे पास खड़ी है। मुझे यकीन नहीं हो रहा था कि आज मेरे पास रियल वाली गर्लफ्रेंड है। जो मेरे लिए पूरी दुनिया से झूठ बोलकर, इतना सारा रिस्क लेकर यहाँ मेरे पास आई है।

बस स्टेशन से मेरा रूम लगभग दो किलोमीटर के आस-पास था और ये ज्यादा दूरी नहीं थी, पर मैं पूरी कोशिश कर रहा था कि जितना हो सके मैं उतना धीरे बाइक चला पाऊँ क्योंकि तब मेरा पूरा ध्यान बाइक चलाने पर न होकर मेरे कंधे पर था जहाँ से उसने मुझे पकड़ रखा था। मेरा दिमाग अपनी पूरी ताकत लगा रहा था कि वो कैसे भी उसके उस हाथ के इंच-इंच को महसूस कर सके। जैसे उसे अब भी ये यकीन ही नहीं हो पाया हो कि विधि मेरी है। सच कहूँ तो वो दो किलोमीटर का सफर मेरे लिए किसी आइसक्रीम के रैपर पर लगी हुई आइसक्रीम की तरह था, जो एक्स्ट्रा-सी लगती है पर मजेदार लगती है।

"आ गए बिट्टू।" मैंने उससे अपने रूम की तरफ इशारा करते हुए कहा और फिर उसे बाइक से उतारकर, बाइक पार्क करके मैं उसका हाथ थामे हुए अपने रूम की तरफ जाने लगा। मैं रूम का दरवाजा खोलने ही वाला था कि उसने रोक लिया मुझे। उसने मेरा हाथ पकड़ा और अगले ही पल मुझे हग कर लिया। ये पहली बार था जब किसी लड़की ने मुझे गले लगाया हो। मैं कह नहीं सकता कि मैं तब कितना खुश था। पर मेरा खुराफाती दिमाग तभी सोचने लगा कि यहीं क्यों? वो मुझे बस स्टेशन पर भी हग कर सकती थी या कुछ सेकंड्स बाद रूम में भी। तो फिर अभी ही क्यों? पर उधर मेरी सोच से बेखबर उसका हग हर सेकंड मुझे और ज्यादा कसता जा रहा था मानो जैसे वो मुझमें कुछ खोज रहा हो, जैसे मुझसे कुछ पूछ रहा हो।

"क्या हुआ बिट्टू?" मैंने उसके सिर को हौले से सहलाते हुए पूछा।

"कुछ नहीं। थोड़ी देर बस ऐसे ही रहने दो।" उसने अपने सिर को मेरे कंधे पर अच्छे से एडजस्ट करते हुए कहा।

वो कुछ नहीं तो ठीक था पर जब उसके बाद की खामोशी से बात हुई तो पता चला कि वो थोड़ा डर रही थी मेरे साथ रूम में जाने से, पर वो जाना भी चाहती थी। उसका ये हग इसलिए था कि जिससे वो अपने शरीर और अपनी रूह को ये यकीन दिला सके कि ये लड़का मेरा है। ये प्यार मेरा है और तुम दोनों सुरक्षित हो इसके साथ। मुझे यकीन है इसपर। तुम डरो मत।

"चलें बिट्टू, वरना तुम्हें ठंड लग जाएगी?" मैंने उसके माथे को प्यार से चूमते हुए कहा। शायद उसके माथे को चूमकर मैं भी उसे तब यही यकीन दिलाना चाहता था कि हाँ तुम सही हो। तुम मेरे साथ सलामत हो।

अब आपने कभी इसे महसूस किया है या नहीं मुझे पता नहीं पर डर और प्यार के बीच वही रिश्ता होता है जो पानी और मछली के बीच में होता है। डर के बिना प्यार कभी जिंदा नहीं रह सकता। चाहे वो कोई भी रिश्ता क्यों न हो, चाहे उस रिश्ते की उम्र कितनी भी क्यों न हो। अगर रिश्ता जिंदा है, अगर उसमें प्यार जिंदा है तो उसके जड़ में कहीं-न-कहीं, कोई-न-कोई डर भी जिंदा है। चाहे वो आपको दिखे या न दिखे।

उधर ठंड से कंपकपाती उस सुबह में बहुत कुछ कहना-सुनना था हमें एक-दूसरे से, पर थकान सुबह-सुबह के गहरे अँधेरे की तरह उसकी आँखों में जमने लगी थी। लग रहा था मानो वक्त हम दोनों के एहसासों को दिन भर से सँभालते-सँभालते अब खुद ही ऊँघने लगा था। हम दोनों के लिए बेहतर यही था कि तब हम खुद को बिना एक पल रोके नींद के हवाले कर दें और फिर हमने वही किया। कुछ ही देर में उसने अपना हक जताते हुए मेरे हाथ को अपना तकिया बना लिया और मैं बस वहीं उसके पास लेटे-लेटे उसकी साँसों की गरमी को अपनी गर्दन पर महसूस कर के खुद को अभी भी यही यकीन दिलाने में लगा रहा कि ये सब सच है। ये सब कोई सपना नहीं। फिर देखते-ही-देखते हमारी हर करवट थोड़ा-थोड़ा करके हमें और नजदीक लाने लगी। आज ये पहली बार था कि किसी को छूने में मेरी उँगलियाँ पीछे रह गई थीं और नाक आगे। उस बिस्तर में पहली बार हम दोनों की नाक ने एक-दूसरे को महसूस किया था। एक-दूसरे से दोस्ती की थी। फिर दोस्ती हुई उसके बालों और मेरी उँगलियों की। मैं धीरे-धीरे अपनी उँगलियों से उसके बालों को सहलाने लगा और जैसे-जैसे मेरी उँगलियाँ उसके बालों में फिसलने लगी वैसे-वैसे वो और भी ज्यादा नींद के आगोश में समाने लगी। उसकी हर 'ऊम्ह' की आवाज उसकी थकान को मानो इस सुबह के गहरे अँधेरे में कहीं बिखेर रही थी और फिर वो देखते-ही-देखते नींद की गलियों में कहीं खो गई।

(6)

कहते हैं जब आप खुश होते हैं तब वक्त कैसे गुजरता है पता ही नहीं चलता क्योंकि तब वक्त देखता कौन है। इन दिनों मेरे दिन भी ऐसे ही निकल रहे थे।

आज कल तो ऐसा लग रहा था मानो विधि के आने की खुशी में उदयपुर ने खुद को सजा लिया हो। जैसे यहाँ की हर गली, हर चौराहे ने किसी खूबसूरत लड़की की तरह अपनी आँखों में गहरा काजल लगा लिया हो। दूसरी ओर अगर मेरी बात करूँ तो अब मेरी यही कोशिश रहती थी कि वक्त के हर लम्हे को कैसे भी खींचकर बस लंबा करता रहूँ और विधि के प्यार को वक्त की उन सीमाओं के पार जाकर थोड़ा-सा और जीता रहूँ। पर कुछ बातें कहाँ हमारे हाथ में होती हैं! वक्त तो आजादी की औलाद है। उसे कौन काबू कर पाया है जो मैं कर पाता, तो जब इस कोशिश में खुद को मैं नाकाम देखता तो फिर लग जाता नये-नये बहाने खोजने जिन्हें परोसकर कैसे भी मैं विधि को कुछ दिन और अपने पास रोक सकूँ।

उधर विधि अभी-अभी नहाकर रूम में आई थी और उसकी फ्रेशनेस से न जाने कैसे पर एक ही पल में पूरा रूम महक उठा था, और वो भी बदमाश कहीं की मेरे सामने ही खड़ी होकर तैयार होने लगी। किसी शायर के गहराते खयालों-सी गहराती उसकी वो मदहोश-सी आँखें, समंदर की लहरों के जैसे उठते-गिरते उसके वो मखमल से मुलायम गुलाबी होंठ, शाम की लालिमा-सा खिला हुआ उसके जिस्म का वो गोरा रंग, किसी उफनती नदी के मुड़ावों-सी तराशी हुई उसकी वो कमर और इन सबसे खूबसूरत उसकी कमर से थोड़ा-सा ऊपर तक आते उसके वो रेशम से हल्का ब्राउन शेड लिए हुए बाल। अगर सीधा-सीधा कहूँ तो तब वो सर्दियों की सुबह की हल्की सुनहरी धूप-सी लग रही थी। देखते-ही-देखते उसके उन भीगे बालों से गिरता वो बूँद-बूँद पानी, अपनी ही बदमाशी में मेरी धड़कनों से छेड़छाड़ करने लगा। मेरा मन तो कर रहा था कि बेड से उठकर उसके पास जाऊँ और उसकी खूबसूरती की अथाह मिठास ली हुई उन बूँदों को एक-एक करके अपनी प्यास बुझने तक पीता जाऊँ। तब शायद मैं अपनी ओर से इसके लिए कोशिश कर भी लेता पर तभी रितेश का कॉल आया और वो कहने लगा, ''मिलना है यार, कुछ इम्पॉर्टेंट बात करनी है तुझसे।'' ऐसा अक्सर होता नहीं है कि 'मिलकर बात करेंगे' जैसे शब्दों का इस्तेमाल करके वो खुद की और हमारी दोस्ती की बेइज्जती करे। पर आज उसकी बातों से लग रहा था कि शायद आज सुबह-सुबह ही एक-दो पेग लगा लिए थे उसने या फिर क्या पता सच में कहीं कुछ लफड़ा हुआ था। यही सब सोचकर हम दोनों बिना ज्यादा देर किए पहुँच गए फतेहसागर, जहाँ हमने रितेश से मिलने का तय किया था।

"क्या हुआ रितेश? सब कुछ ठीक तो है ना?" विधि ने रितेश को देखते ही उसके गले मिलते हुए उससे पूछा।

"अब मुझे क्या होना है! मस्त हूँ मैं तो पर कुछ बात करनी है यार तुझसे।" रितेश ने विधि को अपना हाल बताकर मेरी ओर देखते हुए कहा।

"हाँ बोल ना यार, क्या हुआ है? तेरी हरकतें बड़ी अजीब लग रही हैं मुझे आज।" मैं उसके लिए अपने डर और अपनी चिंता को जाहिर करने लगा और ये स्वाभाविक भी था क्योंकि वक्त के साथ-साथ हम दोनों एक-दूसरे के बहुत ही ज्यादा करीब आ चुके थे मानो जैसे दोस्त के रूप में एक भाई मिल गया था मुझे। आज से पहले मैंने कभी भी रितेश को ऐसी बातें करते हुए नहीं देखा था।

"यार I think, I am in love." रितेश ने इस बार विधि की ओर देखते हुए बोला और विधि तुरंत ही अपने दोस्त की खुशी में खुश होते हुए कहने लगी, "ये तो अच्छी बात हैं ना! चलो कोई तो मिला तुम्हें अपने लायक!" पर रितेश के लिए विधि के ये लफ्ज कोई मायने नहीं रखते थे। उसने उन्हें एक हल्की-सी स्माइल देकर वहाँ से चलता कर दिया। फिर वो उस आवाज को खोजने लगा जो उसके लिए तब जरूरी थी और जो शायद मेरी ओर से आनी थी।

"साले, ये नौटंकी बंद कर तू। प्यार हो गया है तेरे को अब! कुछ और मिला नहीं जो अब तू ये सब करने लग गया और इसी बेकार-सी बात के लिए तू सुबह से मेरी जान निकाले जा रहा है। साले मैं वहाँ परेशान हुआ जा रहा था कि क्या हो गया है? और तेरे को प्यार हो गया है!" मैंने गुस्से में अपनी आँखें लाल करते हुए कहा।

"बिट्टू, ऐसे कैसे बोल सकते हो तुम? वो अपनी फीलिंग्स तुमसे शेयर करना चाहता है इसलिए बता रहा है।" विधि गुस्सा होकर बिना कुछ सोचे-समझे ही मुझ पर बिल फाड़ने लगी।

"अरे इसका रोज का है यार! आज तक तो कभी मुझे बताया नहीं कि किसके साथ है ये। हर बार कोई नई ही होती है इसके साथ और अब प्यार करने लग गए हैं ये।" मैंने 'अब ये क्या नाटक है' वाले भाव के साथ कहा।

"चल ठीक है भाई, तुम दोनों एन्ज्वाय करो मैं चलता हूँ।" रितेश ने मेरी बात सुनकर बस इतना कहा और वहाँ से उठकर जाने लगा।

उसके ये करते ही मैं समझ गया कि कुछ तो लफड़ा है भाई! ये ऐसे कभी नहीं करता। आज ये पहली बार था कि जब वो मुझसे ऐसे नाराज होकर जा रहा था और वो भी तब जब विधि मेरे साथ थी। बीतते हर सेकंड के साथ मेरी परेशानी और भी बढ़ने लगी। मैं उठा और उसे रोकते हुए बोला, "क्या है यार रितेश, अब तू लड़कियों की तरह बिहैव कर रहा है यार! चल बता कौन है वो जिससे तुझे प्यार हो गया है?" मैंने उसके दिल के हाल और उसके इमोशंस को सँभालना चाहा।

"शिफा, वो जो अपने ही क्लास में है।" रितेश अपना मुँह जमीन में धँसाए हुए बोला।

उसके प्यार का नाम सुनकर विधि की खुशी का तो ठिकाना ही नहीं रहा। वो ऐसे खुश हो रही थी जैसे सालों पहले मेले में बिछड़ी हुई उसकी कोई बहन मिल गई हो।

"बहुत प्यारा नाम है यार, और मुझे पूरा भरोसा है कि वो भी इतनी ही खूबसूरत होगी। और खूबसूरत हो भी क्यों ना! आखिर तेरी पसंद है यार। अब बता कि कब मिलवा रहा है मुझे उससे?" विधि रितेश के प्यार का झंडा अपने हाथों में लेकर चहकती हुई बोली। पर मैं खामोश था और रितेश भी। मैं रितेश को देख रहा था, रितेश मुझे देख रहा था और विधि हम दोनों की उस अजीब-सी खामोशी को। उधर रितेश की नई-नवेली मोहब्बत पास के लाइट पोल पर चढ़कर अपने पूरे दाँत दिखाते हुए मुझ पर हँस रही थी। रितेश जानता था कि मैं क्या सोच रहा हूँ और मैं भी ये जानता था कि जो मैं सोच रहा हूँ और जो मैं कहना चाहता हूँ उसे वो किसी भी हाल में सुनना नहीं चाहता।

ऐसा अक्सर क्यों होता है कि आपके दोस्त की मोहब्बत में आपको सबसे पहले अपनी अर्थी दिखने लगती है। आपका दिमाग तुरंत ही अंदाजा लगा लेता है कि कहाँ-कहाँ पड़ेगी और कितनी-कितनी पड़ेगी। आपको अचानक ही अपनी माँ दिखने लगती है। हॉस्पिटल के ऑपरेशन थिएटर के बाहर लगी उस मनहूस-सी चेयर पर आपके डॉक्टर का इंतजार करते हुए। जैसा कि अक्सर फिल्मों में होता है।

"शिफा! तेरा दिमाग तो खराब नहीं है साले! देख मैं साफ-साफ कह रहा हूँ तुझसे, 2 साल और बाकी हैं अभी कॉलेज के। कुछ भी ऐसा मत करना कि... समझ रहा है न भाई!" मैंने शायद थोड़ा डरते हुए, उससे ज्यादा उसकी उस नई-नई आशिकी को समझाते हुए कहा।

"क्या बिट्टू! तुम ऐसी बातें क्यों कह रहे हो आज? तुम्हें तो रितेश की हेल्प करनी चाहिए, उसे इन्करेज करना चाहिए।" विधि फिर से बिना कुछ सोचे-समझे मुझ पर चिल्लाने लगी। उसकी बात सुनकर मेरा मन तो कर रहा था कि मैं उसे कहूँ, "तुम्हें कोई अंदाजा भी नहीं हैं कि आगे क्या-क्या हो सकता है। अगर कुछ हो गया तो तुम बस बाद में रोने और ड्रेसिंग करने ही आओगी अपने बिट्टू की। जो बीतेगी वो तो साला हम पर बीतेगी, और साला तुम्हें तो ये भी नहीं पता कि सर्दियों में मार नॉर्मल दिनों से कहीं ज्यादा लगती है यार।" पर कहीं वो उल्टे मुझसे ये न पूछ ले कि तुमने कितनी बार ठंड में मार खाई है? इसलिए मैंने उससे कुछ भी कहना सही नहीं समझा।

"भाई सब सँभाल लेंगे अपन दोनों, तू क्यों डर रहा है इतना? किसी को कुछ पता नहीं चलेगा। प्यार ही तो करते हैं! कौन-सा मैं लेकर भाग रहा हूँ उसे!" रितेश मेरे डर को किसी पालतू कुत्ते की तरह सहलाते हुए बोला।

"ये तो ठीक है भाई और माँ कसम मैं समझ भी रहा हूँ, पर रहने दे न यार। क्यों फालतू के लफड़े में पड़ना! तेरे जैसी लाइफ के लड़के सपने देखते हैं यार और तू अब फिजूल ही इस प्यार के चक्कर में पड़ रहा है।" मैंने रितेश को उसकी लाइफ स्टाइल का दिलासा देते हुए कहा। आपने देखा होगा कि ऐसा अक्सर ही होता है कि जिसके पास मुश्किल से मिली एक ही गर्लफ्रेंड हो वो अपनी पूरी कोशिश में होता है कि कैसे भी, कहीं भी और मुँह मार सके और जिसको ये सब कुछ आसानी से मिल रहा होता है उसे ये नया भूत चढ़ जाता है, प्यार का भूत। मुझे तब ये बात समझ नहीं आ रही थी कि जब वो बहुत सारी लड़कियों से जब चाहे तब, जितनी बार चाहे उतनी बार पलंग तोड़ प्यार कर सकता है और वो भी बिना किसी कमिटमेंट और रिस्क के, तो इतना रिस्क लेकर किसी एक को ही, वो क्या कहते हैं 'सच्चा वाला प्यार' करने की उसे क्या जरूरत है! यार चाहे चिकन कितना भी टेस्टी क्यों न हो उसे रोज-रोज तो नहीं खाया जा सकता ना। अब हमारे जैसों की तो मजबूरी थी कि कोई दूसरा मिलता ही नहीं था पर उसे तो इसी काम में महारत हासिल थी। उसे ये सब कुछ करने की क्या जरूरत थी!

अब ये सब क्यों था मुझे पता नहीं पर मैं तब पूरी कोशिश कर रहा था कि कैसे भी हो वो बस मान जाए और इस बात को भी अपने पिछले अफेयर्स की तरह ही यहीं छोड़ दे। पर इसके बाद जो हुआ, उसके बाद तो कोई उम्मीद और रास्ता ही नहीं बचा मेरे पास। मेरे देखते-ही-देखते हमारे पास एक स्कूटी

आकर रुकी। जनरली तो हम ऐसे हालात में कुछ सेकंड्स में ही सामने वाली लड़की को पूरा ताड़ लेते हैं या हमारी भाषा में कहें तो निचोड़ लेते हैं पर वो तो भाभी थी। मतलब की शिफा मेरे सामने खड़ी थी।

शिफा को देखकर मुझे ये समझने में ज्यादा देर नहीं लगी कि साले ने इस सब की पहले से ही प्लानिंग कर रखी थी। उसे पता था कि अगर एक बार शिफा, विधि से मिल जाए और फिर दोनों दोस्त बन जाएँ, तो फिर मैं लाख चाहकर भी कुछ नहीं कर पाऊँगा। तभी मेरा दिमाग आने वाले कल के तूफानों के बारे में सोच-सोचकर फटने लगा। मुझे अच्छे से दिख रहा था कि विधि और शिफा, मिनटों में नहीं, गुजरते हर सेकंड के साथ-साथ अपने रिश्ते को फेवीक्विक लगा-लगाकर चिपकाए जा रही थीं। ऊपर से उनकी बातों पर रितेश की वो हँसी उस रिश्ते पर वो कभी न मुरझाने वाले प्लास्टिक के सुनहरे गुलाब सजाए जा रही थी। तभी अचानक ही मुझे आस-पास से आवाजें आने लगी कि तू तो गया बेटा।

मुझसे अब रहा नहीं जा रहा था। मैंने विधि से कहा, ''आप लोग बातें करो मैं अभी आता हूँ।'' और फिर मैं वहाँ से निकल आया। विधि के पूछने पर भी मैं कुछ कह नहीं पाया कि मैं कहा जा रहा हूँ। पर मैं वहाँ से निकल आया और वहाँ से थोड़ा-सा आगे मैं एक चाय की थड़ी पर रुका और फिर कुछ ही कश में पूरी एक सिगरेट खींच ली मैंने। फिर एक और ली और फिर उसे जलाकर वहीं बैठ गया और सोचने लगा।

मैं सोचने लगा कि मैं इतना परेशान क्यों हूँ? बस एक लड़की की वजह से! ऐसी तो रितेश रूम पर हर बार लाता रहता है। पर नहीं, मैं परेशान एक लड़की की वजह से नहीं हूँ। मैं परेशान हूँ रितेश के लिए क्योंकि मैं जानता हूँ उसे। मैं जानता हूँ कि वो मेरे लिए किसी से भी बिना एक सेकंड के लिए सोचे भिड़ सकता है, चाहे उसे पता ही क्यों न हो कि यहाँ तो खानी ही है। तो फिर वो शिफा के लिए क्या-कुछ नहीं कर सकता है? और तब मैंने ये अच्छे से महसूस किया था कि 'शिफा' का नाम बताते वक्त उसकी आवाज और उसकी आँखों में वो हल्कापन नहीं था जो हर बार किसी लड़की के बारे में बताते वक्त उसकी आवाज और उसकी आँखों में होता था। उस हल्केपन की जगह वहाँ आज एक अजीब-सी बचैनी थी। वहाँ आज एक अजीब ही भारीपन था जो शायद तभी आता है जब कोई आप में गहरे तक उतर चुका हो। जब कोई आपका ही एक हिस्सा बन चुका हो।

पर वो 'शिफा खान' थी यार। इस नाम का वजन शायद विधि समझ नहीं सकती थी पर मैं और मेरे हालात इसे अच्छे से समझ रहे थे। उस पर रितेश की जिद और उसका नेचर मुझे और भी ज्यादा परेशान किए जा रहा था। मैं भी नया-नया ही प्यार को महसूस कर रहा था। उसे जी रहा था। पर माँ कसम अगर बात लट्ठ खाने की हो तो एक ही साँस में ऐसे 100 प्यार कुर्बान। लेकिन ये तो मेरी सोच थी, पर मुझे रितेश का भी अच्छे से पता था कि वो इस कंडीशन में भी यही कहेगा कि तू लोड न ले, देख लेंगे यार। कुछ भी क्यों न हो जाए उसका हमेशा फिक्स था कि 'देख लेंगे यार।'

तो मैं वहाँ बैठा-बैठा इन सब बातों को उल्टा-सीधा कर इधर-उधर कर शायद खुद को ही कुछ-न-कुछ समझाने की कोशिश कर रहा था। लेकिन अब विधि का कॉल बार-बार आए जा रहा था, तो मुझे वापस वहाँ जाना ही पड़ा। सच में आज मेरा बिलकुल मन नहीं था वापस उनके पास जाने का। दिल में बस एक ही बात थी कि कैसे भी मैं रितेश को प्यार में धर्म का लेना-देना समझा पाऊँ और ये भी कि 'देख लेंगे' जैसा सच में कुछ नहीं होता।

"कहाँ गए थे? हम वेट कर रहे थे ना।" विधि ये कहते हुए मेरे आते ही मुझसे आकर लिपट गई।

"कहीं नहीं बिट्टू, यहीं तो था, तुम्हारे पास।" मैंने भी उसे हग करते हुए कहा और फिर मैं शिफा से बात करने लग गया। "तो शिफा, कैसे हुआ ये सब? मतलब ये प्यार। मुझे बताया नहीं कुछ इसने कभी। कब से चल रहा है ये सब?"

मेरे ऐसे वहाँ से चले जाने से रितेश थोड़ा-सा चिढ़ गया था। शायद मुझसे थोड़ा गुस्सा भी था वो। मैंने भी सोचा कि ठीक है न यार अब जो भी है। उसकी च्वाइस है। अब मैं क्या कर सकता हूँ इसमें! अगर उसकी जगह मैं होता और शिफा अगर मेरी गर्लफ्रेंड होती तो क्या तब वो भी मेरे जैसे ही रिएक्ट करता? बिलकुल नहीं, मुझे पता है वो क्या कहता। वो कहता कोई नहीं यार, तू अभी इश्क देख बाकी सब बाद में देख लेंगे। हाँ मुझे पूरा भरोसा है उस पर कि वो यही कहता।

"रितेश चाहता था कि मैं रिद्धि से उसकी सेटिंग करवाऊँ और इसी बात के लिए वो रोज-रोज मेरी जान खाने लगा। मुझे भी फिर इसकी मासूमियत पर दया आ गई। फिर इसी चक्कर हम दोनों की बातें होने लगीं, फिर धीरे-धीरे मिलने लगे। और फिर बस हो गया इस बुद्धू से प्यार।" शिफा ने रितेश के हाथ

को अपने हाथों में थामते हुए कहा।

"तुम पसंद करने लगी थी मुझे, मैं नहीं। समझी?" रितेश शिफा को छेड़ते हुए बीच में बोला।

"अब ये रिद्धि के लिए इतना पागल था कि मुझे भी जलन होने लगी उससे। तो मैंने सोचा कि क्यों न इसे अपने पास ही रख लूँ।" शिफा भी रितेश को छेड़ते हुए बोली।

पर काश मैं शिफा को तब ये बता पाता कि रितेश रिद्धि के पीछे पागल नहीं था, वो उसकी किसी और चीज के पीछे ही पागल था और साथ-ही-साथ ये भी कि उस रिद्धि से पहले भी उसके जैसी कई रिद्धि और उसकी लाइफ में आ-जा चुकी थीं, और उन सबके लिए भी वो इसी तरह ही पागल था। शिफा को तो ये भी समझ नहीं आ रहा था कि जिसे वो खुद पागल कह रही थी उस पागल पर भरोसा कैसे कर सकती थी वो। शायद कुछ झूठ डेयरी मिल्क की तरह होते हैं, अच्छे से रैप किए हुए, अच्छे से मार्केट किए हुए और उनकी मिठास भी गजब की होती है। तो मुझे लगता है उन्हें वैसे ही रहने देने में रिश्तों की भलाई है, रिश्तों की लंबाई है। तो मैंने भी तब उसे कुछ बताना सही नहीं समझा। शिफा की नजर में जो रितेश की मासूमियत थी मैंने उसे वैसे ही मासूम बने रहने दिया और शायद तब यही उनके रिश्ते के लिए सही था। मैंने बस जाते वक्त रितेश को हग किया और कहा, "अच्छी च्वाइस है भाई। मैं बहुत खुश हूँ तुम दोनों के लिए। और हाँ, तू परेशान मत हो। देख लेंगे जो भी होगा। मैं साथ हूँ तेरे, हमेशा। चाहे जितने भी लट्ठ क्यों न खाने पड़े।" वो भी बस थैंक्स बोला मुझे और फिर हम सब मेरी उस लट्ठ वाली बात पर जोर से हँस दिए। तब रितेश ने मुझसे ये कहा तो नहीं पर मुझे कहीं तो अंदाजा था कि वो मुझसे यही सुनना चाहता था, पर दूसरी ओर मैं ये नहीं समझ पाया कि इतना डरते हुए भी मैं ऐसा कैसे बोल गया तब? शायद इसे ही लोग दोस्ती कहते हैं।

(7)

लड़कों को लड़कियों में क्या पसंद होता है आज तक मैंने इस बारे में कभी किसी से बात नहीं की। पर मुझे विधि से ज्यादा उसके बालों से मोहब्बत थी। हर बार जब वो मेरी उँगलियों से गुजरते थे तो मैं रोक ही नहीं पाता था खुद को। जब वो अपने उन बदमाश और बेकाबू बालों को सँभालते हुए उन्हें कभी अपने कान के पीछे तो कभी किसी क्लचर में रोकने की नाकाम कोशिशें करती

तो उन्हें यूँ बेकाबू देख मेरा दिल 500 की रफ्तार से धड़कने लगता, मेरे हार्मोंस अपना संतुलन खोने लगते। मेरा दिल अपना पूरा दम लगा देता कि वो इन हालातों में कैसे भी मेरे खून की रफ्तार को सँभाल सके। सबसे बुरी बात तो ये थी कि मेरी उसके बालों से मोहब्बत वाली बात विधि को भी पता थी और शायद इसलिए ही वो भी कोई मौका नहीं छोड़ती मुझे परेशान करने का।

हम पिछले 4 दिनों से साथ-साथ थे पर हमारे बीच कुछ हग्स और कुछ किसेस के अलावा अभी तक कुछ भी नहीं हुआ था। मैंने ये सोच रखा था कि इस बार कुछ नहीं। मैं नहीं चाहता था कि विधि को लाइफ में कभी भी ये लगे कि मैंने फोर्स किया था उसे। मैं नहीं चाहता था कि उसे कभी भी ये महसूस हो कि उसके पास तब कोई और ऑप्शन नहीं था। दूसरी ओर मैं ये भी जानता था कि ये मेरे लिए सबसे बड़ा मौका है अपने इस वर्जिनिटी नाम के शाप से हमेशा के लिए छुटकारा पाने का। पर ये सब जानते हुए भी विधि का प्यार और उसका वो भोलापन मुझे न जाने कैसे तब रोके हुए था! मेरे पास पूरा मौका था और इरादा भी पर तब एक जंग छिड़ी हुई थी मेरे दिमाग में। 'विधि के प्यार' और 'वर्जिनिटी की फ्रस्ट्रेशन' के बीच में। अब तक कुछ भी न कर पाने वाली मेरी फ्रस्ट्रेशन मुझे तरह-तरह से ये समझाने की कोशिश किए जा रही थी कि ये सब सही है कि ये भी तो प्यार का ही एक हिस्सा है कि मुझे ये मौका शायद फिर कभी नहीं मिलेगा कि अगर मैंने अब भी कुछ नहीं किया तो विधि मुझे पागल समझेगी।

पर मेरी उस फ्रस्ट्रेशन के वो सारे तर्क जो मुझे बहुत हद तक तब सही भी लग रहे थे, वो सब विधि की उस खुशी के सामने हार गए थे जो उसके चेहरे पर सिर्फ मेरे उसके साथ होने की वजह से थी। मुझे तब क्या करना है ये तो नहीं पता था पर क्या नहीं करना है ये अच्छे से पता था। और इन हालात में जब आपकी गर्लफ्रेंड अकेले में आपके इतने करीब हो, खुद को रोक पाना कितना मुश्किल होता है! शायद ये मैं तब तक आपको समझा ही नहीं पाऊँ जब तक आप खुद ऐसी हालात से न गुजरे हों।

रात के 9:30 की बस थी उसकी और हम अपने रूम को बाय-बाय कहकर स्टेशन पहुँच गए थे। मैंने बहुत कोशिश की थी किसी-न-किसी बहाने से उसे कुछ दिन और रोकने की, पर चार दिन हो चुके थे और उससे भी बड़ी बात ये थी कि उसका भाई भी उसकी कॉलेज में ही पढ़ता था पर उसका कैंपस अलग होने की वजह से उसका होस्टल दूसरे कैंपस में था। लेकिन फिर भी

इतने दिन तक उसे कहीं भी नोटिस नहीं करना, उसके भाई के दिमाग में 'कुछ तो गड़बड़ है' का खयाल बड़ी आसानी से पैदा कर सकता था और इसीलिए हमारे लाख न चाहने के बाद भी उसे जाना ही था। लेकिन मैं ये आज तक समझ नहीं पाया कि हमेशा ही ऐसा क्यों होता है कि जिसे हम दिलो-जान से अपने पास रखना चाहते हैं, हमें हमेशा उन्हीं से बिछड़ना होता है।

विधि की बस के जाने की अनाउंसमेंट हो चुकी थी और वो मेरी आँखों के सामने से ही धीरे-धीरे मुझसे दूर होने लगी थी। जब तक बस चली नहीं, उसने मेरा हाथ छोड़ा नहीं और जब तक बस उदयपुर से बाहर निकली नहीं, मैंने भी उसकी बस का पीछा छोड़ा नहीं। उसकी बस बिलकुल मेरे आगे-आगे चल रही थी और मैं विधि से कॉल पर बात करता हुआ अपनी बाइक लिए उसके पीछे-पीछे। विधि बार-बार कह रही थी मुझसे कि बिट्टू चले जाओ रूम पर लेकिन मेरा दिल था कि मान ही नहीं रहा था। कुछ बातें और कुछ हालात आपके काबू में कहाँ होते हैं! देखते-ही-देखते उसकी बस उस रात के अँधेरे में कहीं खो गई और मैं उस सड़क के अकेलेपन के साथ वहीं खामोश-सा खड़ा रह गया।

मुझे समझ नहीं आ रहा था कि मैं क्या करूँ। लेकिन अब मेरे लाख चाहने के बाद भी क्या हो सकता था! अब सच तो यही था कि विधि जा चुकी थी और मैं फिर से पहले की तरह अकेला हो गया था। कुछ देर वहाँ और रुकने के बाद बड़ी मुश्किल से मैं रूम पर वापस आया और बेड पर लेटे-लेटे उन बीते कुछ दिनों की यादों और अपने आज के अकेलेपन की हकीकत से जूझने लगा। पर आपकी कब, कहाँ और कैसे लगने वाली है ये पहले से ही तय है। रात 11 बजे के आस-पास विधि का कॉल आया और उसने बताया कि ड्राईवर ने शराब के नशे में बस को चिरवा घाटे में ठोक दिया है। ये सुनकर एक ही पल में मेरी हालत पतली हो गई। इश्क नाम का वो पंछी जो अब तक मुझे नये-नये रंग दिखा रहा था वो तुरंत ही किसी कोने में जाकर छिप गया और डर नाम का भूत अपनी पूरी ताकत के साथ मेरे तन-बदन में जाग उठा। विधि पहली बार किसी को बिना बताए कहीं गई थी और फिर ये सब। वो बस फोन पर ये कहते हुए रोए जा रही थी कि यहाँ लेने आओ मुझे। मैंने तुरंत ही उस ट्रेवल्स के ऑफिस कॉल किया पर वहाँ किसी ने कॉल नहीं उठाया। मैं भाग कर उसके ऑफिस भी गया लेकिन वहाँ पर भी कोई नहीं था।

मुझे समझ नहीं आ रहा था कि मैं क्या करूँ, यहाँ बैठे-बैठे मैं विधि को

कैसे सँभालूँ। मैंने बिना और वक्त गँवाए रितेश को सब कुछ बताकर उसे रूम पर बुला लिया और फिर कुछ और दोस्तों और उनकी बाइक्स को साथ लेकर हम सब निकल गए चिरवा घाटे की ओर। एक तो रात का वक्त और ऊपर से चिरवा घाटा, बहुत ही खतरनाक कॉम्बिनेशन था वो। किसी के मरने का पूरा-का-पूरा इंतजाम था यहाँ। हमारे पास तब सँभलकर धीरे-धीरे चलने का वक्त नहीं था। हम कोशिश कर रहे थे जितनी तेज हो सके उतनी तेज बाइक्स भगाने की। उस अँधेरे और खतरनाक घाटे को चीरते हुए हम लगभग आधे घंटे में उस बस तक पहुँच गए, लेकिन उस बस की हालत देखकर हम सब की रूह काँप गई। मुझे तो यकीन ही नहीं हो रहा था कि विधि ऐसे सही-सलामत मेरे सामने खड़ी है। वहाँ लोग बातें कर रहे थे कि ड्राइवर सहित तीन और लोग मर चुके हैं। ये सुनकर मैं और डर गया और अपनी आँखें बंद करके भगवान को विधि को सलामत रखने के लिए धन्यवाद देने लगा।

लेकिन जब तक हम वहाँ पहुँचे तब तक वहाँ पुलिस भी आ चुकी थी। शायद एक पुलिस वाला सारे पैसेंजर्स की लिस्टिंग कर रहा था, शायद वो भी ये कंफर्म कर लेना चाहते थे कि सारे पैसेंजर्स को बस से बाहर निकाला जा चुका है। रितेश दौड़कर उस पुलिस वाले के पास गया और विधि को अपनी बहन बताकर उसे यहाँ से ले जाने का कहकर हमारे पास वापस लौट आया। और फिर हम विधि को लेकर वहाँ से वापस उदयपुर के लिए निकल गए। विधि बहुत ही ज्यादा डरी हुई थी और बस रोए जा रही थी और मैं ये समझने की पूरी कोशिश किए जा रहा था कि ये सब क्या हो रहा है ये सब क्या हो गया!

"मैंने कहा था ना तुम साथ चलो पर तुम नहीं आए। तुमने अकेला भेज दिया मुझे।" विधि इतना बोलकर फिर से रो पड़ी। उधर मैं एक हाथ से बाइक सँभाले हुए था और दूसरे से मेरी कमर को जकड़े हुए उसके हाथों को। पर तभी चिरवा घाटे की वो गहराई, क्या-क्या और हो सकता था का सच मेरे कान में आकर अपनी पूरी अकड़ से मुझे सुनाने लगी। हम सच में खुशकिस्मत थे कि विधि को कुछ हुआ नहीं। नहीं तो पता नहीं क्या होता, उसके घर वाले मेरे साथ क्या करते।

हम सब तब सदमे में थे पर विधि का आज जयपुर जाना किसी भी हाल में जरूरी था क्योंकि उस एक्सीडेंट की वजह से विधि अपने घर पर बात नहीं कर पाई थी और चिरवा घाटे में नेटवर्क न होने की वजह से उसके घर वाले भी उससे कांटेक्ट नहीं कर पाए थे। जैसे ही हम उदयपुर के पास पहुँचे और

वो नेटवर्क में आई, उसके फोन पर उसके मम्मी-पापा और भाई के मिस कॉल के नोटिफिकेशन आने शुरू हो गए और हमें पूरा यकीन था कि इसी वजह से कल उसका भाई सुबह होते ही उसके हॉस्टल जाने ही वाला था। चाहे कुछ भी क्यों न हो जाए, विधि को कल सुबह से पहले अपने कॉलेज पहुँचना ही था और इसीलिए हमने बिना किसी सेकेंड थॉट के स्टेशन जाकर फिर से जयपुर की बस ली। इस बार मैं भी साथ था उसके। हम एक ही स्लीपर में थे पर अब उस हवा में प्यार से ज्यादा डर और रोने की सिसकियाँ थीं, उसे शांत करने के लिए, मैं उसे जितना पॉसिबल था उतना उसे अपने करीब रखे हुआ था। बस उसे ये बताने के लिए कि सब कुछ ठीक है। उसे बस ये समझाने के लिए कि मेरे होते हुए उसे कुछ भी नहीं हो सकता।

तो उसे सँभालने के लिए मैं धीरे-धीरे उसके माथे को सहलाने लगा। उसे शांत करने की कोशिश करने लगा, लेकिन वो इतना डर चुकी थी कि बिना एक पल रुके बस रोए ही जा रही थी। उसकी ये हालत देखकर मुझे अफसोस हो रहा था कि मैं कैसे उसे अकेला भेज सकता था। मुझे भी जाना चाहिए था उसके साथ। पर जो होना था वो तो हो चुका था और अब मेरे लाख अफसोस करने या उसके बारे में तरह-तरह से सोचने पर भी वो बदलने वाला नहीं था। उस अफसोस को छोड़कर मैं बस यही कोशिश करने लगा कि कैसे भी करके उसे शांत कर सकूँ। उसके डर को कैसे भी थोड़ा बहुत सँभाल सकूँ। उधर मेरी इन सब चिंताओं के दूसरी ओर जैसे-जैसे वक्त बस के उन चक्कों के साथ-साथ आगे बढ़ता गया वो डरा हुआ प्यार भी फिर से अपना रास्ता बनाते हुए हमारे स्लीपर की उस हवा में अपने वर्चस्व को बढ़ाने लगा।

''शायद मैं फिर कभी तुम्हें देख ही नहीं पाती बिट्टू, शायद फिर कभी मैं तुमसे ये कह ही नहीं पाती कि मैं तुमसे कितना प्यार करती हूँ।'' विधि अचानक ही अपनी लड़खड़ाती आवाज में ये कहते हुए पागलों की तरह मुझे चूमने लगी।

मैं विधि के उस शायद के डर से अपने वजूद की गहराइयों तक घबरा गया। मैं विधि को खो देने के खयाल भर से ही भीतर तक हिल गया। मैं उससे प्यार करता था और उसे किसी भी कीमत पर खोना नहीं चाहता था। पर आज मैं उसे ऐसे ही खो देता! ये खयाल दिमाग में आते ही मैं अपनी समझ, अपना आपा खो बैठा। दूजे ही पल मैं उसके चेहरे को अपने हाथों में लेकर उसे पागलों की तरह चूमने लगा। जैसे तब मेरा रोम-रोम ये यकीन कर लेना

चाहता था कि वो जिंदा है कि ऐसा-वैसा कुछ भी नहीं हुआ है उसके साथ। सच कहूँ तो तब मेरी समझ, मेरा प्यार इस डर को सह ही नहीं पा रहा था, इसे सँभाल ही नहीं पा रहा था। शायद तब यही विधि के साथ भी हो रहा था। जब हमारे शरीर की गर्मी, उस स्लीपर की ठंड से दो-दो हाथ करने लगी और हम दोनों रोते-रोते, एक दूसरे को सँभालते-सँभालते एक-दूसरे के और भी ज्यादा करीब आने लगे, तब मुझे पहली बार ये एहसास हुआ कि विधि के शरीर में एक अजीब-सी महक थी और मुझे इतना तो पता था कि वो किसी परफ्यूम की खुशबू तो नहीं थी। वो उसकी अपनी खुशबू थी। मुझे पता ही नहीं चला कब मैं उसी खुशबू को खोजते-खोजते, उसके शरीर के एक-एक भाग को महसूस करते-करते उसके होंठों से उसके पैरों तक जाने लगा। मेरी नाक जैसे-जैसे उसके शरीर को छूती हुई आगे बढ़ रही थी वैसे-वैसे उसका शरीर भी उतना ही ज्यादा कसता जा रहा था। मुझे उस दिन ये पहली बार समझ आया था कि बिना देखे ब्रा के हुक को खोलना कितना मुश्किल होता है। मैंने उस दिन उस स्लिपर में आवाजों को एहसास के साथ-साथ अपनी शख्सियत बदलते देखा था। सिसकियाँ उस स्लीपर में पहले भी थी और अब भी, पर हमारे बदलते एहसासों के साथ-साथ उन सिसकियों की पहचान भी बदल चुकी थी। सच कहूँ तो ये हालात हम दोनों के लिए नये थे और हम दोनों को ही ये अंदाजा नहीं था कि ये सब कुछ इस तरह होता है। मैंने तो इसके बारे में आज तक सिर्फ देखा और सुना था पर उन देखी-सुनी बातों से हकीकत में उसका असल एहसास कहीं ज्यादा खूबसूरत था, चाहे वो बातें कितनी भी डिटेल में ही क्यों न थीं।

अब किसे पता था कि हम पहली बार अपने होने को इस छोटे से स्लीपर में महसूस करेंगे। फिर बस कुछ वक्त में ही हम एक-दूसरे की पहचान भूलते हुए एक-दूसरे में फना हो चुके थे। देखते-ही-देखते जिंदगी के इस हसीन तिलिस्म ने हमें जल्द ही नींद के हवाले कर दिया और जब सुबह आँख खुली तब जयपुर हमारे पैरों तले था। मैंने पहले तो विधि को उसके कॉलेज छोड़ा और फिर वापस ट्रेन पकड़कर रात तक उदयपुर आ गया। पर अब मैं वो पहले वाला अभि नहीं था। अब बहुत कुछ बदल चुका था मुझमें। सबसे बड़ा बदलाव जो था वो ये था कि अब मैं वर्जिन नहीं था। अब मेरे समानांतर चलती ये दुनिया, मेरे लिए बेचारा, लाचार, वक्त का मारा, खराब किस्मत वाला जैसे शब्दों का इस्तेमाल नहीं कर सकती थी। अब मैं भी अपने दोस्तों के बीच सेक्स पर अपना ओपिनियन खुलकर दे सकता था और उन्हें अब मुझे झक मारकर

भी सुनना था। मैं खुश था कि चलो जिंदगी के इस सफर में एक और मील का पत्थर तो मैंने पार कर ही लिया।

(8)

''अभिनव जी, मेहमान चले गए क्या?'' विधि के जाने के कुछ दिनों बाद शर्मा अंकल ने मुझे छेड़ते हुए पूछा।

''आपको पता था अंकल! मुझे लगा जैसे आपसे छुपाने में मैं कामयाब हो गया हूँ।'' मैंने उनकी बात पर सर्प्राइज होते हुए कहा।

अब तक शर्मा अंकल और मैं अच्छे फ्रेंड जैसे हो गए थे। एक्चुअली शर्मा अंकल फिलॉसफी के रिटायर प्रोफेसर थे और औलाद में उनका बस एक ही बेटा था और वो अभी आबू धाबी में जॉब करता था। तो कुल-मिलाकर घर में आंटी, अंकल और मेरे अलावा कोई और था नहीं। जब रिटायरमेंट के बाद का वक्त इंसान के चेहरे पर जमी उम्र की लकीरों को और भी गहरा करने लगता है, तो उसके हाथ में बस एक ही चीज बची रह जाती है और वो है 'खालीपन', और उस खालीपन को भरने के लिए अंकल को हमसे अच्छा टाइमपास कहाँ मिल सकता था! और ऊपर से वो लैंडलॉर्ड भी थे तो उन्हें ना कहने का तो हमारे पास कोई ऑप्शन ही नहीं था।

''अरे तुम ये क्यों भूल जाते हो कि मैं मकान मालिक हूँ तुम्हारा। और मकान मालिकों का साँस लेने से भी ज्यादा जरूरी काम यही है कि वो हमेशा ये इन्वेस्टीगेशन करते रहें कि उनके किरायेदार क्या कर रहे हैं, समझे क्या?''

उनकी इस बात पर हम दोनों हँस दिए। सच कहूँ तो अंकल के बिना कुछ भी पॉसिबल नहीं था। मैं विधि को अपने रूम में इतने दिनों तक रोक पाया था, इसकी वजह अंकल पर मेरा भरोसा ही था। मुझे कहीं-न-कहीं ये भरोसा था कि अगर कुछ भी उल्टा-सीधा हुआ और मैं उसे सँभाल नहीं पाया तो एक बार के लिए तो अंकल सब कुछ सँभाल ही लेंगे।

''अंकल एक-एक चाय हो जाए, क्या कहते हैं आप?'' मैंने उस माहौल को और मस्त करने की सोचते हुए उनसे पूछा। पर सच कहूँ तो मुझे उनसे कुछ बात करनी थी। मेरे जेहन में बहुत-सी बातें थीं जो मुझे बहुत दिनों से परेशान किए जा रही थीं। मैं चाहता था कि वो सब बातें एक बार अंकल की नजर से भी गुजरे और फिर देखें कि क्या निकलता है बाहर।

''हाँ क्यों नहीं, पर आंटी हैं नहीं घर में तो बनानी तुम्हें ही है।'' उन्होंने

खुद को चाय बनाने की झंझट से दूर रखते हुए मुझसे कहा और फिर कुछ ही वक्त में चाय की चुस्कियाँ जुबान पर थी और इधर मैं भी तैयार था एक और हसीन शाम को अपने नाम लिखने के लिए।

"अंकल कल ही गई है वो। मैं डर रहा था तो आपसे मिलवा नहीं पाया, सॉरी।" मैंने उनकी इज्जत को अपने डर में लपेटकर उनके सामने रख दिया।

"कोई बात नहीं, वैसे भी जब महबूब पास हो तो कुछ और सूझता किसे है! पर ध्यान रखना बेटा, कहीं कुछ ऐसा-वैसा मत कर लेना कि आगे मुश्किल हो जाए।" उन्होंने मेरे मजे लेते हुए कहा।

"अंकल कुछ बात करनी थी आपसे। कुछ बातें मुझे बहुत दिनों से परेशान किए जा रही हैं, तो if you don't mind क्या मैं आपसे उन्हें शेयर कर सकता हूँ?"

"अरे हाँ पूछो ना, जितना मुझे पता होगा मैं जरूर हेल्प करूँगा। वैसे भी हम बूढ़ों के दो ही राष्ट्रीय काम हैं, एक तो ज्ञान बाँटना और दूसरा जो बात हमें समझ नहीं आए वो हमारी संस्कृति के लिए खराब है इसका ढिंढोरा देश भर में पीटना।" अंकल ने हँसते हुए कहा।

"अंकल किसी मुस्लिम लड़की से प्यार करना मुश्किल है क्या?" मैंने अपने सवाल का पहला पत्ता उनके सामने डालते हुए कहा।

"नहीं तो! किसने रोका है तुम्हें? मुश्किल तो तब है जब बात उसके बाप को पता चल जाए। वैसे किसे हुआ है?" अंकल ने मेरे कंधे पर अपना हाथ रखते हुए पूछा।

"अंकल वो रितेश की गर्लफ्रेंड मुस्लिम है, और जब से मुझे ये पता चला है, मुझमें कुछ तो है जो बहुत डरा हुआ है। मुझे पता नहीं चल रहा है कि ऐसा क्यों है? पर मैं इतना तो जानता हूँ कि अगर वो हिंदू होती तो मैं इतना डरा हुआ नहीं होता। शिफा अच्छी लड़की है अंकल। उसमें तमीज के साथ-साथ ठहराव भी दिखता है। पर फिर भी कुछ तो है जो मुझे बेचैन किए जा रहा है।" मैंने अपनी बेचैनी और अपने डर को अंकल के सामने दिल खोलकर परोस दिया।

"तुम्हारी बेचैनी अपनी जगह सही तो है। तुम रितेश और शिफा के रिश्ते को आज तक की सुनी हुई अपनी हर कहानी से गुजार रहे हो। जिसमें मूवीज की कहानियाँ हैं, अखबारों की सुर्खिया हैं, हिंदू-मुस्लिम की कभी न खत्म होती खाइयाँ भी हैं। और जब कोई इतना सफर तय करेगा, तो बेचैन तो होगा

ही ना!'' उन्होंने अपने प्रोफेसर वाले पुराने अंदाज में वापस आते हुए कहा।

''अंकल मुझे लगता है कि बात बिगड़ जाएगी आगे जाकर।'' मैंने फिर से अपने डर को उनके सामने रख दिया।

''तो तुम्हें क्या लगता है कि जब तुम्हारी गर्लफ्रेंड के पापा को तुम दोनों के बारे में पता चलेगा तो वो हँसते हुए तुम्हारी शादी के लिए मान जाएँगे! वो खुश होकर मिठाइयाँ बाटेंगे! नहीं, वो भी वही करेंगे जो शिफा के पापा करेंगे।'' अंकल ने मेरी उलझन की गाँठे सुलझाते हुए कहा।

''अंकल पर दोनों बातों में फर्क है। विधि हिंदू है। अब कैसे समझाऊँ मैं आपको!''

''तो तुम ये कहना चाहते हो कि धर्म अलग होने से उनकी बात और भी ज्यादा बिगड़ जाती है।'' उन्होंने मेरे सवाल को क्लियर करना चाहा।

''हाँ अंकल, मैं यही कहना चाहता हूँ। शिफा के पापा के लिए ये मानना ज्यादा मुश्किल होगा विधि के पापा के कम्पैरिसन में। एक दूसरे धर्म को अपनाना हमेशा इतना मुश्किल क्यों होता है अंकल?''

एक सेकेंड ईयर का लड़का, एक रिटायर्ड प्रोफेसर के सामने धर्म और प्यार-मुहब्बत की बातें कर रहा था। मेरी ये बातें शायद उनके लिए बचकानी हो सकती थीं। पर उन्होंने कहीं से भी मुझे ये लगने नहीं दिया। वो मुझे उसी गंभीरता से सुन और समझा रहे थे मानो जैसे वो अभी अपनी क्लास में हों और मैं उनका कोई स्टूडेंट होऊँ।

''अभिनव ऐसा है कि कोई भी धर्म, जात या समाज, चाहे वो कोई भी क्यों न हो, वो सब एक बच्चे के जैसे बड़े होते हैं। जब ये पैदा होते हैं तब ये बहुत ही ज्यादा कमजोर होते हैं, बिलकुल एक तुरंत पैदा हुए किसी बच्चे की तरह। उन्हें सँभालने की जरूरत होती है, उन्हें देखभाल की जरूरत होती है। उन्हें बाकी धर्मों की सोच-समझ, बाकी समाजों के रीति-रिवाजों, बाकी लोगों के तर्क-वितर्क, वक्त और माहौल के सर्दी, गर्मी, बारिश जैसे कई मौसमों से बचाने की जरूरत होती है। उन्हें बड़े प्यार से, बड़े सलीके से वो सब कुछ खिलाने की जरूरत होती है जो उन्हें बड़ा कर सके, जो उन्हें मजबूत बना सके। इतना सब करने के बाद भी कभी-कभी वो अपने रास्ते से भटकने लगते हैं। उठने की कोशिश में लड़खड़ाकर गिरने लगते हैं। उस वक्त उन्हें हाथ पकड़कर ये सिखाना होता है कि चलना कैसे है, बोलना कैसे है, खाना कैसे है, पीना कैसे है। कितना उड़ना है, कहाँ रुकना है। कहाँ लड़ना है और कहाँ सँभालना

है। शुरुआत में ये सब काम वो लोग करते हैं, जिन्होंने उन्हें पैदा किया होता है। बिलकुल किसी माँ-बाप की तरह। वो उन्हें बड़ा करते हैं, उन्हें हिम्मत देते हैं, उनकी उड़ान तय करते हैं, उनकी सीमाएँ तय करते हैं और जब वो धर्म, वो जात, वो समाज बड़ा और मजबूत हो जाता है, तब वो फिर उन्हीं लोगों की देखभाल करने लगता है। बिलकुल एक बेटे की तरह। वो पूरी कोशिश करता है कि वो सब एक साथ रहें, जिन्होंने उसे बनाया है, जिन्होंने उसे माना है और इसके लिए वो लोगों के चारों ओर अपने विचारों, मान्यताओं, नियमों और रीति-रिवाजों को एक के बाद एक लगातार घेरों में जमाने लगता है। एकदम किसी जलेबी की फड़ों की तरह। और वो लोग भी फिर इन्हीं नियमों, रीति-रिवाजों में खुद को, और अपनी आने वाली पीढ़ियों को सुरक्षित महसूस करने लगते हैं। और अब अगर किसी नई बात या किसी नई सोच को इसमें शामिल करना हो तो उस बात को इन सब घेरों से गुजरना होगा, इन सब घेरों की सोच और विचारों को मनाना होगा। उस नई बात को हर एक घेरे पर एक नई लड़ाई लड़नी होगी। लड़ाई बदलाव की, लड़ाई सही-गलत की, लड़ाई धर्म से ऊपर इंसान की, लड़ाई बदलते वक्त की सच्चाई की, उसकी जरूरतों की।

तो अभिनव जी, बात ये है कि एक इंसान को मनाना आसान है, चाहे वो किसी भी धर्म या जात-पात का क्यों न हो। पर वो इंसान भी ये जानता है कि उसके अकेले के मान जाने से यहाँ कुछ नहीं होना है। उसे अपने धर्म, अपने समाज, अपनी जात में बने रहने के लिए उस बात को फिर उन्हीं परंपराओं, रीति-रिवाजों के घेरों से गुजारना होगा, उसे उन सब लोगों को मनाना होगा जो उन घेरों से जुड़े हुए हैं। और इतने घेरों को पार करना, वहाँ खड़े लोगों को ये बात समझाना, तुम्हारी सोच से भी बहुत ज्यादा मुश्किल है। तो उस इंसान के लिए आसान रास्ता यही है कि बदलाव की उस बात को खुद की इज्जत से जोड़कर या धर्म और समाज के विरुद्ध बताकर हमेशा के लिए नकार दिया जाए। और अगर गलती से कोई बाप या परिवार किसी नई बात के लिए मान भी जाता है, तो भी वो कभी खुलकर इनके लिए आगे नहीं आता। इसीलिए तुमने देखा होगा कि ज्यादातर इंटरकास्ट मैरिज या इंटर रिलिजन मैरिज या तो लड़का-लड़की भागकर करते हैं या कभी घर वाले सपोर्ट भी करते हैं तो वो भी सिर्फ पीछे से।" अंकल ने अपने ज्ञान का पिटारा खोलते हुए मुझे समझाने की कोशिश की।

"तो मुझे क्या करना चाहिए अंकल?" मैंने फिर अपनी उलझन उनकी

ओर दाग दिया।

"अरे, ये दूरियाँ वैसे भी आजकल कम हो गई हैं। और अगर तुम फिर भी चाहते हो कि ये बदलें, तो तुम्हें लड़ना तो पड़ेगा इन बातों से। पर हकीकत यही है कि अब लोग समझदार हो गए हैं। वो समझने लगे हैं कि ये धर्म, जात और समाज के सब ताम-झाम उनके लिए हैं, वो उन ताम-झामों लिए नहीं।" उन्होंने मुझे एक और चाय का इशारा करते हुए कहा।

उनकी इस एक और चाय वाली बात ने हम दोनों के होंठों पर वही वाली हँसी बिखेर दी जो अक्सर अपने महबूब का नाम लेते वक्त उसके आशिक के होंठों पर दिखती है। तब अंकल ने बहुत हद तक मेरी परेशानियों को दूर कर दिया था। वो डर और वो बेचैनी की धूल, जो जाने-अनजाने मेरे विचारों की खिड़कियों से अंदर आकर मेरे आने वाले कल के खयालों पर जमी जा रही थी, उसे उनकी बातों ने पूरी तरह हटाया तो नहीं था पर हाँ उसे अच्छे से झटक जरूर दिया था। मुझे अब भी उस बात का डर तो था, पर दिलो-दिमाग के किसी कोने में थोड़ा-सा भरोसा भी जागने लगा था कि कुछ हुआ तो सँभाल लेंगे यार, इतना मुश्किल भी नहीं है ये।

(9)

किसी महान इंसान ने कहा है कि जब तुम्हारे L*** लगने वाले होते हैं तब सबसे पहले तुम्हारा दिमाग घास चरने चला जाता है और यही मेरे साथ भी हुआ। मैंने न जाने किस पागलपन में शर्मा अंकल वाला रूम खाली कर दिया। एक्चुअली रितेश को अधिकतर शिफा के साथ अकेले वक्त गुजारना होता था और उस वक्त मुझे न चाहते हुए भी रूम छोड़कर गार्डन जाना पड़ता था। अब मैं, मेरे ही रूम से कितनी बार बाहर रहता और दूसरा हम दोनों ये अच्छे से जानते थे कि मेरे लाख परेशान होने के बाद भी मैं उसे रूम के लिए कभी मना नहीं कर पाऊँगा। तो इस प्रॉब्लम का परमानेंट हल निकालते हुए हम दोनों ने मिलकर 2 BHK पोर्शन ले लिया था।

वैसे तो रितेश का परिवार उदयपुर ही रहता था, पर वो मेरे साथ भी रेंट शेयर करता था। बस रात को सोने ही जाता था वो वहाँ। बड़ा स्पेस था और हम दोनों की प्राईवेसी भी। और वैसे भी विधि तो सिर्फ दो-तीन महीने में एक बार ही आ पाती थी यहाँ, पर दोस्त का भी तो ध्यान रखना था। वैसे भी कॉलेज तो जाते थे नहीं, तो कहाँ पड़े रहते दिन भर! पर इस सिक्के का दूसरा

पहलू ये भी था कि यहाँ आने पर हमें प्राइवेसी और बड़ा स्पेस तो मिल गया था पर हमने शायद वो आजादी खो सी दी थी जो हमें शर्मा अंकल के साथ रहते हुए मिली थी और ये बात हमें रूम शिफ्ट करने के कुछ दिनों में ही अच्छे से समझ भी आने लगी थी।

"ये कहाँ से लाया तू? और हुआ क्या है तुझे?" मैं शाम को रूम में घुसते ही रितेश को देखकर चिल्लाया। पूरा रूम धुएँ से ठसा-ठस भरा हुआ था और उसके बीच में फर्श पर पड़े-पड़े रितेश आज कुछ नया ही किए जा रहा था। उसके पास कुछ सिगरेट्स थीं और एक पुड़िया में कुछ और भी। वो सिगरेट के तंबाकू को खाली कर, उस पुड़िया वाली चीज को उसके अंदर भरे जा रहा था और दूसरी ओर उसने अपने मुँह में वैसी ही एक सिगरेट भी फँसा रखी थी, जिससे वो बीच-बीच में बराबर कश मारे जा रहा था। उसके बहकते शरीर और गहराती आँखों को देखकर मुझे समझने में ज्यादा देर नहीं लगी कि वो क्या था? वो गाँजा था।

उसे ये करते देख तुरंत ही मेरा पारा चढ़ गया। जितनी भी गालियाँ उस वक्त दी जा सकती थीं सब-के-सब दे डाली। पर शायद मेरी गालियाँ तब उस तक पहुँच नहीं पा रही थीं, क्योंकि तब न तो वो मुझे वापस कुछ बोल रहा था और न ही उसका सिर हमेशा की तरह अपनी गलती मानते हुए फर्श को झाँक रहा था। रितेश की शराब पीने की कपैसिटी बहुत थी। वो एक ही बार में पूरी बोतल भी पी सकता था, चाहे कितनी भी घटिया ब्रांड क्यों न हो। उसका शराब पीना मुझे कहीं-न-कहीं मंजूर भी था, पर ये गाँजा मेरी समझ के बाहर की बात थी। उससे भी खराब बात तो ये थी कि आज वो मुझे बिना बताए ही कुछ ले रहा था।

सच कहूँ तो गाँजे से मेरे खून की मुलाकात आज तक कभी हुई नहीं थी, उसकी दुनिया से मैं एकदम अंजान था लेकिन उस वक्त रितेश की जो हालत थी उसे देखकर मेरे लिए ये मानना बहुत ही ज्यादा मुश्किल था कि वो रितेश जैसे बंदे की ऐसी हालत कर सकता है! रितेश मुझे देखने के लिए अपनी आँखों को लगातार उनकी औकात से ज्यादा खोलने की कोशिश किए जा रहा था, मानो जैसे वो मुझे देख ही नहीं पा रहा हो। यहाँ तक भी ठीक था, पर तभी मेरी नजर टेबल के नीचे रखी पेप्सी की उस बोतल पर पड़ी। कोल्डड्रिंक! और वो भी हमारे रूम में! और वो भी रितेश खरीद के ले आए! ये पॉसिबल नहीं था भाई! ये तब ही पॉसिबल था जब उस कोल्ड्रिंक में घुलने वाली रम

रितेश को ये कहकर मना ले कि वो उसे इस कोल्ड्रिंक के पैसे पूरी तरह वसूल करके देगी।

मतलब कि साहब के खून में अभी गाँजा और रम दोनों मिलकर अपनी पूरी अकड़ दिखा रहे थे और जब उनका असर रितेश की औकात से ज्यादा बढ़ने लगा तो उसके शरीर ने उससे बिना पूछे ही उन्हें वापस उसके शरीर से बाहर निकालना शुरू कर दिया। वो थोड़ी ही देर में वोमिट करने लगा। पर तब उसमें इतनी हिम्मत भी नहीं थी कि वो उठकर बाहर जा सके और फिर उसके पेट के अंदर का सब कुछ मेरे रूम के फ्लोर पर किसी एक्जिबिशन की तरह फैलने लगा। मैंने उसे बड़ी मुश्किल से उठाया और बाथरूम में छोड़ आया, और फिर वापस आकर रूम की सफाई करने लगा।

रितेश की हालत धीरे-धीरे बिगड़ती जा रही थी, लेकिन वो ये बता भी नहीं पा रहा था कि उसे हो क्या रहा है। मैं भी ये सब कुछ पहली बार देख रहा था, तो मेरे लिए भी ये फैसला लेना मुश्किल था कि अब करूँ क्या। तभी जो बाकी था वो भी उसने कर दिया, साला मुझे पकड़कर पागलों की तरह रोने लगा।

रितेश टफ बंदा था, टिपिकल मर्द टाइप। पर नशे ने शायद उससे वो सब कुछ छीन लिया था जो उसने इस दुनिया से, अपने आस-पास के लोगों से लिया था, यानी कि दिखावा। अब वो किसी बच्चे की तरह हरकतें किए रहा था, किसी बच्चे की तरह रोए जा रहा था। उसके रोने ने मुझे थोड़ा सुकून तो जरूर दिया था, क्योंकि अक्सर वो रोने के बाद शांत हो जाया करता था। पर शायद कुछ कायदे और कानून सिर्फ शराब की दुनिया के लिए होते हैं, गाँजे के लिए नहीं। रितेश ने इतने नशे के बाद भी अभी तक पूरी तरह से हार नहीं मानी थी, वो अभी भी अपनी ओर से पूरी कोशिश कर रहा था खुद को सँभालने की, जैसे हम अक्सर शराब पीने के बाद करते थे। पर आज उसकी एक भी चलने वाली नहीं थी। एक तरफ मैं उसे सुलाने की कोशिश कर रहा था तो दूसरी ओर वो बार-बार उठने की, जिससे कि वो मुझे ये दिखा सके कि सब कुछ ठीक है, कि वो इसे भी हैंडल कर सकता है। सच कहूँ तो मुझे रितेश पर पूरा भरोसा भी था कि जब बात नशे की हो तो वो कुछ भी हैंडल कर सकता था, मगर शायद गाँजा उसने पहली या मैक्स दूसरी बार लिया था। तो ये लड़ाई नई थी उन दोनों के बीच और रितेश को थोड़ा वक्त चाहिए था उस गाँजे के दाँव-पेच सीखने के लिए। इसी बीच वो उठा और मेरे कंधे पर अपना सिर रखकर बैठ गया। मैं भी धीरे-धीरे उसका सिर दबाने लगा, क्या पता शायद

इससे ही उसे थोड़ा-सा आराम मिले।

"भाई तुझे पता है आज क्या हुआ?" रितेश अपनी लड़खड़ाती हुई आवाज में बोलने लगा।

"नहीं तो यार, यही तो पूछ रहा हूँ मैं कब से। बता भाई क्या हुआ है तुझे?" मैंने उसे सँभालते हुए पूछा।

"उसने मुझे मना कर दिया यार।"

"क्या मतलब है तेरा? तेरा और शिफा का ब्रेकअप हो गया क्या?"

"अरे नहीं यार, उसकी कहाँ इतनी औकात की मुझसे ब्रेकअप करे। आज उसने मुझे सेक्स के लिए मना कर दिया भाई। आज पहली बार किसी लड़की ने मुझे मना किया है और वो भी उसने जिससे में सच्ची वाला प्यार करता हूँ। तू तो जानता है यार, उसके लिए मैंने सब कुछ छोड़ दिया। नहीं तो तेरा भाई रोज नई लड़की ला सकता है।"

"हाँ यार जानता हूँ मैं, पर क्या हुआ जो उसने ऐसा कहा?" मैंने वक्त और हालात की नजाकत को समझते हुए उसकी बात को ऊपर रखते हुए कहा और वैसे भी हर समझदार दोस्त ये जानता है कि नशे के बाद सामने वाला हमेशा सच ही बोलेगा। तब आप कोई जुर्रत नहीं करेंगे उसे गलत साबित करने की, चाहे वो खुद को ओबामा ही क्यों न कहे। आप बस 'हाँ' और 'तू सही है भाई', इन्हीं शब्दों का इस्तेमाल करेंगे। इसे दोस्ती में इज्जत देना कहते हैं और मैं तब वही कर रहा था।

"वो कहती है कि मैं उसका पति नहीं हूँ।" रितेश ने अपनी आवाज को मायूसी की चादर में लपेटते हुए कहा।

"अब क्या मतलब है यार इसका कि तू उसका पति नहीं है! मतलब कि शादी के बाद ही वो ये सब कुछ करेगी क्या?" मेरी सोच और सहमति का तराजू रितेश की ओर झुक गया।

"वही तो यार! ये क्या बात हुई? क्या मैं शक्ल से चोदू दिख रहा हूँ उसे, या फिर कोई उल्लु। कुछ भी बके जा रही थी और वो भी बेमतलब।" रितेश की आवाज फिर उसके आँसुओं के खारेपन में भीगने लगी।

ये बात गलत थी, बहुत ही ज्यादा गलत। कम-से-कम मैं तो इस बात को नहीं पचा पा रहा था। आज हम उस दौर में हैं, जब कॉलेज के सब्जेक्ट्स से ज्यादा पॉर्न वीडियोस की कैटगरीज हैं हमारे पास। अब तो ये हालत है कि किसी पॉर्न साइट पर जाने से पहले, एक पेपर पर पूरी लिस्ट बनानी पड़ती है

कि किस पॉर्न स्टार को देखना है और किसे छोड़ना है! और इस दौर में कोई लड़की अगर ऐसी बात करे कि मैं तो शादी के बाद ही सब कुछ करूँगी, तब तो सिर्फ बीन बजाकर नाचना और नचाना ही बाकी रह जाएगा हम लड़कों के पास।

"अरे हटा यार, ऐसी बहुत-सी आती-जाती रहती हैं। तू स्मार्ट बंदा है यार, कहाँ कमी है तुझे!" मैं अपने दोस्त के आत्मसम्मान को सहारा देते हुए बोला।

"नहीं यार, मैं उससे प्यार करता हूँ। तू प्लीज ऐसे मत बोल। अगर मैं विधि के बारे में ऐसे बोलूँगा तो तुझे कैसा लगेगा?"

वो तब बिलकुल किसी बच्चे की तरह बातें कर रहा था और मुझे उसकी बातों पर धीरे-धीरे हँसी भी आने लगी थी। मुझे तो यहाँ तक लगने लगा था कि उसकी इन हरकतों पर वक्त भी खुलकर हँसना चाहता था, पर शायद ये बात हम दोनों अच्छे से जानते थे कि नशे के बाद सामने वाले पर हँसना दोस्ती के रूल-बुक के खिलाफ था।

"ओके भाई सॉरी, वो मान जाएगी तू चिंता मत कर। तू ये बता कि ये गाँजा कहाँ से लाया और कब से ले रहा है तू इसे?"

"यार वो मेरा दिमाग खराब हो गया था शिफा की बात सुनकर। तो जब उसे छोड़ने मैं कॉलेज गया तो रवि ने पिला दिया यार। मेरा भी दिमाग खराब था तो मैंने मना भी नहीं किया उसे और ऊपर से जो उसके पास बचा था वो भी खरीद के ले आया।" उसने मुझे सामने टेबल के नीचे रखी एक और पुड़िया दिखाते हुए कहा।

"सही है यार तेरा! मुझे छोड़ के अकेला ही शुरू हो गया!" मैंने उसे छेड़ते हुए कहा।

"भाई ये सब सेहत के लिए खराब होता है। मैं तुझे ये सब नहीं लेने दूँगा और कभी तूने मुझे बिना बताए इसे लेने की कोशिश भी की तो तेरी मार भी दी जाएगी ये याद रखना तू।" रितेश तुतलाती-सी आवाज में मेरे गालों को सहलाते हुए बोला।

उस दिन रात भर रितेश ऐसी ही बचकानी-सी, बिना सिर-पैर की बातें करता रहा और न जाने कौन-कौन सी बातें याद कर-करके बेमतलब ही मुझसे लिपटकर रोता रहा। उसे ऐसे रोते देखना, उसे ऐसी बातें करते सुनना नया जरूर था मेरे लिए पर सच कहूँ तो उसकी ये हरकतें एक अजीब-सी खुशी भी

दे रही थीं मुझे, क्योंकि मुझे ये अच्छे से याद था कि किसी महान इंसान ने कहा है कि दोस्ती की नींव में मजबूती के लिए कभी सीमेंट नहीं लगता, वहाँ लगते हैं हमारे यार के मासूम से आँसू। और आज वही आँसू रितेश पूरी मासूमियत के साथ हमारी यारी की नींव में गिरा रहा था। उस दिन तो सच में हद कर दी उसने, पूरी रात यही तमाशा जारी रखा। साला एक तो वो खुद भी नहीं सोया पूरी रात और दूसरा उसने मुझे भी नहीं सोने दिया। करीब सुबह के 3-4 बजे के आस-पास सोया होगा वो और उसके बाद थक-हारकर मैं भी सो गया।

''रात को कौन रो रहा था?'' अगली सुबह आंटी, मतलब कि नई लैंडलार्ड ने अपना मौर्चा सँभालते हुए पूछा।

''कोई भी तो नहीं आंटी! क्यों आपको किसी की आवाज आ रही थी क्या?'' मैंने हमेशा की तरह भोला बनने की कोशिश की।

''देखो, ये सब फालतू काम यहाँ नहीं चलेगा। यहाँ रहना है तो सही से रहो।'' आंटी ने एकदम सीरियस मोड में आकर कहा।

मैं चुप-चाप मेरी ओर उठाई गई उनकी उस उँगली और गुस्से से उठते-गिरते उनके होंठों को देखता रहा। शायद मैं शर्मा अंकल की तरह उनसे भी 'डर गए क्या? मैं तो मजाक कर रही थी' जैसे शब्दों का वेट कर रहा था। पर मेरी ये गलतफहमी जल्दी ही टूट गई जब आंटी अपनी बकवास खत्म करके अंदर चली गई और मैं वहीं अकेला, खामोश खड़ा रह गया। मुझे उस दिन ये पहली बार लगा कि अब यहाँ मुश्किल होने वाली है। पर मैं करता भी क्या! रितेश को वैसे भी कुछ बताने का कोई फायदा नहीं था, क्योंकि उसका जवाब मुझे पहले से ही पता था कि लोड क्यों ले रहा है, देख लेंगे न यार। हमने शायद खुशियों और आजादी के उस छोटे से घर को छोड़कर ये बंदिशों का महल ले लिया था। पर अब जो हो गया था वो तो हो गया था। मैंने जैसे-तैसे खुद को समझाया कि कोई बात नहीं अभि, चलो कुछ और दर्द प्यार के नाम, कुछ और दर्द दोस्ती के नाम।

***

''अभि, रितेश कुछ बोल रहा था क्या तुझे?'' कुछ दिनों बाद कॉलेज में शिफा ने मुझसे पूछा।

''नहीं तो, क्यों क्या हुआ?''

''यार वो कुछ दिनों से सही से बात नहीं कर रहा है मुझसे।'' उसने उदास होते हुए कहा।

"मतलब, कुछ हुआ है क्या तुम दोनों के बीच? तुम बात कर सकती हो मुझसे अगर चाहो तो। शायद तुम्हारी बात मैं बेहतर तरीके से समझा पाऊँ उसे।" मैंने देवर होने का फर्ज निभाते हुए कहा।

"वैसे तो मुझे अच्छे से पता है कि तुम्हें सब पता है। पर फिर भी, यार मुझे वो सब कुछ सही नहीं लगा तो मैंने मना कर दिया उसे। और इसी बात को अपनी इज्जत से जोड़कर वो नाराज है मुझसे।" शिफा में कैंटीन की कॉर्नर वाली सीट पर बैठने का मुझे इशारा करते हुए कहा और खुद काउंटर पर समोसे लेने चली गई।

"ओह्ह्ह, तो ये वाली बात है। देखो लड़कों के साथ यही दिक्कत है, कुछ बातों को वो सीधा अपनी इज्जत पर ले लेते हैं। पर डोंट वरी यार, वो मान जाएगा।" मैंने उसे समझाते हुए कहा।

"ह्म्म्म, शायद।" वो अपने समोसे को चटनी में घुमाने लगी।

"पर शिफा, यार एक बात मुझे भी थोड़ी अजीब-सी लगी। यार तुम फुल ऑन वो क्या कहते हैं, वक्त के साथ चलने वाली लड़की हो। तुम आज के वक्त को समझती हो, वक्त के साथ ढलते रिश्तों की जरूरतों को समझती हो, फिर ये सब क्यों? मतलब कि ये सब तो नॉर्मल है न यार! वैसे ही जैसे समोसे के साथ चटनी होती ही है।" मैंने अपनी ही होशियारी में उसे सामने प्लेट में पड़ा समोसा दिखाते हुए कहा।

"मतलब कि सेक्स ना? ह्म्म्म, सही है। पर स्वाद तो हम समोसे का देखते हैं अभि, चटनी का नहीं। हम कहीं से समोसा इसलिए लेते हैं, क्योंकि वहाँ का समोसा अच्छा है। इसलिए नहीं कि वहाँ की चटनी अच्छी है।" वो मेरे ही अंदाज में मुझे जवाब देने लगी।

"पर तुम तो जानती हो कि चटनी के बिना समोसा अधूरा है, यही परफेक्ट कॉम्बिनेशन है। हर कोई समोसे के साथ चटनी सोच के ही आता है।" मैंने बात आगे बढ़ाई।

"तो मैंने कब कहा कि ये गलत है। मगर तुम ये भी तो सोचो कि अगर तुम किसी शॉप पर जाकर समोसा माँगो और वो तुम्हें समोसा दिखाकर प्लेट में सिर्फ चटनी दे दे, तो फिर तुम क्या करोगे?" उसने अपनी प्लेट में रखी चटनी मुझे दिखाते हुए मुझसे पूछा।

"प्वाइंट है यार! गालियाँ दूँगा साले को और क्या! कोई चूतिया थोड़ी न हूँ मैं कि समोसे की जगह चटनी खाऊँगा!"

"वही बात यहाँ है अभि, मुझे सेक्स से कोई दिक्कत नहीं है और मैं जानती हूँ कि ये सब आजकल नॉर्मल है। रियली यार, ये सब मेरे लिए भी नॉर्मल है। पर यार कोई मुझे समोसा दिखाकर प्लेट में सिर्फ चटनी नहीं परोस सकता। मतलब कि प्यार की बात करके, उसकी जगह सिर्फ सेक्स को नहीं रख सकता। ये गलत है मेरे लिए और मैं अपने सेल्फ रिस्पेक्ट के साथ सिर्फ इसलिए जबर्दस्ती नहीं कर सकती कि मेरा ब्वायफ्रेंड ये चाहता है या आज का वक्त ये चाहता है। जब मुझे खुद ये जरूरी लगने लगेगा, तो किसी को मुझे कुछ कहने और कुछ समझाने की जरूरत ही नहीं होगी। सब यूँ ही हो जाएगा यार, तुम्हारे उसी नॉर्मल की तरह। और सच में अभि, मेरे ऐसे कोई रूल्स नहीं हैं कि शादी के पहले सेक्स नहीं, इसके साथ नहीं, उसके साथ नहीं और फलाना-ढेमका। बस मुझे ये सही लगना चाहिए, मुझे नॉर्मल लगना चाहिए। और जब तक ये नहीं होता, मैं ये नहीं कर सकती यार। इससे कोई फर्क नहीं पड़ता कि सामने मेरा ब्वायफ्रेंड है या पति। और मेरा प्यार इतना कमजोर भी नहीं हो सकता कि उसे उठने और खुद को सँभालने के लिए इस सेक्स नाम के सहारे की जरूरत पड़े।" शिफा ने अपने दिल की बात पूरी बेबाकी से मेरे सामने रख दी।

बात नॉर्मल है, बात अभी के ट्रेंड में है, ये काफी नहीं है। बात हमें नॉर्मल लगनी चाहिए, हमारे उन एहसासों को नॉर्मल लगनी चाहिए जो रोज हमारे आत्मसम्मान को सींचते हैं। हमारे उन विचारों को नॉर्मल लगनी चाहिए जो हमारी पहचान बनाते हैं। और अगर ऐसा नहीं है तो आपके साथ 'रेप' हो रहा है। ये वक्त और आपकी कमजोरियों पर निर्भर करता है कि आपका रेप कोई और कर रहा है या आप खुद। जहाँ तक मैं समझता हूँ ज्यादातर वक्त तो हम अपना रेप खुद ही कर रहे होते हैं। मेरे यहाँ 'रेप' का मतलब सिर्फ शारीरिक जबर्दस्ती नहीं हैं, वो सब काम जो आप बिना अपनी मर्जी सिर्फ किसी के दबाव या वक्त के दबाव में करते हैं, तब आप रेप कर रहे होते हैं। आप रेप कर रहे होते हैं खुद का, अपनी रूह का, अपनी पहचान का और फिर धीरे-धीरे आप अपनी जिंदगी की सबसे कीमती चीज खो देते हैं। आप खुद को ही खो देते हैं। मुझे यकीन है कि हममें से ज्यादातर लोग आज इसी एक चीज को ढूँढ़ रहे हैं, हम सब आज कहीं-न-कहीं खुद को ही ढूँढ़ रहे हैं।

"कुछ बोलो भी, चुप क्यों हो गए अभि?" शिफा ने मुझे अपनी खयालों की दुनिया से बाहर निकालते हुए कहा।

"तुम सही हो यार। बात हमें सही लगनी चाहिए, हमें नॉर्मल लगनी चाहिए। लोगों और वक्त को सही लगने से कुछ नहीं होता।" मैंने उसकी बात को अपनी जेहन में एक साफ-सुथरी जगह देते हुए कहा।

"और कौन कमबख्त इस जवानी में सेक्स को ना कहेगा यार! इसके जैसा और है ही क्या इस जहान में!" उसने हँसते हुए कहा।

उसकी इस बात ने मेरे दिमाग में उसकी सोच को लेकर जो सवाल थे, उनको लात मारते हुए डस्टबिन का रास्ता दिखा दिया। उसने मुझे बताया कि उसूलों के बिना रिश्ते कुछ भी नहीं हैं, चाहे वक्त और हमारी सोच जितना चाहे उतना नया बनकर क्यों न आ जाए। कूल ब्वायफ्रेंड या गर्लफ्रेंड होने का मतलब ये नहीं है कि जब भी सामने वाले का मन किया या समाने वाले को नाराज देखा, तो खोलकर सो गए। उसने मुझे बताया कि जिस बात का हम सब हव्वा बनाए हुए थे, वो तो बस फुद्दू-सी बात थी उसके लिए। बशर्ते वो बात उसे नॉर्मल लगे।

आज जब मेरी सोच की परतें शिफा की बातों की धार से कटने लगी, तो मुझे मेरी सोच में एक नई-सी ही रौशनी दिखने लगी या यूँ कहूँ कि उसकी बातों में मुझे आज की औरत दिखने लगी। इन औरतों को अब समाज और रीति-रिवाजों का पुराना ठर्रा दिखाकर डराया नहीं जा सकता था, इन्हें 'तुम औरत हो, अपनी हद में रहो,' कहकर दबाया नहीं जा सकता था, इन्हें अब वक्त की चमक दिखाकर बहलाया नहीं जा सकता, इन्हें अब किसी भी छलावे से फुसलाया नहीं जा सकता। आज शिफा, रितेश की गर्लफ्रेंड के कटैगरी से निकलकर मेरी दोस्त की कटैगरी में आ गई थी।

"शिफा, लव यू यार!" मैंने अपनी बात में हँसी का तड़का लगाते हुए उससे कहा।

"ओह्ह्ह! लव यू टू अभि!" उसने भी उसी हँसी के साथ जवाब दिया।

(10)

किसी इंसान को चाहे साल भर कोई पूछे या न पूछे, पर भगवान ने एक दिन उसकी झोली में ऐसा डाला है जब अचानक ही सब लोग उसे इज्जत देने लगते हैं, उसकी खैर-खबर लेने लगते हैं। एक ओर जहाँ चिकन और शराब के भूखे भेड़िये उसकी ओर एक उम्मीद भरी निगाहों से ताकने लगते हैं तो दूसरी ओर उस दिन वो खुद भी इसी उम्मीद में रहता है कि आज तो उसके साथ कुछ तो

खास होने वाला है, कि शायद आज भगवान उसपर थोड़ा ज्यादा मेहरबान होने वाला है। अब कुछ हो या न हो, भगवान उस पर मेहरबान हो या न हो ये तो वक्त और उसकी किस्मत की बात है, पर उस दिन बंदा सही में खुश रहता है और उसके साथ-साथ उसके दोस्त भी।

12 नवंबर, मेरा बर्थडे और इस दिन को खास बनाने की हमारी तैयारियाँ लगभग पूरी हो चुकी थी। बहुत दिनों की खोजबीन के बाद एक नया और महँगा कोर्स ढूँढ़ लिया गया था जो आने वाले दिनों में मेरी बेरोजगारी को कम करेगा और मेरी जॉब हंटिंग में हेल्प करेगा। पर ये सब तो सिर्फ बातें थीं, जिसे मुझे पापा को मक्खन लगा-लगाकर समझानी थीं और उस कोर्स की फीस के पैसों से अपने बर्थडे की पार्टी सजानी थी।

उस कोर्स के इम्पॉर्टेंस की ऐसी और भी बहुत सारी बातें पापा को आज की बेरोजगारी का डर दिखा-दिखा के अच्छे से समझा दी गई थीं और ये भी कि अप्लाई करने की लास्ट डेट 10 नवंबर है। सादे शब्दों में कहूँ तो मेरा बैंक अकाउंट, पॉकेट मनी, स्पेशल बर्थडे भत्ता (जो बहनों और मम्मी के पॉकेट से आता था) और उस कोर्स की फीस के पैसों से फुल था। वैसे भी कोई लड़का जब एक लड़के से एक लौंडा बनता है तब उसका सब कुछ बढ़ जाता है, जैसे उसका कॉन्फिडेंस, उसके रिस्क लेने का स्टेमिना, उसके झूठ बोलने की कपैसिटी और उसके अकड़ की डेन्सिटी और मैं भी तब उसी दौर में था, तो ये पार्टी बड़ी होनी ही थी। और वैसे भी इस साल मैं वर्जिनिटी के अपने सालों पुराने शाप से आजाद हुआ था, तो एक शानदार सेलिब्रेशन तो बनता ही था।

तो इस महीने पूरी कोशिश की गई थी कि मकान मालकिन से बिलकुल न उलझा जाए। तो जब भी मौका मिला, "हाँ आंटी, आप सही हैं, हमारी ही गलती है", "आज आप बड़े फ्रेश लग रहे हो आंटी", "आंटी आपकी ये साड़ी बड़ी शानदार है, कहाँ से ली" जैसे बहुत सारे जुमलों को दिल खोलकर इस्तेमाल किया गया था। दूसरी ओर, पूरे महीने आंटी को 'ये उदयपुर की बेस्ट डिश है' बता-बताकर बड़े प्यार से पास के ठेलों का सब कुछ खिला दिया गया था। उससे भी बड़ी बात तो ये थी कि इस पूरे महीने आंटी के उस लाचार बेटे को फ्री में मैथ्स भी पढ़ाई गई थी, वो भी ये जानते हुए कि मैथ्स से उसकी DNA मैंचिंग कभी हो नहीं सकती। कुल-मिलाकर ऐसा कुछ भी बाकी नहीं रखा था, जो किया जा सकता था।

11 नवंबर, सुबह के 4:35 हुए थे। आज मैं जल्दी उठ गया था, इसलिए

नहीं की अनुलोम-विलोम करना था पर इसलिए कि स्टेशन जाना था, विधि आ चुकी थी। पर मेरे जैसे कुंभकरण के लिए इतनी सुबह-सुबह इतनी अच्छी नींद को छोड़कर कहीं बाहर जाना ऐसा था, मानो जन्नत की परियों की गोद छोड़कर मैं चुड़ैलों की लोरियाँ सुनने के लिए धरती पर आ गया। लेकिन उन कुछ पलों के लिए तब मैं अपना कुछ भी दाँव पर लगा सकता था, नींद तो बहुत ही ज्यादा छोटी चीज थी। हाँ, वही पल जब भीड़ में मेरी नजरें पहली बार उसे खोजेंगी, वही पल जब मुझे देखकर उसके हाथों से पहले उसके होंठ अपनी बाँहें फैलाने लगेंगे, वही पल जब उसके मेरे पास आने पर उसके शरीर की वो पागल कर देने वाली खुशबू मेरे रोम-रोम को बावला कर देगी, वही पल जब इतने दिनों बाद एक बार फिर से मेरी उँगलियाँ मदमस्त होकर उसके बालों में फिसलेंगी, वही पल जब दिमाग सब कुछ छोड़कर सिर्फ मेरे टेस्टॉसट्रोन लेवल को सही करने में लग जाएगा, और मैं, उस वक्त की गर्दन पर अपना पैर रखकर विधि की रूह को स्लो मोशन में अपनी रूह से जोड़ने लग जाऊँगा। इन कुछ पलों के लिए मैं सच में कुछ भी कर सकता था, तो मैं पहुँच गया स्टेशन।

आज तक के मेरे सफर और शराब से बढ़ती दोस्ती ने मुझे इतना बेशरम तो बना ही दिया था कि दिलो-दिमाग ने आस-पास के लोगों को, लोग समझना ही छोड़ दिया था। तो मैंने उसे अपने पास आते ही वहीं स्टेशन पर ही अपनी बाँहों में भर लिया। उसकी उस मदहोश कर देने वाली खुशबू और उसके शरीर में बहती उस गर्माहट ने हमारे चारों ओर एक ऐसा औरा बना दिया, जहाँ आँखें खोलकर कुछ भी देख पाना मेरे लिए संभव ही नहीं था। मुझे लगने लगा जैसे मैं बादलों की गोद में लेटा हुआ हूँ, जैसे मैं अचानक ही किसी शून्यता में खो गया हूँ। तब न मुझे अपना शरीर महसूस हो रहा था और न ही आस-पास की दुनिया।

तो कुछ देर मुझे वैसे ही सँभालने के बाद वो कहने लगी, ''आस-पास लोग देख रहे हैं बिट्टू।'' पर मैं उसे ये कैसे समझाता कि बंद आँखों से दुनिया कहाँ दिखती है और जब आपकी मोहब्बत आपकी बाँहों में हो, तो कोई गधा ही होगा जो आँखें खोलकर कुछ और देखेगा। तो मैंने उसकी झिझक को इग्नोर कर दिया और कुछ देर वैसे ही, वहीं उसकी बाँहों में रुका रहा।

''आपका हो गया हो तो चलें।'' विधि ने मेरी गर्दन को बड़े हौले से चूमते हुए कहा।

''रुको ना थोड़ी देर। कहाँ जाना है इतनी जल्दी तुम्हें!'' मैंने उसकी जाने

वाली बात को टालते हुए कहा।

विधि मुझे जानती थी। वो मेरी आदतों, मेरी हरकतों को मुझसे भी बेहतर समझती थी। और वो ये भी जानती थी कि अब ऐसी हालत में बस उसका किस ही मुझे उससे अलग कर सकता है। तो उसने बिना और वक्त गँवाए अपने होंठों को मेरी गर्दन से उठाकर मेरे होंठों पर रख दिया। देखते-ही-देखते हमारे वो बदमाश होंठ बिना किसी की परवाह किए एक-दूसरे को आहिस्ता-आहिस्ता भिगाने लगे, धीरे-धीरे एक दूसरे की गहराइयों में खोने लगे।

"देखो यहाँ तुम्हारी ये रिश्वत नहीं चलेगी।" मैंने उसके होंठों के मीठे समंदर से बाहर निकलकर उसके ही नशे में डूबती अपनी नजरों से उसे देखते हुए कहा।

"ओह्ह्ह!! ऐसा क्या!" वो बाइक पर बैठते हुए बोली।

"ह्म्म्म..." मैंने उसे अपने और करीब खींचते हुए, बाइक पर जितना हो सके उतना अपने पास बैठाते हुए कहा।

"तो जनाब क्या हाल है आपके ?" विधि ने बाइक की बढ़ती स्पीड के साथ-साथ बढ़ती हुई उस ठंडक को थोड़ा-सा कम करने के लिए अपने हाथों को मुझसे लपेटते हुए कहा।

"अब तुम आ गई हो ना, तो मस्त हूँ।" मैं उसके ठंडे हाथों को थोड़ा गर्म करने के लिए अपने एक हाथ से उन्हें रगड़ने लगा और फिर रूम पर जाते ही हमने खुद को बिस्तर और कंबल के हवाले कर दिया।

***

"बर्थडे बॉय, उठ साले!" शायद दो-तीन घंटों की नींद ही पूरी हुई होगी हमारी कि रितेश बाहर से चिल्लाने लगा।

मुझे आज तक ये समझ नहीं आया कि ये नींद के उस फाउंडेशन का असर होता था, जिसे रात का अँधेरा और चाँद की चाँदनी मिलकर बनाती थी या फिर सुबह की ओस में नहाई उस रौशनी के मेकओवर का कि विधि सबसे ज्यादा खूबसूरत नींद से उलझते हुए लगती थी। जब वो आधी नींद के पास होती थी और आधी मेरे पास। उसे वहाँ छोड़कर उठना, उससे यूँ बेवजह दूर होना मेरे लिए सच में बहुत ही ज्यादा मुश्किल होता था। दिल यही कहता रहता कि कितना कुछ मिस कर दूँगा मैं अगर अभी यहाँ से उठ गया तो। उसकी वो मासूम-सी करवट, जो खामखा हम दोनों को और पास ले आएगी, हमारे नाक की वो सुबह-सुबह वाली बचकानी-सी लड़ाई, उसका वो नॉटी वाला पहला

गुड मॉर्निंग, वो बाहर की ठंड को ठेंगा दिखाते हमारे कुछ हग्स और वो बिना ब्रश किए हुए कुछ बासी पर मदहोश कर देने वाले किसेस। क्या ये सही था कि इतना कुछ छोड़कर कोई उठ जाए, और वो भी बस इसलिए कि उसका एक नासमझ दोस्त बाहर खड़ा होकर बेवजह, बेवक्त चिल्लाए जा रहा हो। पर ये दोस्त नाम की बीमारी होती ही ऐसी है। साले को पता था कि मैं कहाँ हूँ और किसके साथ हूँ, इसके बावजूद भी न जाने क्या आफत आ पड़ी थी उसपर कि वो इतनी सुबह बाहर खड़ा-खड़ा अपना गला फाड़े जा रहा था।

"बोल भाई क्या लुट गया है तेरा जो इतना हंगामा मचा रखा है तूने?" मैं दरवाजा खोलकर गुस्से को अपनी आँखों पर चढ़ाते हुए बोला।

"भाई वो दिन याद है क्या तुझे?" उसने अपने चेहरे हर शैतानी हँसी लाते हुए मुझसे पूछा।

"यार तेरा दिमाग खराब है क्या! अभी ही तुझे टाइम मिला ये सब बकवास करने का! और तू इतनी जल्दी यहाँ कर क्या रहा है? और किस दिन की बात कर रहा है तू?" मैंने चिढ़ते हुए उससे पूछा।

"वही दिन भाई, जब मैं रूम में शिफा के साथ था और तू खिड़की से प्लास्टिक के डिस्पोजल अंदर फेंक रहा था। और वो क्या कह रहा था तू उस दिन? कि अगर कुछ कर पाए तो एविडेंस के लिए इसमें थोड़ा सा भर देना, उसे बाद में अच्छे से लेमिनेट करवाकर याद के तौर पर रूम में सजा लेंगे।" उसने पुराने दस्तावेजों को पलटते हुए कहा।

"तो क्या? तुझे आज का ही दिन मिला उसका बदला लेने के लिए? भाई यार छोड़ न पुरानी बातें, मेरा बर्थ डे भी है आज रात। इतना तो कर ही सकता है न तू मेरे लिए। तेरे बच्चों को दुआ लगेगी मेरी यार।" मैंने लगभग भीख माँगते हुए उससे कहा।

"ना .... तुझे भी साला पता चलना चाहिए कि कैसा लगता है जब कोई आपके प्यार के सामने, आपके स्पेशल मोमेंट्स में आपको परेशान करता है। मैं नी जाना यहाँ से, चाहे कुछ भी क्यों न हो जाए।" रितेश ने अपनी मुंडी को ऐसे हिलाते हुए कहा जैसे कोई बड़ा तीर मार दिया हो।

"जूता मारूँगा साले, यहाँ से भाग नहीं तो!" मैंने फिर गुस्से के रंग को अपनी आवाज और अपनी आँखों में चढ़ा लिया।

"मार के दिखा, आंटी को कह न दूँ कि जो अंदर है वो तेरी बहन नहीं है।" उसने ऊपर आंटी के रूम की ओर अपना मुँह करते हुए मुझे अपना

रामबाण दिखाया।

रूम लेते समय आंटी को एक स्टोरी सुनाई गई थी कि मेरी दोनों बहनें उदयपुर ही पढ़ती हैं और वो अक्सर रूम पर आती-जाती रहेंगी। और वो दोनों बहनें विधि और शिफा थीं।

"भाई चाहता क्या है तू?" मैंने खुद को पूरी तरह से उसके सामने सरेंडर करते हुए उससे पूछा।

"चल साले! तेरा बर्थ डे है आज तो तुझे माफ किया। पर आज की सुबह इतनी नॉर्मल भी नहीं होनी चाहिए तेरे लिए। बाहर आ तेरे लिए कुछ है मेरे पास।" उसने हँसते हुए कहा।

अब मैं उसे ये कैसे समझाता कि विधि के साथ मेरी कोई भी सुबह कभी नॉर्मल नहीं होती। पर मेरा पास्ट मुझे ये साफ-साफ दिखा रहा था कि वो ऐसे यहाँ से जाने वाला नहीं था। तो उसके सामने सरेंडर करके, उसकी हर बात मानने के अलावा मेरे पास कोई और चारा भी नहीं था।

"रुक आता हूँ।" मैंने उससे हताश होते हुए कहा।

मुझे पता था कि रितेश को यहाँ से भगाने के लिए मैं अब कुछ नहीं कर सकता था। तो वापस रूम में जाकर मैंने अपने कपड़े पहने और विधि को 'रितेश आया है' बताने के लिए उसके पास गया। पर वहाँ उसके चेहरे पर बिखरे उसके उन बालों की एक-एक कोशिका आज अपने पूरे मूड में थी कि आज हो जाए, देखें कि कौन जीतता है, दोस्ती या प्यार। मैंने उसके बालों को सहलाते हुए उन्हें उसके कान के पीछे, अपनी उँगलियों की लोरी सुनाकर सुला दिया और फिर उसके माथे को चूमते हुए उससे कहा, "बिट्टू रितेश आया है, मैं आता हूँ थोड़ी देर में।"

तभी उसने बिना अपनी आँखें खोले ही मेरे चेहरे को खोज लिया और मुझे अपनी ओर खींचकर अपने पास ही सुला दिया। उसके हाथ धीरे-धीरे मुझे अपने आगोश में लपेटते जा रहे थे जैसे वो मुझपर अपने हक को जताना चाहते हों और मैं उस हालत में बस अपनी दोस्ती को अपने प्यार के सामने हारते हुए देखे जा रहा था।

"ठीक है, पर जल्दी आ जाना।" उसने मेरे हाथ को चूमते हुए कहा।

"जाना कहाँ है बे?" मैं बाहर आकर रितेश से बोला। लेकिन इस बार मेरी आवाज में गुस्सा और चिढ़ दोनों बराबर अपनी जगह सँभाले हुए थीं।

"चल तो, तेरे लिए सर्प्राइज है।" रितेश ने मेरे कंधे पर अपना हाथ रखते

हुए कहा और फिर हम जैसे ही मेन गेट के बाहर निकले तो देखा कि घर के बाहर एक कार खड़ी थी और उसके पीछे लिखा 'जय अंबे' चिल्ला-चिल्लाकर ये कह रहा था कि मैं रितेश के पापा की कार हूँ।

"साले कैसे लाया तू इसे? तेरे पापा मार डालेंगे तुझे जो पता चला उन्हें!" मैंने खुशी और डर को सही टेक्सचर में मिलाते हुए उससे पूछा।

"भाई बात हो गई है हमारी, तू चिंता मत कर। आज तुम और विधि इसी कार में घुमोगे।" उसने कार का दरवाजा खोलकर उसमें बैठते हुए कहा।

यार सच कहूँ तो हम उस बिरादरी के लोग थे जिन्हें अपना बर्थडे तक सेलिब्रेट करने के लिए किसी-न-किसी कोर्स की फीस का सहारा लेना पड़ता था। और अगर इन हालात में आपका दोस्त आपके लिए कार ले आए, तो आप समझ सकते हैं कि आपके जज्बात क्या होंगे तब।

"थैंक्स यार!" मैंने लगभग क्या कहूँ वाली कशमकश में उलझते हुए कहा।

"सही है तेरा, थैंक्स बोलने लग गया है तू।"

"यार तुम और शिफा भी साथ चलो ना, मजा आएगा।" मैंने शाम को साथ घूमने का प्लान बनाते हुए कहा।

"भग साले! तुम्हारे साथ कौन टाइम वेस्ट करेगा! तब हमारी पर्सनल दावत चलेगी।"

"साले कुछ होता तो है नहीं तुझसे और पर्सनल दावत करेगा। शादी के बाद सब कुछ, भूल गया क्या?" मैंने उसे उसके सच का आईना दिखाते हुए कहा।

"हो गया तेरा? अब अपनी तशरीफ को खामोश कर के बैठा रह वहाँ और भूलो मत कि आपके बगीचे में जो ये फूल खिले हैं वो हमारी वजह से ही हैं। तो इज्जत बनाए रखो, समझे क्या?" रितेश ने लगभग चिढ़ते हुए, विधि के मैटर में मुझ पर किए अपने एहसानों को मुझे याद दिलाते हुए कहा।

फिर रात की पार्टी के सब एडजस्टमेंट करते-करते, थोड़ी यहाँ-वहाँ की बातें करते-करते दिन अपनी रफ्तार से आगे बढ़ता हुआ शाम तक पहुँच गया। शिफा रूम पर आ चुकी थी और इसका मतलब ये था कि रितेश बहुत बेसब्री से हमारे यहाँ से जाने का इंतजार कर रहा था और मैं विधि के बाहर आने का। वो अंदर तैयार हो रही थी। अब ये कोई बड़ी बात नहीं थी, लड़कियाँ अक्सर ही तैयार होती हैं। पर कुछ दिन खास होते हैं, उस दिन वो सिर्फ और सिर्फ

आपके लिए तैयार होती हैं। उस दिन वो अपने रिश्ते की खूबसूरती के लिए तैयार होती हैं, उस दिन वो तैयार होती हैं कि आप उन्हें देखकर इसी बहाने उन्हें एक बार फिर से कह सको कि वो आपकी सोच की हद के पार तक खूबसूरत हैं। कुछ दिन सच में खास होते हैं और आज मेरा वो दिन था।

मैंने बहुत कुछ सोच रखा था कि उसके सामने आते ही मैं ये वाला डायलॉग मारूँगा, ऐसी वाली बात करूँगा, वैसी वाली हरकत करूँगा। पर जब वो सामने आई, तो मेरे मुँह से एक शब्द भी नहीं निकला, मानो जैसे वो शब्द भी मेरे साथ-साथ उसकी खूबसूरती की बारिश में बिना कुछ कहे ही झूमकर किसी दीवाने की तरह नाचने में व्यस्त हो गए हों। बस तब सिर्फ एक बात थी जो साँस के हर कतरे के साथ-साथ मुझमें बहती जा रही थी और वो ये थी कि उसे कहीं मेरी नजर न लग जाए।

''कैसी लग रही हूँ मैं ?'' विधि ने मुझे आईने की जगह रखते हुए पूछा। मुझे समझ नहीं आ रहा था कि मैं पहले तारीफ किसकी करूँ, बार-बार उसके कान से फिसलते उन बदमाश से बालों की जो शायद आज किसी के लाख रोकने से भी न रुकने की पहले से ही सोच चुके थे या फिर रात के अँधेरे से रंग उधार लेकर खिले उसके उस काजल की जो उसकी आँखों को इतनी गहराई दिए हुए था कि मानो उन्होंने एहसासों के एक गहरे, खामोश समंदर को अपने आगोश में समेट रखा हो, या फिर नीले रंग में रंगे उसके उस खूबसूरत सूट की जिसने शायद किसी मूर्तिकार की तरह आसमान की सारी खूबसूरती को उसके बदन पर सहेज दिया था। मैं समझ नहीं पा रहा था कि मैं तारीफ किसकी करूँ और इसी कशमकश में मैं बस आगे बढ़ा और उसे गले लगा लिया। शायद उसे गले लगाकर मैं खुद को ही ये यकीन दिलाना चाहता था कि ये सब कुछ मेरे लिए है, कि हाँ इन पर सिर्फ और सिर्फ मेरा हक है। विधि ने भी बिना देर किए मुझे खुद में समेट लिया। शायद उसे जवाब मिल गया था कि वो कैसी लग रही है। तभी शिफा हमें यूँ देखकर हँसने लगी और ये वही वाली हरकत थी जिसे आप तब करते हैं जब आप अपने पास वालों को ये बताना चाहते हों कि हम भी यहीं हैं, अगर आपका हो गया हो तो। तब तक रितेश भी रूम पर आ चुका था और इसका मतलब ये था कि अब हमें जाना था यहाँ से। मुझे आज तक ये बात समझ नहीं आई कि इस पोर्शन में 2 बेडरूम थे। फिर भी जब विधि यहाँ होती तो रितेश खुद को शिफा के साथ पास वाले रूम में कंफर्टेबल महसूस नहीं करता था। तो उसके कबाब में हड्डी न बनते

हुए हम दोनों निकल लिए फतेह सागर की ओर।

फतेह सागर झील, इसे यहाँ के लोग उदयपुर का दिल कहते हैं। जब शाम दिन के पल्लू से निकलकर किसी फूल की तरह खिलने लगती है तब इसकी धड़कन की आवाज, उस फूल की खुशबू की तरह, दिनभर की झिक-झिक से परेशान लोगों को अपनी ओर खींचने लगती है मानो जैसे वो जानती हो कि उन लोगों में जान कैसे फूँकनी है। चाहे किसी का दिन कैसा भी क्यों न बीता हो, आपको शाम में उदयपुर का हर जिंदादिल इंसान इसी के किनारे कहीं-न-कहीं बैठा हुआ मिल ही जाएगा।

''बिट्टू क्या गिफ्ट चाहिए आपको?'' विधि ने अपनी आँखों से एक अजीब-सी मिठास बिखेरते हुए पूछा।

''कुछ नहीं यार! तुम यहाँ हो मेरे साथ यही काफी है मेरे लिए। तुम ही मेरा सबसे बड़ा गिफ्ट हो।'' मैंने ड्राइव करते-करते उसका हाथ थामते हुए कहा।

''बोलो न बिट्टू, क्या चाहिए आपको?'' वो इस बार थोड़ा सीरियस होकर बोली।

''शादी कर लो मुझसे।'' मैंने मोहब्बत के उस बहाव में बहते हुए तपाक से कह दिया। वैसे भी अपनी गर्लफ्रेंड को इम्प्रेस करने के लिए ऐसी बातें यॉर्कर बॉल की तरह मौका मिलते ही डालते रहना चाहिए।

''कब करनी है बताओ?'' उसने भी उसी बेबाकी से जवाब दिया।

''आज ही।'' मैंने हँसकर उस बात को आगे बढ़ाते हुए कहा।

''डन।'' विधि मेरी हथली चूमते हुए बोली।

एक बात मैंने वक्त के साथ सीखी है कि आपकी किस्मत और आपकी गर्लफ्रेंड कब मजाक के मूड में है ये बताना आपके और मेरे औकात के बाहर की बात है। तो जब भी आप इन दोनों के साथ हों तो सोच समझ के ही अपना मुँह खोलें। मुझे कुछ सूझा नहीं तो उसे थोड़ा ब्लश करवाने और थोड़ा-सा इम्प्रेस करने के लिए ऐसे ही बोल दिया था कि शादी कर लो, क्या अब मैं मजाक भी नहीं कर सकता?

''डन तो ऐसे कह रही हो जैसे सच में कर ही लोगी!'' मैंने उसकी बात को हल्के में लेते हुए कहा।

''क्या मतलब है तुम्हारा? तुम मजाक कर रहे थे क्या?'' वो अजीब ही तरह से मुझे देखते हुए बोली।

''तो फिर क्या! तुमने क्या सही समझ लिया! क्या यार बिट्टू तुम भी ना!'' मैंने 'मतलब कुछ भी' के अंदाज में कहा।

मेरी बात ने उसके दिल और होंठों के बजाय कहीं और ही अपना असर दिखाया। उसकी आँखें मुझे साफ-साफ बता रही थीं कि बात अब सिरियस जोन में आ चुकी थी। यार कौन इस उम्र में शादी की बात पर गुस्से में आ सकता है! कोई इतना भी डंब कैसे हो सकता है! पर वो 'कौन' नहीं थी, वो मेरी गर्लफ्रेंड थी और जब ये कौम अपनी वाली पर आ जाती है, तब सही-गलत जैसा कुछ भी नहीं होता। जो इन्होंने कह दिया वो ही सही, चाहे वो बात किसी भी तर्क के गले उतरे या न उतरे।

मैंने बिना गर्लफ्रेंड के दिनों को जिया था और अब किसी भी हाल में मैं उन गलियों में वापस नहीं जाना चाहता था क्योंकि मुझे याद था कि किसी महान इंसान ने कहा है, ''लड़का चाहे जितनी भी बार ब्रेकअप क्यों न कर ले, लड़की वापस पैचअप कर लेगी क्योंकि उसके पास आँसू हैं और आप मर्द हैं। मगर कभी गलती से भी लड़की ने सामने से ब्रेकअप कर दिया तो सब वहीं खत्म।'' और अब ये मत कहना कि हमारे पास भी तो आँसू हैं, हाँ ये तो ठीक है पर सामने वाली लड़की है भाई।

''बिट्टू, क्या है यार! प्लीज आज नहीं लड़ेंगे।'' मैंने अपने बर्थडे की भीख माँगते हुए उसे कहा।

''देखो बात लड़ने की नहीं है। बात ये कि तुम मेरे प्यार और मेरे भरोसे का मजाक बना रहे हो।'' उसकी आवाज को सीढ़ी बनाकर उसका गुस्सा और उसकी चिढ़ ऊपर उसके होंठों तक आने लगी।

''हद है यार! अब ये हमारे प्यार से सिर्फ तुम्हारा प्यार हो गया! मैं कहाँ गया फिर!'' मैंने उसकी पागलों जैसी बातों पर चिढ़ते हुए कहा।

''यार जब तुम मुझसे शादी ही नहीं करना चाहते तो प्यार कहाँ रहा तुम्हारा!'' उसने अपना प्वाइंट क्लियर किया।

''अभी कौन-सी शादी यार! ये तो कोई बात नहीं हुई। अभी शादी की उम्र है क्या अपनी! यार ऐसे तो कोई नहीं करता।'' मैंने उस बात और उस शाम को सँभालते हुए कहा।

''देखा बिट्टू, ऐसी बहुत-सी चीजें हैं जो हमें नहीं करनी चाहिए थी। जिसे लोग नहीं करते हैं पर हमने की हैं। तब तो तुम्हें ये ज्ञान की बातें याद नहीं आतीं। तब तुम्हारे ये तर्क कहाँ जाते हैं!'' उसने अब अपने न्यूक्लियर

हथियार धीरे-धीरे बाहर निकालते हुए मुझसे कहा। मुझे अच्छे से दिख रहा था कि अब वो लीग से बाहर की बातें करने लगी थी। वो मुझे दिखाने लगी थी कि तुम बस दो-तीन बातें और समझदारी की कर लो बेटा और फिर देखो कि कैसे सब दी एंड होता है। और उधर मैं समझ गया था कि अब यहाँ तर्क-वितर्क नहीं हो सकता क्योंकि उस कार में तब साफ-साफ तानाशाही चल रही थी। उसकी आबोहवा में दूर-दूर तक डेमोक्रेसी का कोई नामोनिशान नहीं था। तो मैंने भी वक्त की नजाकत को समझते हुए खुद को समझाया, 'बात सँभाल लो लल्ला, नहीं तो हिलाते रह जाओगे बाकी की पूरी जिंदगी।'

"तुमसे बढ़कर मेरे लिए क्या है बिट्टू! बोलो क्या करना है?" मैंने अगले ही पल बात सँभालते हुए उसकी हाँ में अपनी हाँ मिला दी और अपने तर्क और सही-गलत के हथियार को वहीं-कहीं कचरे में डाल दिया।

"सच्ची ना?" उसने अपनी उस कातिल उँगली को मेरी ओर करके, अपनी आँखों को थोड़ा-सा और बड़ा करते हुए पूछा।

"हाँ यार!"

"तो सुनो फिर, पहले हम सिंदूर खरीदेंगे, फिर एक रिंग और एक पेंडेंट वाली चेन। हम आज ही केक कटने के बाद जब रितेश अपने घर चला जाएगा तब रूम पर शादी करेंगे।" वो लगभग उछलते हुए बोली।

सच कहूँ तो उसका ये आइडिया सुनकर मेरी रूह अंदर तक काँप गई थी। मेरी रूह चिल्लाने लगी, "वाट द फक यार! चूतिया है क्या तू? देख ऐसा कुछ मत करना। साले तेरा जमीर-वमीर कुछ है भी के नहीं! इस पागलपन को तू किसी भी हाल में सपोर्ट नहीं करेगा।" पर कौन कमबख्त ऐसे में रूह और दिमाग की सुनता है! नई गर्लफ्रेंड बनाने में हम जैसों को कितनी मेहनत लगती है ये उस रूह को थोड़ी न पता है।

"ठीक है यार, चलो फिर शॉपिंग करते हैं। पर यार एक बात बताओ, शादी के बाद सुहागरात भी तो होगी ना?" अब जब बकरे को कटना ही है तो क्यों न हँसते हुए कटे। यही सोचते हुए मैंने खुद की शादी में खुद ही को इनवाइट कर लिया।

"ये डिपेंड करेगा दूल्हे के बिहैवियर पर।" वो इतना कहकर हँसने लगी।

शाम साथ बिताने का प्लान देखते-ही-देखते साथ शॉपिंग करने में बदल गया और जब उसका मन शॉपिंग से भर गया तो सब कुछ लेकर हम वापस

अपने रूम की ओर चल दिए। विधि बहुत ही ज्यादा खुश थी अपने उस शादी वाले पागलपन के साथ और मैं टेंशन में। अब चाहे मजाक में ही क्यों न हो पर शादी अच्छे-अच्छों की हवा टाइट कर देती है। फिर कुछ ही देर में केक और बाकी सब कुछ लेकर हम रूम पर पहुँच गए। जैसे ही मैंने कार हमारे रूम की गली में मोड़ी तो मैंने देखा कि रितेश रूम के बाहर ही बैठा हुआ था और वो वहाँ बैठा-बैठा सिगरेट फूँक रहा था। सच कहूँ तो वो हमेशा ऐसा करता नहीं था। इतनी हिम्मत उसमें तभी आती थी जब उसने पी रखी होती थी। आज फिर शायद शिफा से लड़ाई हुई थी उसकी। मैंने कार पार्क की और उसे वहाँ से उठाकर रूम में ले गया।

उधर आंटी ऊपर से उसे कब से देखे जा रही थी, पर शायद वो इतनी हिम्मत नहीं जुटा पा रही थी कि नीचे आकर उससे कुछ भी कहे या फिर शायद वो मेरा ही वेट कर रही थी। आंटी की बिगड़ती शक्ल देख मैं ये समझ गया था कि आज की रात या फिर शायद कल की सुबह हमारे लिए तूफान लाने वाली है। पर तब उस बात से ज्यादा फिक्र मुझे रितेश की हो रही थी। पता नहीं अब क्या लफड़ा खड़ा किया था उन दोनों ने।

''अब क्या हुआ यार? उसने क्लियर तो किया था सब कुछ। फिर तू क्यों उसे फोर्स करता रहता है?'' मैंने उसकी उस बेकार-सी हरकत पर चिढ़ते हुए उससे पूछा।

''यार उसके पापा का कॉल आया था। उसके किसी रिलेटिव ने हमें साथ देख लिया है।'' रितेश इतना कहकर फिर से सिगरेट के उस धुएँ को अपने फेफड़ों में भरने लगा।

''पर तुम तो रूम में थे, यहाँ तुम्हें कोई कैसे देख सकता है?''

''यार वो मैं ... मैं वो खरीदने मेडिकल स्टोर जा रहा था तो वो भी साथ हो ली। अब यार उसने इतने दिनों बाद हाँ कहा था, तो मैं भी एक्साइटमेंट में उसे ना नहीं कह पाया।'' रितेश ने फिर हमेशा की तरह अपनी गलती मानते हुए अपने सिर को जमीन में धँसा लिया।

''तो ठीक है ना, कह देगी कि दोस्त है। कौन-सी बड़ी बात है इसमें!'' मैंने उसे और उससे ज्यादा अपनी सँभालते हुए उससे कहा।

''यार शायद उसने हमें रूम तक फॉलो किया है। शिफा की बहन भी फोन पर थोड़ी डरी हुई थी।'' रितेश ने पास में पड़ी कोक को अपने मुँह में उड़ेलते हुए कहा जिसमें शायद उसने रम मिला रखी थी। उधर उसके मुँह से

ये सब सुनते ही मेरी समझ जवाब देने लगी। मेरा दिमाग फुल स्पीड से उन सारे दरवाजों को खोजने में लगा जिनसे हम इस कंडीशन से सेफ बाहर निकल सकते थे। मैं कुछ-न-कुछ सोचने की पूरी कोशिश कर रहा था पर विधि के होते हुए ये कहाँ पॉसिबल था! वो तब हमारी मदद करने के उलट बीच-बीच में अपना टुच्चा-सा कोई आइडिया बता-बताकर सिर्फ मेरे इरिटेशन को आग देने का काम बखूबी किए जा रही थी। पर वो बेचारी भी क्या करती! उसको भी कोई आइडिया नहीं था कि अगर ये सब सही नहीं हुआ तो हमें आगे किन हालात से गुजरना है। उधर इन्हीं सब परेशानियों के बीच कुछ कसर शायद बाकी रह गई थी तो उसे पूरा करने आंटी भी नीचे आ गई।

"ये सब क्या चल रहा है? कौन है वो लड़की?" उसने अपना मालिकाना हक जताते हुए रूम के बाहर से ही चिल्लाते हुए मुझसे पूछा।

"आंटी सिस्टर है मेरी, मैंने बताया तो था आपको!" मैंने रूम के बाहर आते हुए कहा।

"क्या मैं तुम्हें पागल लग रही हूँ? वो कहाँ से तुम्हारी सिस्टर लग रही है?" उसने अपनी उँगली और अपने गुस्से को मेरी तरफ करते हुए कहा।

"मतलब क्या है आपका? आंटी आप कलर पर मत जाओ यार, वो मम्मी पर गई है और मैं पापा पर। देखो आंटी आज मेरा बर्थ डे है तो वो यहाँ आई है।"

"तो! बर्थडे है तो कुछ भी करोगे क्या! ये शरीफों की कॉलोनी है। यहाँ इज्जतदार लोग रहते हैं। यहाँ ये सब नहीं चलेगा समझे तुम?" आंटी ने अपनी आवाज को अपने गुस्से के मसाले में तलकर और तेज कर ली।

"आंटी अब आप कुछ भी बोल रही हैं। शरीफों से क्या मतलब है आपका? हम क्या गुंडे हैं? बदमाश हैं?" मेरा गुस्सा भी उसकी घटिया बातों से धीरे-धीरे ऊपर चढ़ने लगा।

माँ कसम तब एक ओर तो मुझे शिफा की टेंशन थी तो उसके दूसरी ओर शिफा के घर की ओर से आने वाले उस तूफान की चिंता और साला उसके ऊपर से ये सवाल-जवाब। मेरा वो सारा गुस्सा और वो सारी खुन्नस मौका देखकर बाहर आने लगे जिसे हर बार कभी मजबूरी का नाम देकर, तो कभी समझदारी का नाम देकर मैंने बाहर नहीं आने दिया था। पर शायद तब कहीं थोड़ी कसर अभी और भी बाकी रह गई थी जो रितेश भी रूम से बाहर आ गया और वो जैसे ही बाहर आया, मैं समझ गया कि आंटी गलत टाइम पर

नीचे आ गई है क्योंकि जब वो पी जाता था तब तो मेरी भी हिम्मत नहीं होती थी उससे उलझने की और आज तो उसके सामने से किसी ने उसका निवाला भी छीन लिया था।

बात बिगड़ने वाली थी और मैं ये जल्दी ही समझ गया था। मैंने विधि से कहा, ''शिफा को कॉल करो और उसे कहो कि वो आकर तुम्हें अपने साथ ले जाए।'' पर वो मेरी बात मानने के बजाय ऐसे हालात देखकर रोने लगी। शायद ये सब उसके लिए पहली बार था या फिर उसका दिमाग ये सोचे जा रहा था कि अगर ये लफड़ा ज्यादा हुआ तो बात उसके घर तक भी पहुँच सकती है। और शायद इसीलिए ही उसने रितेश का हाथ पकड़ा और उसे रूम के अंदर खींचने की कोशिश करने लगी। तभी नीचे से तेज-तेज आवाजें सुनकर कुछ ही देर में अंकल भी नीचे आ गए। मैंने मुश्किल से रितेश को रूम में डाला और बाहर से दरवाजा लगा दिया।

''अंकल क्या हुआ है ऐसा जो आंटी ऐसे रिएक्ट कर रही हैं? बाहर बैठकर एक सिगरेट ही तो पी है उसने। उसके पापा का एक्सीडेंट हो गया है आज, दिमाग वैसे ही खराब है उसका।'' मैंने झूठ का सहारा लेकर बात सँभालने की फिर से कोशिश की।

''शराब पी रखी है उसने, बदबू आ रही है उसके मुँह से।'' आंटी ने गुस्से को अपनी आवाज में आजाद छोड़कर अंकल की ओर देखते हुए कहा।

''आंटी ठीक है ना, पी ली होगी उसने। कुछ कर थोड़ी न रहा है। हो जाता है कभी-कभी, आप तो समझते हो ना! मैं तो हर जगह आपकी तारीफें करता रहता हूँ कि हमारे लैंडलार्ड कितने सपोर्टिव है। वो उन घिसे-पिटे लोगों की तरह नहीं हैं जो सालों पुरानी सोच के साथ जीते हैं। वो स्ट्रिक्ट होने के साथ-साथ हमें पूरा स्पेस भी देते हैं अपने हिसाब से जीने के लिए।'' मैंने बिना आग के दाल उबालते हुए कहा और ऊपर से उसमें बहुत सारा बटर भी डाल दिया।

अंकल समझ गए थे कि अब उनकी एक भी उल्टी बात उनको उन घिसे-पिटे लोगों की बिरादरी में लाकर खड़ा कर देगी जिनकी मैं अभी बात कर रहा था, तो वो थोड़े ठंडे होने लगे। पर शायद आज वक्त को भी ये मंजूर ही नहीं था कि कैसे भी ये बात सुलझे। इसीलिए शायद तब मैं और अंकल दोनों ही ये भूल गए थे कि इस कन्वरसेशन में एक औरत भी है और अब ये तो जग जाहिर है कि बुरी किस्मत और सनकी औरत को सिर्फ मौत ही रोक सकती है,

लेकिन आंटी तो अभी जिंदा थीं।

"मैं इनको भी कभी घर पर पीने नहीं देती और तुम मेरे घर में बैठकर दारू पी रहे हो और ऊपर से मुझे ही होशियारी दिखा रहे हो। तुम्हारे घर वालों ने यही करने यहाँ भेजा है क्या तुम्हें? पता नहीं बच्चे ऐसे हैं तो माँ-बाप कैसे होंगे?" आंटी गुस्से में फनफनाती हुई बोली।

आंटी तब अपनी सुध खो चुकी थी और कुछ भी बोले जा रही थी। उधर अपनी धर्मपत्नी को अपने सामने ऐसे उफनते देख अंकल की सालों से धूल खाती मर्दानगी भी धीरे से अपना सिर उठाने लगी और अब जब इतना सब कुछ हो ही रहा था तो उनका खून कैसे पीछे रहता। तो अपने माँ-बाप को ऐसे लड़ाई में उलझता देख ऊपर से उनका बड़ा बेटा भी फॉर्म में आकर दूध का फर्ज निभाने नीचे आ गया और चिल्लाने लगा कि निकालो इन बेवड़ों को घर से, खाली करवाओ मकान अभी के अभी। सालो ने रंडीखाना बना रखा है पूरे घर को।

उसके मुँह से 'रंडी' शब्द सुनते ही मेरी समझदारी डायरिया के लूज मोशन की तरह बिना एक पल ठहरे ही पिछवाड़े से बह गई। मैंने पहले तो अपने रूम का दरवाजा खोला जिससे कि रितेश बाहर आ सके और फिर जितना मैं इकट्ठा कर सकता था उतना दम इकट्ठा करके उसकी छाती पर एक लात मारी। एक ही लात में उसका सारा जोश हवा हो गया और जो बाकी कसर बची थी वो रितेश ने पूरी कर दी। कुछ ही मिनट में आंटी का लड़का धूल में सना हुआ अपने बाप के पीछे जाकर छुप गया। उधर रितेश अपना आपा खो रहा था पर अब उसे रोकने का मेरा कोई मूड नहीं था। आंटी ने तभी रितेश को उसकी माँ-बहन की गालियाँ देना शुरू कर दिया। फिर क्या था—रितेश ने आंटी के पास जाकर अपने बाएँ हाथ से उनका टेंटुआ दबा दिया।

तब अंकल वहीं थे, उनका बेटा वहीं था और आस-पास इकट्ठा हुए पड़ोसी भी। पर माँ कसम तब किसी की भी हिम्मत नहीं हुई कि कोई आगे आकर रितेश को रोके। अब या तो वो सब रितेश के गुस्से से डर गए थे या फिर वो सब भी यही चाहते हो कि रितेश आंटी का टेंटुआ तब तक दबाए रखे जब तक उसका शरीर ढीला न पड़ जाए।

पर इसी बीच किसी समझदार ने पुलिस को फोन कर दिया था और उन्होंने आकर कुछ ही मिनटों में सारा मामला ठंडा कर दिया। गुस्से-गुस्से में पता ही नहीं चला कि क्या हुआ पर दूसरे ही पल हम किसी मुजरिम की तरह अपने

पैरों के बीच अपना सिर दबाकर थाने में बैठे थे। सालों ने हमारे टीशर्ट और पैंट तक निकलवा लिए। अब पता नहीं किस बात पर उनको हम दोनों पर दया आ गई थी जो शरीर पर कच्छा तो रहने दिया था।

इन्हीं सब के बीच जब हमारा खून ठंडा होकर दिमाग से शरीर के बाकी हिस्सों में उतरने लगा तब हमें याद आया कि विधि भी वहीं थी। मैंने रितेश को कहा, "भाई विधि वहीं है।" हमारी टेंशन और बढ़ने लगी कि कहीं वो उसे कुछ करे ना, कहीं कुछ बोले ना। रितेश बोला, "तू डर मत यार, अगर उसे एक शब्द भी बोला तो सालों को जिंदा जला दूँगा मैं।" वो सब तो ठीक था पर बात तो आज की रात की थी। मुझे टेंशन हो रही थी कि वो अकेले कैसी होगी। हमारी तो शादी थी आज और मेरा बर्थ डे भी।

थाने की घड़ी में 9 बजे थे और हमारे 12। तभी एक कांस्टेबल मोटा-सा चमड़े का बेल्ट लेकर हमारी ओर आता दिखा। मुझे अच्छे से दिख रहा था कि उस बेल्ट पर 'तेरे नाम' लिखा हुआ था और जिस ओर से वो आ रहा था वहाँ से पहला मेरा ही नंबर था। मैंने खुद को तैयार कर लिया उस बेल्ट के गरमा-गरम चुम्मे के लिए। वो मेरे पास आया और जितनी दे सकता था उतनी सारी गालियाँ एक ही सुर में उसने हमें दे डाली। उसने फिर मुझे मारने के लिए अपने बेल्ट पकड़े हाथ को आसमान में ऊपर उठाया। वो चमड़े का बेल्ट अपने पूरे घमंड से हवा में हिचखोले खा रहा था जैसे वो मुझे कह रहा हो, "आर यू रेडी?" पर तभी अचानक अंदर से एक आवाज आई और वो ठुल्ला वहीं रुक गया और तब जाकर कहीं मेरी जान में जान आई।

फिर घंटे भर तक हमारे पास कोई नहीं आया। शायद रितेश समझ गया था कि वो क्या चाहते हैं। तभी वो कांस्टेबल वापस हमारे पास आया, पर शुक्र था कि इस बार उसके हाथ में वो बेल्ट नहीं था। उसने हमें हमारे कपड़े वापस पहनने को दिए और फिर हमें वहाँ से बाहर लेकर चला आया। बाहर जाकर उसने हमें सिगरेट ऑफर की। रितेश ने उसकी इज्जत रखने के लिए एक ले ली पर मुझे तो अभी भी हवा में लहराता वो बेल्ट ही नजर आ रहा था और उसी के डर से मेरा दिमाग पूरी तरह से सुन्न हुआ जा रहा था।

फिर वो ठुल्ला हमें धाराएँ गिनाने लगा, जिनसे हम जेल के अंदर जा सकते थे। जिनसे हमें आगे जाकर सजा हो सकती थी। उस दिन पहली बार हमें ये समझ आया था कि थाने में होने और जेल में होने में क्या फर्क होता है। अभी हम थाने में थे मगर किसी भी वक्त जेल में जा सकते थे।

तभी उसने कानून की सफेदी छोड़ अपना असली रंग दिखाया, "अगर बाहर जाना है तो 10000 रुपये लगेंगे।" ये सुनकर मेरा तो मुँह ही सूख गया। कोई मजाक है क्या! 10000 तो उस ठुल्ले की महीने भर की सैलरी भी नहीं होगी और हम कौन-से किसी अमीर खानदान की औलाद थे जो इतने पैसे दे देते उसे। तभी हमारी शक्लें देखकर वो भी समझ गया कि इतने में तो डील नहीं हो पाएगी, तो वो बात आगे बढ़ाते हुए बोला, "तुम कितने दे सकते हो?"

रितेश बोला, "2000 सर।" माँ कसम उसका मुँह देखने लायक था। उसने अपना मुँह कपड़े की दुकान के उस मालिक की तरह बनाया जिसे हमने 1000 की शर्ट के 300 रुपये कह दिए हों। पर तब मुझे उस ठुल्ले के मुँह से ज्यादा विधि की टेंशन हो रही थी और ऊपर से उस बेल्ट का डर भी तो मेरे जेहन में अभी तक जिंदा था। इसी वजह से मेरे पास तब उससे बार्गेनिंग करने का वक्त नहीं था। मैंने फटाफट में उसे 5000 कह दिया और उसके सामने अपने हाथ जोड़ दिए, "सर अब इससे ज्यादा नहीं हैं हमारे पास।" उसने तुरंत ही 5000 में डील फाइनल कर ली और मैंने ATM से पैसे निकालकर उसे दे दिए। जाते-जाते उसने हमें स्ट्रिक्ट इंस्ट्रकशन दिए कि आज रात रूम पर नहीं जाना है और अगले 3 दिनों में किसी भी हाल में वो रूम खाली करना है और ये भी कि अगर जरूरत पड़ी तो वो हमें और हमारे पैरेंट्स को वापस भी बुला सकते हैं।

उसकी बातों की और उसके साथ-साथ उस माहौल की अजीबियत अभी भी मेरे जेहन में एकदम ताजा थी। तब उन सबकी चिंता करना मेरे दिल को उतना जरूरी नहीं लगा जितना कि विधि की चिंता करना लगा और इसीलिए उस ठुल्ले के जाते ही मैंने विधि को कॉल किया। वो कॉल उठाते ही रोने लगी। मुझे ये जानकर थोड़ी तसल्ली हुई कि वो शिफा के साथ थी और ठीक थी। मैं तब रितेश के सामने खुद को काबू में दिखाने की पूरी कोशिश तो कर रहा था पर असल में मैं खुद को रोक ही नहीं पा रहा था। मेरे हाथों और पैरों में अजीब ही तरह की कंपकंपी हो रही थी। आज पहली बार मेरी वजह से विधि इतनी परेशान हुई थी। मैं इतना गैर जिम्मेदार कैसे हो सकता था! ऐसे कई खयालों में उलझते-उलझते, रितेश के कदमों की रफ्तार और दिशा के साथ-साथ खुद के शरीर को धकेलते-धकेलते हम फिर वहाँ से सीधा रूम पर आ गए। मेरी बाइक गेट के अंदर खड़ी थी तो हमने अब कोई और पागलपन करना सही नहीं समझा। हमने वहाँ से रितेश की कार ली और फिर फतेह सागर पहुँच गए। कुछ

ही देर में शिफा और विधि भी वहाँ आ गए।

विधि ने जैसे ही मुझे देखा वो पागलों की तरह दौड़कर मुझसे लिपट गई। मैंने भी उसे कसकर अपने से लगा लिया। तब हम दोनों रो रहे थे बस फर्क सिर्फ इतना था कि उसने अपने आँसुओं को बहने दिया था और मैंने उन्हें रोके रखा था। रितेश और शिफा का भी यही हाल था। जितने भी लोग वहाँ आस-पास थे वो सब हमें देख रहे थे पर विधि इतना रो चुकी थी कि तब उसे किसी भी बात की सुध नहीं थी और मुझमें तो वैसे ही कुछ बचा ही नहीं था। मुझे बस इतना पता था कि अब मैं विधि को खुद से एक पल के लिए भी अलग नहीं कर सकता था। वो आज बहुत रो चुकी थी मेरी वजह से। उधर शिफा को भी जल्दी वापस अपने घर जाना था। उसके पापा अभी तक घर नहीं आए थे, तो जो दिन में हुआ था वो अब तक सॉल्व ही नहीं हुआ था और उसे भी खबर नहीं थी कि उसके पापा उस बात पर कैसे रियेक्ट करेंगे। शिफा घर चली गई, रितेश वहीं पास बैठकर सिगरेट फूँकने लगा और मैं विधि के सिर को अपने पैरों पर रखकर उसे सहलाने लगा। उसे सुलाने की कोशिश करने लगा। कुछ ही देर में वो शांत हो गई और वहीं मेरे पैरों पर सो गई। मैंने उसे धीरे से उठाकर कार में बिठाया और फिर रितेश हमें होटल छोड़कर खुद अपने घर के लिए निकल गया।

आज न तो मेरे बर्थडे का केक कटा, न किसी ने फ्री की दारू पी और न ही मेरी शादी हुई। विधि बहुत डर चुकी थी, शायद ऐसा कुछ कभी उसने देखा नहीं था। वो नींद में होने बावजूद भी अभी तक मेरा हाथ पकड़े हुए थी। मेरी थोड़ी-सी हरकत पर उसकी पकड़ और मजबूत हो जाती मानो वो इस बार किसी भी हालत में मुझे कहीं जाने नहीं देगी। सच कहूँ तो मैं आज इतना कुछ देख चुका था कि नींद के लिए अब कहीं जगह ही नहीं बची थी। मैं बस बिस्तर पर लेटे-लेटे अपने एक हाथ से विधि के सिर को सहला रहा था और दूसरे को अपने सिर के नीचे रख उस सीलिंग फैन को घूमते हुए देखे जा रहा था।

(11)

अगले दिन ही मैंने विधि को जयपुर वापस भेज दिया। उधर शिफा का उस दिन के बाद से कोई कॉल नहीं आया था और न ही वो खुद कॉलेज आई। मैंने रितेश को बहुत समझाया तब जाकर वो कहीं शांत बैठा हुआ था। दो दिन बाद ही हम नये रूम में शिफ्ट हो चुके थे। पर आजकल वहाँ सिर्फ रात को

ही जाना हो पाता था। पूरा दिन हम इसी उम्मीद में कॉलेज में बैठे रहते थे कि शायद शिफा कॉलेज आ जाए और जब उसका इंतजार करते-करते थक जाते तो एक-दो क्लास भी कर लेते और फिर प्रैक्टिकल्स भी। पर इतने इंतजार के बाद भी उन सैकड़ों लड़कियों की भीड़ में शिफा कहीं नहीं थी।

लगभग बारह दिनों के बाद कॉलेज पार्किंग में हमें वो स्कूटी फिर दिखी और इतना कुछ होने के बाद भी साला उसकी नंबर प्लेट पर लिखा 'खान' आज भी अपनी उसी अकड़ में था, पर अभी हमारे पास उससे उलझने का वक्त नहीं था। शिफा की स्कूटी देखते ही रितेश सीधा केमेस्ट्री लैब की तरफ भागा और उसके पीछे-पीछे मैं भी। शिफा ने जान-बूझकर अपनी स्कूटी उसी जगह पार्क थी जहाँ हमारा पुराना अड्डा हुआ करता था। जब भी हम कॉलेज में आ जाया करते थे तब हम अक्सर वहीं बैठा करते थे। उसे पता था कि रितेश उसकी स्कूटी देखते ही सब समझ जाएगा इसलिए वो भी पहले से ही लैब की लास्ट वाली डेस्क पर थी और उसकी नजरें गेट पर।

रितेश को देखते ही शिफा की आँखें खुद को सँभाल नहीं पाईं और इतने दिनों में शिफा के साथ जो कुछ भी हुआ उसे उन आँसुओं के सहारे रितेश को बताना शुरू कर दिया। उधर रितेश का इतने दिनों का इंतजार भी पल भर में ही फूट पड़ा। मैंने होश में रितेश को रोते हुए आज से पहले कभी नहीं देखा था। मेरा मन तो कर रहा था कि जाकर थाम लूँ उसे। पर आज उसे मेरे कंधे से ज्यादा किसी और की जरूरत थी। प्यार करने वाले ये अच्छे से जानते हैं कि उनके रिश्ते में बहती मोहब्बत के साथ-साथ उसमें उफनते दर्द पर भी सिर्फ और सिर्फ उनका ही हक होता है। वो उस दर्द को भी दूसरों के साथ तब तक नहीं बाँटते जब तक वो उन्हें जला-जलाकर पत्थर न बना दे और वैसे भी अपने महबूब का दिया कुछ भी कोई कैसे किसी के साथ बाँट सकता है, चाहे वो दर्द ही क्यों न हो।

रितेश से जब बाहर रुका नहीं गया तो वो धीरे से छुपते हुए लैब में चला गया और शिफा की डेस्क के नीचे जाकर बैठ गया। सामने प्रोफेसर स्पेक्ट्रोमेट्री समझा रहा था तो शिफा नीचे नहीं झुक सकती थी और रितेश खड़ा नहीं हो सकता था, क्योंकि हमारा बैच तो अलग था पर टीचर वही। उधर मैं लैब के बाहर ही बैठ गया, शायद ये सोचकर कि रितेश को मेरी जरूरत पड़ सकती है। तभी रितेश ने धीरे से शिफा का हाथ अपने हाथों में ले लिया और फिर पागलों की तरह उसे चूमने लगा। शिफा भी तब तक रितेश के आँसुओं की

उस नमी और उनमें बहती उसके लिए बेसब्री से किए इंतजार की उस गर्मी को अपने हाथों पर महसूस कर चुकी थी। जितने मुश्किल वो बीते दिन रितेश के लिए थे शायद उससे भी कई गुना ज्यादा मुश्किल वो दिन शिफा के लिए थे। शिफा तब रितेश को शायद अपनी बाँहों में भरकर सँभाल लेना चाहती थी या फिर शायद वो भी उसकी बाँहों का सहारा लेकर पूरी तरह टूट जाना चाहती थी। पर लैब में प्रोफेसर और बाकी सब के सामने न ये शिफा के लिए पॉसिबल था और न ही रितेश के लिए और शायद इसीलिए शिफा ने तभी पीछे मुड़कर मुझे देखा। वो तब मुझे कुछ बोल तो नहीं पाई पर उसकी आँखों की उस नमी ने मुझे बहुत कुछ कह दिया। मैंने अगले ही पल अपने पैरों के पास पड़ा एक पत्थर उठाया और दे मारा लैब की विंडो पर और फिर उसेन बोल्ट की स्पीड लिए वहाँ से भाग खड़ा हुआ। विंडो के ग्लास के ऐसे टूटने से पूरे लैब में अफरा-तफरी मच गई और मौका देखकर रितेश शिफा को लेकर लैब से बाहर निकल गया।

उधर मैं वहाँ से भागकर सीधा कैंटीन आ गया और फिर वहीं बैठे-बैठे, विधि से बात करते-करते, रितेश का इंतजार करने लगा। लगभग घंटे भर बाद रितेश वहाँ आया। मैंने उसके आते ही उससे शिफा के बारे में पूछा। वो बोला, ''वो पीछे आ रही है। हम साथ-साथ नहीं निकल सकते कॉलेज से। उसे डर है कि कोई फिर से हमें साथ न देख ले।''

''वो तो ठीक है पर इतने दिनों तक वो कहाँ थी?'' मेरे सवाल खुद-ब-खुद अपना रास्ता बनाने लगे।

''यार उसके पापा ने कॉलेज आना-जाना बंद करवा दिया था उसका। वो बता रही थी कि बड़ी मुश्किल से उन्हें मनाया है उसने। अब वो सिर्फ कॉलेज़ टाइम तक ही घर से बाहर रह सकती है, उसके बाद नहीं।'' रितेश परेशान होते हुए बोलने लगा। मैं साफ-साफ देख पा रहा था कि उसकी शक्ल उतर चुकी थी पर कहीं किसी कोने में उसे इस बात की खुशी भी थी कि कम-से-कम अब वो उससे रोज मिल तो पाएगा, उसे रोज देख तो पाएगा। फिर चाहे वो कुछ घंटों के लिए ही क्यों न हो।

सच कहूँ तो खुशी मेरे चेहरे पर भी थी अपने दोस्त के लिए। मैं ये अच्छे से जानता था कि कितने पापड़ बेलने होते हैं किसी लड़की को अपनी गर्लफ्रेंड बनाने के लिए। उसके बाद उतने ही पापड़ उसे पहली बार किस करने के लिए, फिर उससे भी ज्यादा पापड़ उसे फोरप्ले के लिए मनाने के लिए, और उस दर्द

की तो बात ही नहीं कर सकते जब शुरुआती दिनों में, बीच रास्ते में ही वो अपने सो-कॉल्ड सेकेंड हैंड या थर्ड हैंड वर्जिनिटी को बचाने के लिए बंदे को बीच एक्ट में ही रोक देती है। बेचारे लड़के के स्पर्म भी कंफ्यूज हो जाते हैं कि इतना तो आ ही गया हूँ भाई! अब कहाँ जाऊँ? न वो निकल पाते हैं और न ही वो वापस लौट पाते हैं। साला बंदा तब टेंशन में मास्टरबेट भी नहीं कर सकता क्योंकि इतना दर्द झेलने के बाद उसके झंडे थक-हारकर अपने आप ही गिर चुके होते हैं। इतना सब करने के बाद भी कोई बस ऐसे ही आकर, बस यूँ ही उसकी मेहनत को अनारकली की तरह घर की दीवारों में चुनवा दे, तो बंदा कैसे जिएगा भाई!

''वैसे भी एग्जाम आ रहे हैं यार। इस बार तो कुछ भी प्रिप्रेशन नहीं है, बहुत पढ़ना पड़ेगा भाई। ऐसा करते हैं कल से लाइब्रेरी ज्वाइन कर लेते हैं। क्या कहता है?'' हम इस कॉलेज में सच में किस काम के लिए हैं मैंने रितेश को ये बताते हुए कहा।

''हाँ यार, बैक आ गई तो इस बार घर वाले मार डालेंगे। ठीक है भाई, डन, कल से लाइब्रेरी चलेंगे। और हाँ, एक और बात तो तुझे बताना भूल ही गया मैं। तू अब से कभी भी मुझे 'शादी के बाद सब कुछ' वाली बात नहीं कह पाएगा।'' रितेश ने किसी जीते हुए योद्धा की तरह मुस्कुराते हुए कहा।

''क्या मतलब है तेरा! सब हो गया क्या! साले आउटडोर कर लिया तूने।'' मैं अपना रिकॉर्ड टूटते देख पागल-सा होते हुए उससे पूछने लगा।

''बाप आखिर बाप होता है साले पर तुम क्या समझोगे इसे? तुम साले पिछड़े लोग, कमरे में लाइट बंद करने के बाद भी ब्लेंकेट में घुसकर सब कुछ करते हो। खुले का मजा ही कुछ और होता है।'' रितेश ने अपनी कॉलर ऊपर करते हुए कहा।

प्यार मोहब्बत की बातें कब क्वालिटी एंड क्वांटिटी ऑफ सेक्स की लड़ाई में बदल गईं ये कह पाना मुश्किल था। लेकिन तब सारी टेंशन को साइड में रखकर हम दोनों हमेशा की तरह किसने क्या किया है और कैसे किया है पर लड़ने लग गए।

''क्या तीर मार दिया बे साले तूने ये करके! तूने कभी चलती बस में किया है क्या? वो भी बिना किसी डर के।'' मेरी बात सुनकर रितेश की आँखें बड़ी होने लगी, ''अरे रहन दे तू! ऐसी किस्मत कहाँ तेरी! सालो तुम गँवारों की तरह ही रहोगे, जंगली जानवर कहीं के!'' मैंने अपना एक्स्पीरिएंस सर्टिफिकेट

उसे दिखाते हुए कहा।

''साले ये कब किया तूने? बातें छुपाने लगा है तू अब मुझसे। सही है यार! अब मेरे से मत पूछना कभी कि क्या, कहाँ और कैसे किया।'' रितेश ने मेरी अचीवमेंट की जलन में जलते हुए कहा और ये जलन सही भी तो थी वैसे, अब कोई कैसे अपने जूनियर को अपने से आगे निकलते देख सकता है। पर अगर असल बात बताऊँ तो एकदम ऐसा भी नहीं था कि हम कोई हवस के पुजारी टाइप के थे या सिर्फ यही सब कुछ करना चाहते थे। हम दोनों भी अपनी-अपनी गर्लफ्रेंड्स से बहुत प्यार करते थे। वही वाला जिसे कुछ न कर पाने वाले लड़के सच्चा प्यार कहते हैं। पर सेक्स न सिविल सर्विसेज के Mains एग्जाम के हिंदी / इंग्लिश के पेपर की तरह था। बाकी पेपर्स में आप कितने भी अच्छे मार्क्स क्यों न ले आओ पर आप कुछ भी नहीं उखाड़ सकते अगर इसमें पास नहीं हुए तो। इसके मार्क्स कहीं नहीं जुड़ेंगे पर इसे पास करना जरूरी है भाई।

''सिर्फ 1 महीना चैलेंज है अपना। अगर ये आउटडोर का रिकॉर्ड भी मैंने नहीं तोड़ दिया ना, तो तू मेरा नाम बदलकर कुछ भी रख लेना,'' मैं अपनी मर्दानगी की मूँछों पर ताव देते हुए कहने लगा, ''और हाँ साले तू पार्टी देगा अभी, आज तेरा बहुत लंबा फास्ट टूटा है।''

मेरी बस कहने भर की देर थी कि वो पार्टी के लिए मान गया। फिर हमने पास की ही आध्यात्मिक शॉप से बकार्डी वाइट ली और उसे लेकर रूम पर आ गए पूजा-पाठ के लिए। वैसे भी अभी मेरे पास बर्थडे पार्टी का बहुत सारा बजट बचा हुआ था तो ब्रांड की तो चिंता ही नहीं थी।

(12)

इन दिनों सब कुछ सही ही चल रहा था। रितेश और शिफा का मामला भी सेट हो चुका था। बस फर्क इतना था कि रूम की जगह अब उन्होंने बॉटनी लैब के ऊपर वाली वाटर टैंक के पीछे वाले हिस्से को अपना नया अड्डा बना लिया था। फरवरी के लास्ट वीक से ही हमारे 2nd ईयर के फाइनल एग्जाम थे। अब रितेश का तो पढ़ने से कुछ ज्यादा लेना-देना था नहीं पर मुझे तो आज भी अपने उन पुराने रिपोर्ट्स कार्ड्स की उम्मीदों पर खरा उतरना ही था तो मैंने खुद को थोड़ा समेटकर लाइब्रेरी और बुक्स के हवाले कर दिया। पढ़ने में ठीक-ठाक तो थे ही और इसी वजह से लाइब्रेरी में 2-3 नये कंचे भी फ्रेंड बन गए थे,

जिन्हें मैं बीच-बीच में केमिस्ट्री पढ़ा दिया करता था। कंचों को पढ़ाने का पर्सनल फायदा तो था ही पर उसके साथ-ही-साथ मुझे उनका लंच बॉक्स भी शेयर करने को मिल जाता था जिससे कि मुझे लंच के लिए लाइब्रेरी से बाहर जाना नहीं पड़ता था और दूसरी ओर वो आउटडोर का टारगेट भी तो था तो ये नये कांटेक्ट बनाना और भी ज्यादा जरूरी हो गया था।

उधर वक्त के साथ-साथ रितेश और शिफा के रिश्ते की गाँठें और भी कसने लगी थी। हमारी क्वालिटी और क्वांटिटी ऑफ सेक्स की लड़ाइयाँ लगभग रुक-सी गई थीं। आज-कल हम दिन भर कॉलेज रहने लगे थे, बस फर्क इतना-सा था कि रितेश का ज्यादातर वक्त लैब के ऊपर खुली हवा में गुजरता और मेरा लाइब्रेरी के किसी कोने में।

लेकिन हमारे यहाँ एक कहावत है, "आप सुधर सकते हो पर आपके कॉलेज आई.डी. पर लगी आपकी मचलती जवानी नहीं।" रितेश एक दिन लाइब्रेरी आया और उसने मेरे सामने एक परचा रख दिया। उस पर्चे को देखकर मेरे अंदर का पुराना वाला अभि अंदर-ही-अंदर हँसने लगा। वो वाइपर लेकर तुरंत मेरी आँखों की ओर दौड़ा और फिर उसने कुछ ही सेकंड्स में मेरे रेटिना पर बनी केमिकल काईनेटिक्स और इकोसिस्टम मैनेजमेंट एंड प्रोटेक्शन की सारी थ्योरी और इक्वेशंस को पल भर में ही साफ कर दिया। अब मैं और भी ज्यादा साफ देख पा रहा था। उस पर लिखा था, 'न्यू इयर ईव! सो व्हाट्स योर प्लान?'

मैंने फटाफट अपनी बुक्स समेटी और वही परचा टेबल के दूसरे कॉर्नर पर बैठी मिताली को पकड़ा दिया और उसे सोचकर कॉल करने का कहकर रितेश के साथ वो मैटर डिस्कस करने निकल पड़ा। महीने भर से इस पढ़ाई-लिखाई के चक्कर में सब कुछ जैसे छूट-सा गया था। वो खुराफाती दिमाग जैसे हाईबरनेशन में चला गया था। तो चाय की थड़ी पर कुछ चुस्कियाँ और कुछ एक कश मार के पहले दिमाग को एक्टिव मोड पर लाया गया और फिर स्टार्ट हुई न्यू ईयर ईव की प्लानिंग।

"कितना बजट है तेरे पास?" रितेश अपनी काउंटिंग पहले ही कर चुका था तो मेरी हालत जानने के लिए उसने मुझसे पूछा।

"पता नहीं यार, शायद 5000-6000 पड़े होंगे अकाउंट में तो।" मैंने अपना हाल बताते हुए कहा।

"मैं भी उतने तो कर ही लूँगा और कुछ कम-ज्यादा हुआ तो देख लेंगे

फिर।''

''बहुत है इतना तो! फिर क्या प्लान है बता?'' मैंने रितेश का मूड जानने के लिए पूछा।

''विधि को बुलाएगा क्या?''

''नहीं यार, अभी-अभी इस रूम में शिफ्ट हुए हैं, अभी कोई नया लफड़ा नहीं चाहिए मुझे। तेरा और शिफा का क्या प्लान है?''

''सेम पिंच यार! मुझे भी कोई लफड़ा नहीं चाहिए। उसके घर वालों ने वैसे ही मेरी वजह से उसका जीना हराम कर रखा है।'' रितेश बोला।

''किसी रिजॉर्ट पार्टी का पास ले लें या फिर रूम पर ही सब करना है?'' मैंने पहले ही सब सोच लेने के इरादे से उसका ओपिनियन माँगा।

''देख लेंगे न यार तब, अभी से ही क्यों टेंशन ले रहा है!'' रितेश ने अपने फिर वही 'देख लेंगे यार' वाले एटीट्युड में प्लान का ब्लू प्रिंट खींचते हुए कहा।

''हाँ ठीक है यार।'' मेरे रिफ्लेक्स ने हमेशा की तरह बिना कुछ सोचे-समझे ही जवाब दे दिया।

इधर लाइब्रेरी और स्टडी के चक्कर में इन दिनों मिताली से अच्छी सेटिंग हो गई थी मेरी। विधि के साथ और उसके प्यार ने अब तक मेरी जवानी और मेरे कॉन्फिडेंस को इस तरह ढाल दिया था कि अब किसी भी लड़की को जो टच में है, इम्प्रेस करना ज्यादा मुश्किल काम नहीं था। जैसे मैं पूरी तरह से खुल गया था। अब मैं ज्यादा रिस्क ले सकता था। किसी के लिए भी बेझिझक ट्राई करने की हिम्मत दिखा सकता था। और अगर कुछ कमी फिर भी कहीं रह जाती, तो बाकी का काम करने के लिए केमिस्ट्री के न्यूमेरिकल्स तो थे ही। लाइब्रेरी की उस लास्ट वाली टेबल पर हमारी एक-दूसरे के होंठों से जान-पहचान तो बहुत बार हो चुकी थी पर मेरे दिमाग में आज भी रितेश की वो 'आउटडोर' वाली बात जमकर बैठ गई थी। मेरे सर्टिफिकेट्स में बस यही एक डिग्री नहीं थी। जो मुझे किसी भी हाल में चाहिए थी।

मेरे पास ऐसे बहुत से मौके आए जब मैं मिताली को अपने रूम पर लेकर जा सकता था पर सेक्स को लेकर उसके जो थॉट्स थे वो सोच-सोचकर मेरी हालत पतली हो जाती थी। मिताली दिखने में विधि से ज्यादा खूबसूरत थी। टिपिकल सिटी गर्ल या फिर हमारी भाषा में कहो तो एकदम कंटो माल थी। वो ऐसा कंचा था जिसके बारे में सोचकर मुझे यकीन है कि कॉलेज में बहुत

से लड़के अपनी कंबल खराब करते होंगे। पर वो थी एकदम स्ट्रेट फॉरवर्ड, मतलब कि जो दिल में है वही जुबान पर। उसने मुझे बताया था कि उसके पहले वाले ब्वायफ्रेंड से उसकी कुछ ज्यादा जमी नहीं और क्यों का जवाब था, "वो उसे सैटिसफाय नहीं कर पाता था। वो उसे सेक्सुअल फ्रीडम नहीं दे पाता था।" मिताली का मानना था, "ये सब कैसे होगा उसमें उसकी पसंद और नापसंद भी उतनी ही जरूरी है जितनी उसके ब्वायफ्रेंड की। हर वक्त सिर्फ वही डोमीनेट नहीं कर सकता। वो लड़का है इसका मतलब ये नहीं कि सब कुछ उसके ही तरीके से होता रहेगा।" उसका मानना था कि उसकी बॉडी की भी कुछ अपनी डिमांड हैं जिन्हें पूरा करने का उसे पूरा मौका मिलना चाहिए।

इधर साला जिस दिन से मैंने ये सब सुना था तब से मुझे तो खुद पर भी थोड़ा डाउट होने लगा था। मैं सोचने लगा था कि क्या मैं विधि को सेटीसफाय कर पाता हूँ? क्या मैं उसे सेक्सुअल फ्रीडम दे पाता हूँ? उसकी पसंद क्या है? उसकी बॉडी की डिमांड क्या है? माँ कसम, ऐसी बातें न तो कभी मैंने विधि से सुनी थी और न ही कभी पूछी थी।

मैंने बातों-बातों में ये बात एक दिन रितेश को बताई। उसने कहा, "तू बुला ले उसे रूम पर, बाकी सब मैं सेट कर दूँगा।" उसकी बात सुनकर एक बार तो मैं सोचने लगा कि साले करना जब सब मुझे है, तो इसमें तू क्या सेट कर देगा बे? उसने आगे कहा कि उसे पता है ये सैटिसफाय वाला कैसे करना है और उसकी बातों ने मेरे कॉन्फिडेंस वाले गुब्बारे में हवा भर दी और मैं मान गया। पर इस बार मैं रूम के मूड में बिलकुल नहीं था। मुझे तो आउटडोर ही करना था। अब आउटडोर का मतलब यही था कि बॉटनी लैब के ऊपर की वाटर टैंक के पीछे वाली जगह।

तो मैंने उस दिन सब कुछ रितेश के कहे अनुसार ही किया। उसने बताया कि पहले से ही एक बार मास्टरबेट करके जाना है। इससे सेकेंड इजेकुलेशन में ज्यादा टाइम लगता है। दूसरा, उसने मुझे आधे घंटे पहले ही विगोरा नाम की एक टैबलेट खिला दी। ये इंडियन वियाग्रा थी और फिर मैं परफॉर्मेंस के लिए रेडी हो गया। थोड़ा-बहुत झिझक और डर कहीं बचा भी था तो वो भी रितेश ने मिताली के माँ-बहन की गालियाँ देकर निकाल दिया।

दिसंबर का दूसरा सप्ताह था वो, हवाओं में ठंड अब बढ़ने लगी थी। उस दिन लाइब्रेरी में हम एक-दूसरे के होंठों को भिगाते-भिगाते उस हालत तक आ चुके थे कि अब यहाँ से पीछे नहीं हटा जा सकता था। दूसरी ओर हम जानते

थे कि इससे आगे यहाँ कुछ नहीं हो सकता और मैं ये भी जानता था कि अब इसके आगे कहाँ जाना है। तो जैसा कि मैंने और रितेश ने प्लान किया था कुछ ही देर में मैं और मिताली एक अजीब-सी बेचैनी को दिल में लिए हुए लैब के ऊपर थे। हमारे ऊपर जाते ही रितेश ने सारे छत के दरवाजे छत की तरफ से कुंडी लगा दिए और खुद दूसरी ओर जाकर छुप गया। यानी कि अब नीचे से कोई ऊपर नहीं आ सकता था।

मुझे वहाँ ऊपर थोड़ा अजीब लग रहा था और शायद मिताली को भी, पर हमारे हारमोंस ने तब हमें काबू के बाहर कर रखा था। हमें तब उस चरम बिंदु के अलावा कुछ और सूझ ही नहीं रहा था। हमने कुछ ही मिनटों में एक-दूसरे को कपड़ों से आजाद कर दिया। वैसे भी किसी महान इंसान ने कहा है कि आपकी कब, कहाँ और कैसे लगने वाली है ये पहले से ही तय है। वो दिन मेरा नहीं था! मिताली और मैंने बहुत कोशिश की मगर राजा बाबू उठे ही नहीं। मास्टरबेट करने की गलत टाइमिंग, बॉडी की पहली बार वियाग्रा से लड़ाई, मेरा कॉन्सन्ट्रेशन बिगाड़ती मेरे खुले पिछवाड़े को छूती उफनते दिसंबर की ठंडी-ठंडी हवा और इन सबसे बढ़कर उसे सैटिसफाय करने का वो प्रेशर, उसे सेक्सुअल फ्रीडम देने की वो महान सोच, इस कॉम्बिनेशन ने मेरे मासूम से राजा बाबू को शायद इतना डरा दिया या फिर इन सब के बारे में सोच-सोचकर उसे इतना थका दिया कि वो उठ ही नहीं पाया।

तो अब हालत ऐसी थी कि बात मेरी मर्दानगी पर आकर रुक गई थी और अब मैं किसी भी हाल में पीछे नहीं हट सकता था। तो मैंने थोड़ी और कोशिश की मगर मेरी इतनी कोशिश करने के बाद भी कुछ नहीं हुआ। सच कहूँ तो ये सब होता देख मैं अंदर-ही-अंदर हार गया था और तब मैं खुद की इज्जत को बचाने के लिए कुछ भी नहीं कर सकता था। दूसरी ओर अब हम ज्यादा देर तक ऐसी हालत में वहाँ रुक भी नहीं सकते थे तो हमने थक-हार कर वापस कपड़े पहन लिए। तब मिताली कुछ नहीं बोली और न ही मैं कुछ बोला। कपड़े पहनने के बाद मैं उसे वापस लाइब्रेरी छोड़ आया और खुद सिर पकड़कर वहीं कैंटीन के बाहर बैठ गया।

मैं जानता था कि ये बात लड़कियों के बीच में आग की तरह फैल जाएगी कि मैं कुछ नहीं कर पाया और यही सब सोच-सोचकर मेरी हालत खराब होने लगी, मेरा सिर फटने लगा। इतने में रितेश भी वहाँ आ गया। मैंने उसे सारी बात बता दी। मुझे यकीन था कि वो साला मुझ पर हँसना चाहता था या फिर

ये कह सकते हो कि मेरी लेना चाहता था पर मेरी हालत देखकर हँसा नहीं वो। मेरे लिए अब इस कॉलेज को सहन करना मुश्किल हो रहा था। मैंने तुरंत ही पार्किंग से अपनी बाइक निकाली और बिना रितेश को लिए ही वहाँ से निकल गया। मैं वहाँ से सीधा दारू की दुकान पर जाकर रुका और रम का अद्धा ले लिया। फिर उसे वहीं खोलकर एक ही साँस में जितना अपने अंदर उतार सकता था उतना उतार गया और फिर दूसरी साँस लेकर मैंने बची हुई फिर से उतारने की कोशिश की मगर मुझे तुरंत वोमिट हो गई। मैंने लाइफ में पहली बार नीट पी थी या यूँ कहो की उतारी थी।

उधर रितेश समझ गया कि मैं कुछ-न-कुछ तो गलत करने जा रहा हूँ और वो ये भी समझ गया था कि मैं सबसे पहले अब कहाँ जा सकता हूँ। तो वो भी कुछ ही मिनटों में वहाँ आ गया। इधर वो वाइन शॉप वाला भी मुझे अच्छे से जानता था। तो मुझे ऐसे पीते देख उसने मेरे हाथ से पहले ही बोतल ले ली थी। उस दिन रितेश मुझे जैसे-तैसे रूम पर लाया और उसके बाद क्या हुआ मुझे सही से पता नहीं। रितेश बता रहा था कि मैं पूरे दिन उसे पकड़कर रोता रहा। उसने नींबू, दही सब कुछ ट्राई किया मगर कुछ फर्क नहीं पड़ा। क्योंकि शायद तब मुझे चढ़ कम रही थी और वो नीट मेरे पेट में जल ज्यादा रही थी।

दूसरे दिन जब आँख खुली तब शरीर के हर हिस्से में कुछ-न-कुछ हो रहा था पर उससे भी बुरा कुछ और भी होने वाला था। पूरे कॉलेज में मेरी बात फैलने वाली थी। मेरी तो हिम्मत नहीं हो पा रही थी कि मैं कॉलेज जाकर मिताली से बात करूँ उसे समझाऊँ कि ऐसा क्यों हुआ। पर अब मुझे कैसे भी ये सब कुछ ठीक करना था।

उस टाइम मेरे दिमाग में मिताली को कुछ रुपये देकर बात दबाने से लेकर उसका मर्डर करने तक के सब खयाल बारी-बारी आने लगे थे। पर वो सब तो मेरे गुर्दे के बाहर की बातें थीं। मुझे कुछ प्रैक्टिकल सोचना था। फिर मुझे एक आइडिया आया। मैंने याना को टारगेट किया। याना मिताली की अच्छी दोस्त थी, मगर अंदर-ही-अंदर दोनों एक-दूसरे से बहुत जलती थीं। याना भी एक मस्त या यूँ कहो कि शानदार कंचा था पर तब ये बिलकुल मैटर नहीं करता था। मुझे तो बस ये प्रूव करना था कि मुझमें सब कुछ सही से काम कर रहा है। इस आइडिया के पीछे मेरी सोच ये थी कि अगर मिताली मेरी बात कभी भी बाहर निकालती है तो उस बात को किसी भी हाल में याना से होकर ही गुजरना था। क्योंकि याना भी उनके ग्रुप में मिताली के लेवल पर ही डोमीनेट

करती थी और अगर याना इस बात को झूठा साबित कर दे, तो मिताली की बात की वैलिडिटी वहीं खत्म हो जाती और फिर मेरी इज्जत और मेरी मर्दानगी पर कोई आँच नहीं आता।

तो यही सब कुछ सोचकर मैंने अपना पूरा दम लगा दिया याना को सेट करने में। लॉन्ग ड्राइव, कैंडल लाइट डिनर, एक्स्ट्रा स्टडी टाइम, सब कुछ। जो भी करना पड़ा वो सब किया मैंने और सप्ताह भर में ही सेट कर लिया उसे। वो चाहती थी कि हम लाइब्रेरी में जाकर पढ़ें जिससे कि वो मिताली को दिखा सके कि मैं अब उसके साथ हूँ पर मैं अब भी मिताली से डरा हुआ था। उस दिन के बाद से तो मैं कॉलेज ही नहीं गया था। मिताली के सामने जाने की बात तो बहुत दूर थी।

वो 31 दिसंबर का दिन था। रितेश सुबह से ही माथा खाए जा रहा था कि पार्टी का क्या करना है? लेकिन मेरा उसकी बात सुनने या पार्टी करने का आज कोई मूड नहीं था। बस एक ही बात थी जो तब मेरे दिमाग में घूम रही थी और वो ये थी कि मैं नये साल में इस नामर्दानगी के दाग को साथ लेकर नहीं जाऊँगा। तो मैंने रितेश को कहा, ‘‘भाई अपन शाम को मिलेंगे और तू जो कहेगा वो सब करेंगे।’’ मैंने उससे साफ-साफ कह दिया कि तू आज पूरे दिन रूम पर नहीं आएगा। सच कहूँ तो मेरे सिर पर तब जैसे कोई भूत सवार हो गया था। न मुझे तब कुछ सही दिख रहा था और न ही कुछ गलत। बस मैं ये चाहता था और मुझे ये करना था। फिर मैंने याना को स्टडी के बहाने रूम पर बुला लिया। इधर मैं पहले से ही उसके लिए वोदका ले आया था और अपने लिए बीयर।

याना के रूम पर आने बाद हम कुछ देर इधर-उधर की बातें करते रहे और फिर देखते-ही-देखते मैं दो बियर पी चुका था और याना भी वोदका का लगभग क्वाटर अपने अंदर उड़ेल चुकी थी। वक्त के साथ-साथ नशा जैसे-जैसे चढ़ता जा रहा था वैसे-वैसे मेरा गुस्सा और मेरा पागलपन भी और बढ़ता जा रहा था। तभी वो अपना अगला पेग पीने ही वाली थी कि मैंने उसके हाथ को रोक दिया। फिर मैंने उसके ग्लास की वोदका अपने मुँह में डाल ली और उसे अपनी ओर खींचकर उसके होंठों पर अपने होंठ लगा दिए। मेरे मुँह में भरी वोदका धीरे-धीरे उसके गले से उतरती हुई उसके खून में घुलकर उसके दिमाग में चढ़ने लगी। असल में तब तक हम दोनों को इतनी चढ़ चुकी थी कि अब हम इस हालत में नहीं थे कि वोदका और होंठों में अंतर कर पाए।

अगले ही पल हम दोनों एक-दूसरे को किसी लॉलीपॉप की तरह चूसने लगे। ये पहली बार था जब मैं किसी लड़की के साथ था और वो भी इतने नशे में। मेरा पागलपन अपनी हदें पार करने लगा था और फिर कुछ ही देर में हमारे कपड़ो ने न जाने कब हमारे शरीर से बेवफाई कर ली।

मेरे होंठ जैसे-जैसे उसकी नाभि को चूमते हुए ऊपर की ओर बढ़ रहे थे, वैसे-वैसे उसकी आँखें उस एहसास में खोते हुए बंद होती जा रही थीं। उसकी आँखें बंद होती देख मेरा पागलपन या यूँ कहो कि वहशीपन और भी ज्यादा भड़क उठा और फिर मैंने न आव देखा न ताव और उसके गाल पर एक थप्पड़ जड़ दिया। फिर उसी पागलपन में मैं चिल्लाने लगा कि तुझे आज ये सब देखना है, तू अपनी आँखें बंद नहीं कर सकती, समझी।

याना मेरी इस हरकत से जैसे किसी शॉक में आ गई। उसे ये समझ नहीं आ रहा था कि ये सब हो क्या रहा है और शायद न ही मुझे। मैं पूरी तरह से नशे में डूब चुका था। मैंने फिर बिना कुछ सोचे अपने दाँत उसके होंठों पर गड़ा दिए। उसके होंठों से तुरंत ही खून निकलने लगा और कुछ ही सेकंड में उस खून का स्वाद हमारे मुँह में फैलता चला गया। उस दिन मैं जो भी कर सकता था, जितने भी पागलपन से कर सकता था, वो सब कुछ कर डाला। मैंने पहले भी ये सब कुछ बहुत बार किया था पर तब ये कभी प्यार, तो कभी शरारत के साथ हुआ था। पर आज जो कुछ भी हुआ वो सिर्फ और सिर्फ मेरा गुस्सा था, मेरा पागलपन था, मेरा वहशीपन था। पहले भी ये मेरे और विधि की मर्जी से हुआ था और आज भी ये मेरे और याना की मर्जी से हुआ था पर तब मेरे इरादों में सामने वाले के लिए इज्जत और प्यार था लेकिन आज किसी और को कुछ दिखाने की एक पागल जिद।

उन सबके बाद कब नींद आई ये पता नहीं, पर वापस आँख कब खुली ये जरूर पता था मुझे। थोड़ा और होश आते ही मुझे महसूस हुआ कि मैंने ये क्या कर दिया। जो हुआ वो नहीं होना चाहिए था। कम-से-कम ऐसे तो नहीं होना चाहिए था। कुछ घंटों पहले जो जानवर मुझ पर हावी था उसका अंदाजा मुझे इस बात से लगा कि उठने पर मेरी हालत खराब हो चुकी थी। मुझे नीचे इतना दर्द कर रहा था कि मैं ठीक से उठ भी नहीं पा रहा था। थोड़ा खुद को सँभालकर जब मैंने याना की ओर देखा तो मेरा वजूद अपनी गहराइयों तक हिल गया। याना की हालत मुझसे भी ज्यादा खराब थी। उसकी तकलीफ और उसके दर्द को बयान करते उसके वो आँसू मेरे अस्तित्व और मेरी पहचान को

किसी कीचड़ में धँसाए जा रहे थे। मुझे खुद पर शर्म आ सके तब मैं खुद को इस लायक भी नहीं समझ पा रहा था। मैं खुद पर और अपनी सोच पर ही सवाल उठाने लगा। मैं खुद से ही पूछने लगा कि क्या बस यही मर्दानगी है तेरी? मेरा जमीर थोड़ा होश सँभालकर मुझसे बोला, ''अगर तुझे अभी भी कहीं से ये लग रहा हो कि अब तूने खुद को मर्द साबित कर दिया है तो इससे अच्छा तो यही होता कि तू हिजड़ा ही पैदा होता। कम-से-कम तुझे ये मर्दानगी का बोझ तो नहीं ढोना पड़ता।''

मैं पता नहीं तब किस पागलपन में था जो मैंने ये सब कर दिया। मैं खुद को जानता था कि मैं ऐसा नहीं हूँ। मैं वो लड़का था जो किसी लड़की से सच्चा प्यार करता था, उसकी इज्जत करता था। मजाक अपनी जगह था पर मैं कभी ऐसा करूँगा और वो भी इन इरादों के साथ, ये मैंने कभी सपनों में भी नहीं सोचा था। असल में इस हादसे ने मुझे अपनी ही नजरों में ही गिरा दिया।

उधर याना थोड़ा-बहुत खुद को सँभाल कर उठने की कोशिश कर रही थी पर उसका वो दर्द उसे ऐसा करने नहीं दे रहा था। मैं ये सब देखकर याना के पास गया और उसे कसकर अपने गले लगा लिया और फिर याना ने जैसे ही मुझे अपने हाथों में समेटा, मैं बिखर गया। मैं एक-एक पल में उससे बहुत कुछ कहना चाहता था। उसे अपना घिनौना सच दिखाना चाहता था पर ये सब मैं उससे कैसे कहता! तब याना का एक-एक आँसू मेरे जमीर के कतरे-कतरे को रौंद रहा था। मैं बहुत कोशिश कर रहा था कि कैसे भी खुद को सँभाल पाऊँ पर मुझसे ये हो नहीं पाया और फिर देखते-ही-देखते मैं टूट गया। मेरे आँसू जब मेरे गालों से फिसलकर उसके गालों को भिगाने लगे तो मुझे सँभालने के लिए उसने खुद को मुझसे थोड़ा-सा अलग किया और मेरे आँसुओं को पोंछते हुए बोली, ''अभि डोंट वरी ना! मैं जल्दी ही ठीक हो जाऊँगी। हम दोनों नशे में थे। हम दोनों को होश नहीं था। तुम इतना बुरा क्यों फील कर रहे हो? सब ठीक है, इसमें तुम्हारी कोई गलती नहीं है।''

नशे में हो जाता है। बात नॉर्मल थी पर मुझे नॉर्मल लग नहीं रही थी। मैं उसे लेकर वहीं बैठ गया और उसकी बातों को बार-बार दोहराकर खुद को शांत करने की कोशिश करने लगा। पर उसके लाख समझाने, खुद को खुद ही लाख मनाने के बाद भी मेरे आँसू थम ही नहीं रहे थे। ये देख वो मुझे पास के मैट्रेस पर ले गई और उसने मुझे वहीं अपने पास सुला दिया। उसने मेरे तपते सिर को अपनी छाती से लगा लिया और धीरे-धीरे मेरे बालों को सहलाने लगी

जैसे वो चाहती हो कि मैं कुछ देर के लिए वहीं उसके आँचल में सो जाऊँ और जब उठूँ तब इस बात को एक बुरे सपने की तरह भूल जाऊँ।

तभी उसने मेरे सिर सहलाते हुए कहा, ''अभि, आई लव यू!'' पर मेरे पास तब इस बात का कोई जवाब नहीं था। एक ओर मेरा प्यार था जो यहाँ से मीलों दूर, इन सब बातों से बेखबर मेरे एक फोन के इंतजार में बैठा था और दूसरी ओर याना थी जो अपने आँसुओं में अपनी अकड़ और अपने दिखावे को बहाकर खुद को मेरे साथ एक नये रिश्ते में जोड़े जा रही थी। तब वो खुद भी दर्द से गुजर रही थी पर तब उसे खुद से ज्यादा मेरे दर्द की फिक्र थी। तब वो खुद भी रो रही थी, पर उसे खुद से ज्यादा मेरे आँसुओं की फिक्र थी। उसकी उँगलियाँ मेरे बालों को वैसे ही सहला रही थीं, जैसे मैं विधि के बालों को सहलाया करता था। आज उसके शरीर की गर्मी में मेरे लिए वही प्यार था जो मेरे अंदर विधि के लिए हुआ करता था। मेरा दिल कह रहा था, ''अभि बोल दे उसे कि तू किसी और से प्यार करता है।'' पर शर्म और पछतावे ने तब मेरी जुबान सी रखी थी। उसने मुझसे फिर पूछा, ''अभि, यू लव मी ना?'' मैं जानता था कि ये गलत है, पर मैंने उसके माथे को चूमा और उसे अपने सीने से लगा लिया। फिर मेरे होंठ मेरी इजाजत के बिना ही बड़बड़ाने लगे, ''आई लव यू टू बेबी! आई लव यू टू!'' फिर दूजे ही पल मैंने करवट बदलकर खुद को उसके चेहरे की ओर कर लिया। तभी उसने मेरे एक हाथ को अपने सिर के नीचे रख उसे अपना तकिया बना लिया। जागने के बाद उसकी आँखों को पहली बार इतने नजदीक से देख रहा था मैं। उसके आँसू थम चुके थे, उसके आँसू सूख चुके थे पर उनके बहने से बने वो निशान अभी भी उसके गालों पर जिंदा थे। मैं न जाने क्यों उन निशानों पर अपनी उँगली घुमाने लगा मानो जैसे मैं उन्हें मिटा देना चाहता हूँ। कुछ निशान साफ जरूर किए जा सकते हैं, पर शायद उनको हमेशा के लिए मिटाया नहीं जा सकता। और फिर देखते-ही-देखते मेरा बिखरता अस्तित्व उसके प्यार का सहारा लेकर अपने वजूद को फिर से साफ-सुथरा करने में लग गया लेकिन वक्त और बहते उन आँसुओं के साथ-साथ मेरा भी कुछ-न-कुछ उससे जुड़ता जा रहा था। शायद मैं भी अब उसकी चिंता करने लगा था। उसके दिल में जो मेरे लिए एक नया रिश्ता बन रहा था उसकी फिक्र करने लगा था। मैं जानता था कि ये गलत है, पर मैं समझ ही नहीं पा रहा था कि क्या करूँ। तो जब कुछ भी नहीं सूझा तो मैंने अपनी आँखें बंद करके सब कुछ वक्त के हवाले छोड़ दिया। पर काश आँख

बंद कर लेने से रौशनी की तरह हमारा सच भी गायब हो सकता!

मैं घंटे भर तक उसे ऐसे ही अपने पास लिए सोता रहा और जब वापस आँख खुली तो देखा की शाम के 6 बज रहे थे। मैंने याना को नींद से जगाया और कहा, ''तुम फ्रेश हो जाओ, मैं पेन किलर लेकर आता हूँ।'' रूम से निकलते ही मैंने रितेश को कॉल किया और उसे रूम पर बुला लिया। उसके आने से पहले मैंने याना को जूस पिलाकर और उसे पेन किलर देकर उसे उसके रूम पर छोड़ आया। वापस आकर मैंने रितेश को सब कुछ बता दिया। वो सब कुछ जो मैंने सोचा, जो मैंने किया, जो मैंने याना से कहा। रितेश ये सब सुनते ही गुस्से में आ गया। उसे यकीन नहीं हो रहा था कि मैं इतना कमजोर इंसान निकला कि मैंने एक फालतू-सी बात को बढ़ा-चढ़ाकर ये सब कारनामा कर दिया कि मैंने एक और लड़की को खुद से जोड़ दिया। पर शायद कहीं-न-कहीं रितेश भी मेरी लाचारी भाँप गया था और ये भी समझ गया था कि मैं खुद अब उस हरकत के लिए पछता रहा हूँ। रितेश मुझे जानता था कि मैं ऐसा लड़का नहीं हूँ। पर शायद कुछ गलतियाँ बस हो जाती हैं बिना किसी वजह। तो उसने मेरी और मेरे जज्बात की ऐसी हालत देखकर मुझे हग किया और कहा, ''टेंशन मत ले तू, जो भी होगा देख लेंगे अपन।''

फिर कुछ ही देर में रूम में रम की बोतल चमकने लगी। प्लेटों में चखना किसी नई नवेली दुल्हन की तरह सजने लगा और शराब उन ग्लास की दीवारों से टकराकर उस बोतल से अपनी आजादी का जश्न मनाने लगी। मैंने विधि से पहले ही बात कर ली और उसे बता दिया कि आज रात भर पार्टी चलेगी तो मुझे डिस्टर्ब न करे। रितेश भी उधर शिफा से चैटिंग कर रहा था और साथ ही पेग भी मारे जा रहा था। पर हर रोज से अलग, आज न जाने क्यों मेरे खयाल रह-रहकर याना के पास ही जा रहे थे। पता नहीं क्यूँ! पर मैं अब धीरे-धीरे उसकी ओर झुका जा रहा था। जैसे ही 12 बजे, रितेश और मैंने एक-दूसरे को गले लगाया और बीते हुए उस शानदार साल को आखिरी सलाम देकर उसे उसी जोश और खुशी के साथ अलविदा कह दिया। तब तक विधि और बाकी दोस्तों के भी कॉल आना स्टार्ट हो गए थे। हमने उन सबको नया साल पूरी गर्मजोशी के साथ विश किया। पर इन सब के बीच याना भी मुझे कॉल करने की कोशिश किए जा रही थी पर मेरे किसी-न-किसी से बात करने की वजह से उसका कॉल लगातार वेटिंग पर ही आ रहा था। फिर उसे पता नहीं क्या सूझा कि वो इतनी रात को अपनी स्कूटी लेकर मेरे रूम के बाहर आ गई। मैं तब बाहर ही

था और विधि से बात कर रहा था। मैंने याना को देखते ही रितेश के आने का बहाना बनाकर विधि का कॉल काट दिया और भागकर उसके पास गया। उसे यहाँ इतनी रात को अकेले देखकर मुझे बहुत हैरानी हुई। मैंने थोड़े गुस्से और थोड़ी हैरानी से उसे पूछा, ''क्या हुआ? यहाँ इतना लेट, क्यूँ?''

जो लड़की कुछ घंटों पहले ठीक से चल भी नहीं पा रही थी अब वो फिर से मेरे सामने खड़ी थी। उसके चेहरे पर एक स्माइल थी और उस रोड लैंप की लाइट में मैं ये साफ देख पा रहा था कि वो स्माइल उसके उस दर्द को किनारे करके कितनी मुश्किल से उसके होंठों तक आई थी। उसका दर्द अब भी हर सेकंड पूरी कोशिश कर रहा था कि वो उस स्माइल को पछाड़कर उस पर हावी हो जाए पर शायद याना ने उसे ऐसा करने की अभी तक इजाजत नहीं दी थी। उसे यहाँ, ऐसे देखकर मैं इतना तो समझ रहा था कि इन कुछ घंटों की दूरी ने उसमें बहुत कुछ बदल दिया था और हाँ, शायद मुझमें भी।

वो स्कूटी से उतरी और मुझसे लिपट गई, ''हैप्पी न्यू इयर बेबी। बस मुझे तुम्हें पास आकर विश करना था, तो आ गई।''

मैं चिल्लाने लगा, ''तुम पागल हो क्या! तुम सही से चल भी नहीं पा रही हो और यहाँ आ गई! क्या जरूरत थी इसकी!'' पर उसपर मेरी डाँट का कोई असर नहीं हुआ, वो बस मुझे देखे जा रही थी और बस देखे जा रही थी। कुछ देर मुझे ऐसे ही देखने के बाद उसने मुझे फिर से हग कर लिया और फिर वो मुझसे बिना कुछ कहे ही वापस अपनी स्कूटी को स्टार्ट करके जाने लगी। और मैं, तब न तो उसे हग कर पाया और न ही उसे न्यू ईयर विश कर पाया। मैं न जाने क्यों बस अपने ही खयालों में उलझा रहा।

पता नहीं क्यूँ! लेकिन उसका यूँ मुझे अकेला छोड़कर वापस जाना मुझे थोड़ा अजीब-सा लग रहा था। मेरा दिल बिना तर्क-वितर्क किए, बिना सही-गलत समझे उसे बस कैसे भी रोकना चाहता था। तो मैंने अपने दिल की सुनकर तुरंत ही उसे कॉल किया और उसे वापस मेरे पास आने को कहा और जैसे ही वो लौटकर आई, मैंने उसे कस के अपनी बाँहों में भर लिया। शायद वो भी यही चाहती थी वरना खामखा मुझसे लिपटते ही उसके आँसू न निकल आते। उसके उन बहते आँसुओं ने मेरी टी-शर्ट को भिगाने के साथ-साथ मेरे खयालों को भी भिगाकर उन्हें एक चार दीवारी में कैद कर दिया था, जहाँ से न तो मैं बीता हुआ वक्त देख पा रहा था और न ही अपने आने वाले कल के बारे में कुछ सोच पा रहा था। उन आँसुओं ने मुझे मेरे वर्तमान में ही बाँध दिया।

जहाँ मैं था, याना थी और था हमारा वो अध-पका रिश्ता।

मैंने उसे थोड़ा-सा खुद से अलग करके पूछा, "क्या हुआ? ये आँसू क्यूँ?" उसने मेरे माथे को चूमते हुए कहा, "आई लव यू अभि, आई लव यू सो मच।" मैंने ये सुनते ही उसे वापस अपनी बाँहों में कस लिया। शायद यही मेरा जवाब था, जिसे मैं बिना कुछ बोले ही उस तक पहुँचाना चाहता था।

"लॉन्ग ड्राइव पर चलोगी क्या?" मैंने उसे वैसे ही अपनी बाँहों में रखे हुए पूछा।

तब रात के लगभग 1 बजने को थे और उसने बिना कुछ सोचे-समझे ही हाँ कह दिया। मैंने भी अपनी बाइक निकाली और फिर हम दोनों ने उस नये साल की खुली हवाओं में, एक नई रफ्तार के साथ खुद को और अपने उस नये रिश्ते को आजाद छोड़ दिया।

(13)

एग्जाम सिर पर आ चुके थे। मिताली वाले कांड की वजह से मैंने लाइब्रेरी जाना लगभग छोड़ दिया था। मैंने फिर से अपने माँ-बाप से पूछे बिना ही अपने मकान मालिक को बताने के लिए याना को अपनी नई बहन बना दिया था जो अपने भाई यानी कि मुझसे मिलने या मेरे साथ पढ़ने बिना किसी रोक-टोक के हमारे रूम पर आ-जा सकती थी। इन्हीं सब के बीच गुजरते वक्त के साथ-साथ रितेश ने भी याना को विधि की तरह ही अपना लिया था और इस कंडीशन में तो बस वही मेरा रिलेशनशिप एडवाइजर था। तो मैंने और रितेश ने एक दिन याना को बातों-बातों में ये भी समझा दिया कि रितेश की विधि नाम की एक बहन भी है जो जयपुर में पढ़ती है। इन दिनों मेरा काम बहुत बढ़ गया था। मुझे सबसे पहले विधि को मैनेज करना था, फिर याना को और इसके बाद मुझे ये भी देखना था कि किसी भी हाल में दोनों को एक-दूसरे का पता न चले। और इन सबके अलावा शिफा और रितेश के प्यार को भी तो सँभालना था क्योंकि वक्त के साथ-साथ उसका रिश्ता भी पकने लगा था, गाढ़ा होने लगा था।

उधर एग्जाम की वजह से सारे कॉलेज को जैसे साँप सूँघ गया था। आज कल वहाँ कोई भी हलचल नहीं दिखती थी। इन दिनों सब अपनी-अपनी वन वीक सिरीज को अपनी गर्लफ्रेंड के मोबाइल नंबर की तरह रटने में लगे थे। मैं और रितेश भी पूरी-पूरी रात किताबों के बीच बिताने लगे थे और किसी भी तरह के डिस्टर्बेन्स से बचने के लिए हमने रूम पर ही रिफ्रेशमेंट के लिए

सिगरेट्स, रम और मैगी का पूरा इंतजाम कर रखा था। वो क्या था कि हम किसी भी रीजन की वजह से अपना टाइम वेस्ट नहीं करना चाहते थे। पर इस एग्जाम टाइम की जो सबसे खास चीज थी वो थी रात भर किसी उल्लू की तरह जगने के बाद सुबह के 3 बजे बस स्टेशन पर पोहे और चाय के लिए जाना। कभी-कभी तो पढ़ने का मन न होने के बाद भी इसी पोहे और चाय के लालच में हम पूरी रात उल्लुओं की तरह जगते रहते। कभी-कभी इस मॉर्निंग दावत में याना भी आ जाती थी। ये वही बस स्टेशन था जहाँ मैं हमेशा विधि को रिसीव करने आता था। याना को यहाँ इस जगह अपने साथ देखकर कभी-कभी मेरा गिल्ट मुझ पर हावी हो जाता पर उस समय एग्जाम का प्रेशर और रितेश की जिंदादिली न जाने कैसे पर मुझे सँभाल लेती। देखते-ही-देखते वक्त की रफ्तार ने एक-एक करके सारे एग्जाम की डेट्स को पीछे छोड़ दिया। सारे एग्जाम्स अच्छे से हो गए और हम फिर से एक और साल के लिए आजाद हो गए। एग्जाम की आखिरी रात हमने खुलकर पार्टी की, पूरे रात टल्ली होकर उन खाली सड़कों पर जी भरकर नाचते रहे।

विधि कब से उदयपुर आने की जिद किए जा रही थी, लेकिन उसे यहाँ बुलाना मुझे और रितेश दोनों को किसी भी एंगल से सही नहीं लग रहा था। तो मैंने उसे मना कर दिया और इस बार मैंने खुद जयपुर जाकर उससे मिलने का प्लान बना लिया। मैंने याना को बताया कि मैं पापा के साथ किसी काम से कुछ दिनों के लिए जयपुर जा रहा हूँ, तो तुम कॉल नहीं करना। जब मुझे वक्त मिलेगा तो मैं तुम्हें सामने से ही कॉल कर दिया करूँगा और फिर अगली सुबह मैं जयपुर में था। मुझे स्टेशन से सबसे पहले अपने दोस्त के यहाँ जाना था और फिर वहाँ से विधि के कॉलेज।

मेरे हिसाब से जयपुर की सबसे बड़ी दिक्कत ये थी कि यहाँ उदयपुर से उलट सब कुछ एक-दूसरे से बहुत दूर-दूर था। हम, जो उदयपुर में बिना बाइक के चाय पीने तक जाना भी अपनी तौहीन समझते थे, उन्हें यहाँ बस में खड़े-खड़े जाना पड़ रहा था। उस सिटी बस से अपने फ्रेंड के रूम तक के सफर में मैं इतना तो सोच ही चुका था कि आगे चाहे कुछ भी क्यों न हो जाए पर मैं दोबारा किसी भी सिटी बस में नहीं बैठने वाला। तो मैंने अपने दूसरे ऑप्शन का सहारा लिया और ऑटो की शाही सवारी लेकर विधि के कॉलेज पहुँच गया।

सबसे पहली बात जिसने वहाँ मुझे थोड़ा आश्चर्य में डाला वो ये थी कि

वहाँ के कॉलेज गेट के बाहर सिक्यूरिटी गार्ड खड़ा था और कॉलेज के अंदर जाने के लिए आपके पास कॉलेज का आई कार्ड होना चाहिए था। माँ कसम ये देखकर दिमाग सोचने लगा, 'ये कहाँ आ गया बे!' कोटा से आने के बाद मैंने सीधा एक गवर्नमेंट कॉलेज में एडमिशन ले लिया था। प्राइवेट कॉलेज में आज तक अपना कभी जाना हुआ ही नहीं था। फिर भी भाई, क्या गजब बकचोदी पेल रखी थी इन्होंने यहाँ, आई कार्ड! कॉलेज गेट पे! आर यू सीरियस? साला हमारे कॉलेज में आई कार्ड होता भी है इसका पता सिर्फ और सिर्फ इलेक्शन के टाइम में चलता था और वो भी जो इलेक्शन में खड़ा होता था, वो उसे लाकर हमें सामने से दे जाता था और वो भी शराब के पैसों के साथ। और यहाँ देखो, सब किसी पालतू कुत्ते के पट्टे की तरह इसे गले में डालकर घूम रहे थे। साला एक मेरा कॉलेज था जहाँ कोई भी, किसी भी वक्त, कहीं से भी आकर घुस सकता था। वहाँ किसी भी कॉलेज का लड़का अपने दम के हिसाब से खुलकर रोमांस कर सकता था और वो भी बिना किसी आई कार्ड के।

सच कहूँ तो वो कॉलेज का गेट और वो गार्ड मुझे जातिवाद, समाजवाद और धर्मवाद के बाद कॉलेजवाद के नाम पर जवान दिलों की मोहब्बत और लड़कों के देश के किसी भी कोने में, लड़कियों को ताड़ने के अधिकार का शोषण करता हुआ दिखा। ये वैसे ही इंतजाम थे जो सालों से हमारे देश में गरीबी और रिश्वतखोरी जैसी कई बीमारियों को खत्म करने के लिए किए जाते रहे हैं। जहाँ नियमों, कायदों और सजाओं को इसी गार्ड और इसी गेट की तरह बड़ा, मोटा और हाथ में लट्ठ लिए सजाया जाता रहा है। जो कमजोरों को तो डराते हैं, पर अमीरों और पैसों वालों को अपने लूप होल दिखाकर आगे का रास्ता भी बताते हैं। बिलकुल वैसे ही जैसे उस दिन आगे वहाँ हुआ।

मैंने विधि को दूर से ही अपनी ओर आते देख लिया था। पर इस बार मैं उसे दौड़कर हग नहीं कर सकता था क्योंकि हमारे बीच वो गेट और वो एक मोटा गार्ड खड़ा था। पर इसका भी हल उनके पास था। हाँ वही लूप होल, जिसकी मैं अभी ऊपर बात कर रहा था। विधि ने अंदर से ही मुझे गेट के एक खाँचे से किसी और का आई कार्ड थमा दिया और मैं उसे लेकर बड़ी आसानी से उस गार्ड और उस बड़े से गेट पर हँसता हुआ अंदर चला गया।

साला किसी मॉडर्न पिंजरे जैसा कॉलेज था वो, या यूँ कहो कि स्टिरोइड्स ठूँस-ठूँसकर बनाए गए सिक्स पैक ऐब्स फिसिक वाले किसी मॉडल जैसा कॉलेज था वो। और एक हमारा कॉलेज था, एकदम किसी गाँव के बनिये की

तरह मोटा, हट्ठा-कट्ठा, हर तरफ से फैला हुआ। खैर छोड़ो हमें क्या करना! वहाँ से विधि मुझे लेकर सीधा कैंटीन आ गई और फिर कुछ ही देर शुरू हुई मेरी नुमाइश। उसने लगभग अपनी पूरी क्लास को ही वहाँ बुला लिया और जिसको नहीं बुलाया वो भी वहाँ आ टपका मुझे देखने। जैसे कि वो सब अपने नये-नये दामाद को देखने आए हों कि देखे तो क्या नमूना है भाई!

धीर-धीरे करके मेरे पास वाली सारी चेयर्स भरने लगी। जब सब आ गए तो मैंने सबसे पहले सारी लड़कियों को एक बार अपने फिल्टर से गुजारना सही समझा और फिर कुछ ही सेकंड्स में मेरा फिल्टर मुझे बताने लगा कि उन सब में बस एक ही लड़की ऐसी थी जो विधि से थोड़ी ज्यादा या कह सकते हो कि बराबरी के लेवल पर खूबसूरत थी। ये देखकर मैंने खुशी के मारे धीरे से अपने कॉलर को थोड़ा ऊपर किया और अपनी किस्मत को थैंक्स कहा कि साला ग्रुप में सबसे अच्छा माल अपने पास ही है।

उसके बाद मैंने सारे लड़कों को एक-एक करके देखा और वो सारे के सारे मुझे मास्टरबेशन की बीमारी के शिकार दिख रहे थे। मुझे लग रहा था कि वो सब शायद अभी यही सोच रहे हैं कि साला दिखने में तो ठीक-ठाक ही है ये, पता नहीं क्या खास है इसमें जो अपने कॉलेज का कंचा इसके साथ मजे मार रहा है। लेकिन ये तो सिर्फ मेरी सोच थी वो तो सारे-के-सारे शरीफ बच्चे थे और शायद इसीलिए ही वे सब चुप-चाप बैठे थे जैसे किसी की मैय्यत में आए हों। इसी बीच एक लड़के ने हिम्मत करके कहा, ''अभि क्या खाओगे, बताओ? हमारे कैंटीन का आलू पराठा बहुत अच्छा है।''

माँ कसम, तब आलू के पराठे की बात सुनकर अचानक ही मेरी हँसी छुटने वाली थी कि मैंने जैसे-तैसे खुद को रोका और थोड़ा रुककर मैंने खुद को समझाया कि देख अभि, इतनी जल्दी किसी के बारे में कोई राय नहीं बनाते। क्या पता इस कॉलेज का कल्चर और रीति-रिवाज ही यही हो। क्या पता यहाँ लौंडों में आलू पराठे का ही स्वैग हो, क्या पता यही यहाँ कूल होने की निशानी हो या ये भी तो हो सकता है कि इन बेचारों के पास कोई और ऑप्शन ही न हो। अब जो भी था पर वो विधि का फ्रेंड था, तो उसकी इज्जत तो रखनी ही थी।

''ठीक है, तुम कहते हो तो खा लेते हैं।'' मैंने उसकी बात की लाज रखते हुए कहा और फिर वो साहब उठे और आर्डर करने के लिए चले गए। मैंने भी फिर अपना पूरा फोकस विधि पर लगा दिया, वैसे भी उसके ग्रुप में मुझे कोई और लड़की बात करने लायक लगी नहीं। फिर कुछ ही देर में बटर में नहाया

हुआ पराठा, जिसने लोगों की नजर से खुद को बचाने के लिए जगह-जगह काला टीका लगा रखा था, हमारे सामने प्लेट में आ गया। अब ये बात, एक तो मैं और दूसरा मेरा भगवान जानता था कि जितना बटर उस एक पराठे पर था उतने बटर में तो साला मेरी कॉलेज कैंटीन वाला आराम से दिन भर का भजिया तल सकता था। पर इन सब चमत्कारी बातों से बेखबर उधर विधि सिर्फ और सिर्फ मुझे देखे जा रही थी, मानो जैसे वो इस पल का एक लम्हा भी वेस्ट नहीं करना चाहती हो। उसे ऐसे अपनी ओर देखते देख मैंने फटाफट उस पराठे को अपने मुँह में ठूँस लिया जिससे कि ये सब कुछ जल्दी ही खत्म हो जाए और हम दोनों फिर से अकेले हो जाएँ। उस वक्त शायद कुछ उल्टा-सीधा उन सब ने मेरे बारे में सोचा और बहुत सारा मैंने उन सब बारे में, पर जैसे-तैसे वो मुँह दिखाई की रस्म खत्म हो ही गई और फिर हम दोनों वहाँ से जयपुर देखने निकल गए।

लेकिन हर बार से उलट इस बार मैं विधि के साथ बहुत ज्यादा ही खामोश था और जरूरत से ज्यादा पजेसिव भी। मैंने कॉलेज से ही उसका हाथ पकड़ रखा था और पूरे सफर तक पकड़े रहा। मानो जैसे मेरे जेहन के किसी कतरे को उसके कहीं खो जाने का डर सताने लगा हो मानो जैसे वो उसे थाम लेना चाहता हो, उसे वक्त की रफ्तार से ज्यादा खुद में समेट लेना चाहता हो। या फिर मैं खुद ही अपनी सच्चाई से घबरा गया था और कैसे भी उसे बदलना चाहता था। मुझे ये सब कुछ बड़ा अजीब-सा लगा रहा था और शायद उसे भी। उसने मुझसे पूछा भी कि कुछ हुआ है क्या? पर शायद तब मेरा सच उतनी हिम्मत नहीं जुटा पाया था कि वो विधि को उसके सवाल का जवाब दे पाए। तो मैंने भी अपने जवाब को खामोशी का फेस पैक लगाकर गोरा होने के लिए साइड में रख दिया और उसकी जगह एक कुपोषण की शिकार स्माइल को दे दी।

जहाँ तक मैं जानता हूँ तब मेरे अंदर एक लड़ाई चल रही थी जिसने मुझे दो खेमों में बाँट दिया था। उसमें से एक खेमा ये चाहता था कि याना की सच्चाई आज विधि को बता दी जाए और इससे उल्टा दूसरा खेमा मुझसे कह रहा था, ''साले ये बकचोदी करने की सोचना भी ना। नहीं तो आज ये तेरी लाइफ से जानी तय है बेटा!'' पर जब आप जानते हैं कि आप गलत हैं तब आप कितना भी उसे छुपाने की कोशिश करें आपके हाव-भाव सामने वाले को कुछ-न-कुछ गलत है ये दिखा ही देते हैं। इसी बताने-छुपाने की कशमकश

के बीच मेरा मन तब मुझे ये यकीन दिलाने की नाकाम कोशिश कर रहा था कि अगर मैं विधि को सब बता दूँ तो वो मेरी मजबूरी समझ जाएगी और मुझे माफ कर देगी। पर मेरी हिम्मत पता नहीं कौन-से कोने में जाकर छुपी हुई थी कि मैं चाहते हुए भी उसे कुछ बता नहीं पा रहा था। आज ये पहली बार था जब हम इतनी देर साथ रहे और मैंने उसे एक किस तक भी नहीं किया। उसे एक हग तक भी नहीं दिया। उसे अपनी बेकार-सी बातों से परेशान नहीं किया। लोगों के सामने कुछ उलटी-सीधी हरकत करने का मजाक करके उसे डराया नहीं। पर सच कहूँ तो आज मेरे चेहरे पर मेरा रंग था ही नहीं, वहाँ तो बस एक खामोशी थी जो कैसे भी अपने प्यार को किसी नदी की तरह अपने ही दो किनारों में बँटने से रोकना चाहती थी।

ऑटो के चक्के अपने पूरे जोश में शहर की सड़कों को नापने लगे थे और मैं उसे अपना सच बताने की हिम्मत खोजते-खोजते बस हमारे उस वक्त को खर्च करता जा रहा था। लेकिन अपनी लाख कोशिशों के बाद भी मैं नहीं बता पाया उसे। मैं नहीं बता पाया उसे कि मुझे क्या हुआ है? क्यों अब मैं वो नहीं हूँ जिसके उधेड़पन को उसने अपने प्यार से सींचा था। जिसे उसने अपने दिलो-जान से प्यार किया था। जिसे उसने प्यार करना और प्यार को सँभालना सिखाया था।

पूरे चार दिन 'उसे बता देता हूँ', 'नहीं रहने देता हूँ' में ही उलझकर रह गए और मेरे वापस लौटने का वक्त आ गया। मैं पहले सोच रहा था कि विधि से मिलकर मेरा गिल्ट शायद कुछ कम हो जाएगा पर असल में ऐसा कुछ भी नहीं हुआ। वो उल्टा और भी ज्यादा बढ़ गया। उस दिन मैंने उसे बहुत मना किया पर वो भी मानी नहीं और मुझे छोड़ने स्टेशन तक आ गई। उधर शाम दिन से बेवफाई कर रात की बाँहों में खुद को फना करने की बेकरारी में पागलों-सी भागी जा रही थी। तो इधर दो लोग, ट्रेवल्स के उस ऑफिस की उस कोने वाली सीट पर बैठे हुए कभी एक-दूसरे की खामोशी को समझने की कोशिश कर रहे थे तो कभी एक-दूसरे की परेशानियों और उलझनों को सँभालने की। तभी मेरी बस के उसके ऑफिस के सामने आते ही विधि ने मेरे हाथों पर उसके हाथ की पकड़ को पहले से ज्यादा मजबूत कर लिया जैसे कि वो मुझे रोक लेना चाहती हो। पर तब उसने मुझसे ऐसा कुछ भी नहीं कहा। लेकिन सच कहता हूँ अगर वो तब ये कह देती तो मैं माँ कसम सब कुछ छोड़कर उसके पास ही रुक जाता। लेकिन तब हम दोनों खामोश थे, पर ये हम दोनों अच्छे से जानते

थे कि हम एक दूसरे से बहुत कुछ कहना चाहते हैं। लेकिन तब न तो विधि ने मुझसे कुछ पूछा और न ही मैं उसे कुछ कह पाया। फिर कुछ ही वक्त में वो बस हमारी खामोशी और हमारी उलझनों को एक-दूसरे में बराबर बाँटकर मुझे उससे दूर लेकर चली गई। बस रात की उस मासूमियत और उसके सूनेपन का फायदा उठाकर उसकी चाँदनी की ठंडक में भीगे उस काले अँधेरे को चीरती हुई आगे बढ़ती गई और मैं उस विंडो से बस की इस तानाशाही को लाचार-सा देखता रहा और सोचता रहा, ''ये सब मेरे साथ क्यों हो रहा है ? क्यों मैं बाकी लड़कों की तरह दोनों को एक साथ सँभाल नहीं पा रहा हूँ ?''

घंटे-दर-घंटे रात कटती रही और सुबह तक आ पहुँची। सुबह जब उदयपुर उतरा तो याना मुझे सर्प्राइज करने के लिए सामने ही खड़ी थी। मैं रात भर विधि को दिए धोखे के बारे में तरह-तरह से सोच-सोचकर तब पहले से ही इतना परेशान था और उसको यूँ इतनी सुबह अकेले यहाँ स्टेशन पर देखकर मेरा पारा और भी चढ़ गया। मैं वहीं सबके सामने उस पर चिल्लाने लगा। उसको अनाप-सनाप कुछ भी बकने लगा। मुझे ऐसे चिल्लाते देख आस-पास से गुजरते लोग भी पास आकर पूछने लगे कि क्या बात है भाई ? क्यों लड़ रहे हो ? पर मैं क्या कहता उन्हें ? मैं तो विधि और याना के बीच बँटते-बँटते पागल हुए जा रहा था। मुझे बस विधि चाहिए थी पर मैं याना को भी छोड़ना नहीं चाहता था और इन सबसे ऊपर मैं उन दोनों में बँटना भी नहीं चाहता था। इसी कशमकश में मैंने तब न तो उसके आँसुओं को रोकने की कोशिश की और न ही उसे मनाने की। जब उसका रोकर हो गया तब उसकी स्कूटी के पीछे बैठकर मैं अपने रूम तक आ गया और फिर उसे बिना कुछ कहे ही रूम में चला गया। ये पहली बार था जब वो मेरे रूम के बाहर खड़ी थी, मैं अंदर था और मुझे ये पता था इसके बावजूद भी दरवाजा बंद था। सच कहूँ तो मैं ये भी अच्छे से जानता था कि जब तक मैं दरवाजा खोल न दूँ वो ऐसे ही बाहर ही खड़ी रहेगी। पर तब मेरा दिल उस हद तक परेशान था कि मैं सही-गलत में कुछ भी समझ ही नहीं पा रहा था या फिर शायद मैं समझना ही नहीं चाहता था। शायद कहीं किसी कोने में मैंने इन सबका जिम्मेदार सिर्फ और सिर्फ याना को मान लिया था। और इसी वजह से शायद तब मैंने बस अपनी कंबल अपने सिर तक खींची और उसे बाहर अकेला छोड़कर ही सो गया।

याना कोई सिंपल, सीधी-सादी लड़की नहीं थी। उसे भी ये पता था कि वो क्या चीज है कि वो मेरे से कई गुना ज्यादा स्मार्ट, कई गुना ज्यादा पैसे

वाले लड़कों को बड़ी आसानी से अपने आगे-पीछे घुमा सकती है। उससे भी बड़ी बात तो ये थी कि ये बात उससे भी अच्छी तरह से मुझे पता थी। अगर मैं सीधा विधि के मेरी लाइफ में आने से पहले उसके लिए ट्राई मारता तो वो किसी भी हाल में मुझसे सेट नहीं होती। एक्चुअली तब तो वो मेरे ट्राई जोन के बहुत ही बाहर यानी कि अपनी औकात के बहुत बाहर वाली लिस्ट में ही होती। मगर जब आपके पास पहले से ही एक खूबसूरत गर्लफ्रेंड होती है तब आपकी औकात, आपकी हिम्मत और किसी भी लड़की की हाँ और ना को हैंडल करने की आपकी समझ अपने-आप ही बढ़ जाती है। और यही एक मात्र रीजन है कि जिसके पास पहले से ही गर्लफ्रेंड है उसे दूसरी बहुत आसानी से मिल जाती है और जिनके पास नहीं है, वो ऐसे ही घूमते रहते हैं।

(14)

रितेश ने बहुत कोशिश की कि मैं कैसे भी याना से वापस बात कर लूँ, पर मेरा उससे बात करने का कोई मूड नहीं था। या शायद तब मैं अपने ही खयालों और अपनी ही सोच में इतना ज्यादा उलझ गया था कि कुछ भी समझ ही नहीं पा रहा था कि क्या करूँ। पर मैं भूल गया था कि वो याना थी विधि नहीं। और ये मुझे तब याद आया जब वो उस सुबह वाली घटना के दो-तीन दिन बाद एक शाम फुल टल्ली होकर हमारे रूम पर आ गई और आते ही उसका मुझसे बस एक ही सवाल था कि 'क्यूँ?'

मैंने तब उसके सवाल को इग्नोर करते हुए उसे सँभालने की कोशिश की, उसे चेयर पर बैठाने की कोशिश की, मगर वो नहीं मानी। असल में उसे ऐसे इस हालत में देखकर मेरी बुरी तरह से फट गई। मेरे दिमाग ने तुरंत ही उस सिचुएशन का सही एनालिसिस करके मुझे बताया, "अगर ये आज यहाँ चिल्ला जाती है तो एक तो तेरी इज्जत उतर जाएगी, चलो ये तो फिर भी तू सँभाल लेगा क्योंकि ज्यादा है नहीं, पर दूसरा लैंडलॉर्ड को भी ये पता चल जाएगा कि ये तेरी बहन नहीं है।" वैसे भी कौन-सी बहन अपने भाई के सामने ऐसे टल्ली होकर आती है!

इन्हीं सब विचारों के बीच मैंने बिना और वक्त गँवाए दूसरे ही पल रितेश को आवाज लगाई, वो किचन में मैगी बना रहा था। उसकी भी याना को ऐसे देखकर तुरंत फटकर हाथ में आ गई। वो समझ गया कि आज इस रूम में हमारा आखिरी दिन है। अब यहाँ कभी पार्टी नहीं होगी, कभी मैगी नहीं

बनेगी। हमने आगे कुछ भी करने से पहले उस कमरे को पल भर के लिए प्यार से देखना ही सही समझा कि क्या पता कल हो न हो! तभी रितेश में इस आपातकाल को देखते हुए अपनी रिलेशनशिप मैनेजर की पोस्ट तुरंत सँभाल ली और मुझे तुरंत बाहर जाने के लिए कहा। पर तब एक बार तो मेरा मन हुआ कि मैं उससे कहूँ, ''भाई मेरी गर्लफ्रेंड है, मैं क्यों बाहर जाऊँ?'' पर फिर मुझे खयाल आया कि अगर उसने भी कह दिया, ठीक है भाई, तू ही देख ले फिर, तब क्या करूँगा—यही सोचकर मैं बिना एक पल और रुके वहाँ से सटक लिया। और फिर बाहर खड़े-खड़े यही सोचने लगा कि आखिर क्यूँ? क्या गलती है याना की इसमें? एक तो वो पहले से ही मेरे जैसे फटीचर के साथ रहकर अपना स्टेटस गिरा रही है और ऊपर से मुझे अब लड्डू मिला है तो अब मैं किसी राजनीतिक पार्टी के MLA की तरह बेकार ही नाटक किए जा रहा हूँ। पर दूसरी बात जो मुझे उससे भी ज्यादा परेशान किए जा रही थी वो ये थी कि आखिर क्यूँ? यार क्या है मुझमें ऐसा कि मेरे लिए वो अंदर रो रही है? अगर मैं याना होता तो ऐसा गलती से भी कभी नहीं करता। क्या किया है मैंने ऐसा जो उसके जैसी लड़की मेरे लिए इतना परेशान है! और ये सिर्फ मेरी ही बात नहीं है। हमने अक्सर कई बेकार लड़कों के लिए बड़े-बड़े कंचों को रोते देखा था, उनकी डेस्पेरेशन को सुना था। क्या वो सब लड़कियाँ पागल हो गई थी! या फिर उन लड़कों के पास उन लड़कियों का कुछ ऐसा था जिसे वो खोने से डर रही थीं! अगर मैं शाहरुख खान मोड में आ जाऊँ तो ये कह सकता था कि उन्होंने अपना दिल दिया था, प्यार किया था तो डेस्परेट तो होंगी ही। पर क्या है कि शाहरुख अपना कभी फेवरेट रहा ही नहीं, तो मेरे आम दिमाग ने मुझे अपनी आम भाषा में समझाना शुरू किया, ''देख भाई, यहाँ बात कुछ और ही है। वो सब लड़कियाँ न 'मेरा/मेरी सिंड्रोम' से अफ्फेक्टेड हैं।''

ये सिंड्रोम इतना घातक है कि इसने किसी को भी नहीं छोड़ा। अरे मैं तो यहाँ तक भी कह सकता हूँ कि आप इतिहास की कोई भी लड़ाई ले लीजिए और उसका निष्पक्ष एनालिसिस करके देखिए। आपको कोने में कहीं-न-कहीं यही 'मेरी/मेरा सिंड्रोम' हँसता हुआ, अपनी ही अकड़ में बलखाता हुआ दिखेगा।

देखिए दो चीजें होती हैं, पहली है गर्लफ्रेंड, ब्वायफ्रेंड, पति, पत्नी, प्रोपर्टी, पैसा, माँ-बाप, लाइफ, आजादी, फलाना-ढेमका और दूसरी है मेरी गर्लफ्रेंड, मेरा ब्वायफ्रेंड, मेरा पति, मेरी पत्नी, मेरी प्रोपर्टी, मेरा पैसा, मेरे माँ-बाप, मेरी

लाइफ, मेरी आजादी और मेरा/मेरी फलाना-ढेमका। और इन दोनों बातों में जमीन-आसमान का फर्क है। आसान शब्दों में कहूँ तो यही एक मात्र कारण है कि एक बेटा खुद को बेचकर भी अपने माँ-बाप को खुश रखना चाहता है तो दूसरा, उनको बेचकर खुद को खुश रखना चाहता है। पहले वाले के लिए वो 'मेरे माँ-बाप' हैं और दूसरे वाले के लिए 'सिर्फ माँ-बाप'।

याना की दिक्कत भी यही थी कि मैं जैसा भी था, मैं उसका ब्वायफ्रेंड था। यानी उसके लिए मेरे आगे 'मेरा ब्वायफ्रेंड', 'मेरा प्यार' लगा हुआ था। अगर मैं उसके लिए एक गलती भी था, तो भी उसके लिए मैं 'मेरी गलती' था और वो अपने इस मेरा /मेरी को बचाने के लिए कुछ भी कर सकती थी, रोना तो बहुत छोटी-सी बात थी।

मैं तब इन्हीं सब खयालों में उलझा हुआ था कि रितेश कुछ ही देर में बाहर आ गया और मुझसे बोला, ''सॉरी यार, वो कुछ सुन ही नहीं रही है। अब तू ही सँभाल। और हाँ, उसके हाथ में बोतल है, थोड़ा सँभल के! कहीं तेरे सर पर न दे मारे।''

माँ कसम मैं तब कुछ समझ नहीं पा रहा था कि क्या कहूँगा उसे अंदर जाकर! पर अपने जेहन में कहीं-न-कहीं, न जाने कैसे पर मुझे इतना तो यकीन जरूर था कि अब तक इतना कुछ सँभालते-सँभालते मैं इतना तो सीख ही गया हूँ कि शायद इसे भी सँभाल ही लूँगा। तो मैं डरते-डरते, खुद को हिम्मत देते-देते अंदर गया। वो सामने ही चेयर पर बैठी थी। उसका लुढ़कता सिर मुझे ये साफ-साफ बता रहा था कि उसने कितनी पी रखी थी। मैं धीरे से उसके पास जाकर उसके पैरों के बीच अपने घुटनों के सहारे बैठ गया। फिर मैंने उसके चेहरे को अपने हाथों में थामा और प्यार से उससे पूछने लगा, ''क्या है यार ये सब ?''

मेरी आवाज सुनकर उसने अपनी बंद होती आँखों को पूरा खोलते हुए मुझे एक पल के लिए देखा और फिर पलक झपकते ही मेरे गाल पर एक तबियत का थप्पड़ जड़ दिया। उस थप्पड़ की गूँज ऐसी थी कि मुझे कुछ सेकंड के लिए तो सिर्फ टअअअअअअ..... ही सुनाई दिया और फिर मैं कुछ और समझ पाता उससे पहले ही मेरी अकड़ ने तुरंत ही अपना आपा खो दिया। जवानी में पैर रखने के बाद किसी ने पहली बार मेरे गाल पर थप्पड़ मारा था और वो भी इस साली ने। यही सोचते-सोचते मैंने गुस्से में उसके सिर को, पीछे उसके बालों से पकड़ा और अपना हाथ उसे मारने के लिए हवा में उठा

लिया। मेरा गुस्सा, उसके चेहरे पर जमी उस अजीब-सी हँसी और उसकी शराब के नशे से खुलती-बंद होती उन आँखों को देखकर एक-एक सेकंड में हजारों गुना बढ़ रहा था। मैं तब इतने गुस्से में था कि मैं उसे उस दिन मार डालता। सच में, मैं मार डालता उसे। पर मेरा वो हाथ याना तक पहुँचा ही नहीं। मेरी लाख कोशिशों के बाद भी वो वहीं रुका रहा, मानो जैसे वो किसी की इजाजत का इंतजार कर रहा हो। तब तक मेरी नाक और मेरे मुँह से गुस्से में पानी बहना शुरू हो गया, मेरी साँसें चढ़ गईं। मैं हर सेकंड उसके बालों को और जोर से कसता जा रहा था और उसे मारने की और भी ज्यादा कोशिश किए जा रहा था। पर मुझे इतने गुस्से में देखकर भी वो डरी नहीं, वो वहाँ से हिली नहीं। वो बेखौफ वहीं बैठी रही, वो एकटक मुझे देखती रही। मैंने दो-तीन बार और कोशिश की उसे पलटकर थप्पड़ मारने की, मगर वो हाथ आगे बढ़ा ही नहीं। मैं जानता था कि मेरे हाथ को रोकने वाला उसका प्यार नहीं था, मैं जानता था कि मेरे उस गुस्से में प्यार का नामोनिशान तक नहीं था। शायद मेरे हाथ को रोकने वाला मेरा उस दिन का गिल्ट था, हाँ उसी दिन का, जिस दिन मुझपर खुद को मर्द साबित करने का भूत सवार हुआ था।

जब आखिरकार मैं कुछ भी नहीं कर पाया, तो उस लाचार-हताश पति की तरह जो बाहर की दुनिया में कुछ न कर पाने की भड़ास घर आकर अपने बीवी-बच्चों पर निकालता है, मैंने स्टेंड से अपना गिटार उठाया और उसे दे मारा जमीन पर। मेरा गिटार एक ही पल में अपनी आखिरी रिदम के साथ टुकड़ों में बँट गया। मैं फिर हार गया था, मैं फिर एक लूजर बन गया था। मैंने आज एक 'लड़की' के हाथ से थप्पड़ खाया था। मेरी समझ मुझे इस थप्पड़ को उस दिन की सजा बता-बताकर शांत करने की पूरी कोशिश किए जा रही थी, पर तब मेरी सोकॉल्ड मर्दानगी उसे ऊपर उठने ही नहीं दे रही थी। जैसे उसने मेरी समझ को अपने काबू में कर रखा था, उसे एक पिंजरे में कैद कर रखा था और मैं देख पा रहा था कि कैसे वो उस पिंजरे में छटपटा रही है। तो जब मैं समझ गया कि मैं नहीं मार पाऊँगा उसे तो मैं अपनी उस लाचारी को लेकर वहीं बैठ गया और तब तक मेरे गुस्से ने मेरे शरीर को इतना तपा दिया था कि मेरा वो गुस्सा, मेरी वो कमजोरी पिघलकर अब मेरी आँखों से बहनी शुरू हो गई।

याना मेरी लाइफ में इसलिए आई थी क्योंकि उस दिन मैं मिताली के साथ कुछ नहीं कर पाया था और आज फिर उसी दिन की तरह मैं कुछ नहीं कर

पाया। मैं एक बार फिर हार गया था। खुद पर इतना तरस तो मुझे वर्जिनिटी के उन दिनों में भी कभी नहीं आया था जो मुझे इस वक्त वहाँ आ रहा था। उधर मुझे ऐसे लाचार और बिखरता देख याना खुद को रोक नहीं पाई। वो चेयर से लड़खड़ाती हुई उठी और मेरे पास आकर बैठ गई। फिर उसने मेरे एक हाथ को पकड़ा और उससे खुद के गालों पर ही मारने लगी और कहने लगी कि तुम नहीं मार पा रहे हो न मुझे, चलो मैं हेल्प करती हूँ।

वो मेरे हाथ से खुद को लगातार मारे ही जा रही थी कि मैंने गुस्से में अपना हाथ वापस खींच लिया, और मेरे ऐसा करने पर उसने दूजे ही पल खुद के हाथ से ही खुद को मारना शुरू कर दिया। मेरी समझ में कुछ नहीं आ रहा था कि मैं क्या करूँ! एक ओर तो मुझे लगने लगा था कि इस रिश्ते का अब बस यहीं अंत है, इससे आगे अब और कुछ नहीं। वहीं दूसरी ओर वो लगातार तेज होती आवाज, जो याना के खुद को ही लगातार थप्पड़ मारने से आ रही थी, मुझे वापस उसी रिश्ते के स्वेटर में बुनने लगी थी। शायद इसीलिए मैंने उसे रोकने के लिए उसका हाथ पकड़ लिया और बस मेरा यही उसको थामना था कि उसने अगले पल ही खुद की बेबसी और बेसब्री को अपने आँसुओं के खारेपन में लपेटकर खुला छोड़ दिया।

तब उस कमरे में रात का अँधेरा, शाम की रौशनी से अपनी कायनात के लिए लड़ रहा था, फर्श पर बिखरा हुआ एक टूटा गिटार था जो शायद अभी भी उस रिश्ते की मोहब्बत को बचाने के लिए बेसुरा ही सही पर एक बार फिर बज जाना चाहता था, और वहीं-कहीं एक दारू की बोतल भी थी जो अभी भी खुद को बेगुनाह साबित करने की अपनी ही नाकाम कोशिश किए जा रही थी और इन सब के अलावा वहाँ थे अपने ही आँसुओं में भीगते हुए दो लोग, जो एक पल के लिए तो खुद के बीच सदियों का फासला पैदा कर देना चाहते थे, तो दूसरे ही पल एक-दूसरे की नजरों से छुपकर एक-दूसरे को उस हद तक थाम लेना चाहते थे कि जहाँ पर उनके सारे सवाल, उनकी सारी उलझनें पल भर में ही अपना वजूद खो दें। और फिर जब याना के आँसुओं का साथ देने के लिए उसकी सिसकियाँ भी अपना सिर उठाने लगी, तो उसे ऐसे, इस हालत में देख मैं रोक नहीं पाया खुद को। मैंने इतने वक्त बाद पहली बार उसकी आँखों में देखा। उसकी आँखों से इतने दिनों से अपने इस 'क्यूँ?' का जवाब ढूँढ़ने का वो संघर्ष, उसकी खुद को ही दी हुई वो तसल्लियाँ, उसका मुझसे अलग हो जाने का वो डर, उसका मेरे लिए और अपने इस रिश्ते के लिए वो बेपनाह

प्यार, उसके आँसुओं का दामन पकड़कर धीरे-धीरे बहे जा रहे था। जैसे वो सब मुझसे ये कहना चाहते हों, मुझे ये समझाना चाहते हों कि हमें नहीं पता कि क्यूँ? पर तुम जो इसके साथ कर रहे हो वो गलत है अभि।

मैंने फिर बिना कुछ सोचे-समझे दूजे ही पल उसे अपनी ओर खींचा और उसे अपनी बाँहों में समेटकर रोने लगा। मुझे ऐसे टूटता देख वो भी खुद को कैसे रोक पाती! और इसीलिए ही शायद अगले ही पल उसने भी मुझे अपने वजूद की आखिरी सीमा तक कस लिया। मैं हार चुका था, मैं टूट चुका था पर याना के शरीर से निकलती वो गर्मी मेरे बिखराव को पता नहीं कैसे पर धीरे-धीरे समेटती जा रही थी, वो मुझे ये यकीन दिलाती जा रही थी कि वो मुझे कभी भी, किसी भी हाल में अकेला जलने नहीं देगी, मुझे बिखरने नहीं देगी। मैंने अगले ही पल उसके चेहरे को अपने हाथों में लिया और कहने लगा, "सॉरी बिट्टू, सॉरी। मुझे ये नहीं करना चाहिए था, सब मेरी गलती है। पर अब मैं ऐसा कभी नहीं होने दूँगा, मैं तुम्हें कभी भी खुद से रत्तीभर भी अलग नहीं होने दूँगा।"

उसने फिर पलक झपकते ही मेरे होंठों को अपने होंठों से जोड़ लिया और फिर धीरे-धीरे हमारे आँसुओं का खारापन, हमारे होंठों की मिठास में घुलता गया और वक्त के उस बहाव के साथ-साथ हमारी सिसकियाँ और हमारी उलझनें अँधेरे के उस तिलिस्म में कहीं गायब-सी हो गईं। उस रात हमने टूटते हुए, एक दूसरे को सँभालते हुए, खुद को एक-दूसरे में फना कर दिया। उस रात वहाँ सभी थे, मेरा गुस्सा, मेरी मर्दानगी, मेरा गिल्ट, मेरा प्यार, उसका गुस्सा, उसके सवाल, उसकी मासूमियत, उसका प्यार और वो सब, जो मिल कर कहीं-न-कहीं इंसान की पहचान बनाते हैं। उस दिन उन सबने एक पल के लिए इंसानों के वजूद को एक छोटी-सी बात पर बिखरते देखा था, तो दूसरे ही पल बिना रुके, बिना सोचे उसी बहाव के साथ वापस जुड़ते भी। वो शायद समझ गए थे कि ये लोग एक छोटी-सी बात पर ये दुनिया खत्म भी कर सकते हैं, तो उसी छोटी बात के लिए उसे और मजबूत भी।

(15)

उस थप्पड़ वाली बात को लगभग महीना भर हो गया था पर आज भी उसकी गर्मी और उसकी गूँज मेरे दिलो-दिमाग में एकदम ताजा थी। मैं आज भी जब उस ब्रांड की बोतल और अपने रूम में पड़ी उस चेयर को देखता तो लगता

जैसे वे मुझ पर हँस रहे हों। दूसरी ओर इन दिनों वक्त बहुत सुस्ती से गुजर रहा था। दिल तो कर रहा था कि विधि को यहाँ बुला लूँ पर उस थप्पड़ वाले कांड के बाद तो हिम्मत ने जैसे जवाब ही दे दिया था। अब ऐसा भी नहीं था कि मैं कोई डर-वर गया था। बस कोई और लफड़ा नहीं चाहिए था मुझे। पर कहते हैं न कि कुछ घाव कभी भी सूखते नहीं वो बस वर्तमान का पल्लू ओढ़े छुपे रहते हैं और जब उन्हें मौका मिलता है, तब वो किसी बंपर सेल की तरह आपके सामने आ जाते हैं और आपकी जिंदगी के अकाउंट में इकट्ठा हुए सारे सुकून को पल भर में ही कहीं खर्च कर देते हैं।

न जाने क्यों पर विधि आज कल आदित्य की बहुत ही ज्यादा बातें करने लगी थी। उसके एग्जाम्पल देकर मुझे बातें समझाने लगी थी। मेरे हिसाब से इसके दो ही मतलब हो सकते थे। पहला, या तो वो आदित्य को थोड़ा-बहुत पसंद करने लगी थी या फिर दूसरा, वो उसे मुझसे ज्यादा सक्सेसफुल और समझदार समझने लगी थी। अब इसका मतलब चाहे इन दोनों में जो भी हो पर मैं एक बात तो अच्छे से समझ गया था कि अगर मैंने अभी कुछ नहीं किया तो विधि में अचानक ही आया ये बदलाव किसी दीमक की तरह हमारे रिश्ते को खोखला कर देगा।

आदित्य विधि का बचपन का दोस्त था और उससे भी बड़ी बात ये थी कि साला वो MBBS कर रहा था। ये MBBS एक ऐसा हथियार था जिसे आज भी मेरे पापा टाइम-टाइम पर मुझे मेरी औकात याद दिलाने के लिए इस्तेमाल कर ही लिया करते थे और गलती से कभी वो बहुत दिनों तक मुझे ये याद दिलाना भूल जाते तो ये फिर से मेरी मम्मी और उनकी उन फालतू औरतों के ग्रुप में कभी मेरी खराब किस्मत के नाम से, तो कभी मेरे लिए अफसोस के नाम पर फिर से जिंदा हो उठता। इसके बाद भी कुछ कसर फिर भी कहीं रह जाता तो वो मेरे घर के नीचे खड़ी मारुति वैगनआर भी तो थी। जिसकी खामोशी में भी पापा का वो ताना हैशटैग की तरह लगा हुआ था कि अगर उन्होंने वो पी.एम.टी. की कोचिंग का पैसा मेरे पीछे नहीं लगाया होता तो उस वैगनआर की जगह और भी अच्छा मॉडल हमारे घर के नीचे खड़ा होता। और इन सब के साथ-साथ साला अब मेरी बुरी किस्मत की इंटेंसिटी भी देख ही लो, मतलब कि मेरे लाख न चाहने के बाद भी फिर से मेरी लाइफ में ये MBBS नाम की बीमारी वापस आ गई थी।

सच कहूँ तो विधि का ऐसे अचानक ही आदित्य की तरफ झुकाव देख

मुझे उस आदित्य से बिना जान-पहचान के ही जलन होने लगी थी। मुझे लगने लगा था कि एक MBBS तो हर हाल में मुझसे अच्छी च्वाइस ही साबित होगा चाहे कोई भी एंगल क्यों न देख लिया जाए। कभी-कभी तो मैं खुद को याना का हवाला देकर और याना को विधि से कम्पेयर कर-कर के खुद को शांत करने की कोशिश किया करता। मैं खुद को समझाता रहता कि याना हर तरह से विधि से अच्छी है। वो विधि से ज्यादा खूबसूरत है। ज्यादा केयरिंग है। ज्यादा स्मार्ट है। अब कोई फर्क नहीं पड़ता अगर विधि चली भी जाए तो। पर किसी महान इंसान ने कहा है कि सब कुछ आपकी लाइफ से जा सकता है पर आपका पहला प्यार नहीं लल्ला।

शायद इसीलिए मैं आजकल अकेले में सोचता रहता था कि मैं अब ऐसा क्या कर सकता हूँ कि वो आदित्य फिर से मेरे सामने छोटा हो जाए और विधि की नजरों में फिर से मेरी दबंगई चमक जाए। कभी-कभी तो मन करता था कि पापा से कह दूँ कि मैं रशिया जाकर प्राइवेट MBBS कर लेता हूँ, पर साला ये कोर्स लंबा भी इतना है कि मेरे आने से पहले तो यहाँ उन दोनों के एक-दो बच्चे भी हो जाएँगे और अगर न भी हुए तो भी इतने पैसों में तो पापा की दो-तीन नई कारें और आ जाएँगी, तो भला वो क्यों मानने लगे मेरी बात। पर कहते हैं न कि जिसका कोई नहीं होता उसका भगवान होता है तो वो कैसे मुझे ऐसे घुट-घुटकर मरने देता। तो उसी भगवान ने मेरी लाइफ में एक फरिश्ता भेजा, वो फरिश्ता मेरे स्कूल का सीनियर था। विक्रम नाम था उनका और वो आज कल दिल्ली रहकर सिविल सर्विसेस की तैयारी कर रहे थे। उनकी रात की दिल्ली की ट्रेन थी तो दिन भर वो मेरे रूम पर ही रुके रहे। हमने खूब बातें की उस दिन। उनके मुँह से IAS मतलब कि कलेक्टर के पोस्ट की तारीफ सुन-सुनकर मेरा कतरा-कतरा खिल उठा। माँ कसम उनकी बातें सुन-सुनकर मुझे तब रह-रहकर जैसे गूज-बम्स आ रहे थे। तब जो-जो वो कह रहे थे, वो-वो मैं इमेजिन भी करने लगा था। थोड़ा-थोड़ा उसे जीने भी लगा था। मैं समझ गया था कि अगर अब कोई मेरे इस MBBS के नाकामी का दाग धो सकता है, तो वो यही है। कोई अगर मेरे प्यार को अब बचा सकता है तो वो बस यही है। अगर मैं कलेक्टर बन गया तो उस आदित्य की कोई औकात नहीं रहेगी मेरे आगे। उसका MBBS होना तब कोई काम नहीं आएगा।

यही सब सोचते-सोचते मैं उस रात के गुजर जाने का इंतजार करने लगा। पर सच कहता हूँ वो रात बड़ी मुश्किल से गुजरी। पर उस रात मैंने सपनों में

खुद को कलेक्टर बनाकर आदित्य का जीना हराम कर दिया। एक बार के लिए तो उस साले को बेकार के चार्जेस लगाकर हॉस्पिटल से ही निकलवा दिया। इन्हीं खयालों और विक्रम भैया की बातों के दो–चार बार और दोहराव के बाद सुबह जब उठा तो रात की जीत की चमक मेरे चेहरे से फूट–फूटकर टपक रही थी। मुझे तो ऐसा लग रहा था कि जैसे मैं कलेक्टर बना हुआ ही हूँ।

देखते–ही–देखते कुछ ही घंटों में रस्तोगी और कोटपाल मेरी बुक शेल्फ के ग्राउंड फ्लोर पर चले गए और लक्ष्मीकांत और लाल एंड लाल जिन्हें मैं अभी नया–नया ही मार्केट से खरीदकर लाया गया था, मेरी बुक सेल्फ की टॉप फ्लोर पर, नये न्यूज के ऊपर सज गए। उन कुछ घंटों में मैंने अपनी जिंदगी का बहुत कुछ बदल डाला। जैसे राजस्थान पत्रिका की जगह 'द हिंदू' ने ले ली और डेविड गिलमौर के पोस्टर की जगह इंडियन पोलिटिकल मैप ने ले ली। उधर 'अहा! जिंदगी' मैगजीन की जगह उस मंथ की 'सिविल सर्विस क्रोनिकल' ने ले ली और साहिर लुधियानवी और दुष्यंत कुमार की गजलों की बुक्स की जगह CSE के सेलेबस और प्लानर ने ले ली। मतलब कि आज से मैं एक नये मिशन पर था तो शुरुआत तो अच्छे से करनी ही थी। तो इस सफर की शुरुआत हुई खुद की सफाई से और वो भी लक्स की अनोखी खुशबू वाले स्नान के साथ। फिर मैंने याना को कॉल किया और उसे जल्दी रेडी होकर रूम पर आने को कहा। मैं चाहता था कि इतने बड़े काम की शुरुआत करने से पहले एक बार किसी मंदिर जाकर आशीर्वाद ले लिया जाए। जहाँ हमारा रूम था उसके आस–पास भी बहुत से मंदिर थे पर वो दिन स्पेशल था तो इस स्पेशल दिन के लिए नीमच माता मंदिर को चुना गया। क्योंकि वो सबसे ज्यादा ऊँचाई पर था और मेरा मानना था कि अगर पसीना ज्यादा बहेगा तो बात भी जल्दी सेट हो जाएगी। इधर मुझमें आए अचानक इस बदलाव को देखकर याना भी थोड़ी परेशान थी कि आज ये क्लीन शेव और ये मंदिर किस खुशी में और उसने मुझसे इस बारे में पूछा भी। पर मैंने उसे कुछ भी बताना सही नहीं समझा। मैं नहीं चाहता था कि खामखा मेरे इस नये सफर पर उसकी नजर लग जाए।

तो जब सब फॉर्मेलिटीज खत्म हो गईं तो बारी आई उस बुक के दर्शन करने की जिसके बिना IAS ऑफिसर बनने की सोचना भी किसी पाप से कम नहीं था। शायद इसीलिए मैंने बड़े प्यार से लक्ष्मीकांत सर को बुक शेल्फ से उठाया और उसके पहले पेज पर अपना नाम लिखकर और उस नाम के आगे IAS लिखकर इंडियन पॉलिटी की उस बुक के पन्नों को और अपने IAS

बनने के सफर को आगे बढ़ाया।

माँ कसम पहले ही दिन कुछ ही घंटों में मैंने 'हिस्टोरिकल बैकग्राउंड' वाले चैप्टर की लाइन-टू-लाइन रट डाली। समझ में ज्यादा कुछ तो आया नहीं मगर याद सब कर डाला। उस एक चैप्टर के याद हो जाने की वजह से मैं इतने जोश में आ गया कि मेरा दिल कहने लगा कि आज तो पार्टी बनती है अभि। तो मैंने तुरंत ही बिना वक्त गँवाए रितेश को कॉल कर दिया और उसे कह दिया कि आज पार्टी है मेरी तरफ से, आजा भाई।

शाम को जब रितेश रूम में घुसा तो रूम के मेक ओवर को देखकर घबरा गया। रूम में घुसते ही उसकी नजर सबसे पहले दीवार पर लगे मैप पर पड़ी और फिर लक्ष्मीकांत, लाल एंड लाल जैसे नये मेहमानों को रूम में देखकर उसकी सनक गई और वो बोला, ''ये क्या लगा रखा है तूने? अब क्या आर्ट्स पढ़ेगा तू साले? जो है वो तो सही से हो नहीं पा रहा है और ये फिर क्या नई बीमारियाँ ले आया तू?''

उसके इतने दयनीय रिएक्शन के बावजूद मैंने उसे तब भी कुछ बताना एक IAS ऑफिसर के वक्त की बर्बादी समझा और बड़े सहज भाव से उससे कहा, ''तू ये सब छोड़ रे! और बस लगा बीयर।'' फिर कुछ ही पलों बाद बोतलें खुलीं, बुलबुले कैद से आजाद हुए और फिर धीरे-धीरे मेरे सारे राज मेरी ही लड़खड़ाती जुबान से फिसलते हुए जमीन पर आ गए। उस रात वो मुझ पर और मेरे IAS ऑफिसर बनने के सपने पर जमीन ठोक-ठोककर हँसा। तभी उसकी ऐसी हरकत पर मैंने सोचा कि इसके हँसने से क्या फर्क पड़ता है! जब मैं कलेक्टर बन जाऊँगा तब साले के सारे दारू के ठेके ही बंद करवा दूँगा क्योंकि वैसे भी बाकी किसी फील्ड में तो कुछ होना नहीं है उसका। सच कहूँ तो उसकी उस हँसी ने जाने-अनजाने में ही सही पर मेरी हिम्मत को और बढ़ा दिया था। तब मैं ये सोच चुका था कि मैं मेरे प्यार को किसी भी हालत में किसी और के साथ नहीं जाने दे सकता और किसी MBBS के साथ तो किसी भी हाल में नहीं, चाहे मुझे इसके लिए कुछ भी क्यों न करना पड़े।

(16)

फिर कुछ ही हफ्तों में चीजें धीरे-धीरे बदलने लगीं। मेरे अपने प्यार को बचाने और IAS ऑफिसर बनने की सनक ने रितेश को बहुत ही अकेला कर दिया। मैं अब ज्यादातर वक्त लाइब्रेरी और किताबों के बीच रहने लगा था और वो

शिफा के साथ। पर जिस लौंडे की जवानी लड़कियों की बातों की चिकनाई पर फिसलने के बजाय किसी दोस्त के कंधे पर शराब के नशे में पकी हो, वो उन लड़कियों के वन पीस से ज्यादा टाइम चिपका हुआ नहीं रह सकता। उसे वो दोस्त चाहिए ही।

तो कभी-कभी हमारी इसी बात पर बहस भी हो जाती कि मैंने ये क्या नॉन्सेन्स पाल रखी है! कि विधि कहीं नहीं जाने वाली है! यहाँ तक कि अगर ऐसा होता भी है तो रितेश आदित्य का मर्डर करने को भी तैयार हो गया था। बस वो उस खालीपन को सँभाल नहीं पा रहा था जो मेरी इन हरकतों की वजह से उसकी लाइफ में आया था। कभी-कभी तो मुझे रितेश पर गुस्सा भी आता और उसी गुस्से में मैं उससे पूछ भी बैठता कि यार तेरे और भी तो दोस्त हैं। तू उनके साथ चिल क्यों नहीं करता! पर वो कभी भी मेरी इस बात का जवाब नहीं दे पाता था और फिर, चल ठीक है तू पढ़ाई कर मैं चलता हूँ, बस इतना कहकर वो वहाँ से चला जाता था। लेकिन मैं ये अच्छे से जानता था कि हर बार उसका वास्तविक जवाब बस उसकी खामोशी में लिपटी कुछ बातें होती थीं, जिसे वक्त के साथ-साथ शायद मुझे ही समझना था।

कभी-कभी तो ये सब कुछ मुझे भी बहुत अजीब-सा लगता कि मैं भी ये सब क्या करने लग गया हूँ! पर IAS ऑफिसर की पॉवर के बारे में दिन-रात लड़कों से सुन-सुनकर, यूट्यूब पर इन्हीं सबके बारे में हजारों वीडियोज देख-देखकर और उन्हीं सब बातों को रात को सपनों में थोड़ा-थोड़ा-सा जी-जीकर, जैसे तब एक नशा-सा चढ़ गया था मुझ पर। अब ये सिर्फ विधि को किसी से बचाने की या किसी को नीचा दिखाने की बात नहीं रह गई थी। मुझे अब बस कैसे भी ये करना था और मेरी अभी की प्लानिंग के हिसाब से थर्ड इयर फाइनल एग्जाम के बाद मेरी पहली टिकट दिल्ली की ही कटनी थी। और जब मेरे इस प्लान का रितेश को पता चला तो वो और भी ज्यादा परेशान हो गया। वो डरने लगा था कि वो यहाँ अकेला रह जाएगा और पता नहीं फिर क्या करेगा।

इन्हीं सब बातों के बीच अब रितेश रोज नये-नये और भारी वाले बहाने खोजने लगा था जिससे कि वो कैसे भी करके मुझे उस लाइब्रेरी से बाहर निकाल सके और मैं उसके साथ वैसे ही मजे मार सकूँ जैसे हम पहले मारा करते थे, मैं उसके साथ पीकर वैसे ही टल्ली हो सकूँ जैसे हम पहले हुआ करते थे। सच कहूँ तो मुझे भी उसके इन बहानों का पता होता था, पर जब आपका बेस्ट फ्रेंड आपके साथ सिर्फ कुछ वक्त बिताने के लिए इतना एफर्ट

करे तो आप चाहे कितना भी खुद को क्यों न रोक लें पर आखिरकार आपका दिल पिघल ही जाता है। तो मैं भी कभी-कभी मन मारकर चला जाता था उसके साथ।

आज सुबह-सुबह भी वो मुझे बिना कुछ बताए अपनी कार लेकर रूम पर आ गया था। मैंने इस बारे में जब उससे पूछा तो वो बोला कि आज बाहर घूमने जाने का प्लान बनाया है उसने। उसकी ये बात सुनकर मैंने तो कहीं भी घूमने जाने के लिए साफ-साफ मना कर दिया, पर उस साले ने पूरा इंतजाम पहले से ही कर रखा था और मुझे इस बारे में सिर्फ इसलिए नहीं बताया कि मुझे कोई भी बहाना सोचने का टाइम न मिल सके। उसको ना कहने के कुछ ही टाइम बाद याना भी रूम पर आ गई जिसे रितेश ने ही इनवाइट किया था। आज कल पढ़ाई के चक्कर में मैं याना से भी ज्यादा मिल नहीं पाता था, पर मुझे खुशी इस बात की थी कि मेरे इस फैसले में याना अपना पूरा सपोर्ट दे रही थी। वो भी यही चाहती थी कि मैं अब अपनी लाइफ को थोड़ा सीरियसली लूँ और ग्रेजुएशन के बाद क्या करना है इसकी पहले से ही पूरी प्लानिंग करके रखूँ। और मैं ये सच कह रहा हूँ, मैंने इसे महसूस किया है कि जब आप कुछ अचीव करने के लिए मेहनत कर रहे होते हैं तो आपकी गर्लफ्रेंड की नजर में आपकी इज्जत और आपके लिए प्यार और भी ज्यादा बढ़ जाता है। उधर मुझे रितेश का भी अच्छे से पता था कि वो ऐसे इतनी आसानी से तो अपने प्लान से पीछे नहीं हटने वाला। तो मैंने भी अपना रामबाण फेंका कि शिफा आएगी तभी जाएँगे यार।

एक्चुअली उस दिन शिफा को रितेश के साथ देखने के बाद शिफा के घर वाले उसकी आउटिंग को लेकर बहुत ही ज्यादा स्ट्रिक्ट हो गए थे और ऊपर से शिफा के पापा की नाक उनकी सोसाइटी में थोड़ी ज्यादा ही ऊँची थी तो शिफा किसी भी हाल में उनकी नाक से पंगे नहीं लेना चाहती थी। तो अब वो सिर्फ फिक्स टाइम के लिए ही कॉलेज आती थी और फिक्स टाइम पर चली भी जाती थी। इसी वजह से उसका इस ट्रिप पर आने का कोई चांस ही नहीं था। पर मैं ये कैसे भूल गया था कि मेरा दुश्मन भी अपने सारे दाँव-पेच वहीं से सीखकर आया है जहाँ से मैंने सीखे थे। उसने शिफा को भी पता नहीं कैसे पर पहले से ही इस प्लान के लिए मनाया हुआ था। मतलब कि अब वो भी हमारे साथ इस ट्रिप पर आने के लिए तैयार हो गई थी। मेरे देखते-ही-देखते रितेश शिफा को लेने चला गया और मैं हारकर यही सोचते हुए वहीं चेयर पर

बैठ गया कि आज का दिन तो गया। तभी याना ने पीछे से आकर मुझे हग कर लिया। उसने अपने बाल अभी धोए थे शायद, तभी उनकी महक एकदम फ्रेश थी और उतनी ही लजीज भी। फिर कुछ ही पलों में उसके उस क्यूट-सी नाक ने मेरे गालों को सहलाना शुरू कर दिया और मैं तो साला एक भारतीय लड़का था, मेरे लिए तो इतना ही काफी था।

तो उसके उन बदमाश बालों की उस मदहोश छुअन के नशे में बिखरता हुआ मैं तुरंत ही उस चेयर से उठ खड़ा हुआ और खुद को पास की ही दीवार के सहारे सटाकर उसे अपने और करीब खींच लिया। उसने भी मेरे पास आते ही मुझे किस करने की कोशिश की मगर मैंने उसे रोक लिया और फिर मैं उसे तब तक रोकता रहा जब तक उसने सामने से हार मानते हुए खुद को पूरी तरह से मेरे हवाले न कर दिया। मैं तब हर बार की तरह उस तिलिस्म की कमान थामकर आगे बढ़ सकता था पर उसके परेशान होते चेहरे की उस मासूमियत को देखकर मुझे उस पर दया आ गई और इसीलिए समर्पण का दामन थाम मैंने अपने होंठों को उसके होंठों के हवाले कर दिया। गुजरते हर पल के साथ उसके होंठ, मेरे होंठों से होते हुए मेरे शरीर के एक-एक कतरे पर अपने प्यार के निशान छोड़ते चले गए और हम भी हमारे हार्मोंस के उस उफान का साथ देते-देते उस शिखर के चरम बिंदु तक पहुँच गए।

उस पाक शांति के हमारे नसों में घुलने के कुछ वक्त बाद ही रितेश और शिफा बेवक्त ही वापस रूम पर आ गए और फिर हम प्लानिंग करने लगे कि अब करना क्या है? सबसे पहले तो हमें शिफा की स्कूटी को कॉलेज पार्किंग में रखना था जिससे कि कोई अगर उसे देखने आए भी तो पार्किंग में उसकी स्कूटी देखकर यही समझे कि शिफा कॉलेज में ही कहीं है। अब दूसरी दिक्कत ये थी कि जाए कहाँ! क्योंकि हमें ऐसी जगह सलेक्ट करनी थी जहाँ कोई शिफा को देख न पाए। फिर बहुत ही सोचने के बाद वाटर पार्क को चुना गया, क्योंकि वहाँ तो टिकट लगती थी और इसी वजह से कोई आलतू-फालतू भिनभिनाता हुआ वहाँ आएगा ही नहीं। अब जब सब डिसाइड हो गया तो हम निकल गए दुनिया की वाट लगाने, मतलब कि उन पलों को जी भर जीने।

हमारे साइंस कॉलेज में कॉलेज की मेन एंट्रेंस को छोड़कर भी कॉलेज के अंदर घुसने के छोटे-बड़े कई रास्ते थे। पर कॉलेज की पार्किंग मेन एंट्रेंस के पास ही थी। तो मैंने शिफा को मेन एंट्रेस से कॉलेज में घुसकर, अपनी स्कूटी को पार्किंग में मेन गेट की तरफ वाली फर्स्ट लाइन में लगाकर, कॉलेज

बिल्डिंग से होते हुए केमिस्ट्री लैब के पास से गुजरने वाली उस पगडंडी के सहारे-सहारे पीछे वाले गेट से बाहर आने को कहा। ये सब करने के पीछे मेरा मकसद यही था कि अगर उसकी स्कूटी फर्स्ट लाइन में रहेगी तो कोई पार्किंग के बाहर से ही उसे आराम से देख सकता था, दूसरा पार्किंग करके अगर वो सीधा बाहर आ जाती तो क्या पता कोई उसे नोटिस कर लेता इसीलिए मैंने उसे कॉलेज बिल्डिंग से होते हुए पीछे के रास्ते से आने को कहा। जिससे कि उसे कॉलेज बिल्डिंग में घुसते हुए कोई-न-कोई तो नोटिस करे ही। अब जब कॉलेज के अंदर से बाहर निकलने के इतने फुद्दे से काम को हम इतने ध्यान और इतनी प्लानिंग से कर रहे थे तो आप समझ सकते हैं कि शिफा वाला मैटर कितना सीरियस था तब। तो तब शिफा ने मेरे कहे अनुसार ही सब कुछ किया और फिर हम उसे कॉलेज के उसी पीछे वाले गेट से रिसीव करके कुछ ही देर में वाटर पार्क पहुँच गए।

उस दिन बिना पिए ही हमने खूब मस्ती की। खूब मजे किए। पूरे दिन भर हम पानी में पड़े-पड़े ही खेलते रहे। बहुत दिनों बाद उन सबके साथ ऐसे, इतना अच्छा वक्त बिताकर मुझमें एक अजीब-सा ही सुकून भरा जा रहा था मानो जैसे तपती धूप में मीलों चलने के बाद कहीं मिट्टी के मटके का ठंडा पानी मिल गया हो। लेकिन अब दिक्कत ये थी कि दिन भर उस पानी में रहने से न जाने कैसे हम सब की स्किन कुछ ज्यादा ही ब्लैक पड़ गई थी और ये देखकर शिफा को टेंशन होने लगी कि वो घर जाकर क्या कहेगी? पर उसके इतना परेशान होने के बावजूद भी रितेश के कुछ हग्स और कुछ किसेस ने उसे कुछ हद तक तो नॉर्मल होने की हिम्मत दे ही दी। मतलब की थोड़े लाड-प्यार के साथ तब रितेश ने उसे हमेशा की तरह ये समझा दिया कि तू लोड मत ले, जो भी होगा देख लेंगे अपन।

उधर इस ब्लैक स्किन को वाइट करने का आइडिया सोचने के चक्कर में हम बहुत लेट हो चुके थे। शिफा को जल्दी ही घर जाना था तो हम फटाफट वहाँ से कॉलेज के लिए निकल गए। वैसे तो प्लान के हिसाब से शिफा को कॉलेज के उसी पीछे वाले गेट पर उतरना था और वहाँ से उसे पैदल ही कॉलेज पार्किंग तक आना था पर हम पहले ही बहुत लेट हो चुके थे और हम किसी भी वजह से कोई और लफड़ा नहीं चाहते थे। तो मैंने शिफा को थोड़ा वक्त और देने के इरादे से कार को सीधा कॉलेज के मेन गेट पर ही ले लिया। शिफा कार से उतरकर जल्दी ही स्कूटी लेकर बाहर आ गई। तभी रितेश कार से बाहर

निकला और उसने शिफा के पास जाकर उसे हग कर लिया। जब इतना अच्छा दिन साथ में बीता हो तो सी-ऑफ हग तो बनता ही है और वैसे भी तब वहाँ कोई था नहीं।

पर तभी पीछे से दो लड़के आए। मैंने कार को टर्न करते वक्त उन्हें देखा था। वो पीछे जूस सेंटर पर ही बैठे थे। उनमें से एक सीधा रितेश के पास गया और दूसरे ही पल उसने रितेश को एक थप्पड़ जड़ दिया। हम समझ ही नहीं पाए कि ये हो क्या रहा है। पर रितेश को वो थप्पड़ पड़ते देख मेरा पहला रिएक्शन यही था कि चलो अब कभी याना के थप्पड़ वाली बात उसने बाहर निकाली तो मेरे पास ये वाली बात काउंटर अटैक के लिए रहेगी। पर तभी उस दूसरे लड़के ने भी रितेश को मारना शुरू कर दिया। सच कहता हूँ कि ये सब देखकर मेरी फट के हाथ आ में गई। पर अब जो भी था, चाहे मैं कितना भी डरा हुआ था पर कोई रितेश को मेरे सामने नहीं मार सकता था। तो अगले ही पल मैं चिल्लाता हुआ कार से बाहर निकला और बिना कुछ सोचे-समझे ही टूट पड़ा उन दोनों पर। उधर रितेश तब तक भी सदमे में ही था कि ये हुआ क्या है? पर जब उसने मुझे तबियत से मार खाते देखा तो वो भी जोश में आ गया और लगा धोने उनको।

फिर देखते-ही-देखते मेरा एड्रेनिलिन लेवल आउट ऑफ कंट्रोल होने लगा। सालों ने मेरे सामने रितेश को मारा था और मेरी गर्लफ्रेंड के सामने मुझे। शायद इसीलिए ही मैं तब पागलों की तरह चिल्ला रहा था और उन्हें मार रहा था। रितेश बिना चिल्लाए ही उन्हें मार रहा था और वो साले तो गालियाँ दे-दे कर हमें पेल रहे थे। देखते-ही-देखते कुछ ही देर में वहाँ भीड़ इकट्ठी हो गई। पर वो हमारे कॉलेज का एरिया था और ये बात वो दोनों जोश-जोश में भूल गए थे। जैसे ही वो लड़ाई की बात आग की तरह फैली, वैसे ही कुछ ही देर में दिग्पाल, अभिषेक, मितेश, विपिन और भी हमारे बहुत सारे दोस्त लाठी, सलियाँ, हॉकी स्टिक जो मिला वो लेकर पहुँच गए वहाँ और फिर सबने मिलकर उन दोनों को क्या धोया कि पूछो मत। मुझे तो लगा कि वे मर जाएँगे आज। पर उस भीड़ ने उन्हें मरने से बचा लिया और वे मौका मिलते ही वहाँ से रफूचक्कर हो गए।

जब माहौल शांत हुआ तो इस जीत की खुशी में मैंने उन सब दोस्तों को जो हमारे लिए तब वहाँ आए थे, शनिवार रात की पार्टी के लिए इनवाइट कर दिया। फिर रितेश शिफा को उसी की स्कूटी के पीछे बैठाकर और मैं याना को

अपने साथ कार में बैठाकर रूम पर ले आए। इधर शिफा बस रोए जा रही थी, वो लड़के उसकी जान-पहचान के ही थे और वो उसके पापा के ऑफिस में ही काम करते थे। उधर मुझे याना ने सँभाल रखा था क्योंकि मुझे तो पता ही नहीं चल रहा था कि ये सब हो क्या रहा है। अगर ये सब कुछ दिनों पहले होता तो शायद मुझे इतना अजीब नहीं लगता, पर अब बात अलग थी। मतलब कि भविष्य का एक IAS ऑफिसर ऐसे सड़क पर लड़ाई कैसे कर सकता था। अब मेरे कलेक्टर बनने के बाद किस-किस को देखना है कि लिस्ट में मेरे लाख न चाहने के बावजूद भी ये दोनों लड़के जुड़ चुके थे।

हकीकत में तब मेरी जो फटी पड़ी थी वो तो थी ही पर तब मैंने और रितेश ने शिफा को बड़ी मुश्किल से सँभाला और उसे समझाया कि कोई भी हमारा कुछ नहीं बिगाड़ सकता और न ही उसका, और ये भी कि हम साथ हैं उसके चाहे कुछ भी क्यों न हो जाए। अब अगर सच कहूँ तो तब रितेश का तो मुझे पता नहीं था पर आने वाले कल के बारे में सोचकर मेरी तो पिछाड़ी पूरी तरह से फट चुकी थी और इसके दूसरी ओर अब जैसे-जैसे मेरी बॉडी ठंडी हो रही थी वैसे-वैसे उस मार के कारण पैदा हुआ दर्द भी आहिस्ता-आहिस्ता अपना फन उठाने लगा था। अब कहीं जाकर हमें समझ आने लगा था कि कहाँ-कहाँ पड़ी है और कितनी-कितनी पड़ी है।

कुछ ही देर में एक अनजाने डर को अपने साथ लिए शिफा अपने घर के लिए निकल गई। इधर मैंने भी याना को उसके रूम पर ड्राप कर दिया और फिर मैं और रितेश वहीं बैठकर सोचने लगे कि अब वास्तविक सिचुएशन क्या है। लगभग 2-3 घंटे बाद जब उन चोटों के दर्द ने हमारे एड्रेनिलिन लेवल को पीछे धकेलकर अपना रंग दिखाना शुरू किया तो सही से ये समझ आया कि असल में कहाँ-कहाँ लगी है हमें। धीरे-धीरे रितेश का गाल और उसकी दाईं आँख के ऊपर वाला हिस्सा सूजने लगा था। थोड़ा-थोड़ा काला पड़ने लगा था। और इधर गालों के बजाय मेरे सिर का चमड़ा किसी गर्म तवे पर पकते ऑमलेट की तरह फूलने लगा, सालों ने सिर पर ही उछल-उछलकर मारा था मुझे। माँ कसम मुझे अपनी हाइट कम होने का आज पहली बार खासा अफसोस हो रहा था। सालों ने क्या तबियत से ठोका था हमें। फिर वक्त के साथ-साथ मेरे बालों के नीचे की चमड़ी ऑमलेट से अपना मोह भंग करते हुए एकाएक पकौड़े पैदा करने लगी और उस अजीब से दर्द के बारे में तो मैं बता नहीं सकता जो तब अपनी ही मर्जी से रह-रहकर मेरे पूरे सिर पर कहीं भी उठे जा रहा था। और

फिर जब वो टेंशन और वो दर्द हमारी सहने की औकात से ज्यादा बढ़ने लगा तो हमें बियर की याद आई, पर आज मार ज्यादा लगी थी तो दवाई भी थोड़ी ज्यादा स्ट्रॉन्ग वाली चाहिए थी। तो कुछ ही देर में प्लास्टिक के उन डिस्पोजल ग्लास में बियर की जगह ओल्ड मोंक रम सज गई। उस रात बातें करते-करते, एक दूसरे के सूजे हुए चेहरे देखते-देखते, उस पर कलेजा फाड़ हँसते-हँसते हम रम की पूरी बोतल पी गए और फिर सिर्फ चखना खाकर वहीं सो गए।

(17)

रात के लगभग 11:30 हुए होंगे कि गेट बजने की आवाज आई। वो गेट लगातार बजे जा रहा था और गेट के इतने पास सोने के बावजूद भी रितेश ने उठकर उसे खोलने की कोशिश नहीं की, साला आलसी कहीं का! थक-हारकर मैंने ही उठकर गेट खोला और देखा तो सामने कुछ लड़के खड़े थे। नशे और अँधेरे की वजह से सामने कौन था वो तो दिखा नहीं पर उसने गेट खोलते ही मुझे कसके एक लात मारी। उस लात के असर से मैं दूजे ही पल खाँसता हुआ फर्श पर जा गिरा और फिर वे सब रितेश और मुझ पर महीनों से भूखे भेड़ियों की तरह टूट पड़े।

जहाँ तक मैं देख पा रहा था, तब हमारा पूरा रूम लौंडों से भरा हुआ था और वो सब बिना कुछ सोचे-समझे किसी जंगली साँड़ की तरह पागल होकर बस हमें मारे जा रहे थे। मेरे कलेक्टर और जुलोजिस्ट वाले दिमाग ने तुरंत ही पूरा हिसाब लगा लिया कि अगर उन सब ने एक-एक लात भी हमें मारी तो भी हमारी मौत फिक्स है। मैंने अक्सर सुना था कि एकता और भीड़ में दम होता है और आज उसे देख भी लिया था। उस भीड़ को देखकर लड़ने का आइडिया हमारे दिमाग ने हमसे बिना पूछे ही ड्रॉप कर दिया था और फिर हम लचार से उस आखिरी मुक्के या लात का वेट करने लगे जिसके बाद या तो हम बेहोश हो जाने वाले थे या फिर मर जाने वाले थे।

तभी इतना हो-हल्ला सुनकर ऊपर से भैया, जो हमारे मकान मालिक थे वो नीचे आ गए और फिर उन्होंने पास ही पड़ा लट्ठ उठाया और जो उनके सामने आया उसे दे मारा। वो पागलों की तरह उन लड़कों पर टूट पड़े। बिलकुल वैसे ही जैसे कोई आदमी अपने खेत में घुसे जंगली जानवरों को खदेड़ रहा हो। वो लड़के अचानक ही ये सब देखकर इधर-उधर भागने लगे, पर तब भैया की हिम्मत और उनके उस पागलपन को देखकर उन लड़कों में से किसी भी

इतनी हिम्मत तक नहीं हुई कि वे पलटकर उन्हें मारने की कोशिश भी करें। भैया उदयपुर के जाने-माने प्रॉपर्टी डीलर थे और ये सब उनके लिए शायद आम बात थी। अब जो भी था पर उन्होंने तब हमें मरने से बचा लिया और फिर वो जल्दी से हमें अपनी कार में डालकर हॉस्पिटल ले आए। रितेश पहले ही बेहोश हो चुका था और मैं अब किसी भी हाल में खुद को सोने नहीं देना चाहता था।

उन लड़कों ने हम दोनों को हर जगह से तोड़ दिया था। शरीर कहाँ-कहाँ से उधड़ा हुआ था वो तो सुबह भी नहीं दिख पाया, क्योंकि हमारे शरीर जगह-जगह से बंडेजेज के नीचे दबे हुए थे और दूसरी तरफ पेन किलर्स भी हमारे खून में पूरे उफान पर थे, तो इस कंडीशन में दर्द का भी सही-सही अंदाजा नहीं लग पा रहा था। उधर मैंने रात को ही भैया से कह दिया था कि अभी घर पर न बताएँ, पर शायद उन्हें भी डर था कि अगर हम दोनों में से कोई भी मर गया तो सब कुछ उन पर आ जाएगा। तो उन्होंने रात को ही हमारे घर पर कॉल कर दिया था।

सच कहूँ तो मुझे बहुत ज्यादा लगी थी, पर उस वक्त मुझे मुझसे भी ज्यादा रितेश की चिंता थी। क्योंकि वो अभी तक भी होश में नहीं आया था। हमारे हॉस्पिटल आने के कुछ देर बाद ही रितेश के पापा-मम्मी भी हॉस्पिटल में आ गए। रितेश के पापा बिलकुल मेरे सामने ही खड़े थे पर वो फॉर्मैलिटी के लिए भी मुझसे मेरा हाल-चाल तक पूछने नहीं आए। मुझे ये सब थोड़ा अजीब लग रहा था, शायद वो इस सब का जिम्मेदार मुझे ही मान रहे थे। पर उनके इस बर्ताव की भरपाई कुछ ही घंटों बाद मेरे पापा ने कर दी। वो भी रितेश का हाल पूछने उसके पास नहीं गए, शायद वो भी इस सब के लिए रितेश को जिम्मेदार मान रहे थे।

उस घटना के 3-4 घंटे बाद ही मेरे पापा मेरे बेड के पास बैठे हुए थे और रितेश पापा उसके बेड के पास, पर न जाने क्यों वे दोनों ही खामोश थे। शायद तब रितेश के पापा के लिए मैं और मेरे पापा के लिए रितेश, किसी विलन से कम नहीं था। पर तब उन दोनों के चेहरे पर आते-जाते उन भावों को देखकर मुझे लग रहा था कि अगर ये हॉस्पिटल नहीं होता तो वे दोनों एक-दूसरे को और उसकी परवरिश को गालियाँ दे-देकर मार डालते। पर इस हालात में भी मुझे खुशी बस इस बात की थी कि उन दोनों को उनके हाल पर छोड़कर, हमारी मम्मियाँ एक-दूसरे से खुलकर बातें कर रही थीं और एक-दूसरे को दिलासा

भी दे रही थीं कि सब कुछ जल्द ही ठीक हो जाएगा। शायद उनके लिए हम दोनों अब भी सिर्फ उनके बेटे थे, और उनके लिए उन बेटों के आगे अच्छे, बुरे, आवारा, लफंगे जैसे कोई भी प्रिफिक्स नहीं लगे हुए थे।

दूसरे दिन शाम को कहीं जाकर रितेश को होश आया। उसे होश में देखकर मुझसे खुद को रोका नहीं गया और मेरे न चाहने के बाद भी मेरे आँसू मेरी आँखों से बाहर निकल आए। मुझको तब इतना दर्द हो रहा था कि मैं रह-रहकर डॉक्टर को और पेन किलर लगाने को कह रहा था, पर इतने दर्द के बाद भी मैं रोया नहीं। मेरा एक आँसू भी तब तक मेरी आँखों से नहीं गिरा, जब तक की रितेश होश में नहीं आया। मानो जैसे मैंने अपने उन आँसुओं को कहीं रितेश की हिम्मत न टूट जाए इसलिए कहीं बचाकर रखा था। कहीं वो मुझे ऐसे रोते देखकर बाद में मेरी उड़ाए न, यही सोचकर शायद उन आँसुओं को कहीं छुपा रखा था।

उसने भी होश में आते ही सबसे पहले मेरे लिए पूछा। उसकी मम्मी ने उसे मेरी ओर उँगली कर उसे मेरे बेड का पता बताया और अगले ही पल उसने मुझे देख लिया। एक-दूसरे को देखकर हम दोनों खुश थे कि चलो जिंदा तो हैं! जिसकी कल रात को हम दोनों में से किसी को भी उम्मीद नहीं थी। मुझे अच्छे से पता था कि हम दोनों अभी एक-दूसरे की शक्ल देखकर एक-दूसरे पर खुलकर, पागलों की तरह हँसना चाहते थे। हम एक-दूसरे को बताना चाहते थे कि देख साले तेरे को ज्यादा मारी उन्होंने। हम एक-दूसरे की सूजी हुई शक्ल पर भद्दे-भद्दे कमेंट करना चाहते थे और उससे भी ज्यादा रम का पूरा हॉल एक ही साँस में अपने अंदर उतारकर इन सबको भूल जाना चाहते थे पर शायद इन सबके लिए ये वक्त सही नहीं था। पर इन सब से इतर रितेश उठ गया था। वो होश में था और अब मैं आराम से अपने कलेजे के ठंडे पड़ने तक रो सकता था।

दूसरे दिन सुबह याना, दिग्पाल के साथ हॉस्पिटल आ गई। मुझे ऐसे देखकर वो लाचार-सी वहीं मेरे बेड के पास बैठ गई और शायद मेरी नसों में उबल रहे उस दर्द को महसूस करके अगले ही पल वो फूट-फूटकर रोने लगी। इधर मेरी मम्मी ये समझ नहीं पा रही थी कि ये कौन है जो उसके लाल के लिए इतना रो रही है। पर मेरे पापा जल्दी ही सब समझ गए। उनकी शक्ल ने याना को देखकर एक अजीब ही जेस्चर बनाया हुआ था। उधर रितेश के पापा दुखी थे कि उनके बेटे को मिलने कोई लड़की नहीं आई। पर जब याना

कुछ देर बाद रितेश का हाथ पकड़कर उसके पास बैठकर रोने लगी तो रितेश के पापा के होश उड़ गए। अगले ही पल हमारे दोनों के पापा कंफ्यूज हो गए कि ये किसकी बहू है। पर तब याना से ये पूछना दोनों में से किसी ने भी सही नहीं समझा और न हमने बताना।

याना को देखते ही मुझे विधि की याद आने लगी। तीन दिन से उससे बात नहीं हुई थी मेरी। वो मुझे लेकर एकदम पागल-सी थी। एक बार की बात है, मैंने ऐसे ही फोन पर जोर से खाँस दिया, तो दूसरे दिन मैडम उदयपुर आ गईं। मुझे अच्छे से याद है कि 2 इंजेक्शन लगवाए थे उसने अपनी केयर दिखाते हुए। विधि का खयाल आते ही मुझे फिर से टेंशन होने लगी। मैं उसे कॉल करता उसके पहले ही मुझे कुछ और बात याद आ गई। वही जो शायद उस वक्त रितेश भी सोच रहा था। मैंने याना को तुरंत ही अपने पास बुलाया और उससे शिफा के बारे में पूछा।

वो बोली, "ठीक है वो भी, पर उसे भी बहुत मारा है उसके घर वालों ने। कल ही बात हुई थी उससे मेरी।" ये सुनते ही मेरा एड्रिनिलिन लेवल फिर चढ़ने लगा कि साले हरामजादों ने भाभी को कैसे मारा! पर तभी मेरी हड्डियों ने तुरंत मुझसे कहा कि भाई सो जा चुपचाप, ये जो बच गया है वो खुदा की और मकान मालिक की मेहरबानी है। तो अभी ठंड रख थोड़ी।

पर किसी महान इंसान ने कहा है कि आपकी कब, कहाँ और कैसे लगने वाली है ये पहले से ही तय है। आपको बस सही वक्त पर अपनी लेकर वहाँ पहुँच जाना है और फिर आराम से बैठकर तमाशा देखना है। उधर मेरी बहन अनु ने अपने भाई का लाइव टेलीकास्ट विधि को कर दिया था और ये मुझे तब पता चला जब विधि मैडम अगले ही दिन उदयपुर आ गईं और स्टेशन से सीधा हॉस्पिटल आकर मेरे सामने प्रकट हो गईं। मेरा और रितेश का कॉल न लगने की वजह से विधि ने शायद अनु को कॉल कर दिया था और अनु ने उसे मेरी ठुकाई की बात नमक-मिर्च लगाकर बता दी।

विधि मेरी ऐसी हालत देख तुरंत ही बिखर गई और मेरे पास आकर मेरा हाथ थामकर फूट-फूटकर रोने लगी। इधर मेरी मम्मी फिर कन्फ्यूज कि अब ये कौन है भाई? तो उधर रितेश के पापा फिर टेंशन में कि इसके बेटे के पास तो दो हैं। उन दोनों से इतर दूसरी ओर मेरे पापा का तो पूछो ही मत। वो तुरंत समझ गए कि इन ढाई सालों में मैंने सिर्फ और सिर्फ आवारागर्दी ही की है।

तब विधि पागलों की तरह रोए जा रही थी और बेचारी मेरी मम्मी उसे

कैसे भी चुप करवाने की अपनी नाकाम कोशिश किए जा रही थी। क्या सीन था वो! मेरा तो कलेजा मुँह तक आ गया था। मुझे तो यहाँ तक लगने लगा था कि अगर ये हड्डियाँ किसी तरह जुड़ भी गईं तो पापा फिर से बिना रहम किए इन्हें तोड़ देंगे। अब तो मुझे बस मेरी माँ का ही सहारा था जो तब पूरे मन से अपनी दूसरी वाली बहू को सँभालने में लगी हुई थी। उधर साला ये सब देखकर वो हरामी अधमरी हालत में हँसे जा रहा था। मेरा मन तो कर रहा था कि ग्लूकोज की बोतल उठाऊँ और दे मारूँ उसके सिर पर। पर कहीं मर-मरा गया तो उसकी मौत का इलजाम मुझपे न आ जाए, यही सोचकर वो बोतल मैंने मारी नहीं उसे। अब बस मुझे एक ही चीज की टेंशन थी कि अब कहीं याना यहाँ न आ जाए।

तो मैंने दिग्पाल को कॉल करके उसे हॉस्पिटल बुला लिया और जब वो आया तो मैंने उसके पैर पकड़ लिए कि भाई अब सिर्फ तेरा ही सहारा है। कैसे भी करके याना को 2 दिनों तक मत आने देना यहाँ। उसे भी तब अपने आधे बचे दोस्त पर दया गई और वो मुझसे प्रॉमिस करके चला गया।

लेकिन दूसरी ओर अभी तक हमारे घर वालों को ये पता नहीं चला था कि सच में उस रात हुआ क्या था और हमें किसने मारा था! पापा केस करना चाहते थे उन लोगों पर, लेकिन मैंने उन्हें ऐसा न करने के लिए मना लिया कि बाद में लफड़ा हो जाएगा और मेरा कॉलेज खराब हो जाएगा। क्योंकि अगर केस होता, तो हमारा मेडिकल होता और मेडिकल होता तो ओल्ड मोंक बाबा दिख जाते सबको और अब मैं अपने घर वालों को एक बेवड़े बेटे का तोहफा नहीं देना चाहता था।

इन्हीं सब के बीच विधि दो तक दिन रुकी वहाँ। वो पूरे टाइम मेरे सिरहाने बैठी रही। मेरा खयाल रखती रही। उसके आने से मेरी माँ को थोड़ा रिलीफ हो गया था। वो अब आराम से हॉस्पिटल के बाहर जा सकती थी मुझे विधि के हवाले छोड़कर। मेरे पापा या फिर यूँ कहूँ कि हम दोनों के पापा के मन में बहुत कुछ चल रहा था पर शायद उन्होंने भी दुनिया देखी थी और वो ये जानते थे कि ये वक्त किसी भी बात के लिए सही नहीं था।

तीसरे दिन मेरे पापा विधि को बस स्टेशन छोड़ने खुद गए। अगर मैं ठीक-ठाक होता तो ये देखकर मेरी आँखों में आँसू आ जाते पर अभी तो मैं उनकी मजबूरी समझ रहा था। एक बाप जिसने अपने जवान बेटे की जवानी की कद्र करते हुए उसे मारना और डाँटना बंद कर दिया हो और वही बेटा एक दिन

उसके सामने ऐसे आधी टूटी-फूटी हालत में पड़ा हो, तो वो बाप किसी से अब क्या कह सकता है। मैं ये नहीं कहता कि मेरी माँ को दुख नहीं था, मेरी माँ को भी मेरी हालत का दुख था, पर वो नॉर्मल थी। लेकिन उससे उलट मेरे पापा बहुत ही ज्यादा खामोश हो चुके थे। सच कहूँ तो इतना खामोश मैंने उन्हें पहले कभी नहीं देखा था। यहाँ तक कि वो तो हमेशा नींद में भी खर्राटे मारते रहते हैं, हमको सिर्फ ये बताने के लिए कि यहाँ पर नींद में भी सिर्फ उनकी चलेगी। उनको इतना खामोश देख तब मेरे जेहन में बस यही बात बार-बार घूमे जा रही थी कि जब रितेश को मार खाता देख मेरे तन-बदन में इतनी आग लग गई थी, तो अपने बेटे की ये हालत देख उन पर क्या गुजर रही होगी और ऊपर से वो तब चाहकर भी कुछ कर नहीं पा रहे थे। लाचारी कैसी भी हो, बहुत ही खराब होती है। वो जब भी आती है तब हमारी पिछली पूरी जिंदगी और उसके सारे फैसलों पर एक बड़ा-सा प्रश्नचिह्न लगा देती है और उससे भी बुरी चीज होती है एक जवान बेटे के बाप की लाचारी। जो मेरे पापा की आँखें और उनकी खामोशी तब मुझे साफ-साफ दिखा रही थीं।

(18)

मेरा बिलकुल भी मन नहीं था, पर मैं तब पापा से जिद करने की हालत में भी नहीं था। कुछ दिनों बाद जब मेरे दिमाग ने सही से मेरे शरीर को सँभालना शुरू किया तो पापा घर लेकर आ गए मुझे। असल में तब एक तो मैं रितेश के साथ रुकना चाहता था और दूसरा घर जाकर जिन सवालों से मेरा सामना होने वाला था, मैं उनसे बचना चाहता था।

'ठाकरडा', राजस्थान के डूंगरपुर जिले का एक सुस्त-सा गाँव। ये वही गाँव है जिसकी गलियों ने मेरे बचपन की हर करवट को अपना दुलार दिया था। कंचों की बाजियों से लेकर, साइकिल सीखते वक्त लड़खड़ाकर गिरने तक का सफर मैंने इसी गाँव का हाथ थामे हुए पूरा किया था। पर उसके बाद बोर्डिंग स्कूल चले जाने की वजह से इस गाँव से मेरी दूरियाँ बढ़ती चली गईं। लेकिन पापा अक्सर कहते रहते हैं कि इस गाँव में हमारी जड़ें हैं और चाहे कुछ भी क्यों न हो जाए हम कभी इसे छोड़कर नहीं जा सकते। शायद पापा सही ही कहते हैं क्योंकि जो सुकून इस गाँव की हवाओं में है, वो किसी भी शहर में लाख खोजने पर भी नहीं मिल सकता। बिलकुल किसी माँ की ममता के जैसे।

इधर गाँव आते ही घड़ी की सुइयाँ जिस रफ्तार से घूम रही थीं, उसी रफ्तार से मेरी खैर-खबर लेने वाले लोगों का मेरे घर पर आना-जाना भी बढ़ने लगा था। इस बढ़ती भीड़ से न तो मैं खुश था और न ही मेरे घर वाले। पर इनके आने से मेरे फ्रिज का मूड जरूर बदल गया था। इतने सारे फ्री के एप्पल को खुद में आते देख, वो खुद को बेवजह ही हेल्दी समझने लगा था। उस फ्रिज के मिजाज को छोड़कर एक और चीज मेरे घर में बदल गई थी। मेरी माँ अचानक से ही एक जबरदस्त स्टोरी टेलर बन गई थी। तब जितने भी लोग मुझसे मिलने आ रहे थे, उनको माँ ने तीन कटैगरी में बाँट दिया था।

पहली कटैगरी में 'एप्पल' लाने वाले लोग थे, जिन्हें सच बताना था जितना उन्हें खुद पता था। दूसरी कटैगरी में 'मौसम्बी' लाने वाले लोग थे, जिन्हें इस कांड को सिर्फ एक एक्सीडेंट बताना था और उनके सामने अपनी औलाद को यानी कि मुझे अभी भी एक आइडियल प्रोडक्ट के रूप में मार्केट करना था। तीसरी कटैगरी में वो लोग थे जो सिर्फ 'केले' लेकर आए थे, उनसे बस यहाँ-वहाँ की बातें करनी थीं और चाय के साथ वही केले खिलाकर वापस रवाना कर देना था। माँ कसम मुझे आखिर की दोनों केटेगरिज वाले लोगों से कोई खतरा नहीं था। मुझे तो बस डर था तो उन एप्पल लाने वाले लोगों से। ये वही लोग थे जिन्हें नासा और इसरो वाले गलती से अपने यहाँ भर्ती करना भूल गए थे। आप बस कोई भी बात छेड़ दो इनके सामने, इन्हें हर चीज के बारे में सब कुछ पता होता था। मुझे तो कभी-कभी यहाँ तक लगने लगता था कि ये लोग नॉलेज के मामले में तो गूगल को भी पीछे छोड़ सकते थे। ये आपको चुनाव से पहले ही बता सकते थे कि कौन जीतेगा। ये पूत के पाँव देखकर बता देते थे कि वो आगे जाकर सपूत बनेगा या कपूत। अब ऐसा भी नहीं था कि ये मौसम्बी और केले वाले लोग ज्ञानी नहीं थे कि ये लोग मेरे घर आकर अपना ज्ञान नहीं बाँटते थे। ज्ञान बाँटने में तो ये भी पीछे नहीं थे बस दिक्कत सिर्फ इतनी-सी थी कि मेरी माँ इन लोगों की बात को अपने लेवल की न समझते हुए उन्हें अपने कान नहीं देती थी।

तो इन्हीं एप्पल वालों में से किसी एक ने मेरी माँ को उसके बहन की ननद के लड़के की स्टोरी बताकर मना लिया था कि ये जो कुछ हमारे साथ हुआ था वो सिर्फ इसलिए हुआ क्योंकि मेरे नक्षत्र खराब थे और वो बस यहीं तक नहीं रुके, उन्होंने मेरी माँ को उस ज्योतिषी का पता भी दे दिया जिन्होंने उसके बहन के ननद के बेटे का इलाज किया था। मैं शर्त लगा सकता हूँ कि आप

Youtube पर लाख पॉवर ऑफ कम्युनिकेशन के वीडियोज देख लो, नोट्स बनाकर कम्पेयर कर लो, पर जो पॉवर ऑफ कम्युनिकेशन इन एप्पल वाले लोगों के पास होती है वो किसी और के पास नहीं हो सकती। ये अपने लाइव और वाईब्रेंट एग्जाम्पल्स से सामने वाले को ऐसे समझाते हैं कि सामने वाले को भी ये समझ आ जाता है कि ये जो बता रहे हैं वही एक आखिरी रास्ता है। और जब सामने एक माँ हो, तो तो फिर क्या कहने।

तो उस एप्पल वाले ज्ञानी के ज्ञान बाँटने के कुछ दिनों बाद ही उस प्रख्यात ज्योतिषी से मिलने जाने का मुहूर्त निकल चुका था। दो दिन बाद का अप्वाइंटमेंट मिला हमें। मतलब कि साहब के पास पहले से ही हमारे जैसों की भीड़ थी जो या तो खराब नक्षत्र के शिकार थे या इन एप्पल वाले लोगों के। उन विख्यात ज्योतिषी ने दिखाने आते वक्त अपने साथ में पीड़ित के दाएँ हाथ की लकीरें, पीड़ित की जन्मकुंडली और पीड़ित के घर की एक प्रधान औरत (जिसमें पीड़ित की माँ को प्रॉयोरिटी दी हुई थी) को लाने के साफ-साफ इंस्ट्रक्शन दिए थे। अगर तब मेरा बस चलता तो मैं अपना दाया हाथ ही काटकर दे देता उन्हें, मगर उस हाथ ने बुरे दिनों में मेरा बहुत साथ दिया था तो अब उसे यूँ धोखा नहीं दिया जा सकता था। तो मैं भी रेडी हो गया उनके साथ उस ज्योतिषी के पास जाने के लिए।

क्या अध्यात्मिक माहौल था ज्योतिषी जी के घर का! घर के बाहर पीड़ितों और उनके साथ आए लोगों के लिए वेटिंग रूम बना हुआ था और घर के अंदर घुसते ही उनकी OPD, जहाँ वो नक्षत्रों से परेशान लोगों से मिलते थे, उनका इलाज करते थे। उन्होंने अपनी OPD में कोई टेबल या कुर्सी नहीं लगा रखी थी, बस वहाँ फर्श पर उन्होंने एक मोटा-सा गद्दा बिछा रखा था, जैसे वो जमीन से अपने रिश्ते को आज भी भूलना नहीं चाहते हों। उस गद्दे पर उन्होंने बिलकुल अपने चरित्र की तरह ही साफ-सुथरी, सफेद रंग की एक बेडशीट बिछा रखी थी। उन्होंने अपने उस गद्दे के पास एक छोटा-सा स्टूल भी लगा रखा था जिसपर जितने भी पॉसिबल हो सकते थे उतने भगवान रखे हुए थे। उन भगवानों को वहाँ देखकर ऐसा लग रहा था कि मानो वो सब अपना-अपना चमत्कार दिखाने के लिए एकदम रेडी बैठे हों और शायद आपस में लड़ भी रहे हों कि पहले कौन अपना कमाल दिखाएगा या फिर ये भी हो सकता है कि उस ज्योतिषी महाराज को सही से पता न हो कि उनके पिछले वाले पेशेंट्स को सही में ठीक इनमें से कौन-से वाले भगवान ने किया था, तो उन्होंने किसी भी

तरह का रिस्क न लेकर सबको एक साथ ही बैठा दिया था कि अगर कोई एक गलती से चूक भी जाए तो तुरंत ही दूसरा अपना कमाल दिखा दे।

तभी घंटे भर बाद मेरा नंबर भी आ गया और मैं, माँ और पापा वेटिंग रूम से उनकी उस शानदार OPD में आ गए। मुझे देखकर उस ज्योतिषी ने अपना चमत्कार दिखाना शुरू कर दिया। उनके मुँह से पहले शब्द ही यही निकले कि कहाँ ठुक-पिटा के आए हो? और उनका बस इतना ही कहना था कि अगले ही पल मेरी माँ को ये यकीन हो गया कि ये ज्योतिषी सही में कोई ज्ञानी पुरुष हैं, क्योंकि उन्होंने अभी तक उन्हें ये बताया नहीं था कि मेरी पिटाई हुई थी। मेरी तब जो हालत थी अगर उसे कोई मेरी उम्र से रिलेट करके देखे तो कोई भी समझदार आदमी ये बता सकता था कि मुझे किसी ने जरूर ठोका है। और जब सामने वाला मेरी जैसी हालत में हो और वो कॉलेज में पढ़ रहा हो तो ये गप मारना और भी आसान हो जाता है। पर अब ये मेरी माँ को कौन समझाए!

फिर थोड़ा और माहौल बनाकर उस ज्योतिषी महाराज ने अपनी भविष्य बताने वाली किताब बाहर निकाली और उसमें दिए डेटा का जोड़, बाकी, गुणा, भाग करने लगे और फिर थोड़ी देर बाद वो आसमान की ओर देख कुछ सोचने लगे, शायद उन्हें कुछ मिल नहीं रहा था जो वो खोज रहे थे। कुछ देर ऐसे ही आसमान में शायद ग्रहों की दशा का एनालिसिस करके एक बार फिर से उन्होंने उस किताब में अपनी आँखें टिका दी और इस बार इंटीग्रेशन, डिफ्रेंशिएशन और एडवांस कैलकुलस का इस्तेमाल करके मेरे साथ जो हुआ था उसका वास्तविक कारण आखिरकार उन्होंने खोज ही निकाला। उन्होंने हमारी ठुकाई वाली बात के लिए शनि और गुरु के गलत दिशा में प्रवेश को दोषी ठहराया। अब ये तो सदियों से इंसानियत का थंब रूल रहा है कि जब कोई बात समझ नहीं आए तो उसे सही मान लो, उस विख्यात ज्योतिषी के सामने अपने हाथ जोड़े बैठी मेरी माँ ने भी यही किया।

कुछ देर और मेरे सारे नक्षत्रों और मेरे हाथों की लकीरों से बातचीत करने के बाद महाराज ने मेरा प्रिस्क्रिप्शन लिख दिया। उस प्रिस्क्रिप्शन के हिसाब से अब सबसे पहला काम जो मुझे करना था वो ये था कि मुझे अब से 42 गुरुवार तक उपवास रखना था और इससे ये होना था कि मेरे जो नक्षत्र किसी और रास्ते भटक गए थे उन्हें मेरी भूख की आग सही रास्ता दिखाने वाली थी और वो वापस अपनी सही जगह आ जाने थे।

दूसरा इलाज जो लिखा गया था वो ये था कि अब हमें कालसर्प की पूजा

करवानी थी। जिससे कि वो साँप अपने बिल से बाहर निकलकर उन लौंडो की बुरी तरह लेने वाला था जिन्होंने उस रात हमें पीटा था और इसके साथ-साथ ये गारंटी भी दी जा रही थी कि आगे आने वाले लफड़ों में भी वो साँप हमारी हर मुमकिन मदद करने वाला था। साथ ही साथ उस साँप को मेरी एक्जैक्ट लोकेशन बताने के लिए मुझे उस पूजा वाले दिन से ही अपने दाएँ हाथ की तीसरी उँगली में चाँदी की एक साँप वाली अँगूठी भी पहननी थी। तीसरा इलाज ये लिखा गया था कि उस पूजा वाले दिन ही हमें 11 पंडितों को दाल, बाटी और चूरमे का भोग चढ़ाना था। जिससे उनकी भूखी आत्मा शांत हो जाएगी और भगवान मुझसे खुश होकर उस दिन जैसी गलती फिर कभी मेरे साथ वापस नहीं करेगा।

सच कहूँ तो तब मुझे इन सब बातों से ज्यादा यकीन तो इस बात पर था कि गधे के 12 सींग होते हैं पर तब मैं इस कंडीशन में नहीं था कि इसका विरोध कर सकूँ। दूसरी ओर मेरी मम्मी के होते हुए मेरे पापा भी अपना दिमाग लगाना सही नहीं समझते थे क्योंकि उनको भी पता था कि वो कितनी भी सही बात क्यों न कर लें पर माँ के आगे उनकी एक नहीं चलनी। शायद इसीलिए ये पंडित लोग घर की एक औरत को साथ लाना कम्पलसरी रखते हैं। जिससे उन्हें इस तर्क-वितर्क से मुक्ति मिल सके।

पापा ने बिना कुछ ज्यादा बोले और सोचे ही उस ज्योतिषी की बताई सब बातों का इंतजाम कर दिया। उस दिन ज्योतिषी महाराज ने अपनी फीस नहीं ली। उन्होंने कहा कि ये सब तो वो समाज सेवा के लिए करते हैं, जिससे लोगों की मदद हो सके। उन्होंने आगे ये भी कहा कि अगर हम उनको दक्षिणा देने के बजाय उनके मंदिर में अपनी खुशी से कुछ चढ़ाना चाहें तो जरूर चढ़ा सकते हैं जिससे कि बस उनके मंदिर का दीया जलता रहे। पर उनके उस मंदिर में भगवान ही इतने सारे थे कि अगर सबके लिए 50-50 रुपये भी रखें तो भी कैलकुलेशन अपने आप ही बहुत ज्यादा हो जाती और जब रखने वाली कोई औरत हो तब तो भगवान चाहकर वो दीया बुझा नहीं सकते थे। तो इसी क्रम में मेरी माँ ने पापा से 500 रुपये माँगे और 500 अपने जोड़ कर पूरे 1000 रुपये वहाँ रख दिए और वो भी सिर्फ इसलिए कि वो दीया जल सके।

उनको इतने पैसे रखते देख मेरा और पापा का चेहरा देखने लायक था। हमारे यहाँ के सबसे फेमस फिजिशियन की फीस 100 रुपये प्रति पेशेंट थी, जिसने न जाने अपनी जिंदगी के कितने साल अपनी MBBS और MD को

पूरा करने में अपना दिमाग खपाते-खपाते लगा दिए थे। दूसरी ओर ये ज्योतिषी जो शायद कहीं से ग्रेजुएट भी नहीं था वो एक MD से 10 गुना ज्यादा कमा रहा था। देखा जाए तो वो असल में कर क्या रहा था, बस लोगों को भूखा रख रहा था और उसके जैसे ही कुछ और पंडितों को खाना खिलवा रहा था। पर वो कहते हैं न कि जब तक इस दुनिया में एक भी मूर्ख जिंदा है तब तक कोई समझदार भूखा नहीं मर सकता।

फिर कुछ ही दिनों में पूजा भी हो गई और पंडितों ने अपना पेट भी भर लिया। पर इन सब में सबसे बुरी बात तो ये थी कि उस साँप वाली अँगूठी ने मेरे लुक को एक तांत्रिक के लुक में बदलने में कोई कसर नहीं छोड़ी थी। घर का खाना, माँ का प्यार और ज्योतिषी का इलाज, इन सबकी गर्मी को अपने आस-पास देखकर मेरी हड्डियाँ अपनी पूरी रफ्तार से जुड़ने लगी थीं। इन तीन-चार महीनों में घर का खाना खा-खाकर मेरे गाल अब फूलने लगे थे और साथ-ही-साथ मेरा पेट भी थोड़ा-बहुत बाहर निकलने लगा था। अब ये सब तो ठीक था पर इन सबके अलावा बहुत कुछ और भी था जिसे मैं उदयपुर छोड़कर आया था। जिनके बिना मेरी जिंदगी वैसी ही थी जैसी जूस निकालने के बाद गन्ने की होती है। तो इसी बीच मैंने अपनी माँ को मनाना शुरू कर दिया कि मुझे उदयपुर वापस जाना है पर वो तब तक नहीं मानी जब तक मेरे फाइनल इयर एक्जाम की डेट्स नहीं आ गई।

उस दिन मैंने खूब मना किया पर पापा नहीं माने और मुझे उदयपुर छोड़ने साथ आ गए। दूसरी ओर पापा को साथ आता देख मेरी बहन भी साथ हो गई और बहन को देख माँ भी, मतलब कि पूरा परिवार एक मार खाए हुए इंसान को वापस लड़ाई के मैदान में छोड़ने आ गया। मुझे अंदाजा था कि उस दिन पापा मुझसे बहुत कुछ कहना चाहते थे पर हमारे यहाँ मर्द के कमजोर होने का रिवाज नहीं है चाहे वो बाप हो या बेटा और शायद इसलिए उन्होंने उस दिन मुझे ऐसा कुछ नहीं कहा जो वो हमेशा कहते रहते थे, जैसे कि पढ़ाई अच्छे से करना, गलत चीजों में मत पड़ जाना, ज्यादा दोस्त मत बनाना, बाइक धीरे से चलाना। उस दिन उन्होंने जाते-जाते मुझसे बस इतना ही कहा कि अपना ध्यान रखना। सच कहूँ तो इतनी छोटी-सी बात अपने पापा के मुँह से सुनने का मैं आदी नहीं था पर उनके वहाँ से जाने के बाद ही उस बात ने अपना रंग दिखाना शुरू किया। बिलकुल वैसे ही, जैसे मेहँदी सूखने के बाद अपना रंग दिखाने लगती है। असल में उनकी उस छोटी-सी बात में सब कुछ था। एक बाप का

प्यार, एक बाप की कमजोरी, एक बाप का डर, एक बाप की अपने भगवान से माँगी अपने बेटे की सलामती की ढेर सारी दुआएँ और सबसे ऊपर एक बाप की उस वक्त से की हुई ये उम्मीद कि उसके जाने के बाद उसके बेटे के साथ सब कुछ ठीक होगा और वो सब कुछ अच्छे से सँभाल लेगा।

उनके जाने के बाद एक अजीब ही बेचैनी को महसूस करते हुए मैंने अपना रूम खोला। लगभग पाँच महीनों बाद वो रूम खुल रहा था। सच कहूँ तो उस रात के निशान उस कमरे में अभी भी किसी जुगनू की तरह चमक रहे थे। रूम में सब कुछ बिखरा हुआ था और कहीं-कहीं पर पड़ा हुआ सूखा खून, उस रात की बातों को उसी सफाई से मुझे समझा और दिखा रहा था जैसे वो हुई थीं। इन सबसे इतर मुझे एक डर ये भी था कि उस रात के बाद अब भैया कहीं हमसे रूम खाली न करवा दें। अब वो उनका घर था वो जो चाहे वो करें पर मुझे खुशी इस बात की भी थी कि उन्होंने उस रात हमें बचा लिया था। कुछ देर रूम में गुजारकर मैं उनसे बात करने ऊपर गया। मुझे ऐसे ठीक-ठाक देखकर वो बहुत खुश हो गए। उन्होंने उस रात के बारे में मुझसे कोई भी बात नहीं की, बस मुझे चाय-बिस्किट दिया और फिर घर की और मेरी तबियत की बातें पूछने लग गए। वापस नीचे आते वक्त मैंने उन्हें उस रात के लिए थैंक्स कहा तो वो हँस दिए और कहने लगे, ''यार तुम्हारी वजह से मुझे उन लोगों को पीटने का मौका मिला। मैंने तो वो सारा गुस्सा उन पर निकाल दिया जो तुम्हारी भाभी की वजह से मेरे दिल में इकट्ठा हो रखा था।'' पर उनकी उस मजाक से उलट ये मैं भी जानता था और शायद भैया भी कि उन्होंने हमारे लिए क्या किया था कि वो अगर उस रात नीचे नहीं आते तो हमारे साथ क्या-क्या हो सकता था।

(19)

तीन सालों में ये पहली बार था जब इतने दिनों के लिए मैं उदयपुर से अलग रहा था। मेरी बुक्स पूरी तरह से धूल में नहा चुकी थी। शायद ये वही धूल थी जो मुझे ये सोचने पर मजबूर किए जा रही थी कि अगर उस दिन वो सब नहीं होता तो मेरे सपनों पर भी इतने दिनों की धूल नहीं जमती। उस दिन उस कमरे में मेरी अब तक की सारी गलतियाँ मेरा हाल-चाल पूछने इकट्ठा हो गई थीं। मैं तो यहाँ तक भी सोचने लगा था कि रितेश के बिना मेरी अब तक की जिंदगी कितनी आसान होती, कितना कुछ मुझे नहीं सहन करना पड़ता! तब उस बेड

पर लेटे-लेटे मैं हर बात को पकड़कर क्या हुआ और क्या हो सकता था के तराजू में तोलने लगा। मैं रितेश के बिना अपनी गुजरी जिंदगी और आने वाली जिंदगी को सोचने लगा था।

उस दिन मुझे सबसे मिलना था पर पापा के साथ होने की वजह से मैं उन्हें ये बता नहीं पाया था कि मैं आज आने वाला हूँ लेकिन पता नहीं क्यूँ, उस रूम और अपनी हालत देखकर तब किसी से भी मिलने का मन नहीं कर रहा था। मैं बस वहीं बैठकर सब कुछ वापस से सोचना चाहता था। मैं ये सोचना चाहता था कि मैंने अब तक क्या किया था और अब आगे क्या करने वाला था।

तो मैं बीती और आने वाली हर बात को उसके हर एंगल पर रखकर सोचने लगा, उनका समझदारी भरा निष्कर्ष निकालने लगा। बातों को इतनी गहराई से सोचने की कभी मेरी आदत नहीं रही तो जल्दी ही मेरा दिमाग इन सब बातों की डिबेट से फटने लगा और मैं उन सब बातों को अपने साथ लेकर वहीं सो गया। ये शायद उदयपुर की सबसे गहरी नींद थी मेरी जैसे किसी ने मुझे मीठी लोरियाँ सुनाकर अपनी बाँहों में सुला दिया हो और उसकी उन थपकियों ने मेरे तपते हुए खयालों को ये समझा दिया हो कि कोई बात नहीं आगे जो होगा वो अच्छा ही होगा।

उस नींद के बाद शाम को जब आँख खुली तो बीते कल और आने वाले कल के बीच में गोते खाती मेरी जिंदगी का उलझनों भरा तूफान लगभग थम चुका था। मैंने फिर अपना टेबल साफ किया और वहीं बैठकर अपनी किताबों को पलटने लगा। मैंने तब बहुत कोशिश की मगर मुझे कुछ सूझ ही नहीं रहा था कि वापस कहाँ से शुरू करूँ। वैसे भी किसी महान इंसान ने कहा है कि जब कुछ समझ में नहीं आए तो बेमतलब उँगली नहीं करनी चाहिए। तो मैंने उन उल-जिलूल खयालों से अपने दिमाग को हटाने की सोचते हुए याना को कॉल किया, वो पास के ही एक कैफे में अपने दोस्तों के साथ बैठी हुई थी। लेकिन पता नहीं क्यूँ! मैंने उसे ये बताना सही नहीं समझा कि मैं उदयपुर में ही हूँ। मेरा मन तो था कि मैं जाकर मिल लूँ उससे पर न जाने क्यों आज सब कुछ अजीब-सा ही हो रहा था। फिर मैंने रितेश को कॉल किया और उसे बताया कि मैं यही हूँ। उसने मेरी बात सुनकर मुझसे कुछ भी नहीं पूछा और बस यही कहा कि तू वहीं रुक मैं आ रहा हूँ। उस दिन उसको मुझसे मिलने के लिए आते देख मैं अकेला वहाँ खड़ा-खड़ा जैसे ब्लश करने लगा था। वैसे ही जैसे कोई नया-नया आशिक अपनी गर्लफ्रेंड का इंतजार करते हुए करता है। मैं

अंदर-ही-अंदर ये सोचने लगा था कि जब वो सामने आएगा तो बात कहाँ से शुरू करूँगा? क्या कहूँगा? कैसे कहूँगा? सच कहूँ तो मैं बस बेचैन हुआ जा रहा था, जैसे मैं आज से पहले उससे कभी मिला ही नहीं हूँ। वक्त को काटने के लिए जो मिल रहा था बस खाए जा रहा था। बेमतलब अपने मैसेजेस और फेसबुक अकाउंट चेक किए जा रहा था। फिर कुछ और वक्त की टिक-टिक और फिर रितेश मेरे सामने था।

हमने एक-दूसरे को दूर से ही देख लिया था। उसे देखकर मुझे सबसे पहले इस बात की खुशी हुई कि वो भी पूरी तरह से बैंडेज से आजाद था। जैसे-जैसे हमारे बीच की डिसटेंस कम हो रही थी वैसे-वैसे हमारी स्माइल भी बढ़ती जा रही थी। उसने मेरे पास आते ही, "क्या बात है भाई! कैसा है?" ये पूछते हुए हैंड शेक के लिए अपना हाथ मेरी ओर बढ़ाया पर मेरे हाथों की मसल्स में इस तरह की हरकत करने की कोई पुरानी मेमोरी थी ही नहीं। रितेश के हाथ को ऐसे देखकर मेरी जनरल बॉडी लैंग्वेज थोड़ी-सी कंफ्यूज हो गई और फिर मैंने अपने हाथों की उस हालत और उस कन्फ्यूजन को समझते हुए आगे बढ़कर रितेश को गले से लगा लिया। शराब के नशे को छोड़ दूँ तो शायद ये आज पहली बार था जब मैं रितेश को ऐसे बीच रास्ते गले लगा रहा था। पर तब मुझे किसी बात की कोई फिक्र नहीं थी। मेरा यार मेरे पास था और वो भी वन पीस में, यही काफी था मेरे लिए और शायद उसके लिए भी। और ये मुझे तब पता चला जब उसके हाथों की पकड़ भी धीरे-धीरे जिंदा होने लगी, धीरे-धीरे और मजबूत होने लगी। फिर जैसे ही हमारे शरीर ने एक-दूसरे को ये समझा दिया कि सब कुछ ठीक है तो अगले ही पल हम दोनों एक-दूसरे को देख ठहाके लगाकर हँसने लगे। मैंने इतने दिनों की इकट्ठा सारी गालियाँ एक-एककर उसे दे डाली और वैसे भी गालियों को दोस्ती में अच्छे शगुन का दर्जा मिला हुआ है। जब तक आपकी दोस्ती में ये गालियाँ जिंदा हैं आपकी दोस्ती की रूह जिंदा है। तब हम दोनों के पास बहुत कुछ था जो हमें एक-दूसरे को बताना था, एक-दूसरे से पूछना था, लेकिन हम दोनों ही ये समझ नहीं पा रहे थे कि शुरू कहाँ से करें। अब एक बात तो क्लियर थी कि ऐसे तो काम चलना नहीं था। ऐसे तो बातें होनी नहीं थीं। तो बिना कुछ सोचे ही मैंने उससे पूछ लिया कि क्या मूड है बता? उसने भी बिना देर किए कह दिया, "भाई बकार्डी ही लेंगे, ओल्ड मोंक पनौती है अपने लिए। देखा न तूने उस दिन क्या हुआ!"

आज शायद ये पहली बार था जब काली बिल्ली के बाद शराब की किसी ब्रांड को भी पनौती की लिस्ट में शामिल किया गया था। हमने फिर पास की शॉप से ही रम ली और फिर थोड़ा चखना लेकर हम चल पड़े रूम की तरफ। धीरे-धीरे शराब के नशे के साथ-साथ हमारी बातें भी अपनी शर्म और झिझक छोड़कर बहकने लगीं। इतने घंटों से जो बात मैं कहीं अपने अंदर दबाए बैठा था वो भी मौका देखकर बाहर आ ही गई।

"शिफा कैसी है?" मैंने रितेश की आँखों में इसका जवाब खोजते हुए उससे पूछा।

उसने कुछ देर सोचा और कहा, "अब तू आ गया है न, वो भी ठीक हो जाएगी।"

मुझे उसका जवाब सही से समझ तो नहीं आया, पर उसकी आँखों के उस भराव को देखकर मुझे इतना तो आइडिया लग ही गया था कि कुछ तो है जो ठीक नहीं है। तभी विधि का कॉल आ गया और मैं उससे बात करने के लिए बाहर चला गया। विधि खुश थी कि मैं वापस उदयपुर आ गया था और पहले की तरह ही हरकतें करने लगा था, पहले की तरह ही पीने भी लग गया था। विधि के साथ रहकर मैंने ये जाना था कि लड़कियाँ हमें बदलने की कोशिशें तो बहुत करती हैं, लेकिन उन्हें भी ये पता होता है कि हमारा वजूद भी तभी तक है जब तक हमारी ये बच्चों जैसी, पागलों जैसी हरकतें जिंदा हैं। उसने उस दिन मुझे बिना डाँटे बस इतना ही कहा कि ज्यादा मत पीना, मैं वापस कॉल करूँगी चेक करने के लिए। मैंने भी उसकी हाँ में हाँ मिला दी, पर हम दोनों ये जानते थे कि तब ऐसा कुछ भी होना नहीं था। विधि से बात करके जैसे ही मैं अंदर गया तो मैंने देखा कि तब तक रितेश बची हुई पूरी बोतल खत्म कर चुका था।

रितेश की ये भिखारियों जैसी हरकत मुझे बिलकुल पसंद नहीं थी। साला पूरी बोतल लाए थे हम और जैसे पहले कभी शराब देखी ही न हो वैसे वो फटाफट पूरी पी गया! जब हम उसे खरीद रहे थे तब मैंने उससे कहा था कि दो बोतल ले लेते हैं, पर तब तो साहब ज्ञान बाँट रहे थे कि आजकल मैंने ज्यादा पीना छोड़ दिया है, बस एक दो पेग ही लूँगा। साला बेवड़ा कहीं का! हद है यार! फिर मैंने उसे साफ-साफ कह दिया कि साले आज अगर तू इतनी जल्दी टल्ली होकर फालतू की हरकतें करने लगा तो जान निकाल लूँगा तेरी। रितेश सच में टंकी था, वो साला कितनी भी पी सकता था। पर मुझे भी आज अच्छे

से पीना था, बहुत महीनों से पी नहीं थी मैंने।

फिर हम वापस नई बोतल खरीदने के लिए निकल गए। लेकिन तब तक सारी वाइन शॉप्स बंद हो चुकी थी, तो हमें ब्लैक में खरीदनी पड़ी। पर आज पैसों की कोई टेंशन नहीं थी, मुझे तो बस आज लीवर फाड़ पीना था। तब रात के लगभग 10 बजे होंगे और हम एक बोतल खुद के अंदर और एक पीछे बैग में लिए हुए किसी बंजारे की तरह सड़कों पर लोगों को गालियाँ देते हुए बाइक लिए चले जा रहे थे। तभी मुझे याना की याद आई और वैसे भी हमारे यहाँ पीने के बाद गर्लफ्रेंड को याद करने का रिवाज-सा है। अगर कोई पीने के बाद भी अपनी गर्लफ्रेंड को याद न करे तो इसके दो ही कारण हो सकते हैं, या तो उसकी गर्लफ्रेंड में दम नहीं है, या फिर उस लौंडे की जवानी में और अपने तो साला दोनों में ही दम था। दूसरी ओर रितेश भी कहाँ कम था, वो भी बोला चलो फिर, किसका इंतजार हो रहा है अब तक!

तो रितेश के झंडा उठाते ही मैंने बाइक याना के रूम की ओर मोड़ ली और फिर हम कुछ ही देर में याना के रूम के बाहर खड़े थे। मैंने उसे कॉल किया और बाहर आने के लिए कहा, पर वो तो अपने रूम में थी ही नहीं! वो मूवी देखने गई थी अपनी फ्रेंड के साथ। अगर तब हम दोनों अकेले होते, 'तो ठीक है कल मिलेंगे' कहकर वापस चले आते, पर तब हमारे खून में रम भी थी! तो अब ये तो होना नहीं था! तो मैंने उसे थिएटर से निकलने के लिए कहा और फिर हम कुछ ही देर में बाइक को उसकी पूरी औकात के साथ भगाकर मॉल पहुँच गए।

मुझे एक तो उदयपुर में देखकर और ऊपर से ऐसे नशे में देखकर, वो पागल-सी हो गई। वो मेरे पास आते ही चिल्लाने लगी कि आते ही स्टार्ट हो गए तुम! और आए कब तुम? मुझे कब बताने वाले थे?

"देखो, चिल्लाकर दिमाग खराब मत करो, बात करनी है तो रुको वरना भागो यहाँ से।" खून में रम ने जो थोड़ा बहुत अपना असर था वो दिखाना शुरू किया।

उसे शायद बुरा लग गया मेरी बात का, तो वो बिना कुछ और कहे ही वापस मॉल में जाने लगी। तभी उसे ऐसे जाते देख मैं पीछे से चिल्लाया, "एक बार थिएटर से निकलने के बाद वो वापस अंदर घुसने नहीं देगा तुम्हें।" मेरे ऐसे जोर से चिल्लाने से उसे और गुस्सा आ गया, पर बात सही थी भाई! और शायद इसलिए वो वापस थिएटर में जाने का प्लान छोड़कर, अपने रूम जाने

के लिए ऑटो को रोकने लगी। उसके रोकने पर एक ऑटो रुका भी पर तभी रितेश ने उस ऑटो वाले को बड़े प्यार से समझा लिया कि खिसक ले यहाँ से लल्ला।

हमारी ये हरकतें देखकर वो फिर से हम पर चिल्लाने लगी कि अगर हम यहाँ से नहीं गए तो वो कभी हमसे बात नहीं करेगी! तभी मैंने तुरंत रितेश की ओर देखा, उसने इशारा किया कि कोई ना ऐसे ही डरा रही है। उधर रितेश का इशारा मिलते ही मैंने भी याना से कह दिया, ''नहीं जाएँगे हम, ये मॉल तुम्हारे घरवालों का थोड़े ही है!''

मेरी हर बात उसके गुस्से को बूँद-बूँद बढ़ा रही थी, पर वो भी ये जानती थी कि हम ऐसे तो अपना पागलपन रोकने वाले नहीं थे। तो वो थक-हारकर वहीं पास लगी स्लैब पर बैठ गई। मुझे भी तभी लगने लगा कि अब ज्यादा हो रहा है। मैं अच्छे से देख पा रहा था कि तब उसका गुस्सा उसकी नाक तक पहुँच गया था। पता नहीं कैसे और कहाँ से ये शुरू हुआ था, पर उससे मिलने का प्लान धीरे-धीरे उसे टॉर्चर करने के प्लान में बदल चुका था। मैं बात को सँभालने के लिए उसके सामने गया और अपने कान पकड़कर सॉरी माँगते-मँगाते उठक-बैठक करने लगा।

रितेश अक्सर कहा करता था कि पीने के बाद तू किसी भोले से बच्चे की तरह हरकतें करने लगता है, तेरी शकल न एकदम क्यूट-सी हो जाती है और शायद इसी बात पर ही याना को भी दया आ गई और कुछ ही देर में मुझे ऐसे कान पकड़कर माफी माँगता देख वो भी हँसने लग गई और उसके साथ-साथ रितेश भी। फिर उसने मुझे अपने पास बिठाया और पूछने लगी कि आज किस खुशी में पी है? मैंने भी टपाक से कह दिया, ''बस यूँ ही, तुम्हारे पास आने की खुशी में।''

वो भी हँसते हुए कहने लगी, ''कहाँ आए तुम? अब टाइम मिला है तुम्हें तो!''

''परेशान था यार, समझ ही नहीं आ रहा था कि कहाँ से शुरू करूँ? क्या शुरू करूँ?'' मैंने माफी की उम्मीद में उसके हाथ को थामते हुए कहा।

''अच्छा तो शराब से शुरू करने का डिसाइड किया फिर तुमने!'' वो अपनी हँसी में थोड़ी-सी हैरानी मिलाते हुए बोली।

''सॉरी न यार .. बस मन किया कि एक बार देख लूँ तुम्हें, तो आ गया। चलो तुम्हें रूम छोड़ देता हूँ।'' मैंने उसकी आँखों में कुछ तलाशते हुए

कहा।

"अच्छा सुनो .." मैं वहाँ से खड़ा होने ही वाला था कि वो मुझे रोकते हुए बोली।

"हाँ बोलो ना।"

"कैसे हो अब?" इसबार उसकी आवाज के साथ-साथ, उसकी आँखें भी थोड़ी-सी नमी लिए हुए थीं।

"ठीक ही हूँ! शायद थोड़ा परेशान भी। पर कोई ना, मैं धीरे-धीरे खुद को सँभाल लूँगा।"

"तुम चिंता मत करो, सब कुछ ठीक हो जाएगा, सब कुछ पहले-सा वापस हो जाएगा।" उसने मेरे कंधे पर अपने सिर को सुलाते हुए कहा।

कुछ देर वहीं बैठकर हम तीनों बातें करते रहे, फिर मैंने रितेश को वहीं रुकने को कहा और याना को उसके रूम पर छोड़ने चला गया। इतने दिनों बाद हम मिल रहे थे और वो भी ऐसे! मैं सोचने लगा कि कहीं इन दिनों ने हमें एक-दूसरे से दूर तो नहीं कर दिया, कहीं सब कुछ किसी हैंगओवर की तरह उसके दिल से उतर तो नहीं गया!

कोई माने या न माने पर उन रिश्तों के टूटने का डर हमारे मन में हमेशा रहता ही है जिसे बनाने के लिए हमें मेहनत करनी पड़ी हो, जिन रिश्तों को जोड़ने के लिए हमें खुद को प्रूव करना पड़ा हो और यही एक कारण है कि इन रिश्तों के साथ हमारा हर इमोशन थोड़ी ज्यादा ही एनर्जी से बाहर निकलता है, चाहे वो प्यार हो या फिर नफरत।

दूसरी ओर अगर मैं सच कहूँ तो उस रात के बाद न जाने मुझमें क्या बदल गया था कि अब मैं हर बात को बहुत ही ज्यादा सोचने लगा था या यूँ कहूँ की हर बात को जरूरत से ज्यादा ही खींचने-तौलने लगा था। मतलब कि जो था नहीं उसे भी मैं सोचने लगा था। और इन्हीं सब सोच-विचार के बीच फिर कुछ ही देर में उसका रूम भी आ गया और इधर उससे ब्रेकअप के उस अंजान से डर ने मेरी सारी उतार भी दी। मुझे यूँ शांत देखकर उसने पूछा, "क्या हुआ? अचानक चुप कैसे हो गए तुम?"

"कुछ नहीं यार, बस यूँ ही।" मैंने बाइक को रोकते हुए कहा।

"बस मुझे देखने ही आए थे या कुछ और भी था जो कहना था!" याना बाइक से उतरकर मेरे पास आ गई और हवा की वजह से बिखरे मेरे बालों को सही करने लगी।

"कुछ चाहिए था इसलिए आया था मैं तो।" मैं बच्चों-सी शक्ल बनाते हुए बोला।

"क्या?" उसने मेरी नाक को हमेशा की तरह खींचते हुए पूछा।

"किस्सी चाहिए थी बहुत सारी। कितने महीने हो गए यार मुझे एक भी नहीं मिली! पेट में चूहे पागलों की तरह उधम मचा रहे हैं।" मैं फिर से किसी बच्चे की तरह शक्ल बनाकर, अपने पेट पर हाथ फेरते हुए बोला और मुझे ऐसे बोलते देख वो भी अपनी हँसी रोक नहीं पाई।

"तो तुम्हारे चूहों को किस्सी चाहिए! पर मेरा अभी चूहों को किस्सी करने का कोई मूड नहीं है।" उसने भी अपनी उस प्यारी-सी हँसी के साथ उसी बचपने को ओढ़ते हुए कहा। दूसरी ओर उसकी उस हँसी ने मेरे उससे ब्रेकअप हो जाने के उस बेकार, बेमतलब से डर को थोड़ी बहुत ठंडक-सी दे दी थी और अगले ही पल मैं उसे अपने और नजदीक लाया और उसकी छाती पर अपना सिर रखकर अपने उस डर को उसकी नजदीकियों से, उसके स्पर्श से डराकर भगाने लगा। इस हालत में अपने पैरों से बाइक को सँभालना मेरे लिए मुश्किल हो रहा था। तो मैंने बाइक को वहीं साइड स्टैंड पर लगा दिया और फिर वापस याना के पास जाकर उसे कसकर हग कर लिया। उसे ऐसे अपनी बाँहों में पिघलता देख मुझे लग रहा था मानो जैसे मेरा प्यार, जो इतने दिनों तक उससे दूर रहा था, वो कुछ ही पल में उन सारे दिनों की भरपाई कर लेना चाहता हो। मैं उसे कतरा-कतरा और कसता जा रहा था, उसे अपने नजदीक के और भी ज्यादा नजदीक लाए जा रहा था। जैसे मैं अब हम दोनों के बीच हवा भर की दूरी को भी बर्दाश्त नहीं करना चाहता था। तो खुद को मेरी बाँहों में यूँ कसता देख वो कुछ ही देर में बोली, "अभि तुम मुझे कितना भी कस के पकड़ लो, पर मैं इससे और ज्यादा तुम्हारे पास नहीं आ सकती। अब मैं तुम्हारे अंदर तो नहीं घुस सकती ना!"

"हम्म्म, पर क्या करूँ, मैं खुद को रोक ही नहीं पा रहा।" मैंने एक गहरी और ठंडी साँस छोड़ते हुए कहा।

गर्लफ्रेंड का हग फास्ट रिलीफ की तरह होता है, वो आपका दर्द तो मिटाता ही है पर उसके साथ-साथ आपके जेहन पर एक मीठी-सी ठंडक भी छोड़ जाता है और वो ठंडक आपकी उन उलझनों की जलन को धीरे-धीरे कम कर देती है, आपके उन सारे सवालों और आपकी हकीकत से लड़ते उनके जवाबों को मीठी-मीठी सी लोरियाँ सुनाकर कुछ वक्त के लिए उन्हें सुला देती है।

मुझे याना की बाँहों से जुदा होने का कोई मन नहीं था, पर रितेश वहीं मॉल के बाहर खड़ा था तो न चाहते हुए भी जाना ही पड़ा। फिर कुछ ही देर में हम दोनों ने रूम पर पहुँचते ही फिर से पीना शुरू कर दिया। मौसम धीरे-धीरे फिर बेईमान होने लगा, बातें फिर से अपना सीना तानकर, अपनी ही अकड़ में बहकने लगी। धीरे-धीरे नशा जब और बढ़ने लगा तो रितेश के हाथों से वो सारी रस्सियाँ फिसलने लगीं, जिनसे उसने खुद के कई इमोशन्स और अपनी बहुत सारी बातों को बाँध रखा था। जिन्हें वो शायद मेरे सामने नहीं लाना चाहता था, जिन्हें वो शायद मुझसे छुपाना चाहता था। उसने फिर मेरा हाथ पकड़ा और उसे अपने माथे से लगा लिया और फिर उसने अपने उन आँसुओं को बहने के लिए खुला छोड़ दिया जिन्हें पता नहीं वो कब से अपने अंदर कहीं दबाए बैठा था। उसे इस तरह फूट-फूटकर रोता देख मैं घबरा गया और उससे पूछने लगा कि अब क्या हुआ यार? क्यों रो रहा है तू? अभी तक तो सब ठीक था!

वो बोला, "सॉरी यार, तुझे मेरी वजह से उस दिन मार खानी पड़ी। तूने तो मुझे पहले दिन से ही कहा था कि मैं इस लफड़े में न पड़ूँ, पर मैंने तेरी एक भी नहीं सुनी और इसमें तेरी गलती क्या थी यार? बेवजह तुझे भी इतने सारे दर्द और तकलीफों से गुजरना पड़ा। बस सिर्फ और सिर्फ मेरी वजह से, मेरे प्यार की वजह से।"

साले ने ये बात करके मेरी दोस्ती के गाल पर, बड़ी तबियत से तमाचा मारा था। उसकी ये बुजदिल जैसी बात सुनकर मेरा रोम-रोम कहने लगा कि अभि ठोक साले को, निकाल दे उस रात का सारा गुस्सा अभी के अभी। पर मैंने खुद को ये समझाते हुए रोक लिया कि अभी-अभी तो हड्डियाँ जुड़ी थीं उसकी, अगर मैंने मारना शुरू किया तो कहीं फिर से न टूट जाएँ। साला इतनी मार खाने के बाद वो अब रो रहा था और वो भी मेरे सामने!

"भोसड़ी के, ऐसे रोना हो तो निकल जा यहाँ से अभी। तेरे को पता है कितनी हड्डियाँ टूटी मेरी? कितना दर्द हुआ मुझे? पर माँ कसम एक सेकंड के लिए भी मेरी उन टूटी हड्डियों ने भी ये नहीं सोचा कि ये सब तेरी वजह से हुआ और यहाँ तू किसी गेलचोदे की तरह ये सब सोचकर मेरी सिम्पैथी की उम्मीद में रो रहा है! वो सब हमारी वजह से हुआ था, इसलिए हमारे साथ हुआ था। और साले तेरी इतनी औकात कब से हो गई कि तू अकेला इतना बड़ा लफड़ा कर दे! और अगर फिर भी तुझे ये तेरा-मेरा करना हो तो कल से

तू तेरे रास्ते और मैं मेरे।'' मैंने गुस्से में उसकी कॉलर पकड़कर सीधा उसकी आँखों में देखते हुए कहा।

मेरी बातें सुनकर मुझसे बिना कुछ कहे ही उसने मुझे अपने गले लगा लिया। उसके आँसू अभी भी नहीं रुके थे, जैसे आज उसके अंदर से वो सारी गिल्ट निकालकर ही रुकने वाले हों जिसे उसने इतने दिनों में, अकेले में, इन सब बातों के बारे में सोच-सोचकर इकट्ठा किया था। यार वो रितेश था! मेरा दोस्त, मेरा भाई। उसे भगवान ने मेरे साथ किसी रिश्ते का टैग लगाकर नहीं भेजा था, वो मेरी च्वाइस था। वो मेरी लाइफ का एक पार्ट बनेगा या नहीं ये मैंने डिसाइड किया था। अगर वो सही डिसीजन था तो भी मुझे भुगतना था और अगर गलत था तो भी मुझे ही। बस चार लट्ठ खा लेने और दो-चार हड्डियाँ टूट जाने की वजह से वो मुझे ये प्रवचन नहीं दे सकता था कि क्या उसकी वजह से हुआ था और कहाँ-कहाँ उसकी गलती थी। मेरी लाइफ में जो भी हुआ था, वो किस के कारण हुआ और क्यों हुआ, ये सब सिर्फ और सिर्फ मैं डिसाइड करूँगा, वो नहीं। उसे तब मैं ये कैसे समझाता कि मेरे खून में RBC, WBC, प्लेटलेट्स और प्लाज्मा के साथ-साथ वो भी उसी हक से बहता था। उनकी तरह अगर वो भी मेरे खून में थोड़ा-सा भी कम हो गया तो मैं बीमार हो जाऊँगा, मैं जिंदा तो रहूँगा पर जी नहीं पाऊँगा।

उधर उसके आँसू वक्त के साथ-साथ मेरे गुस्से को भी शांत किए जा रहे थे। कुछ देर बाद मैंने उसके चेहरे को अपने कंधे से उठाया और कहा, ''सालों की वाट लगा देंगे अपन। उनकी इतनी औकात नहीं है कि शिफा को दूर ले जाए तुझसे। बस तू ये लड़कियों की तरह रोना बंद कर समझा? साले तेरे साथ फिर से रहने के लिए मैंने तो साँप तक की पूजा करवा ली, देख ये अँगूठी और तो और कितने पंडितों को फ्री में दाल-बाटी और चूरमा खिला दिया भाई! और तू यहाँ मुझे अपनी गलतियाँ गिनवा रहा है! यार थोड़ी तो शर्म कर!''

शायद वो उस साँप की पूजा और उस पंडितों वाली बात से हँसने लगा और उस हँसी को उसके चेहरे पर फिर से निखरता देख मैंने भी खुश होते हुए कहा, ''ये हुई न बात!'' और वैसे भी किसी महान इंसान ने कहा है कि अगर प्यार में दो-चार लट्ठ नहीं खाए, तो फिर क्या घंटा प्यार किया तुमने।

(20)

उस कांड वाली रात से शिफा का कोई अता-पता नहीं था। उससे कांटैक्ट करने की हमारी सारी कोशिशें लगभग नाकाम ही रही थीं। उन कुछ महीनों में बीच-बीच में कभी-कभार शिफा ने रितेश को किसी और के नंबर से कॉल जरूर किए थे, पर कभी भी ढंग से बात नहीं हो पाई थी उनकी। अब जब मैं आ गया था तो रितेश ने बहुत बार उसके घर के आस-पास जाकर उसे बस एक बार देखने की अपनी इच्छा मेरे सामने जाहिर जरूर की थी, लेकिन बिना शराब के मुझपर हमेशा उस रात वाली बात का दर्द हावी हो जाता था और मैं कोई-न-कोई बहाना या रीजन देकर शिफा को देखने वाली उसकी बात को टाल दिया करता था। शिफा से मिलने की हमारे पास बस एक ही उम्मीद बची थी और वो थी फाइनल एग्जाम डेट्स। शिफा को किसी भी हाल में एग्जाम देने कॉलेज आना ही था। तो मैंने भी रितेश को इसी उम्मीद का झंडा पकड़ाकर बिठा दिया और कुछ दिन शांत रहकर चुपचाप पढ़ने के लिए उसे मना लिया।

दूसरी ओर उस पिटाई वाली रात ने मेरे दिलो-दिमाग में ऐसा खौफ भर दिया था कि अब उस रूम में मेरा मन नहीं लगता था। मैं सुबह होते ही लाइब्रेरी आ जाता और मेरे पीछे-पीछे अपने उसी अकेलापन से निजात पाने रितेश भी। हम दोनों शाम तक वहीं रुके रहते और पढ़ते रहते। इन्हीं दिनों मैंने फिर से अपने IAS बनने के सपने पर अपना पूरा फोकस डाल दिया था और इसके लिए फिर से तैयार भी कर ली थी। पर इससे पहले मुझे अपने फाइनल ईयर एग्जाम्स को भी देखना था, तो मैंने अपने वक्त को इन दोनों में बराबर बाँट दिया और खुद को पहले वाली लय में लाने के लिए मेहनत करने लगा।

देखते-ही-देखते मजाक-मस्ती में, एक दूसरे को दिलासा देते-देते एग्जाम्स के दिन भी आ ही गए। इस बार फर्स्ट पेपर ही ऑर्गेनिक केमेस्ट्री का था। सबकी हवा टाइट हो चुकी थी। पर सबसे उलट हम तब एक अलग ही टेंशन में थे। आज इतने महीनों बाद शिफा कॉलेज आने वाली थी। इधर हमने पहले से ही कॉलेज प्रेसिडेंट से बात कर ली थी कि कॉलेज कैंपस में कोई भी बाहर का नहीं आएगा और वो भी इलेक्शन में हमारे कॉन्ट्रिब्युशन को याद करके इस बात के लिए मान गया था। उस दिन मैं शिफा की क्लास के बाहर खड़ा था, याना कॉलेज के मेंन एंट्रेंस पर खड़ी थी और रितेश बॉटनी लैब के ऊपर। भगवान का शुक्र था कि उस दिन एग्जाम के घंटे भर पहले ही शिफा आ गई और फिर याना ने उसे हमारे प्लान के हिसाब से ही रितेश के

पास भेज दिया।

रितेश का रोल नंबर मेरे रूम में ही था, पर घंटे भर बाद तक भी वो रूम में आया नहीं था। मुझे टेंशन होने लगी थी कि कहीं वो शिफा के चक्कर में एग्जाम ही न छोड़ दे! वैसे भी पागल था वो। पर शुक्र था कि वो थोड़ी ही देर बाद आ गया। मेरी जान में जान आई। तब मुझे शिफा के बारे में उससे बहुत सारी बातें करनी थीं, पर ये सब अब एग्जाम के बाद ही पॉसिबल था। फिर कुछ ही देर में पेपर बँटे और उसे देखकर मुझे ये यकीन हो गया कि जिसने भी वो पेपर सेट किया था, उसकी शिफा के पापा के साथ जरूर कुछ-न-कुछ सेटिंग हुई थी। उस पेपर को देखकर मुझे तो लगने लगा कि इस बार तो पक्का बैक आएगी। तभी मुझे एक ओर मेरे पापा दिखने लगे तेल और उसपर मिर्च लगाए लट्‌ठ के साथ, तो दूसरी ओर मुझे आदित्य दिखने लगा विधि के साथ।

फिर मैंने तुरंत ही अपनी उस साँप वाली अँगूठी से अपना मैटर फिक्स कर लिया कि अगर मैं ऑर्गेनिक में पास हो गया, तो शिवजी को पूरे एक महीने तक रोज एक लीटर दूध चढ़ाऊँगा। उस साँप से अपने मैटर को फिक्स करने के बाद मैंने खुद को फोकस किया और लग गया उस पेपर को सॉल्व करने में।

उधर लगभग हाफ टाइम ही हुआ था कि रितेश अपनी सिट से उठ गया, ये कहते हुए कि सर हो गया पेपर। इधर उसके मुँह से ये सुनकर एकबारी तो मेरा दिमाग भी खराब होने लगा कि साला ये इतना इंटेलीजेंट कब से हो गया कि इतनी जल्दी उसने इस ऑर्गेनिक के पेपर को सॉल्व कर दिया! और ये सिर्फ मेरा ही हाल नहीं था, तब शायद सारी क्लास भी मेरे साथ-साथ यही सोच रही थी। फिर हमारे रूम के उन सारे स्टूडेंट्स ने अपने भावी कॉलेज टॉपर को देखने के लिए अपना कुछ वक्त निकाला और उसे बधाई देने की नजरों से देखकर वो सब वापस से अपने जैसे-तैसे पास होने के प्लान में जुट गए। पर तब उन सब लड़कों से उलट मुझे पता था कि उस साले का पेपर इतनी जल्दी कैसे हो गया था कि वो इतनी जल्दी पेपर करके कहाँ जा रहा था। पर तब वो सब सोचने का टाइम नहीं था मेरे पास। मुझे तो कैसे भी करके इस पेपर में पास होने लायक लिखना था। तो फिर मैंने भी अपना पूरा जोर लगाकर भर दी वो पूरी आंसर शीट और बाकी सब कुछ उस साँप और शिव जी पर छोड़ दिया।

पेपर खत्म होने के बाद जब मैं नीचे गया, तो कॉलेज टॉपर, अपनी उसी टॉपर वाली स्माइल के साथ लाइब्रेरी के पास बैठे हुए थे। आज तबियत सही लग रही थी उनकी। मेरे पूछने पर साहब ने इशारे में ही बता दिया कि सब मजे में है। चलो कोई तो खुश था, ऐसे पेपर के बाद! दूसरी ओर आज तो हम दोनों के पास रीजन था शराब पीने का, वो शिफा से मिलकर खुश था और मैं ऑर्गेनिक के अत्याचार से दुखी। तभी रात को पीते-पीते रितेश कहने लगा, ''सब कुछ नॉर्मल है शिफा के घर, बस उसे अब बाहर नहीं जाने देते हैं अकेले।''

''कोई बात नहीं यार, होता है! इतना तो रियेक्ट करेंगे ही उसके घर वाले।'' मैंने उसे सब कुछ ठीक है की उम्मीद देते हुए कहा।

''शायद!'' वो अपने ग्लास में बची हुई रम को अपने अंदर उड़ेलते हुए बोला।

''यार वो टाइम निकालकर, थोड़ा छिपकर रोज कॉल क्यों नहीं करती तुझे?'' मैंने थोड़ा इमोशनल होते हुए उससे पूछा।

''उसके घर वालों ने उसे धमकाया है कि अगर फिर से कभी मुझसे कोई कांटेक्ट करते हुए पकड़ी गई वो, तो मुझे फिर से मारेंगे।'' रितेश ने अपना अगला पेग बनाते हुआ कहा।

उसकी ये बात सुनते ही मेरी रम मेरे हलक में ही रुक गई। शायद रितेश ने 'हम दोनों को मारेंगे' की जगह गलती से सिर्फ 'मुझे मारेंगे' बोल दिया था। मतलब कि साला फिर से खानी पड़ सकती है! ये खयाल दिमाग में आते ही मैंने तुरंत अपनी कैलकुलेशन की, और पाया कि रितेश जिस तरह की हरकतें इन दिनों कर रहा था उस हिसाब से तो हमारे फिर से मार खाने की पॉसिबिलिटी 85% तक थी। शायद उधर रितेश मेरी हालत समझ गया था, तो मुझे शांत करने के लिए बोला, ''तू टेंशन मत ले भाई, कुछ नहीं होगा हमें। उनकी इतनी औकात नहीं है कि अपना कुछ भी बिगाड़ सकें।''

उसकी ये दिलासा देने वाली बात सुनकर मेरे दिल ने रितेश से मन-ही-मन कहा कि भाई अभी भी तुझे ये देखना बाकी रह गया है क्या कि उनकी कितनी औकात है और वो क्या-क्या बिगाड़ सकते हैं अपना! लेकिन मैं ये जानता था कि रितेश अब न तो मेरी सुनने वाला है और न ही मेरे दिल की, तो मैंने एक नजर फिर अपनी साँप वाली अँगूठी पर डाली और वो सुबह फिक्स किए एक लीटर दूध को, 'अगर मैं इस साल और मार खाने से बच गया तो...,' ये

जोड़कर तुरंत ही 5 लीटर कर दिया। दूसरी ओर मैंने अगले दिन से अपनी टेबल पर ही अपने माँ-पापा की फोटो फ्रेम भी लगा दी कि क्या पता कल क्या हो जाए!

***

उस रात रितेश की कही बात का मुझे कहीं-न-कहीं डर तो था, पर शायद उस साँप की वजह से अब सब कुछ सही ही चल रहा था। इतना सन्नाटा मेरी लाइफ में पहले कभी नहीं हुआ था जितना इन दिनों था। ऑर्गेनिक के पेपर को छोड़कर बाकी सब पेपर मस्त हुए थे, और वहाँ रितेश का भी शिफा के साथ सही ही चल रहा था। बस एक आखिरी पेपर आज बचा था और इसके बाद तो बस बोतलें ही खुलनी थीं।

तो मैंने रितेश को पहले ही कह दिया था कि आज रात को तो गाँजा ही मारेंगे यार, तू अरेंज करके रखना सब कुछ। और ये खुशी तब और दुगनी हो गई जब उस दिन का पेपर हाथ में आया। अब मुझे पूरा भरोसा हो गया था कि रिजल्ट अच्छा ही आना है। अब बस एक ही ख्वाहिश थी कि कैसे भी जल्दी से ये पेपर खत्म हो जाए और फिर रूम पर जाकर आराम से गाँजा मारा जाए। सच कहूँ तो मैं आज रात दूसरी बार गाँजा लेने वाला था पर वो पहली बार का मजा मुझे आज भी याद था।

तो मैंने उसी स्वाद को एक बार फिर जीने की जल्दबाजी में फटाफट ही उस पेपर को खत्म किया और जल्दी से कॉलेज में रितेश को खोजने लगा। पर वो साला कहीं नहीं था। न बॉटनी लैब के ऊपर, न लाइब्रेरी में और न ही कैंटीन में। मुझ लगा शायद आज रात की पार्टी का अरेंजमेंट करने गया होगा, क्योंकि मुझे कॉलेज में कहीं शिफा भी नहीं दिख रही थी। तो उसी खुशी में मैंने भी खुद को आज की पार्टी के लिए रेडी कर लिया और रूम पर जाने के लिए पार्किंग में अपनी बाइक निकालने पहुँचा।

उधर मेरी सोच से उलट रितेश साहब पार्किंग के सामने की तरफ एक कार में बैठे हुए थे और उनके साथ उस कार में उनके कुछ और दोस्त भी बैठे हुए थे और ये सब मुझे तब दिखा जब रितेश ने मुझे उस कार के अंदर से ही आवाज लगाई कि यहाँ आ भाई। अब अगर सच कहूँ तो मुझे भी ये बड़ा अजीब लगा कि कार आते ही भाई के तो अंदाज ही बदल गए है! चलो कोई ना! ये तो वक्त-वक्त की बात है, ये सोचकर मैं जब उसके पास गया तो उसने मुझे कार में बैठने के लिए कहा। पर तभी उस कार में अपनी नजर डालते ही मेरा दिमाग

खराब हो गया। जो लोग कार में बैठे थे उनको मैंने कभी न तो हमारे कॉलेज में देखा था और न ही कभी रितेश के साथ देखा था। लेकिन उनमें से एक चेहरा मुझे अच्छे से याद था। ये लड़का वही था जिसे हमने उस वाटर पार्क जाने वाली शाम को कॉलेज के बाहर पीटा था और उसने वापस रात में हमें। मुझे समझ नहीं आ रहा था कि ये हो क्या रहा है! मेरा दिमाग सोचने लगा कि कहीं रितेश ने कुछ ले-देकर इनसे कॉम्प्रोमाइज तो नहीं कर लिया! पर वो जो भी था, उसे देखकर मैं बड़ा कंफ्यूज हो गया कि अब क्या करूँ? वो लड़के मेरे कॉलेज में खड़े थे, मैं अगर चाहता तो उनकी वहीं चटनी निकलवा सकता था। पर तभी मुझे खयाल आया कि ये तो रितेश भी कर सकता था, तो फिर वो उनके साथ क्यों बैठा था?

मेरी उलझन और मेरी हालत रितेश शायद समझ गया था पर उसकी हालत मैं बिलकुल भी समझ नहीं पा रहा था। तभी उसने मेरा हाथ पकड़ा और लगभग भीख माँगने जैसे लहजे में कहा, ''प्लीज बैठ जा न भाई!'' उसके ऐसे रिक्वेस्ट करने पर मैं भी सोचने लगा कि वो क्यों ऐसा कर रहा है? कि वो मुझे क्यों कार में बैठने को कह रहा है? मुझे तो ये भी नहीं पता था कि वो हम दोनों को लेकर जाएँगे कहाँ! लेकिन मुझे इतना जरूर पता था कि जैसे ही वो कार इस कॉलेज गेट से बाहर निकली, उसके बाद हम दोनों चाहकर भी कुछ नहीं कर पाएँगे।

माँ कसम इन्हीं सब उलझनों के बीच मैं तब सिर्फ और सिर्फ यही चाहता था कि रितेश बस एक बार मुझे इशारा कर दे, और उसके अगले ही पल उन सालों की मैं यहीं कब्र खोद दूँ। तभी इन्हीं सब खयालों के बीच उस रात की मार का दर्द मेरी आँखों के सामने तांडव करने लगा, वो मुझे समझाने लगा कि यही मौका है अभि उस रात का हिसाब बराबर करने का, और अगर तू आज कुछ नहीं कर पाया तो तू कभी कुछ नहीं कर पाएगा। पर तभी मेरी सोच के उलट रितेश ने मुझे एक बार और कार में बैठ जाने को कहा। मैं रितेश को अच्छे से जानता था कि वो मार खा-खाकर अपनी हड्डियाँ फिर से तुड़वा सकता था, मगर वो किसी के डर से उसके साथ कॉम्प्रोमाइज नहीं कर सकता था और तब तो बिलकुल भी नहीं जब बात उसके प्यार की हो। पर उसकी इन हरकतों और उसे इन लड़कों के साथ बैठा देख मेरी हालत उस बकरे जैसी हो गई जो ये सोच-सोचकर परेशान था कि इस घर में वो पलेगा या कटेगा।

फिर रितेश के एक बार और कहने पर मैंने खुद को मना लिया कि अब

जो होगा वो देख लेंगे और फिर भगवान का नाम लेकर मैं बैठ गया उस कार में। उधर वो कार कॉलेज गेट से बाहर निकली, इधर उन लड़कों की कॉलर तनकर चढ़ गई। मैंने तभी रितेश से पूछा कि ये सब हो क्या रहा है? और जो उसने बताया वो सुनकर मुझे तुरंत ही साँप सूँघ गया। वैसे भी किसी महान इंसान ने कहा है कि जब बुरा वक्त आपकी लेने पर आ जाता है, तब बाल तो छोड़ो शरीर पर खाल तक भी नहीं बचती। और इसी महान विचार के साथ तब मुझे उस दिन ज्योतिषी की उस उलझन का रहस्य भी समझ में आया कि उस दिन उसने मेरी कुंडली देखकर ऐसा क्यों कहा था कि इसपर शनि का कोई प्रकोप नहीं है, इसकी कुंडली में शनि अपनी सही जगह पर है। लेकिन ऐसा कैसे हो सकता है कि बिना शनि का साया पड़े इसके साथ इतना बड़ा एक्सीडेंट हो जाए!

एक्चुअली उस दिन वो ज्योतिषी ये देखना भूल गया था कि मेरे साथ तो जीता-जागता शनि रहता था, अब ग्रहों वाला शनि मेरी कुंडली में हो या नहीं इससे क्या फर्क पड़ना था! रितेश के होते हुए मुझे किसी और शनि की जरूरत ही नहीं थी। यार कोई दिमाग का इतना पैदल कैसे हो सकता है! सारे एग्जाम्स अच्छे से तो हो गए थे, बस ये एक आखिरी बचा था। पता नहीं उसे क्या सूझा, वो एक्जाम रूम से बीच पेपर ही उठकर शिफा के साथ हमारे रूम पर जाने के लिए कॉलेज से बाहर निकल गया! शायद वो डर गया था कि आज के बाद वो कभी शिफा से मिल नहीं पाएगा, कभी उसके साथ वक्त नहीं बिता पाएगा और अब ऐसी कंडीशन में कोई भी आशिक इमोशनल हो ही जाता है। पर रीजन चाहे जो भी रहा हो, उसने ये गलत किया था। उन दोनों को फिर से उन्होंने साथ-साथ पकड़ लिया था। उधर मैं कहाँ पार्टी का प्लान बना रहा था कि आज इस आखिरी एग्जाम के बाद मजे करेंगे! पर मेरे शनि के होते हुए ये पॉसिबल कहाँ था!

शिफा के मैटर की वजह से हम पहले से ही बहुत परेशान हो चुके थे और इतना सब होने के बाद भी उसे शिफा से कॉलेज में मिलने का पूरा मौका मिल रहा था। उसे कोई जरूरत नहीं थी ये पागलपन करने की। पर कहते हैं न कि पैंट के पप्पू के आगे किसी की न तो कभी चली है और न ही कभी चलेगी।

(21)

उस गाँड़ फाड़ देने वाली घबराहट और बेचैनी के बीच वो कार एक कैफे के बाहर जाकर रुकी। उसके रुकते ही रितेश कार से निकला और सीधा कैफे के अंदर जाने लगा, जैसे उसे सब पहले से ही पता हो कि क्या करना है। मैं भी अपनी उन सब उलझनों को साथ लिए हुए उसके पीछे-पीछे चल दिया। तभी कैफे के कॉर्नर वाली टेबल पर मुझे शिफा बैठी हुई दिखी और उसके पास एक हूंड-सुंड आदमी। माँ कसम वो आदमी किसी साँड़ से कम नहीं दिख रहा था। लगभग 6 फुट से भी ज्यादा की हाइट थी उसकी और उतना ही फैला हुआ शरीर।

तभी शिफा की हालत देखकर मुझे ये अंदाजा हो गया कि वो आदमी कोई और नहीं उसका बाप था और ये अंदाजा होते ही मुझे एक पल तो खयाल आया कि कहीं शादी की बात करने के लिए तो हमें यहाँ नहीं बुलाया है या ये भी हो सकता है कि उसके पापा रितेश को शिफा को छोड़ने के लिए पैसों का ऑफर दे दें, जैसा कि अक्सर मूवीज में होता है। अब वो जो भी था, पर एक दूसरा सच तो ये था कि तब शिफा की हालत खराब थी, रितेश की तो फटी पड़ी थी और इधर मैं तो बस यही सोचे जा रहा था कि इस फैमिली कोलैबोरेशन में मेरा क्या काम है भाई!

हम दोनों के बैठते ही शिफा के पापा ने हमारे लिए जूस आर्डर किया। ये पहली बार था जब हम किसी कैफे में गए हों और हमारे लिए अनार का जूस आर्डर किया गया हो। नॉर्मली अनार का जूस हमारे लिए 'वेस्ट ऑफ बजट' की बात हुआ करती थी, क्योंकि जितने में दो आदमी अनार का जूस पिएँगे उतने में तो रम का पौवा आ जाएगा और अब वो कोई पागल ही होगा जो रम की जगह अनार के जूस वाले ऑप्शन के साथ जाएगा।

तभी कुछ ही देर में अनार का जूस हमारे सामने आकर वेट करने लगा कि कब हम हमारे प्यासे होंठ उस पर लगाएँगे और कब वो हमारे अंदर जाकर अपना कमाल दिखाएगा। मगर तब न तो मेरी हिम्मत हुई ऐसा करने की और न ही रितेश की। वैसे भी मैनर्स भी कोई चीज होती है! अपने ससुर जी के सामने, पहली ही मीटिंग में कोई कैसे खुलकर खा-पी सकता है! तो रितेश ने ऐसा कुछ किया नहीं और उसे देखकर मैं भी आगे बढ़ा नहीं।

"इतनी मार खाने के बाद भी दिमाग ठिकाने नहीं आया क्या तुम्हारा?" शिफा के पापा ने उस अंदाज में हमसे पूछा जैसे कोई कसाई कटने वाले बकरे

को अपना खून से सना हुआ छूरा दिखाते हुए पूछ रहा हो कि क्या भाई, क्या हाल है?

इतनी देर की खामोशी के बाद अचानक ही शिफा के पापा की आवाज ने हमारे शरीर में एक कँपकँपी-सी पैदा कर दी और मैंने भी अनार के जूस से अपना फोकस हटाकर उसे तुरंत ही शिफा के पापा की बात पर लगा दिया। मुझे पता था कि उसके पापा ने हमसे कुछ पूछा है, पर तब हम दोनों ही खामोश थे। सच कहूँ तो तब हमें ये समझ नहीं आ रहा था कि इस कंडीशन में साउथ के किसी तूफानी हीरो की तरह बीहैव करना है या फिर बॉलीवुड के किसी डरे-मरे हीरो की तरह। पर तब रितेश की निकलने वाली थी, तो मैंने ही थोड़ी हिम्मत की और कहा, ''नहीं अंकल ऐसी कोई बात नहीं है, आप फालतू में ही ज्यादा सोच रहे हैं।''

''क्या मतलब है तुम्हारा कि मैं फालतू सोच रहा हूँ! बुलाऊँ क्या तुम्हारे माँ-बाप को यहाँ?'' उन्होंने गरजते हुए कहा।

अब ये भी कोई बात होती है क्या? इस उम्र में माँ-बाप को बुलाने की धमकी कौन देता है? ऐसा लग रहा था कि स्कूल के दिन वापस आ गए हैं और शिफा ने अपने पापा को हमें डराने-धमकाने के लिए स्कूल में बुलाया हो। पर हम तब कर भी क्या सकते थे! उनके पास शिफा थी और बाप का पॉवर भी। अगर तब रितेश गुस्से में उनसे कुछ भी उल्टा-सीधा कहता तो शिफा वैसे ही उसके हाथ से चली जाती, ये कहकर कि तुमने मेरे पापा की बेइज्जती क्यों की? भाई बाप बाप होता है! और वैसे भी लड़कियाँ अपने ब्वायफ्रेंड का साथ तभी तक देती हैं जब तक उन्हें वो बेचारे से लगते हैं, कभी अपने पापा के सामने तो कभी अपने भाइयों के सामने, जैसे तब हम दोनों दिख रहे थे।

उसके पापा ने अपना दुखड़ा रोना शुरू किया और कहने लगे, ''देखो शिफा की पहले से ही इंगेजमेंट हो चुकी है, और एक-दो साल में शायद उसकी शादी भी हो जाएगी। अब ये तुम्हें देखना है कि तुम्हें ये बात समझनी कैसे है! मैं समझ सकता हूँ ये सब मुश्किल है, क्योंकि मैं भी कभी तुम्हारी उम्र से गुजरा हूँ। पर जो तुम अब कर रहे हो वो सही नहीं है। न तुम्हारे लिए और न ही मेरी फैमिली के लिए।''

उसके पापा तब हम दोनों को खुली चुनौती दे रहे थे कि बोलो क्या करना है अब? कि कैसे समझना है? और वो ये भी कहना चाह रहे थे कि अगर रितेश पीछे नहीं हटा तो वो हमें फिर से ठुकवा सकते हैं या फिर मरवा भी।

जब आपने एक बार अपनी मौत को इतने पास से महसूस कर लिया हो तो आपमें इतनी डेरिंग तो आ ही जाती है कि ऐसी बातों पर दिल की धड़कन बहकने न लगें, कि आँखें नीचे झुकने न लगें। लेकिन तब उनकी उस धमकी से ज्यादा मुझे शॉक इस बात को सुनकर लगा था कि शिफा इंगेज्ड थी और मुझे ये बात अब तक पता ही नहीं थी। अब असल बात तो ये थी कि रितेश को ये पता था या नहीं।

शिफा के पापा तब अपने पूरे जोश में बोले जा रहे थे, वो अपनी ओर से हमें डराने की पूरी कोशिश किए जा रहे थे। जिस तरह से वो बात करते-करते अपने उस जूस स्ट्रॉ से खेल रहे थे, उनका डर और उनकी बेचैनी भी छिप नहीं पा रही थी। वैसे भी हमें किसी और को डराने की जरूरत तभी पड़ती है जब हम खुद उससे डरे हुए हों। पर शिफा के पापा भी सही थे, वो खुद इस उम्र से गुजरे थे और उन्हें ये अच्छे से पता था कि ये जो चीज थी, जो रितेश और शिफा को तब एक किए हुए थी, जो रितेश को इतनी मार खाने के बाद भी इतनी हिम्मत दे रही थी कि वो उनके सामने सीना फुलाकर बैठा था, जिसे लोग 'इश्क' कहते हैं, उसकी औकात कितनी है। शायद वो ये जानते थे कि उनके इस इश्क के सामने उनका ये डर एक पल भी नहीं टिकना था और ये बात उन्हें तब रितेश की उन सुलगती आँखों से और उसके उन बेपरवाह हाव-भावों से अच्छे से पता चल रही थी। वो शायद ये भी जानते थे कि जब किसी आशिक के पास, उसके प्यार के साथ-साथ कोई पागल दोस्त भी हो, तो ये बात और भी ज्यादा बिगड़ जाती है। वैसे भी किसी महान इंसान ने कहा है कि इश्क के खेल में आपकी जीत आपके प्यार की गहराई से नहीं होती, यहाँ आपकी जीत आपके कितने और कैसे दोस्त हैं उससे होती है। क्योंकि जब किसी का प्यार दुनिया के डर से घबराने लगता है, बिखरने लगता है, तब उसके वो दोस्त और उनकी वो दोस्ती अपने उस दोस्त के प्यार को अपने पीछे रखकर खुद अपना सीना तानकर उस डर के सामने खड़े हो जाते हैं जिससे उस इंसान को कुछ वक्त और मिल जाता है अपने उस डरे और सहमे हुए प्यार को फिर से सँभालने के लिए। उसे ये बताने का कि देख ये सब भी हमारे साथ हैं और सब कुछ जल्दी ही ठीक हो जाएगा।

तब मैं ये साफ-साफ देख पा रहा था कि रितेश को उनकी बातें परेशान किए जा रही थीं और अगर सच कहूँ तो बहुत हद तक शायद मुझे भी। मैं तब बहुत कुछ कहना चाहता था शिफा के पापा से, पर उसके लिए न ये सही वक्त

था और न ही मैं सही इंसान। वैसे भी किसी को किसी की बातों से ज्यादा कोई चीज अगर परेशान कर सकती है, तो वो है सामने वाले की खामोशी और तब रितेश खामोश था और यही बात शिफा के पापा को और भी ज्यादा परेशान किए जा रही थी। वो शायद उसके मुँह से यही सुनना चाहते थे कि अब मैं आगे से ऐसा कुछ नहीं करूँगा।

वो हमें कुछ और कहते इससे पहले ही रितेश ये कहकर वहाँ से उठ गया कि आपको जो सही लगे वो आप देख लीजिए। इधर मैं रितेश की उस बात पर सोचे जा रहा था कि इतना सब कुछ करने के बाद क्या रितेश ने सब कुछ शिफा के पापा पर छोड़ दिया था! वो तो यूँ भी ना ही कह रहे थे, अब इसमें उनपर कुछ छोड़ने जैसी क्या बात थी!

शायद तब उसके शब्दों के पास मेरे सवालों के जवाब नहीं थे, पर उसके उन शब्दों से उलट उसकी उस खामोशी के पास वो सारे जवाब थे। उसने अपने प्यार को किसी के हवाले नहीं छोड़ा था, उसने तो बस बिना कुछ कहे अपने प्यार को कुछ वक्त के लिए अकेला छोड़ दिया था। अकेलापन हमेशा जरूरी होता है ये जानने के लिए कि हमारे लिए क्या सही है और क्या गलत, और उसने भी तब यही किया था। उसने शिफा को अकेला छोड़ दिया था ये सोचने के लिए कि क्या वो उसके लिए सही है या नहीं? अगर उसे लगा कि रितेश उसके लिए सही है, उनका प्यार उसके लिए सही है, तो वो जरूर उसे वापस कॉल करेगी और अगर नहीं तो ..... अब इसका जवाब तो तब उसकी खामोशी में भी नहीं था, क्योंकि इसका जवाब तो सिर्फ और सिर्फ वक्त के पास था।

उस रात हमारे रूम मैं शराब आई और वो सारी वजहें भी जो किसी पार्टी के लिए जरूरी होती थीं, पर उस रात कोई पार्टी नहीं हुई। शायद ये बात शराब भी अच्छे से जानती थी कि उसकी दोस्ती सिर्फ गम और खुशी के साथ है, उसका खामोशी से दूर तक कोई लेने-देना नहीं है। अक्सर रिश्तों में गलतियाँ ढूँढ़ी जाती हैं, ये बताया जाता है कि कौन गलत है? क्या गलत है? पर कभी-कभी सिर्फ वक्त गलत होता है, इंसान नहीं। कितनी छोटी-सी बात थी वो कि दो लोग एक-दूसरे को पसंद करते थे, एक-दूसरे के साथ रहना चाहते थे। उनका कल क्या होगा वो तो उनको भी नहीं पता था, पर फिर भी सबको उनके कल को लेकर चिंता थी।

शिफा के पापा को टेंशन थी कि वो दोनों कहीं भाग न जाएँ, कहीं कुछ गलत न कर दें। लेकिन वो ये समझना भी नहीं चाहते थे कि ये सब इतना भी

आसान नहीं था। वो ये समझना नहीं चाहते थे कि इन सबमें उनकी लड़की की हाँ की भी वहाँ जरूरत पड़ेगी, कि वो भी अब बड़ी हो गई है, समझदार हो गई है, कि वो भी ये समझ सकती है कि उसके लिए क्या सही है और क्या गलत। ये सब करके वो अपनी ही परवरिश पर सवाल खड़े कर रहे थे।

इन सबके दूसरी ओर एक मैं था, जिसकी गंगा ही उलटी बह रही थी। मेरी लाइफ में एक ओर विधि थी जो मेरा सच्चा प्यार थी। मैं हमेशा यही मानता था और शायद आज भी मानता हूँ। जिसके साथ मेरा रिश्ता दिन-ब-दिन फीका होता जा रहा था और दूसरी ओर याना थी, जिससे मेरा रिश्ता एक गलती की वजह से शुरू हुआ था, और सिम्पैथी का दामन पकड़कर आगे बढ़ा था। अब वक्त के साथ-साथ उसे मैं अपने और करीब लाता जा रहा था। पर ये भी सच था कि न मैं तब विधि को खोना चाहता था और न ही याना को।

(22)

मैं धीरे-धीरे ये मानने लगा था कि इस दुनिया में आप किसी भी चीज को अपने बाप की बपौती समझकर नहीं चल सकते। चाहे वो आपका 'रिश्ता' हो या फिर आपका 'सपना' क्योंकि ये सब जिंदा चीजें हैं, साँस लेतीं, चीखतीं-चिल्लातीं, वक्त के साथ खुद के दायरे को घटातीं-बढ़ातीं। आपको हर कदम खुद को साबित करना होगा कि आप लायक हो इनके। ये हर कदम आपका इम्तिहान लेंगी, आपको तोड़ने की कोशिश करेंगी। इसलिए नहीं कि ये आपके पास नहीं रहना चाहतीं बल्कि इसलिए क्योंकि ये किसी महँगे फ्रिज जैसे आपके दिल के किसी कोने में किसी भूले हुए टमाटर की तरह सड़ना नहीं चाहतीं। यानी कि ये आपको बिखेरने की पूरी कोशिश करेंगी और इनकी हजारों कोशिशों के बाद भी अगर आप टिके रहें, तो ये भी टिकी रहेंगी और अगर आप कभी भी कमजोर हुए तो ये भी आपको कोई अच्छा-सा, वजन वाला बहाना पकड़ाकर आपके हाथों से निकल जाएँगी। अगर आप सच में चाहते हैं कि आपके ये रिश्ते या सपने हमेशा आपके साथ रहें, उसी तरह महकते रहें तो आपको हमेशा मेहनत करनी पड़ेगी। वो भी उतने ही डेडीकेशन से जितनी आप किसी खूबसूरत लड़की को पहली बार इम्प्रेस करने के लिए करते हैं।

शिफा के पीछे या यूँ कहूँ कि अपने प्यार के पीछे रितेश ने अपने फाइनल ईयर एग्जाम्स बिगाड़ डाले थे। उसे अब समझ ही नहीं आ रहा था कि वो आगे क्या करे? पर इससे इतर उसे इस बात की खुशी थी कि उस दिन शिफा के पापा

से मिलने के कुछ दिनों बाद ही शिफा ने वापस कॉल किया था उसे।

रितेश से उलट मेरा तो पहले से ही फिक्स था कि एग्जाम के खत्म होते ही मुझे दिल्ली के लिए निकलना है, सिविल सर्विसेस की कोचिंग के लिए। उस दिन मार खाने के बाद से और विधि के मुँह से बात-बात पर आदित्य की तारीफ सुन-सुनकर मैं ये तो समझ गया था कि आज अपनी कोई औकात नहीं है और अगर अपनी औकात बनानी है तो मुझे IAS ऑफिसर बनना ही है। उधर मेरी सोच के उलट मेरे दिल्ली जाने के फैसले से मेरे पापा खुश थे। उन्हें इस बात की तसल्ली थी कि वहाँ जाने के बाद कम-से-कम मैं उदयपुर और रितेश से तो दूर रहूँगा। मेरे इस फैसले से कोई सबसे ज्यादा परेशान था तो वो था रितेश। मेरे जाने के बाद उसे ये सब कुछ अकेले ही करना था। वो ये समझ ही नहीं पा रहा था कि वो ये सब करेगा कैसे? उसकी परेशानी, उसकी बेमतलब और बेवजह की चिढ़ हर बात पर मुझसे लड़ने में साफ-साफ झलक रही थी। वो मुझे रोकना चाहता था, वो मुझे कहना चाहता था कि उसे मेरी जरूरत है। पर खुद के लाख चाहने के बाद भी वो ये कह नहीं पा रहा था क्योंकि वो भी ये समझता था कि मेरे लिए मेरी जिंदगी उससे ज्यादा जरूरी है। तो धीरे-धीरे उसने भी खुद को समझा लिया कि अब मेरे बिना ही उसे ये सब मैनेज करना है।

उस शाम मेरे हजार बार ना कहने के बाद भी वो मुझे रेलवे स्टेशन छोड़ने आ ही गया। हम दोनों ने ज्यादा बातें नहीं की उस दिन। शायद इन तीन सालों में हम दोनों को एक-दूसरे की जैसे आदत हो गई थी। सच कहूँ तो मैं भी रितेश को छोड़कर जाना नहीं चाहता था। मैं तो अपनी पूरी जिंदगी ऐसे ही उधम मचाते हुए उसके साथ बिताना चाहता था। लेकिन ये वक्त बहुत ही ज्यादा कीमती था मेरे लिए, मेरे सपनों के लिए, मेरे आने वाले कल के लिए और इसीलिए मैंने खुद को मनाया था कि मैं जो ये सब कर रहा हूँ वो आगे जाकर हम दोनों के लिए अच्छा ही होगा। मैंने खुद को ये समझाया था कि वो वक्त जल्द ही फिर वापस आएगा जब हम दोनों यूँ ही साथ बैठकर लीवर फाड़ रम पिएँगे और फिर मरने की हद तक उल्टियाँ करेंगे। पर तब हमेशा से उलट उसे यूँ उदास-खामोश देखकर मैं इतना बेचैन हो गया था कि मुझे पता ही नहीं चल रहा था कि उससे क्या कहूँ? उसे क्या समझाऊँ?

''देख यार तू परेशान न हो, तेरा भाई जल्दी ही IAS बनकर वापस जाएगा और इसके बाद देखेंगे उन सालों को।'' मैंने माहौल को ठीक करते हुए रितेश

से कहा।

"वो सब छोड़ और तू बस ध्यान रखना अपना और कॉल करते रहना।" उसने बस इतना ही कहा और फिर उसने मुझे गले लगा लिया। मैंने भी उसे कसकर अपने से लगा लिया कि शायद उसे इसी से समझा पाऊँ कि मैं हमेशा उसके साथ रहूँगा, चाहे मैं जहाँ भी रहूँ। मैं तब उससे कुछ और कहता उससे पहले ही वो चला गया। उसने एक बार भी पीछे मुड़कर नहीं देखा। शायद उसकी आँखें भीग चुकी थीं और यही वो छुपाना चाहता था मुझसे।

मैं उदयपुर से जा तो रहा था पर मैंने अपना रूम खाली नहीं किया था। क्योंकि मुझे पता था कि रितेश को आज नहीं तो कल इसकी जरूरत पड़ेगी और वो अकेला इस रूम का रेंट अफोर्ड नहीं कर पाएगा। वैसे भी उस रूम में हमारी बहुत-सी यादें थीं, जिन्हें मैं किसी और के हवाले नहीं कर सकता था। इन बेजान से कमरों में हमारा कितना कुछ होता है ये हमें तभी समझ आता है जब हमें उनसे दूर जाना पड़ता है।

तब रितेश के जाने के बाद मैं और याना ट्रेन के खुलने तक वहीं बैठे रहे। उस आखिरी वक्त में एक-दूसरे को जी भर जीते रहे। देखते-ही-देखते वो ट्रेन लोहे की उस पटरी पर खिसकते-खिसकते अपनी रफ्तार पकड़ने लगी और मैं अपनी बर्थ पर लेटे-लेटे उस पूरी रात, रितेश के साथ बीते उन तीन सालों को रिवाइंड कर-करके उसके हर लम्हे को थोड़ा-थोड़ा फिर से महसूस करने की कोशिश करने लगा। मगर उन तीन सालों में इतना कुछ हुआ था कि उसको बस एक नजर देखने भर के लिए भी ये रात काफी नहीं थी और उन्हीं सब खयालों से गुजरते-गुजरते न जाने कब सुबह हो गई और निजामुद्दीन स्टेशन आ गया।

अब मुझे यहाँ से सीधा नरेश के पास जाना था मुखर्जी नगर। अब ऐसा नहीं था कि दिल्ली में मेरी पहचान का कोई और नहीं था, पर नरेश ने इस बार का मेंस लिखा था और वो भी पहले ही अटैंप्ट में तो उससे अच्छा रूममेट कोई हो नहीं सकता था मेरे लिए। वैसे भी बेमतलब भटकने से तो अच्छा है कि उनसे ही रास्ता पूछ लिया जाए जो आपसे पहले वहाँ जा चुके हैं। लेकिन शर्त ये है कि आपको उन पर भरोसा हो। मैंने उसके रूम पर जाते ही नरेश से एक ही सवाल किया कि अब क्या? पर उसने कुछ भी कहना अभी जल्दबाजी समझा। उसने सबसे पहले मुझे मुखर्जी नगर के दर्शन करवाना ही सही समझा। हम उस शाम को मुखर्जी नगर को देखने के लिए रूम से निकल गए। माँ कसम,

किसी तीर्थ स्थल जैसा नजारा था वो। जैसे किसी तीर्थ स्थल के बाहर, मंदिर के अंदर भगवान की वास्तविक मूर्ति है वैसी ही छोटी-बड़ी मूर्तियाँ और पूजा के सामान को बेचने की दुकानें होती हैं, वैसे ही वहाँ नोट्स के फोटो स्टेट्स की दुकानें थीं। जहाँ आपको किसी भी कोचिंग के नोट्स की फोटो कॉपी मिल सकती थी। मैंने मूवीज और म्यूजिक की पाइरेसी के बारे में तो सुना था पर यहाँ पहली बार नोट्स की पाइरेसी देख रहा था और वो भी खुलेआम।

मैं वैसी ही एक फोटोस्टेट की दुकान में घुस गया और देखते-ही-देखते मैंने नोटस का एक पूरा ढेर सलेक्ट कर लिया जो मुझे तब इम्पॉर्टेंट लगा। सच कहूँ तो वहाँ मेरे लिए ये चुनना ही मुश्किल था कि किसे लूँ और किसे छोड़ दूँ क्योंकि जैसे-जैसे मैं उस शॉप में आगे बढ़ता जा रहा था, वैसे-वैसे मुझे वो सब नोट्स इम्पॉर्टेंट लगते जा रहे थे जो वहाँ रखे हुए थे। मेरे उस नोट्स के ढेर को देखकर नरेश एकाएक हँसने लगा और उसने मुझे साफ-साफ मना कर दिया कुछ भी खरीदने को। मेरा तो दिमाग फटा जा रहा था कि वो सब कितने अच्छे नोट्स थे और उसने मुझे एक भी खरीदने नहीं दिया।

फिर उसने मुझे समझाया कि यहाँ नये लोग ऐसे ही भटक जाते हैं और अपना टाइम वेस्ट कर लेते हैं। उसने मुझे बताया कि वो सारे नोट्स इम्पॉर्टेंट हैं पर अभी के लिए नहीं। उसका इतना ही कहना था कि मैं समझ गया था कि यहाँ का मायाजाल अलग है भाई। मैंने तो आज तक यही सुना था कि शराब और लड़कियाँ लोगों को भटका देती हैं, उनकी जिंदगी खराब कर देती हैं पर यहाँ तो साली बुक्स भी लड़के की जिंदगी खराब कर सकती थीं। तो फिर उस समझाइश के बाद उसने मुझे एक स्पाइरल रजिस्टर खरीदकर दिया और कहा कि जाओ घूमो अब एक-एक कोचिंग इंस्टिट्यूट और देखो कि यहाँ असल में हो क्या रहा है। मैं पहले तो समझा ही नहीं कि कैसे? पर फिर उसने मुझे बताया कि यहाँ ट्रायल क्लास के नाम पर किसी भी कोचिंग इंस्टिट्यूट में एक-दो क्लासेस फ्री ले सकते हैं। पर मुझे स्टार्टिंग में थोड़ी झिझक हो रही थी तो वो मुझे पहले इंस्टिट्यूट तक छोड़ने आया और फिर तो मुझे मजा आने लगा इसमें।

तो अगले कुछ दिनों तक मैं सुबह-सुबह वैसे ही रूम से निकलता और फिर एक के बाद दूसरे, दूसरे के बाद तीसरे कोचिंग इंस्टिट्यूट में ट्रायल क्लासेज के नाम पर शाम तक पढ़ता रहता। उन ट्रायल क्लासेस में जाते-जाते, वहाँ जो लड़के पढ़ रहे हैं उनसे बातें करते-करते मैं इतना तो समझ गया था

कि मैं जो सोचकर यहाँ आया था वैसा यहाँ कुछ भी नहीं है। फिर मैंने उन इंस्टिट्यूट्स के मायाजाल से निकलकर, नरेश के बताए अनुसार ही फिलॉसफी (जो कि मेरा ऑप्शनल चुना गया था), इकोनॉमिक्स और जिओग्राफी की सेपरेट क्लासेस लगवा ली और फिर लग गया अपने सफर को सही गाइडेंस के साथ आगे बढ़ाने में।

क्लासेस और सेल्फ स्टडीज के बीच खर्च होते-होते वक्त अपनी रफ्तार पकड़ने लगा। सच कहूँ तो वहाँ सब कुछ अच्छा था और मुझे वहाँ के लड़कों की भीड़ से भी कोई खासी दिक्कत नहीं थी क्योंकि मैं पहले ही Allen में पढ़ चुका था और उसकी भीड़ के सामने तो ये भीड़ कुछ भी नहीं थी। पर दिन से उलट वहाँ की शाम मेरे लिए बहुत ही तकलीफ वाली होती थी। शाम तक मैं इतना थक जाता था कि मेरे शरीर की एक-एक सेल को रम की याद सताने लगती थी। अब ऐसा भी नहीं था कि दिल्ली में रम नहीं मिलती थी पर वहाँ वो कंपनी नहीं थी जिसके साथ मुझे पीने की आदत थी।

अगर कोई ये सोचता है कि नशा सिर्फ शराब में होता है तो उसने ढंग से पी ही नहीं कभी क्योंकि शराब का नशा भी आपको तभी मस्त कर सकता है जब वो खुद नशे में हो और उसे नशे में आपकी कंपनी लाती है, जिनके साथ बैठकर आप पी रहे होते हैं। मतलब कि वहाँ रम तो थी पर वहाँ रितेश नहीं था। उसकी वो फालतू बातें नहीं थीं। उसकी वो पागलों जैसी हरकतें नहीं थीं। दिल्ली जाकर मैं एक संस्कारी शराबी बनता जा रहा था। जो पीने के बाद खाकर चुपचाप सो जाता था। मुझे कभी-कभी तो लगने लगता कि मैंने अपने आने वाले कल के चक्कर में अपना आज बिगाड़ लिया था और उससे भी खराब बात तो ये थी कि यहाँ मेरी कोई गर्लफ्रेंड भी नहीं थी और फिर से नई बनाने की मुझमें ताकत भी नहीं बची थी। मतलब कि अब वापस से उस परम सुख की सारी जिम्मेदारी मेरे उन हाथों पर आ गई थी। असल में ये मेरे लिए वैसा ही था जैसे कोई करोड़पति एक ही रात में सड़क पर आ गया हो। दूसरी ओर अब विधि और याना से बस बात भर हो पाती थी, क्योंकि रात तक तो मैं इतना थक जाता कि बिस्तर पर गिरते ही नींद मुझे अपने आगोश में समेट लेती।

मैंने तीन सब्जेक्ट्स की एक साथ सेपरेट-सेपरेट क्लासेस लगा रखी थी और उन तीनों क्लासेस के टाइम के बीच के टाइम को निकालने के लिए वहीं एक लाइब्रेरी की मेंबरशिप ले रखी थी। मतलब कि मैं रोज रूम से सुबह 7

बजे निकलता और शाम को 7-8 बजे तक वापस रूम पर आता। पहले कुछ महीनों तक तो जोश-जोश में सब कुछ सही से चलता रहा पर बाद में ये सब कुछ बहुत हैक्टिक होने लगा। माँ कसम मैं सब काम सही से कर रहा था, क्लासेस, सेल्फ स्टडी और भी सब कुछ, पर मेरे अंदर का जो वो 'मैं' था वो कहीं गायब हो गया था। मतलब कि मेरी वो कभी न खत्म होने वाली एनर्जी ही कहीं गायब हो चुकी थी। आज कल मुझे 2-3 पेग में ही वोमिट जैसा लगने लगता और दूसरी तरफ यहाँ दिल्ली में ऐसा कोई नहीं था जिसके साथ मैं दारू के नशे में सड़कों पर घूम सकूँ, बेमतलब चिल्ला सकूँ, ठुल्लों से पंगे ले सकूँ, कोई हंगामा कर सकूँ। यहाँ कोई नहीं था जिसे मैं गले लगाकर कह सकूँ कि I love you पागल। यहाँ कोई नहीं था जो मेरे बालों को अपनी उँगलियों से सहलाकर मेरी थकान मिटा सके। यहाँ कोई नहीं था जिसके पैरों को मैं तकिया बनाकर सुकून से कुछ पल के लिए सो सकूँ।

इन्हीं सब चीजों से उलझते हुए कभी तो मेरा मन करता कि मैं जोर से चिल्लाऊँ, इतना कि जिससे या तो मेरे वोकल कॉर्ड फट जाए या फिर मेरे कान के पर्दे। कभी-कभी मेरा मन करता कि मैं किसी से लड़ाई कर लूँ, किसी को पीट डालूँ या फिर कोई आकर मुझे ही पीट डाले। पर यहाँ सब अपने काम में ही इतना बिजी थे कि कोई ऐसा कुछ करता ही नहीं कि मैं उससे लड़ सकूँ या फिर उससे मार खा सकूँ। जब मेरी ये घुटन हद से ज्यादा हो जाती तो मैं बाथरूम में जाकर खुद के ही गालों पर थप्पड़ मारने लगता और फिर वहीं खड़ा होकर घंटों तक खुद के उस लाल चेहरे को काँच में देखता रहता, उसमें कुछ-न-कुछ तलाशता रहता।

कुल-मिलाकर मेरी लाइफ मोनोटोनस हो चुकी थी और जिसकी मुझे आदत नहीं थी। मुझे यहाँ पहले से ही पता होता की सुबह में क्या होना है और फिर रात में क्या होना है। मैं यूँ ही कभी सोचने लगता कि क्या बदल गया है? मैं तो वही हूँ, तो फिर मैं यहाँ अपने लिए एडवेंचर क्यों नहीं ढूँढ़ पा रहा हूँ? क्यों मैं किसी शादीशुदा अंकल की तरह एक जैसा ही जिए जा रहा हूँ?

मैंने अक्सर लोगों को ये कहते सुना है कि आपको अपना एडवेंचर खुद ढूँढ़ना चाहिए पर मुझे नहीं लगता कि वो सही कहते हैं क्योंकि आप कभी भी अपना एडवेंचर खुद ढूँढ़ ही नहीं सकते। ज्यादा-से-ज्यादा आप एक दो पहाड़ चढ़ जाओगे, एक दो बार स्काई डाईविंग कर लोगे, एक दो बार बंजी जंपिंग भी, पर फिर क्या? अब आप रोज-रोज घर की छत से तो नहीं कूद

सकते ना!

तो अगर आप सच में एडवेंचर वाला हर दिन जीना चाहते हो तो आप ऐसे लोगों को अपने से जोड़िए, जिन्हें जिंदगी से खुराफात करना पसंद हो। जिन्हें हर सीधी बात को उल्टा करना पसंद हो। उनसे आपको बहुत सारी परेशानियाँ होंगी। कभी-कभी तो आपकी जान पर भी बन आएगी। पर वो आपके हर दिन, आपके हर घंटे को सर्प्राइज से भर देंगे। आपको हमेशा ये सोचने पर मजबूर कर देंगे कि अब क्या करूँ? वो आपको हर बार ऐसी कंडीशन में लाकर खड़ा कर देंगे जहाँ से सिर्फ अपना दिमाग इस्तेमाल करके आप नहीं निकल पाएँगे। आपको वहाँ से निकलने के लिए अपना सब कुछ लगाना पड़ेगा। अपने अस्तित्व के हर भाग को उसमें झोंकना पड़ेगा और ये वही सिचुएशन होती है जहाँ हम सबसे ज्यादा जिंदा होते हैं। वैसे भी किसी महान इंसान ने कहा है कि मौत के आने से कुछ पल पहले ही इंसान सबसे ज्यादा होश में रहता है। माँ कसम अगर ऐसे लोगों को आपने खोज लिया तो न कभी आपको बंजी जंपिंग की जरूरत पड़ेगी और न ही कभी स्काई डाइविंग की। ये लोग आपकी लाइफ की डिक्शनरी से मोनोटोनस वर्ड को निकालकर, उसका भजियाँ तलकर खा जाएँगे। ये लोग आपकी लाइफ को हमेशा के लिए एड्रीनल फटीक से आजाद कर देंगे।

मेरे पास भी ऐसा ही एक इंसान था पर मैं उसे अब अपने से बहुत दूर छोड़ आया था और उसके जाते ही मेरी लाइफ से वो सब कुछ भी चला गया जो उसका था और वही सब बचा था जो मेरा था। जिसे मैं अब आज जी रहा था। सच कहूँ तो मुझे अब कहीं जाकर ये समझ आया था कि अगर कॉलेज में रितेश मुझे नहीं मिला होता तो मेरी लाइफ हमेशा से आज जैसी ही होती। उस जिंदगी में सिर्फ उम्र होती, जान नहीं।

जब मैं दिल्ली आया तो स्टार्टिंग में रितेश ने मुझे कोई कॉल नहीं किए पर मैं उसे अच्छे से जानता था कि वो ये सब बस मुझे यही दिखाने के लिए कर रहा था कि उसे भी कुछ फर्क नहीं पड़ता। पर जैसे-जैसे वक्त गुजरता गया, वैसे-वैसे उसके फोन की फ्रीक्वेंसी भी बढ़ने लगी। उधर मेरे उदयपुर छोड़ के जाने के कुछ दिनों बाद से ही उसने अपने भाई की ठेकेदारी की फर्म ज्वाइन कर ली थी और अब वो धीरे-धीरे अच्छे से उस काम को करने भी लगा था। सच कहूँ तो मैं बहुत ही ज्यादा खुश था ये सुनकर कि वो इतनी जल्दी ठेकेदारी के काम को अच्छे से समझने लग गया था और अच्छा-खासा पैसा भी कमाने

लग गया था। मुझे सबसे ज्यादा बुरा तो तब लगता था जब वो मेरे बिना कहे ही मेरे अकाउंट में पैसे डलवा देता और मेरे पूछने पर कहता कि ये तो रिश्वत है यार! जब तू कलेक्टर बन जाए तो मेरी फर्म को ही सारे कांट्रेक्ट देना। मैं सच में खुश था कि वो अब कमाने लग गया था, कम-से-कम वो बिजी तो था। दूसरी ओर कभी शिफा के बारे में पूछने पर वो बस यही कहता कि तू उसकी टेंशन मत ले, तू बस अच्छे से पढ़, बाकी मैं देख लूँगा ये सब।

इन्हीं सब के बीच कभी-कभी वो मुझे छेड़ने के लिए, उसकी ठेकेदारी के किस्से सुनाता कि कैसे उसने और उसके पॉलिटिकल दोस्तों ने किसी अधिकारी को डराया और उससे अपना काम निकलवा लिया। उसकी ये बातें सुनकर मैं भी ताव में आकर कह देता कि वो मेरे जैसा नहीं होगा इसलिए। अगर मैं होता तो पिछाड़ी की चमड़ी उधेड़ देता तुम्हारी। सच कहूँ तो दिल्ली आने के बाद से हम किसी-न-किसी बहाने से घंटों बातें करते थे। इतनी बातें तो मैं विधि और याना को मिलाकर भी नहीं करता था, जितनी बातें रितेश से किया करता था।

उधर विधि से मेरा रिश्ता दिन-ब-दिन और भी बिगड़ता जा रहा था। वो अब मुझसे झूठ बोलने लगी थी। जब लोग आपके दिल के ज्यादा करीब होते हैं तो आप समझ जाते हैं कि वो क्या सच बोल रहे हैं और क्या झूठ। शायद वो अब मेच्योर हो गई थी। अब इसकी वजह आदित्य था या कुछ और ये तो मुझे नहीं पता पर अब वो हमारे इस रिश्ते को फायदे और नुकसान में तोलने लगी थी। मैं ये तो नहीं कहता कि ये गलत है, पर ये मेरे लिए तो बस गलत ही था। ये फेज भी सबके रिलेशनशिप में आता है जब आपका प्यार, अपना बचपना और मासूमियत छोड़ समझदारी की दहलीज पर अपना कदम रखता है। विधि शायद ये सोचने लगी थी कि जो उसे मुझसे मिल रहा था वो उसे वहीं जयपुर में भी मिल सकता था या फिर शायद उससे भी कई गुना ज्यादा अच्छा और वो भी कम रिस्क में और जब सब कुछ इतनी आसानी से पास में ही मिल रहा हो तो फालतू की मशक्कत कौन करे? इसीलिए शायद वो आजकल मुझसे बस लड़ने के बहाने ढूँढ़ने लगी थी। जो बातें उसे पहले सबसे ज्यादा पसंद थीं उन्हीं बातों को लेकर वो बेवजह मुझसे उलझने लगी थी। शायद वो असल में किसी और के साथ जुड़ना चाहती थी या फिर क्या पता तब तक जुड़ भी चुकी थी। लेकिन उससे उलट याना और मैं अभी भी साथ थे। वो आज भी अपने रिश्ते को उसी एनर्जी से निभा रही थी जैसे वो शुरुआत में निभाती थी। लड़के

अक्सर लड़कियों को लेकर जजमेंटल रहते हैं कि इस टाइप की लड़कियाँ अच्छी होती हैं, उस टाइप की खराब होती हैं जैसे कि तब मैं और रितेश थे। हमारी डिक्शनरी में याना जैसी लड़कियाँ बेकार वाली कटैगरी में आती थीं। जिन्हें सिर्फ लड़कों के पैसों से मतलब होता था या फिर सेक्स से। जिन्हें बस घूमने के लिए महँगी बाइक्स और शॉपिंग के लिए एक लोडेड डेबिट कार्ड चाहिए होता था। पर उसके साथ रहने पर मुझे पता चला कि ये सब बकवास बातें थीं। क्योंकि जितना विधि जो कि हमारे लिए अच्छी कटैगरी वाली लड़की थी वो हमारे रिश्ते को नहीं सँभाल पा रही थी उतना तो याना सँभाल रही थी।

(23)

लगभग 7 महीने हो गए थे दिल्ली में मुझे, और अब तक मैं पागल-सा हो गया था। मेरा दम घुटने लगा था अब यहाँ पर। मैं अब और ज्यादा यहाँ रह नहीं सकता था, इस तरह से नहीं रह सकता था। मैंने उस दिन कुछ भी नहीं सोचा, बस अपना बैग पैक किया और बिना नरेश को बताए ही निकल पड़ा उदयपुर के लिए। न कोई प्लान, न कोई रिजर्वेशन, न नोट्स, न कोई लौटने की डेट, बस निकल गया मैं। पर ऑटो जब तक रेलवे स्टेशन नहीं पहुँचा, तब तक मेरे दिमाग में हजारों खयाल आते रहे जो मुझे ये समझाते रहे कि अगर मैं यहाँ से चला गया तो मेरी इतने महीनों की इतनी सारी मेहनत धूल में मिल जाएगी। पर तब वहाँ कोई तो था जो उन बातों को उनकी औकात से ज्यादा मेरे दिमाग में बढ़ने नहीं दे रहा था। वो कौन था? रितेश, याना, विधि या मैं खुद। वो जो कोई भी था, पर अब ये तो तय था कि मैं अब उसे किसी भी हाल में छोड़ने वाला नहीं था।

तो तब मैंने खुद को जैसे-तैसे समझाया कि मैं भी एक इंसान हूँ, मेरा अपना भी एक अलग वजूद है। मैं खुद को ऐसे मरने नहीं दे सकता। मुझे जो नहीं पसंद वो नहीं पसंद। अगर मैं IAS नहीं बन पाया तो ज्यादा-से-ज्यादा क्या हो जाएगा? मैं ज्यादा पैसे नहीं कमा पाऊँगा, मुझे देखकर कोई सेल्यूट नहीं ठोकेगा। पर कम-से-कम इस रास्ते पर, कोई हर वक्त मेरे साथ तो होगा मुझे गले से लगाने के लिए, मेरे साथ हँसने के लिए, मेरे साथ रोने के लिए, मेरे साथ पागलपन करने के लिए, मुझे जिंदा रखने के लिए।

कहते हैं हर बीमारी की जड़ में वजह सिर्फ और सिर्फ इंसान ही होता है। इंसानों को ये समझ आ गया था कि अब वो समझदार बन गया है कि उसे कोई

जानवरों की तरह कैद नहीं रख सकता। तो उसने एक नई तरह की बीमारी निकाली, जिसे वो 'फ्यूचर प्लानिंग' कहने लगा। बस एक बार इसका वायरस किसी को लगने की देर होती है, फिर उसे न तो किसी बेड़ियों की जरूरत होती है और न ही किसी चौकीदार की। वो खुद को ही किसी कैदी की तरह कैद कर लेता है और कभी गलती से वहाँ से भाग न जाए इसके लिए चौकीदारी भी खुद ही करता है।

पर नहीं! मैं ऐसा नहीं करने वाला था, मैं इस उम्र में अपने और अपने माँ-बाप के बुढ़ापे में क्या-क्या हो सकता है, के बारे में प्लानिंग कर-करके अपना आज नहीं बिगाड़ने वाला था। मैं मरने से पहले नहीं मरने वाला था। अभी तो मुझे बहुत कुछ करना था, बकार्डी के अलावा हमने आजतक पिया ही क्या था! अभी तो बहुत सारी ब्रांड्स थीं जो हमने कभी ट्राई ही नहीं की थी, मुझे एक बार उन्हें ट्राई करना था। मुझे एक बार फिर से रितेश के साथ क्वालिटी और क्वांटिटी ऑफ सेक्स की लड़ाइयाँ करनी थीं, मुझे एक बार फिर से पिछली हार को भुलाकर आउटडोर ट्राई करना था, मुझे एक बार फिर से शराब पीकर सड़कों पर चिल्लाना था, मुझे एक बार याना को अपने नजरिये के लिए सॉरी कहना था, मुझे एक बार फिर से शिफा और रितेश के उस रिश्ते के लिए पूरी दुनिया से भिड़ जाना था।

उस दिन मैंने रितेश को भी नहीं बताया कि मैं आ रहा हूँ। साले को बड़ा वाला सर्प्राइज देना था मुझे। दूसरे दिन सुबह जब मैं उदयपुर उतरा, तो कहीं जाकर मेरी जान में जान आई। ट्रेन से उतरने के बाद कुछ देर के लिए तो मैं वहीं स्टेशन पर ही बैठ गया, मानो जैसे तब मैं अपने शहर को ये बताना चाहता था कि देखो कुछ देर लगी पर मैं आ गया। मैं खुश था कि आज मेरे पास कोई शेड्यूल नहीं था, कि कब कहाँ जाना है? कब क्या करना है? इसका कोई प्लान नहीं था। आज मैं आजाद था, मैं जहाँ चाहूँ वहाँ जा सकता था, जितना चाहूँ उतनी देर तक उस जगह ठहर सकता था। उस दिन मैंने न तो ऑटो लिया और न ही किसी फ्रेंड को रिसीव करने के लिए बुलाया। मैं बस अपना बैग पीछे टाँगकर पैदल ही चल पड़ा, उन सारी गलियों और रास्तों को एक बार फिर से निहारने, जिन्होंने मुझे आज फिर से खुद की ही कैद से आजाद किया था।

लगभग 20-25 मिनट लगे होंगे मुझे अपने रूम पर पहुँचने में, पर सच कहूँ तो ये उदयपुर की मेरी बेस्ट पैदल राइड थी। मैंने रूम में जाकर देखा तो मेरा रूम एकदम वैसा ही था जैसा मैं छोड़कर गया था। उधर टेबल पर पड़े

डेयरी मिल्क के रैपर मुझे ये बता रहे थे कि शिफा भी मेरे दिल्ली जाने के बाद आई थी रूम पर। तभी मैंने रितेश को कॉल किया और कहा कि पापा आए हैं उदयपुर और उन्हें मार्केट में कुछ काम है। तो तू बाइक लेकर पहुँच वहाँ, क्योंकि उनके पास कार है जिसे लेकर वो हर जगह जा नहीं पाएँगे। तो मैंने उसे ये सब कहकर घंटे भर में सूरजपोल आने को कह दिया।

फिर मैं भी फटाफट रेडी हुआ और ऑटो लेकर सूरजपोल पहुँच गया। कुछ ही देर में रितेश भी वहाँ आ गया। माँ कसम वो तब ऐसे तैयार होकर आया था जैसे कि मेरे पापा को आज ये दिखाकर ही रहेगा कि वो भी एक संस्कारी लड़का है। तभी मुझे ऐसे यहाँ देखकर उसे समझ ही नहीं आ रहा था कि वो कैसे रिएक्ट करे! उसके चेहरे के एक्सप्रेशंस से मुझे ये साफ-साफ पता चल रहा था कि उसे मेरे आने की खुशी भी थी और उसे इसके बारे में न बताने का गुस्सा भी और शायद इसीलिए ही वो कुछ मिनट मेरे सामने वैसे ही गूँगा बनकर रुका रहा और फिर अचानक ही अपनी बाइक स्टार्ट करके, मुझे लिए बिना ही वापस चला गया। मेरा भी दिमाग घूमने लगा कि व्हाट द फक यार! ऐसे कैसे चला गया वो? उसने लगभग 10 मिनट बाद मुझे कॉल किया और कहा, ''मैं रूम पर हूँ और तू ऑटो लेकर आजा भाई।''

उसकी ये बात सुनकर मेरा मन तो कर रहा था कि साले को ऐसी-ऐसी गालियाँ दूँ कि उसकी फट के हाथ में आ जाए, पर तब मैं करता भी क्या! वो सामने था नहीं मेरे। तो फिर मैं वापस ऑटो लेकर रूम पर पहुँचा और मैंने जाते ही उससे पूछा कि ये सब क्या था?

''यार मैं तो तेरे पापा को लेने आया था वहाँ। अब वो तो वहाँ थे नहीं, तो क्या करता मैं?'' उसने भी गुस्से भरी भी आवाज में मुझसे कहा, जिसमें गालियों का तड़का भी बराबर लगा हुआ था।

''अब तू देख साले, ये बात किसी भी हाल में भूली नहीं जाएगी और इसका सूद सहित हिसाब होगा एक दिन।'' मैंने भी अपनी ओर से बदला लेने की बात क्लियर करते हुए कहा और दूजे ही पल उसके पास जाकर उसे अपने गले से लगा लिया। मैं जानता हूँ और मैं ये पूरे विश्वास से कह सकता हूँ कि तब हम दोनों की हालत एक जैसी थी। हम दोनों उस हग के कतरे-कतरे में वैसा ही महसूस कर थे जैसे हम दोनों को अपनी आधी खोई हुई रूह अब वापस मिल गई हो और शायद वो जिंदगी भी जिसे हमने साथ मिलकर किसी बंजारे की तरह खिलखिलाकर हँसना सिखाया था।

फिर रितेश से बातें करते-करते ही मैंने याना को भी रूम पर ही बुला लिया। लगभग घंटे भर बाद वो भी रूम पर आ गई। पूरे 7 महीनों बाद अपने सामने देख रहा उसे, माँ कसम किसी बला की खूबसूरत लग रही थी वो। मुझे देखते ही, उसने रितेश की परवाह किए बिना ही भाग कर मेरे पास आकर मुझे अपनी बाँहों में भर लिया। फिर न जाने कब हमारी आँखें बंद होने लगी और हमारे होंठ अपने-अपने हिस्से की उस रौशनी को एक-दूजे में ही कहीं खोजने में व्यस्त हो गए। उसके होंठों की वो मिठास, उसके बालों से आती वो भीनी-भीनी-सी खुशबू, मुझे लगभग पागल कर देने वाली उसकी वो मदहोश-सी सिसकियाँ, उसके बाँहों की वो गुनगुनी तपिश, उसके जिस्म की वो एक अजीब ही तिलस्म ली हुई महक, पता नहीं मैं किस नशे में था तब जो ये सब कुछ छोड़कर दिल्ली चला गया था।

याना ने उस दिन मुझसे कुछ नहीं कहा। न कोई गुस्सा, न कोई नाराजगी, बस वो खुश थी कि मैं उसकी बाँहों में था। शायद उसे अब कोई शिकायत ही नहीं थी, न तो वक्त से और न ही मुझसे। तभी जैसे ही मैंने उसे सही से देखने के लिए खुद से थोड़ा-सा दूर करने की कोशिश की, न जाने क्यों पर तुरंत ही उसके आँसू निकल आए। उसके उन आँसुओं को देखते ही मैंने उससे पूछा कि क्या हुआ? तो उसने बिना कुछ कहे ही मुझे फिर से अपने गले लगा लिया। मुझे सही से तो पता नहीं पर शायद वो मुझे अपनी बाँहों में भरकर खुद को ही ये यकीन दिला देना चाहती थी कि मैं सच में वापस आ गया हूँ और अभी सच में उसकी बाँहों में हूँ। उम्र के इस पड़ाव पर अपने प्यार से इतना दूर रहकर, अपने उस रिश्ते को पूरी सच्चाई से निभाना सच में मुश्किल होता है और शायद इसी वजह से ही विधि अब ये कर नहीं पा रही थी और दूसरी ओर याना की आँखों में आज भी उतनी ही ईमानदारी और उतनी ही गहराई थी।

"क्या हुआ यार? तुम कहो तो चला जाऊ क्या वापस?" मैंने याना को छेड़ते हुए कहा और उसने भी 'ना' में अपना सिर हिला कर, मुझे और जोर से कस लिया।

तभी मैंने रितेश से शिफा के बारे में पूछा, तो वो बोला, "बात बहुत ही ज्यादा बिगड़ गई है यार, उसकी शादी होने वाली है कुछ ही महीनों में।"

ये कुछ शब्द ही थे, पर इन्हें बताते-बताते हुए उसकी आवाज बिखरने लगी थी। इतना बताते हुए शायद वो इतना टूट चुका था कि उसे खुद को सँभालने के लिए भी पीछे टेबल पर अपने हाथ टिकाने पड़ रहे थे। मुझे समझ

नहीं आ रहा था कि अब क्या कहूँ उसे? मैं समझ नहीं पा रहा था कि उसे या तो ये कहूँ कि तू टेंशन मत ले, अपन देख लेंगे उनको या फिर ये कहूँ कि छोड़ न यार! हमने कम-से-कम कोशिश तो की न! पर इतना आसान नहीं होता है किसी को कुछ समझाना, और तब तो बिलकुल भी नहीं जब उसके हाथों से उसकी जिंदगी फिसल रही हो। सच कहूँ तो मैं भी अपनी पुरानी जिंदगी के लिए वापस उदयपुर आया था और मैं अपनी आँखों के सामने इतनी आसानी से अपनी लाइफ की सबसे कीमती चीज को ऐसे बिखरने नहीं दे सकता था।

''क्या करना है बता तू? मैं साथ हूँ तेरे।'' मैंने अपने किसी भी डर से ऊपर अपनी दोस्ती को रखते हुए कहा।

''अभि हम कोर्ट में शादी कर लेंगे यार। यार हम नहीं जी पाएँगे एक दूसरे के बिना।'' उसने अपनी मोहब्बत को अपनी आँखों में उतारकर, मेरी आँखों में किसी उम्मीद को तलाशते हुए कहा।

इधर ये सुनते ही मेरा फ्यूज ही उड़ गया। मेरी आँखों के सामने तुरंत ही वो मार खाने वाली रात और वो कैफे वाला डरावना चेहरा उभरने लगा। मुझे खतरे का पूरा अंदाजा हो गया कि जो रितेश कह रहा है उसका अंजाम क्या हो सकता है! मेरी तो शायद नीचे से निकलने ही वाली थी पर पता नहीं कैसे रुक गई! मैंने तभी याना को अपने पैरो से उठाया और 'बस एक मिनट आता हूँ' ये कहकर खुद को थोड़ा हल्का करने के लिए बाथरूम चला गया। फिर कुछ देर मैंने वहीं बैठकर सोचा कि अब क्या करे यार? मैंने पूरा हिसाब पहले ही लगाना सही समझा कि हालत कितने ज्यादा बदतर हो सकते थे, कि क्या-क्या रिस्क वहाँ हो सकती थी। फिर पता नहीं उस कमोड पर बैठे-बैठे ना जाने क्या-क्या सोचकर कुछ देर बाद मैं वापस रूम में आया और रितेश से पूछा कि शिफा का क्या कहना है?

तभी जवाब में उसने बताया कि वो भी रेडी है। माँ कसम रितेश तब मुझे सीधा आग के कुएँ में कुदने को कह रहा था और वो भी बिना कपड़े पहने, और मैं क्या सोच रहा था ... पता नहीं यार! मेरे साथ यही दिक्कत थी कि अक्सर मुझे पता ही नहीं होता था कि मैं क्या सोच रहा हूँ।

''तू शिफा को बुला रूम पर, मुझे एकबार बात करनी है उससे।'' मैंने एकबार शिफा के मुँह से क्या अभी रियल कंडीशन है और क्या-क्या अभी किया जा सकता है ये सुनने के लिए रितेश को उसे रूम पर बुलाने के लिए कहा।

पर उधर न जाने क्यूँ, रितेश मेरे मुँह से इतना सुनते ही ऐसे खिल उठा जैसे कि शिफा के पापा ने शादी के लिए हाँ कह दिया हो। पर मैं शायद उसकी खुशी की गहराई और उसकी वजह को तब अच्छे से जान ही नहीं पाया। वो दोनों कोर्ट मैरिज की प्लानिंग कब से कर रहे थे, पर उसे शायद इसके लिए मेरी जरूरत थी। उसे लगता था कि वो ये सब मेरे बिना नहीं कर सकता या फिर शायद वो मेरे बिना ये करना ही नहीं चाहता था, और उसने मुझे ये सब पहले इसलिए नहीं बताया क्योंकि उसे पता था कि उसके कहने पर मैं 'हाँ' कर दूँगा और सब छोड़कर दिल्ली से यहाँ आ जाऊँगा। वो ये भी नहीं चाहता था कि उसकी वजह से मेरा फ्यूचर और मेरी लाइफ फिर से खतरे में पड़े, या फिर वो ये देखना चाहता था कि वो मेरी लाइफ में कहाँ तक है, कि मैं उसके लिए क्या और कितना कर सकता हूँ? और उस वक्त उसके चेहरे पर खिली उसकी वो खुशी मुझे बता रही थी कि उसको उसके सारे सवालों के जवाब मिल चुके थे और वो खुश था उनसे।

फिर कुछ ही घंटों में शिफा भी वहाँ आ गई। याना को वापस जाना था अपने रूम पर, लेकिन मैंने उसे ये कहते हुए वहीं रोक लिया कि मुझे उसकी आज सबसे ज्यादा जरूरत पड़ेगी।

''शिफा क्या लगता है तुझे, कोई और रास्ता है क्या जिससे तेरे पापा मान जाए?'' मैंने उम्मीद भरी नजरों से शिफा की ओर देखते हुए कहा।

''रितेश हिंदू है यार, वो किसी भी हाल में नहीं मानेंगे अभि।'' शिफा ने ये कहते हुए रितेश का हाथ थाम लिया।

''तो क्या कभी तुम्हारे यहाँ किसी मुस्लिम लड़की ने किसी हिंदू लड़के से शादी नहीं की क्या?'' मैंने पूछा।

''की है ना, पर अपने दम पर और कभी घर वाले सपोर्ट भी करते हैं तो वो भी सिर्फ पीछे से बस। लेकिन उनमें से भी बहुत-सी कहानियों का अंत अच्छा नहीं होता है अभि।'' उसने मुझे हकीकत से वाकिफ कराते हुए कहा। पर सच कहूँ तो तब मुझे उसकी बात सुनकर अचानक ही शर्मा अंकल की याद आ रही थी। उनकी बातें मुझे उस दिन से ज्यादा आज गहराई से समझ आ रही थीं।

''बाद में तो घर वाले मान ही जाते होंगे, जैसे हमारे यहाँ होता है?'' मैंने फिर से शिफा की आँखों में एक नई उम्मीद तलाशते हुए उससे पूछा।

''हाँ, अगर लड़का रेपुटेट हो तो। मतलब की किसी बड़ी पोस्ट पर हो या उसके पापा बहुत ही ज्यादा इकनॉमिकली साउंड हो तो।'' शिफा रितेश की

ओर देखती हुई बोली।

"अब ये तो कहाँ से लाए यार! ये साहब तो अपना फाइनल इयर भी सही से क्लियर नहीं कर पाए! और हाँ साले, तू कभी भी मुझे अपने घर लेकर नहीं गया! छुपा क्या रहा है तू मुझसे?" मैंने गुस्सा करते हुए रितेश से पूछा।

"यार ले चलूँगा कभी। कुछ है ही नहीं वहाँ दिखाने को तो क्यों ले जाऊँ तुझे वहाँ? और तू मुझे कब ले गया अपने घर!" रितेश ने सफाई देते हुए कहा।

"साले मेरा घर दूर है यहाँ से और तेरा उदयपुर में ही है। चल मैं तुझे आज लेकर चलता हूँ।" मैंने फिर से गुस्से को अपनी आवाज पर रगड़ते हुए कहा और मेरी बात सुनकर वो हमेशा की तरह अपना सिर नीचे करके खड़ा हो गया। उसका ये लुक मुझे बिलकुल पसंद नहीं था। जब भी कोई बात उससे हैंडल नहीं होती थी या जब कभी भी किसी मैटर में उसकी गलती होती थी, तो वो ऐसे ही मुँह नीचे कर के खामोश खड़ा हो जाता था।

"शिफा तू बता कि अब क्या चाहते हो तुम?"

"अभि हमारे यहाँ वैसे भी छोटी-छोटी बात पर तलाक हो जाते हैं। मेरी बहन का निकाह इसलिए टूटा क्योंकि लड़के को शक था कि उसका कहीं और चक्कर है, जबकि ऐसा कुछ भी नहीं था। फिर पता नहीं क्यों शादी को इतना बड़ा हऊआ बना रखा है इन्होंने! यार मैं नहीं जानती कि ये सही है या गलत, पर मैं खुश हूँ रितेश के साथ, तो मुझे उसके साथ ही रहना है और मैं ये भी नहीं कहती कि रितेश और मेरे साथ ऐसा कुछ कभी नहीं हो सकता जो मेरी बहन के साथ हुआ। पर कम-से-कम वो मेरी च्वाइस होगी, किसी और की नहीं। मैं किसी और की समझदारी जिंदगी भर अपने कंधे पर नहीं ढो सकती। अभि मुझे रितेश के साथ रहना है यार, मुझे तुम सब के साथ रहना है। मैं चाहती हूँ मेरा समाज तुम सब बनो, मेरे रिश्तेदार तुम सब बनो। अब ये जरूरी तो नहीं कि जो समाज और जो लोग सिर्फ मेरे जन्म के नाम से मुझसे जुड़ गए हों, वो मेरे लिए आज भी सही हों। मैं ये नहीं कहती कि वो सब गलत हैं, मैं उनकी इज्जत करती हूँ, उनसे ही आज मेरी पहचान है, पर अगर सोने की महँगी चेन भी दम घोटने लगे तो उसे उतारना ही पड़ता है ना! और मैं कुछ ज्यादा नहीं माँग रही यार, बस मुझे अपनी पसंद के लोगों के साथ रहना है। मुझे उनके साथ लड़ना है, झगड़ना है, कभी गुस्सा होना है तो कभी खुद सामने से नाक रगड़कर उन्हें मनाना है। मुझे उनके साथ कुछ सही डिसिजन लेने हैं तो बहुत

सारे गलत भी, कभी मुझे उनके मेरे साथ होने पर फख्र महसूस करना है तो कभी पछतावा भी।

यार मेरा भाई अपनी मर्जी से कुछ भी कर सकता है तो मैं क्यों नहीं? बस मैं एक लड़की हूँ इसलिए मैं कुछ नहीं कर सकती क्या? कोई भी अफेयर हो, उसमें लड़का भी तो होता है। अब तुम ही बताओ कि ये कितनी बार हुआ है कि किसी लड़के का कॉलेज आना-जाना बंद हुआ हो, किसी लड़के को घर के कमरे में बंद कर दिया हो! क्या लड़के घर की इज्जत नहीं होते है क्या? लड़कों की हरकतों ने अपने बाप की नाक का ठेका नहीं ले रखा है क्या? या सिर्फ हमें कमजोर समझकर घर वाले ये एक्स्ट्रा प्रोटेक्शन दे रहे हैं, ये एक्स्ट्रा रूल्स एंड रेगुलेशन लागू कर रहे हैं। और अगर सच में ऐसा है, तो मुझे बाकियों का तो पता नहीं पर मुझे ये प्रोटेक्शन नहीं चाहिए यार! नहीं यार अभि, मैं ये शादी नहीं करूँगी। तब तक नहीं जब तक मैं मान न लूँ कि ये सही है मेरे आने वाले कल के लिए, और आज मेरे लिए वो लड़का सही नहीं है।'' शिफा ने एक ही साँस में मेरी आँखों में देखते हुए इतना कुछ कह दिया।

आज सब सही थे, कोई गलत नहीं था। शिफा के पापा अपनी जगह सही थे, शिफा भी अपनी जगह सही थी, रितेश भी अपनी जगह सही था और मेरी घबराहट और मेरा डर भी अपनी जगह सही थे। अब बस बात ये थे कि हम सबको अपने-अपने सही के लिए लड़ना था। शिफा के पापा के पास उनका अपना समाज था जो उनके सही के लिए लड़ेगा, तो रितेश और शिफा के पास उनका अपना जो उनके सही के लिए लड़ेगा। बात यहाँ किसी की हार या किसी की जीत की नहीं थी, यहाँ बात तो सिर्फ उस भरोसे की थी जिसे कोई भी टूटने नहीं देगा चाहेगा, न तो शिफा के पापा का समाज और न ही उन दोनों का समाज।

''तो ठीक है यार, अब मरना ही है तो ठीक से मरते हैं फिर। हमें सब कुछ सही से प्लान करना होगा। सबसे पहले हमें ये डिसाइड करना है कि शादी कहाँ, कब और कैसे होगी।'' मैंने उनकी शादी में अपनी हाँ जोड़ते हुए और जो भी होगा वो देख लेंगे वाले ललकारे के साथ बात आगे बढ़ाई।

''वो सब तू मुझपर छोड़ दे, मैंने सब कुछ पहले से ही फिक्स कर रखा है।'' रितेश ने शायद मेरी 'हाँ' से खुश होते हुए कहा। पर मैं सही था, वो दोनों पहले से ही इस फिराक में थे कि अगर कुछ भी नहीं हुआ तो कोर्ट मैरिज कर लेंगे। वो तो अब तक बस हम बारातियों के लिए रुके थे।

"चलो एक काम तो हुआ! अब ये बताओ कि शादी के बाद कहाँ जाओगे? और पैसों का क्या होगा?" मैंने हर स्टेप को हर एंगल से सोचकर उन सबको एक-एक करके सामने रखते हुए कहा, जिससे कि हर प्रॉब्लम और उसके हर पॉसिबल सॉल्यूशन पर अभी ही खुलकर बात कर ली जाए।

"देख यार पैसों का पूरा इंतजाम मैं कर दूँगा, पर शादी के बाद कहाँ जाएँगे ये मुझे नहीं पता।" रितेश ने अपने पत्ते खोलते हुए कहा।

"मेरा एक दोस्त है पंकज, बिहार से है वो। मुझे वो कोटा मिला था, PMT कोचिंग में। मुझे भरोसा है कि वो हमारी हेल्प करेगा। वैसे भी वो ऐसी खुराफात करने में माहिर है और सबसे अच्छी बात तो ये है कि उसकी और मेरी बहुत लंबे टाइम से बात नहीं हुई है, न ही कॉल से और न ही फेसबुक से। पर मैं उससे अभी-अभी एक दिन दिल्ली में मिला था, वो भी दिल्ली में ही कोचिंग ले रहा है तो फेसबुक से उसके नंबर लेकर मैं उससे सारी बात कर लूँगा। कोई भी कभी जान ही नहीं पाएगा कि पंकज और बिहार कहीं भी तुम्हारी शादी के लिंक में है और वैसे भी शादी के बाद बिहार कौन भागता है भाई! सब अपनी गाँड़ का दम भी लगा देंगे न तो भी ये सोच नहीं पाएँगे।" मैंने अपना दिमाग लगाते हुए प्लान को आगे बढ़ाया।

"वो तो ठीक है पर हम भागे तो सबसे पहला टारगेट भी तू ही बनेगा।" रितेश ने अपनी चिंता जाहिर की।

"हाँ वो तो है, पर तेरे लिए इतना तो झेल ही सकता हूँ मैं। वैसे भी बाद में तुझे यही सब मेरे और याना के लिए करना है, तब हिसाब बराबर हो जाएगा अपना। अब तू ये बता कि उदयपुर में अपने कितने दोस्त हैं जिनसे तूने पिछले 4-5 महीनों से कोई कांटेक्ट नहीं किया?" मैंने प्लान को उसके अगले स्टेप तक पहुँचाने के लिए रितेश से पूछा। एक्चुय्ली मुझे इतना तो आइडिया था कि हम दोनों अकेले तो इस प्लान को सही से पूरा नहीं पाएँगे और ऐसे भागकर भी क्या मतलब कि दो-चार दिन में ही वो धरे जाए और इसी चक्कर में कोई मर-मरा जाए! तो मैं ये जानना चाहता था कि और कौन-कौन है जिसे हम साइलेंटली इस प्लान में शामिल कर सकते थे।

उधर दूसरी ओर मुझे पता ही नहीं चला कि मैं बातों-बातों में याना को शादी के लिए प्रपोज कर चुका था, ये बात मुझे तब समझ आई जब याना और शिफा मुझे देखकर हँसने लगीं। कुछ ही देर में रितेश भी समझ गया कि हुआ क्या है? और जैसे ही रितेश को पता चला, वो फटाक से याना के पास पहुँचा

और उससे पूछने लगा कि 'हाँ' या 'ना'?

''तुम सब पागल हो क्या? हम यहाँ कुछ इम्पॉर्टेंट मैटर डिस्कस कर रहे है यार!'' रितेश की उस पागल जैसी हरकत पर मुझे अचानक ही गुस्सा आ गया। यार यहाँ मैं इतना रिस्क लेकर, अपना सब कुछ दाँव पर लगाकर उसकी शादी की प्लानिंग फ्रेम कर था हूँ और उधर वो भागकर याना के पास पहुँच गया! हद है यार!

''चुप रे तू, इससे इम्पॉर्टेंट कुछ भी नहीं है।'' रितेश बातों की प्रायोरिटी लिस्ट सेट करते हुए बोला।

उसकी बात सुनकर मैं सोचने लगा कि क्या ये वही समाज और वही लोग हैं, जिसे शिफा अपने साथ रखना चाहती थी! ये लोग तो सही से अपनी प्रायोरिटी भी सेट नहीं कर पा रहे थे, ये क्या कुछ करेंगे उसके लिए! उधर रितेश के बार-बार पूछने पर याना ने अपना सिर मेरे कंधे पर रख, मेरे हाथ को अपने हाथों में लपेट लिया और फिर रितेश के एक बार फिर पूछने पर उसने भी 'हाँ' में अपना सिर हिला दिया। उसको बस इतना ही करने की देर थी कि रितेश पागल होने लगा कि याना ने हाँ कह दिया।

कभी-कभी तो मुझे लगता कि हम लोग सच में पागल हैं, शादी की बात ऐसे होती है क्या! और वो भी इस उम्र में! पर शायद यही पागलपन हमारी हिम्मत भी था। हमारे लिए बात चाहे कोई भी हो, वो सिर्फ एक बात ही होती थी, न बड़ी और न ही छोटी, न तो उसका कोई वक्त होता था और न ही उसे करने का कोई सही तरीका।

याना की हाँ के बाद रितेश ने आगे का प्लान भी वहीं बैठे-बैठे अनाउंस कर दिया। उसने कहा, ''आज ही तुम दोनों की इंगेजमेंट सेरेमनी होगी। अब हमारी तो हो नहीं पाई, पर तुम्हारी जरूर होगी और उसके बाद फिर बाकी सब बातें।''

मैंने तब उसे बहुत समझाया कि इसकी कोई जरूरत नहीं है यार, पर वो नहीं माना। साले ने ठेकेदारी में पैसे तो खूब कमाए थे, तो उसकी कमी तो थी नहीं। तो उसने कुछ ही घंटों में दो सिलवर रिंग्स से लेकर केक और वाइन तक, सबका बंदोबस्त कर दिया। मुझे ये सब कुछ बड़ा अजीब लग रहा था, मेरा दिमाग चीख-चीखकर कह रहा था कि ये क्या पागलपन है? पर रितेश के आगे न तो मेरी कभी चली थी और न ही कभी चलनी थी और तब तक उन बातों से याना के भी कई सारे इमोशंस जुड़ चुके थे, जिन्हें मैं किसी भी हाल

में तोड़ नहीं सकता था। तो मैं भी रितेश के उस प्लान का हिस्सा बन गया। पर तभी मुझे खयाल आया कि विधि का क्या? वो तो मेरा पहला और सच्चा प्यार है! पर जब मैंने अपने जेहन में झाँककर देखा तो वहाँ आज याना का पलड़ा भारी था। पर अब वो जो भी था, लेकिन अब मैं अपने चाहते या न चाहते हुए भी रितेश के उस पागलपन का हिस्सा था।

फिर क्या था, मैंने और याना ने एक दूसरे को रिंग्स पहनाई, फिर केक कटा और फिर वाइन ... ये सब एक तरह का पागलपन ही था, पर मैं खुश था ये देखकर कि रितेश इतनी-सी बात के लिए भी कितना एक्साइटेड था। तब मुझसे ज्यादा खुश तो वो था, मानो जैसे उसकी खुद की सही वाली इंगेजमेंट हो रही हो। पर मैं असल बात देख नहीं पाया तब, मैं रितेश के खयालों में झाँककर उनके वास्तविक बहाव को समझ ही नहीं पाया तब। रितेश अच्छे से जानता था कि जिस सफर पर वो निकलने वाला है वहाँ हमारी लाख प्लानिंग के बाद भी कुछ भी हो सकता है। क्या पता फिर कभी वो मेरे लिए कुछ कर पाए भी या नहीं! और वो चाहता था कि एक आखिरी बार मेरे लिए कुछ तो करे, और इस बात ने उसे वही छोटा-सा मौका दे दिया था।

दूसरी ओर अभी कुछ घंटों पहले मैं सिंगल था और अब इंगेज्ड, और सबसे बड़ी बात तो ये थी कि इस बात को हम चारों के अलावा कोई भी नहीं जानता था। मेरी इंगेजमेंट सेरेमनी में न मेरे घर वाले आए थे और न ही याना के। फिर भी हम खुश थे, मानो जैसे जिंदगी और उसके उसूलों को हमने मजाक बना रखा हो। जैसे हमने ये सोच ही रखा हो कि जो काम जैसे होता आया है, वैसे तो करना ही नहीं है। फिर उस पागलपन को जी कर, शाम को हमने फिर से रितेश की कोर्ट मैरिज का प्लान बनाना शुरू किया।

''रितेश, उदयपुर में अपने कितने फ्रेंड्स है जिनसे तूने 4-5 महीनों से कोई कांटेक्ट नहीं किया है।'' मैंने प्लान को आगे बढ़ाना शुरू किया।

''बहुत से है यार, पर क्यूँ?''

''देख कोई यहाँ भी तो होना चाहिए तेरी हेल्प करने के लिए। तू अकेला यहाँ सब कुछ सँभाल नहीं पाएगा।'' मैंने प्लान की जरूरतें समझाते हुए कहा।

''मतलब कि तू यहाँ नहीं रुकेगा! यार मैं ये सब अकेले मैनेज कैसे करूँगा?'' रितेश मेरी बात पर शॉक होते हुए बोला।

''देख यार, यहाँ अपने दोस्त हैं, तो मैनेज हो जाएगा। अगर मैं यहाँ रहा

तो सबसे पहला शक ही मेरे पर जाएगा और सारा प्लान ही बिगड़ जाएगा। मैं कल ही यहाँ से दिल्ली के लिए निकलता हूँ और वहाँ पंकज से बात करके बिहार में कहीं पर तुम्हारे रहने और तेरी टेंपररी जॉब का भी बंदोबस्त करता हूँ। अब मुझे तेरे लिए जॉब भी ऐसी ढूँढ़नी पड़ेगी जो एक सही रीजन लगे तेरे राजस्थान से बिहार शिफ्ट के लिए और इसके लिए किसी NGO को ही पकड़ना पड़ेगा मुझे। मुश्किल काम यहाँ नहीं है यार, मुश्किल काम तो यहाँ से निकलने के बाद है। मुझे लगता है हमें दिग्पाल और बंटी को इस प्लान में शामिल करना चाहिए, वो दोनों टफ बंदे हैं।'' मैंने प्लान की बारीकियाँ समझाते हुए कहा।

''अभि, सब सही से हो तो जाएगा न यार?'' रितेश थोड़े डर के साथ मेरी हथेली को अपने हाथों में थामते हुए बोला।

''हाँ क्यों नहीं यार! तू डर क्यों रहा है इतना! बस एक काम हम सबको सही से करना है और वो ये है कि कल से एक दूसरे से फोन पर सिर्फ नॉर्मल कॉल जैसे ही बात करनी है, और कॉल पर किसी भी हालत में इस प्लान के बारे में कोई बात नहीं होनी चाहिए। तेरे और शिफा के मोबाइल की लोकेशन आज के बाद कभी भी एक नहीं होनी चाहिए। तू अगर शिफा से मिले भी, तब भी तुम दोनों में से किसी एक का फोन या तो अपने घर रखा होना चाहिए या कहीं और। और हाँ, तुझे अपने फोन से बंटी और दिगपाल से भी किसी भी हालत में बात नहीं करनी है। वो दोनों तेरी कॉल लिस्ट में आने ही नहीं चाहिए और तुम चारों की मोबाइल लोकेशन भी किसी भी हाल में एक जगह नहीं मिलनी चाहिए। शादी वाले दिन भी कोर्ट में बंटी और दिग्पाल नहीं आने चाहिए। मैं भी तुम्हारी शादी की डेट से 10-15 दिन पहले ही कोई क्लास ज्वाइन कर लूँगा, जिससे कि मैं इंस्टिट्यूट की CCTV फुटेज में दिखता रहूँ।

बस एक बार तुम बिहार पहुँच जाओ, उसके बाद तो सब सेट है। मैं दिल्ली से ही तुम्हारी इंफॉर्मेशन लेता रहूँगा। पर तुझे मेरे नंबर पर कॉल करने की कोई गलती नहीं करनी है। अपनी बात कैसे होगी वो सब पंकज देख लेगा। और हाँ, तुझे इतने रुपये कैश लेकर जाने हैं कि जितने में तू वहाँ सब सेट कर सके और 2-3 महीने आराम से निकाल सके। एक और काम तुझे करना है और वो ये है कि तुझे अपने किसी भरोसे वाले आदमी का डेबिट कार्ड अरेंज करना है, जिसमें तू पहले ही कुछ पैसे और डिपॉजिट करवा सके। मतलब कि तुम्हें यहाँ

से भागने के बाद किसी भी हाल में अपना डेबिट कार्ड कहीं भी इस्तेमाल नहीं करना है, तुम्हें बस उसी आदमी का डेबिट कार्ड हमेशा इस्तेमाल करना है। देख रितेश, भागने के जितने भी प्लान आज तक फेल हुए हैं, उनमें से ज्यादातर तो सिर्फ पैसों की कमी के कारण ही फेल हुए हैं। तो मैं नहीं चाहता कि ये सब तुम्हारे साथ हो। तो एक डेबिट कार्ड तो अरेंज करना ही है तुझे, जिसमें तेरी जरूरत के हिसाब से हम भी वक्त-वक्त पर पैसे डलवा सके। पर याद रहे कि वो आदमी एक तो भरोसे वाला होना चाहिए, दूसरा तेरे रिलेशन में कोई नहीं होना चाहिए और तीसरा तेरा कोई नजदीक का दोस्त भी नहीं होना चाहिए। एक और बात कि तेरे बिहार जाने से पहले मुझे वहाँ तेरे रहने और किसी NGO में तेरी जॉब का बंदोबस्त करना है, तो उसके लिए थोड़े बहुत पैसों की जरूरत पड़ेगी मुझे। तो वो पैसे तुझे मेरे दिल्ली वापस जाने से पहले, यानी कि कल शाम से पहले कैसे भी अरेंज करने हैं, और फिर दिल्ली जाकर जैसे ही सब अरेंज होता है वैसे ही मैं अपने किसी और फ्रेंड के नंबर से दिग्पाल को उन सब डिटेल्स के साथ इन्फॉर्म कर दूँगा और फिर तुम उस डिटेल्स के हिसाब से शादी की डेट फिक्स कर लेना और उसी नंबर पर दिग्पाल के साथ-साथ मुझे इंफॉर्म करवा देना।'' मैंने पूरा प्लान उसे समझाते हुए कहा।

रितेश और शिफा मेरे प्लान से खुश थे और उधर मुझे भी मेरे प्लान पर पूरा भरोसा था कि यहाँ पर तो सब कुछ रितेश, बंटी और दिग्पाल सँभाल लेंगे और बिहार पहुँचने के बाद मैं और पंकज। जब किसी को कोई लिंक ही नहीं मिलेगा तो कोई क्या उखाड़ सकता है! वैसे भी भागकर बिहार कौन जाता है! अब बस उन्हें शादी की डेट फिक्स करनी थी, बाकी सब सेट था या फिर मेरे दिल्ली जाते ही हो जाना था।

उस दिन प्लान बनाते-बनाते, उसकी हर बारीकियों को डिस्कस करते-करते टाइम ज्यादा हो गया था। शिफा को अपने घर के लिए निकलना था। रितेश कुछ वक्त उसके साथ अकेले रहना चाहता था, क्योंकि आज के बाद तो वो शायद उनकी शादी वाले दिन ही मिलने वाले थे। बिछड़ना हमेशा मुश्किल होता है, चाहे वो कुछ घंटों या दिनों के लिए ही क्यों न हो, और यही तब उन दोनों के साथ भी हो रहा था। मैंने अपना पूरा दिमाग इस्तेमाल करके ऐसा प्लान बनाया था, जो मेरे हिसाब से एकदम सटीक था। बस अब यही देखना था कि ये काम कैसे करेगा।

उन दोनों को एक-दूसरे के साथ अकेले छोड़कर मैं और याना घूमने चले

गए। वैसे भी हमारी आज इंगेजमेंट हुई थी तो हमें भी कुछ वक्त अकेले बिताना था। हमने आज कैंडल लाइट डिनर का प्लान बनाया था और रात साथ बिताने का भी। सुबह से हमें टाइम ही नहीं मिल पाया था एक-दूसरे से बात करने का, तो हम चाहते थे कि रात में आराम से एक-दूसरे से जी भर बातें करें। वैसे भी कल शाम मुझे वापस दिल्ली के लिए निकलना था, तो कुल-मिलाकर हम दोनों के पास बस आज की रात और कल के दिन का ही वक्त था।

तो उस शानदार डिनर के बाद हम दोनों वापस रूम पहुँचे और फिर कुछ देर बाद याना कहने लगी, "अभि तुम इतना कुछ जो कर रहे हो, क्या वो सही है? तुम यहाँ अपनी उस जिंदगी से परेशान होकर, अपने कितने महीनों की मेहनत को छोड़कर आए थे और अब इतनी जल्दी ही उसी जिंदगी में वापस जा रहे हो, और वो भी सिर्फ रितेश के लिए! अगर उसकी शादी के चक्कर में तुम फँस गए तो? अगर कोई पुलिस का मैटर हो गया तो? अगर शिफा के घर वालों ने तुम्हें फिर पीटा तो? अभि ऐसा बहुत कुछ है जो तुम कितनी भी कोशिश करके भी प्लान नहीं कर सकते, और उनका रिजल्ट भी कुछ भी हो सकता है। इस प्लान के साथ तुम्हारा पूरा फ्यूचर दाँव पर लगा हुआ है, तुम्हें पता है ना?"

"मुझे पता है यार, पर मैं उसे ऐसे अकेला नहीं छोड़ सकता। याना तुन्हें पता है कि बहुत ही कम चीजें हमारी जिंदगी में ऐसी होती हैं जिन्हें पाने के लिए हम अपनी जिंदगी एक ही पल में दाँव पर लगा सकते हैं, और प्यार भी उनमें से ही एक है। आज उसे जरूरत है मेरी और मैं अब पीछे नहीं हट सकता। उसके बिना इतने महीने रहकर देखा है मैंने यार, उसके बिना कोई मजा ही नहीं है। मुझे उसके लेवल का कोई पागल मिल ही नहीं सकता कभी, जो मुझे जिंदा रख सके, जो मुझे पागल बनाकर रख सके। मुझे उस पर पूरा भरोसा है कि अगर उनकी जगह आज हम दोनों होते, तो वो भी हमारे लिए यही सब कर रहा होता, और जब इतने सब लफड़ों में हम साथ-साथ निकल ही गए हैं तो इसमें भी निकल ही जाएँगे। मुझे अपने प्लान पर पूरा भरोसा है, बस तुम मेरे साथ रहना। तुम्हें तो पता है न कि मैं ये सब कुछ तुम्हारे बिना नहीं कर सकता।" मैंने अपने दिल का हाल उसे बताते हुए कहा, जो तब उसे कतई भी सही नहीं लग रहा था।

पर अगर मैं हर एंगल को देखकर बात करूँ तो याना का डर भी सही था और उसकी चिंता भी। मैं सच में रितेश के लिए अपना सब कुछ दाँव पर

लगाने जा रहा था। पर मैं क्या करता! मुझे ये भी पता था कि अगर मैं रितेश को मना कर देता तो वो मुझे कभी भी इस मैटर में नहीं घसीटता, और शायद मुझे माफ भी कर देता। वो भी ये समझता है कि सब कुछ हर किसी के बस की बात नहीं होती है, और ये जरूरी भी नहीं है कि हर कोई जो हमसे प्यार करता है, हमारी केयर करता है, वो हमारे हर काम में हमारा साथ भी दे। शायद मैं अच्छे से कुछ समझ नहीं पा रहा था तब, या फिर उस रात की मार एक जिद के रूप में हमारे अंदर आज भी कहीं-न-कहीं बह रही थी जो ये नहीं चाहती कि जिसके लिए वो सब हुआ, वो किसी और के साथ चली जाए। मैं नहीं बता सकता क्यूँ। पर मैं इस बात के लिए तो श्योर था कि मैं अब पीछे नहीं हटने वाला कि रितेश और शिफा की शादी तो होकर रहेगी चाहे शिफा का बाप कुछ भी क्यों न कर ले। उस पूरी रात मैं इसी कशमकश में सो ही नहीं पाया। मैं पूरी रात खुद से सवाल करके और खुद ही उनके जवाब देकर खुद को ये समझाता रहा कि सब कुछ सही से हो जाएगा और कुछ बात बिगड़ी भी तो फिर तब की तब देख लेंगे।

(24)

रात भर सो न पाने की वजह से मेरी आँखें भारी हो रही थीं। नींद आने के अभी भी दूर-दूर तक कोई आसार नहीं दिख रहे थे। मैंने इस हालत में बिस्तर छोड़कर उठ जाना ही बेहतर समझा और फिर कुछ और न सूझने पर याना को रूम पर ही छोड़कर मैं बाहर टहलने निकल गया। सुबह-सुबह का उदयपुर हमेशा से ही मुझे बहुत ही ज्यादा खूबसूरत लगता था और उससे भी ज्यादा मुझे इसकी सवेरे वाली हल्की-हल्की ठंड पसंद थी। उसी ठंड को अपनी साँसों में लिए मैं कुछ देर तक वैसे ही चलता रहा, उदयपुर को रात की चादर उतारकर सुबह की भीनी-भीनी-सी रौशनी में नहाते हुए निहारता रहा। पर तभी मुझे ये खयाल आया कि आज शाम की ट्रेन से तो मुझे दिल्ली के लिए वापस निकलना है और मुझे तो ये भी नहीं पता कि अब वापसी कब होगी। इस खयाल के दिमाग में आते ही मैंने तुरंत उदयपुर की अपनी हर फेवरेट जगह पर जाने का फैसला कर लिया। फिर मैं तुरंत प्रभाव से वापस रूम पर गया और बाइक लेकर फिर से निकल पड़ा अपने शहर की मोहब्बत को निहारने, उससे बातें करने।

इस शहर को फिर से छोड़कर जाना मेरे लिए वैसा ही था जैसे कोई स्वर्ग

को छोड़कर वापस भीड़-भाड़ से भरी इस धरती पर आ रहा हो। पर बात मेरे दोस्त के प्यार की थी, तो जाना तो था ही। लगभग 5 बजे मैं अपने रूम से निकला था और मुझे वापस आते-आते 10 बज गए। आते वक्त मैं अपने साथ याना का फेवरेट वड़ा-पाव भी लेकर आया था। मोहतरमा अब तक सो रही थीं। उसे तब उठाने से पहले मैंने उसके लिए कॉफी बनाना ही ठीक समझा क्योंकि मुझे ये अच्छे से पता था कि बिना कॉफी के उसे लाख उठाने पर भी वो हर बार वापस लुढ़क जाएगी। उसके लिए कॉफी बनाकर, मैं उसे उठाने उसके पास गया। उसे नींद से उठाना और उसके लिए मॉर्निंग कॉफी बनाना, मेरे फेवरेट कामों में से एक थे। उसकी शक्ल नींद से लड़ते हुए हमेशा इतनी क्यूट हो जाया करती थी कि उसे देखते-देखते मैं शायद अपनी पूरी जिंदगी बिता सकता था। दूसरी ओर वो भी हमेशा उसे उठाने पर खुद उठने के बजाय मुझे ही अपने पास बिठा दिया करती और मेरे कंधे पर अपना आधी नींद से भरा सिर रखकर अपनी पहली कॉफी खत्म करती। मैं कभी-कभी सोचता भी कि इन लम्हों को हमेशा अपने साथ रखने के लिए मैं क्या कर सकता हूँ ? और मेरा जवाब हमेशा यही होता कि कुछ भी और वो भी बिना एक पल के लिए सोचे। तो ऐसे ही कई पल रितेश और शिफा के लाइफ में भी तो होंगे, जिनके लिए वो भी कुछ भी करने को तैयार होंगे और अगर उनके उन लम्हों को बचाने के लिए उन्हें मेरी जरूरत पड़े तो बताओ मैं कैसे ना कह सकता था उन्हें!

उधर मैं आते वक्त बुकिंग वाले के वहाँ से अपनी टिकिट भी साथ ले आया था और जब याना की नजर उस टिकिट पर पड़ी तो वो थोड़ी सैड-सी हो गई और मेरे पास आकर मुझसे चिपककर मेरी गोद में सो गई। मैं समझ सकता था कि वो नहीं चाहती थी कि मैं इतनी जल्दी वापस चला जाऊँ, पर शिफा की शादी में अब ज्यादा वक्त नहीं था और मुझे दिल्ली जाकर बहुत कुछ अरेंज करना था। इसीलिए मेरे पास अब एक भी दिन यहाँ और रुकने का वक्त नहीं था क्योंकि किसी भी रीजन से अगर पंकज वाला कुछ सेट नहीं हो पाया तो इस कंडीशन में सब कुछ फिर से प्लान करने के लिए मुझे थोड़े और वक्त की जरूरत पड़ेगी और वो एक्स्ट्रा वक्त यहीं से बचाया जा सकता था। सच कहूँ तो मैं तब कोई भी चांस नहीं लेना चाहता था क्योंकि मेरी एक भी गलती शिफा और रितेश के लिए बहुत भारी साबित हो सकती थी। तो याना को हग कर लेने और उसके उन इमोशंस को 'हम जल्द ही वापस मिलेंगे' की दिलासा देने के अलावा तब मैं कुछ भी नहीं कर सकता था।

उस दिन फिर हमने वहीं बिस्तर पर पड़े-पड़े खूब सारी बातें की। किसी दिन हम भी हमारी शादी के लिए ऐसे ही एक्साईटेड होंगे ऐसी उम्मीदों भरी कई दुआएँ हमने हमारे आने वाले कल को दी। पर कहते हैं कि हमारे पास जब वक्त कम होता है तभी हम उसकी रफ्तार से आगे निकलकर, उसी थोड़े से वक्त में बहुत कुछ समेट लेने की कोशिश करते हैं और शायद तब हम दोनों भी यही कर रहे थे। फिर मैं तैयार होकर दिग्पाल और बंटी से बात करने के लिए उनके रूम पर जा पहुँचा और फिर रितेश की शादी का पूरा प्लान, एक-एक बारीकी के साथ मैं उन्हें समझाने लगा। मैं खुश था कि वो भी हमारा साथ देने के लिए रेडी हो गए थे और दूसरी तरफ उन्हें मेरा प्लान भी बहुत ही अच्छा और बहुत ही सेफ लगा था।

उनसे बात करके मेरी खुशी तब दुगुनी हो गई थी और मुझे अपने प्लान पर भी अब पहले से ज्यादा भरोसा होने लगा था। रूम पर वापस आते ही याना ने मुझसे कहा कि वो अपने रूम जाना चाहती है, ताकि वो स्टेशन जाने से पहले तैयार हो सके। तो मैंने उसे उसके रूम पर छोड़ा और फिर रितेश को कॉल किया ताकि वो पैसे लेकर थोड़ा जल्दी ही यहाँ आ जाए, जिससे कि हम थोड़ा-बहुत और उस प्लान को डिस्कस कर लें, कहीं कुछ अगर छूट भी गया हो तो उसे भी एक बार फिर से सरसरी निगाहों से देख लें। उधर रितेश ने कॉल रिसीव करते ही कहा कि पैसों का अरेंजमेंट हो गया है और वो आधे घंटे में पैसे लेकर रूम पर पहुँच जाएगा। मैं अपना बैग पहले ही पैक कर चुका था, तो मेरे पास अब रितेश के आने तक का फ्री टाइम था। तो मैंने ये टाइम अपनी फेवरेट टी शॉप पर, अपनी फेवरेट चाय के एक प्याले के साथ बिताने का सोचा और इसीलिए मैं पहुँच गया वहाँ।

अगर दिनभर की भागदौड़ ने कहीं अपना सुकून छुपाया होगा तो मुझे पूरा भरोसा है कि वो जगह हो-न-हो चाय की दुकान ही होगी, क्योंकि यहाँ बैठे-बैठे, कुछ सोचते-सोचते घंटे कैसे बीत जाते हैं पता ही नहीं चलता। मैं भी घंटे भर तक यहीं बैठा-बैठा कभी अपने खयालों से, तो कभी अपने प्लान की बारीकियों से उलझता रहा। शाम के 7 बजे की ट्रेन थी मेरी और अभी मेरी घड़ी 6:15 दिखा रही थी। अब तक याना का कॉल आ चुका था कि वो तैयार हो चुकी है पर रितेश का अभी तक कोई अता-पता नहीं था। तो मैंने उसे जल्दी बुलाने के लिए कॉल किया, पर साला वो मेरा कॉल रिसीव ही नहीं कर रहा था। मुझे लगा कि शायद वो सीधा रेलवे स्टेशन ही आएगा, वैसे भी वो अपनी

अलग इम्पोर्टेंस दिखाने के चक्कर में हमेशा ही कुछ उल्टा-सीधा ही करता रहता था और दूसरी ओर वो अपनी शादी को लेकर कुछ ज्यादा ही एक्साईटेड था और उसे ये भी पता था कि उन पैसों के बिना उसकी शादी होनी नहीं है, तो उसे उन पैसों को मुझे देने के लिए झक मारकर वहाँ आना ही था। मैंने रितेश को मैसेज कर दिया कि हम स्टेशन जा रहे हैं, तू सीधा वहीं पर आकर हमसे मिल और फिर मैं और याना कुछ ही देर में स्टेशन पहुँच गए और फिर वहीं रितेश का वेट करने लगे। सच कहूँ तो मुझे रितेश को सब कुछ एक बार फिर से समझाना था कि कैसे और क्या-क्या करना है, और ये भी कि शिफा को कॉल से कॉन्टेक्ट करने कि कोई गलती नहीं करनी है और न ही दूसरे दोस्तों को। क्योंकि मुझे रितेश पर कहीं-न-कहीं डाउट था कि वो मेरे बिना यहाँ ये सब सही से कर पाएगा भी या नहीं, और इसीलिए दिल्ली जाकर कुछ भी करने से पहले तब उसकी आँखों में मुझे वो सीरियसनेस और वो भरोसा देखना जरूरी था।

इधर याना की शक्ल वक्त के साथ-साथ और भी ज्यादा उतरती जा रही थी। वो वहाँ स्टेशन पर भी मुझे यही मनाने की कोशिश कर रही थी कि मैं बस एक दिन और रुक जाऊँ। मैं भी दिल से उसके पास रुकना चाहता था पर मैं ये जानता था कि बीतता हर दिन मेरे जाने के प्लान को और भी ज्यादा मुश्किल बनाता जाएगा और मेरे लिए यहाँ से जाना बहुत ही ज्यादा तकलीफदेह हो जाएगा। शायद इसलिए ही मैं चाहकर भी उसके पास नहीं रुक सकता था। तभी ट्रेन के डिपारचर की अनाउंसमेंट हो हुई पर रितेश का अभी भी कोई अता-पता नहीं था। मुझे तो डर लग रहा था कि वो साला कहीं ज्यादा लेट न हो जाए। सच कहूँ तो मुझे उस पर तो पूरा भरोसा था, पर उसकी हरकतों पर रत्ती भर भी नहीं था। दूसरी ओर मैं ये भी अच्छे से जानता था कि उसकी एक गलत हरकत मेरे पूरे प्लान पर पानी फेर सकती थी और अगर ऐसा हुआ तो सबसे पहले मैं ही फँसने वाला था। रितेश को लेकर मैं अभी तक श्योर नहीं था कि वो ये सब कर पाएगा भी या नहीं कि वो इतने दिनों तक शिफा से बिना बात किए रह पाएगा भी या नहीं।

तभी ट्रेन का हॉर्न बजा और उसने धीरे-धीरे खिसकना शुरू कर दिया। याना और मेरी नजरें अभी भी गेट की ओर ही थी और मेरे दिमाग में बस यही चले जा रहा था कि रितेश कैसे भी वो पैसे मुझ तक पहुँचा दे फिर उसे समझाना-वमझाना तो बाद में भी होता रहेगा। लेकिन उधर ट्रेन धीरे-धीरे

अपनी रफ्तार पकड़ने लगी पर वो साला फिर भी नहीं आया। याना मुझे बार-बार कह रही थी आप ट्रेन में चढ़ जाओ, शायद वो कही फँस गया होगा। पर मेरा दिल न जाने क्यों मुझे बार-बार यही कह रहा था कि एक आखिरी बार तो उससे बात किए बिना मुझे यहाँ से नहीं जाना चाहिए और मुझे वो पैसे भी तो लेने थे उससे, उसके बिना तो कुछ काम वैसे भी नहीं होना था।

माँ कसम तब मुझे रितेश पर इतना गुस्सा आ रहा था कि मेरा मन तो कर रहा था कि साले की जान निकाल लूँ। हम दोनों यहाँ उसके लिए परेशान हो रहे थे और वो पता नहीं कहाँ गायब था। मुझे इतना तो भरोसा था कि वो इस वक्त जो भी कर रहा था वो कोई-न-कोई फालतू काम ही होगा। पर अब मेरे पास कुछ भी और सोचने का वक्त नहीं था। मैं दौड़कर ट्रेन में गया और अपना बैग लेकर चलती ट्रेन से बाहर कूद गया। इधर याना मुझे वापस देखकर खुश थी और अगर सच कहूँ तो कहीं-न-कहीं मैं भी कि चलो एक दिन और मुझे उसके साथ रुकने को मिलेगा। लेकिन दूसरी ओर तब रितेश पर मुझे बहुत ही ज्यादा गुस्सा आ रहा था। मैंने सोच लिया था कि बस वो एक बार मेरे सामने आ जाए फिर मैं उसकी शादी करवाता हूँ! मैं ये भी सोच चुका था कि मेरी अगली टिकिट का सारा खर्चा भी वही देगा।

उसके इतना लेट होने की वजह से मुझे पूरा यकीन हो गया था कि वो साला शिफा के साथ ही होगा और मैं अब इस बात के लिए भी मन बना चुका था कि अगर ऐसा हुआ तो मैं उसे अब साफ-साफ कह दूँगा कि अब मैं तेरे साथ नहीं हूँ भाई कि मेरा अब इस प्लान से कोई लेना-देना नहीं है। इधर ऑटो में बैठा-बैठा मैं ये सब बातें तब गुस्से-गुस्से में याना से बोले जा रहा था। पर अब वो भी क्या कर सकती थी। वो भी बस चुपचाप मेरे कंधे पर अपना सिर रखकर, मेरी बड़बड़ सुने जा रही थी और बीच-बीच में हूँ, हाँ किए जा रही थी। क्योंकि शायद उसे भी ये पता था कि रितेश की उस रोती हुई शक्ल को देखकर मेरा गुस्सा कुछ ही देर में से शांत हो जाएगा और उसे बस दो-चार गालियाँ देकर मैं वापस से उसे, उसी इन्वॉल्वमेंट के साथ पूरा प्लान एक बार फिर से समझाने बैठ जाऊँगा और ज्यादा-से-ज्यादा रात की ड्रिंक्स का खर्चा उससे करवाऊँगा।

रूम पर आते ही याना ने मेरे मूड को देखते हुए मेरे लिए कॉफी बनाई। पर आज कॉफी का कैफीन काफी नहीं था मेरा गुस्से को सँभालने के लिए। मैं बस रितेश को गालियाँ देने के लिए पागल-सा हुआ जा रहा था पर वो मेरा और

याना दोनों का कॉल रिसीव नहीं कर रहा था। शायद उसे खतरे का अंदाजा हो गया था कि आज उसकी लगने वाली है। उसका नंबर ट्राई करते-करते रात के 10 बजने को आए थे और उसका अभी तक कोई अता-पता नहीं था। मुझसे अब रहा नहीं जा रहा था। मैंने अपने प्लान की ऐसी-तैसी सोचकर याना को कहा कि शिफा को काल करके पूछे कि कहाँ हैं उनके शहजादे? याना ने मेरे बढ़ते गुस्से को देखकर तुरंत ही शिफा को कॉल किया और उससे रितेश के बारे में पूछा। पर शिफा को भी उसके बारे में कुछ पता नहीं था। इधर ये सुनते ही मेरी टेंशन धीरे-धीरे और बढ़ने लगी और मैंने थक-हारकर उसके पापा को कॉल कर दिया। पर आज तो जैसे हद ही हो गई थी। उसके पापा भी मेरा कॉल रिसीव नहीं कर रहे थे। मैंने उनके नंबर पर एक-दो बार और ट्राई किया, पर हर बार रिजल्ट एक जैसा ही रहा। तभी रात को 11 बजे के आस-पास दिग्पाल का कॉल आया और वो कहने लगा कि रितेश का एक्सीडेंट हो गया है और एट द स्पॉट उसकी डेथ हो गई है यार। इधर मैं पहले से ही गुस्से में था तो रितेश के हिस्से की सारी गालियाँ मैंने उस पर निकाल दी, और दूसरी ओर मुझे गुस्सा इस बात पर भी आ रहा था कि जब उसे मैंने पहले ही मना किया है कि मुझे और रितेश को कोई कॉल न करे तो फिर वो क्यों कॉल कर रहा है मुझे। बस उनमें से किसी की भी एक गलती और रितेश की शादी का सारा प्लान बेकार हो जाना था। पता नहीं ये लोग कब समझेंगे इस बात को।

तभी कुछ देर बाद याना के फोन पर चित्रा का कॉल आया और वो भी यही कह रही थी कि रितेश की डेथ हो गई है। दूसरी बार ये सब सुनकर मेरा दिमाग फटने लगा और मैं बस उसके नंबर पर पागलों की तरह कॉल करने लगा पर मेरी हजारों कोशिशों के बाद भी कोई मेरा कॉल रिसीव ही नहीं कर रहा था। देखते-ही-देखते मेरी साँसें फूलने लगीं। न जाने क्यों पर अचानक ही मेरी आँखों से आँसू निकलने लगे। मुझे पता था कि ये सब उस साले का प्लान है मेरे गुस्से से बचने के लिए, मेरी गालियों से बचने के लिए। पर मुझे अंदर ही अंदर कहीं एक अंजाना-सा डर भी लगने लगा था क्योंकि आज ये पहली बार था जब वो मेरा कॉल रिसीव नहीं कर रहा था। हमारी पहले भी बहुत लड़ाइयाँ हुई थीं, भयंकर से भयंकर वाली भी, पर वो मेरा कॉल तो हर हाल में रिसीव करता था चाहे उसे उसके बाद कितनी भी गालियाँ क्यों न सुननी पड़े।

आखिरकार जब मुझसे रहा नहीं गया तो मैंने अपनी बाइक निकाली और याना को लेकर मैंने अपनी बाइक उसके घर वाले एरिया की तरफ भगाई।

किस्मत देखो मेरी! वो साला आज तक मुझे कभी अपने घर नहीं ले गया था। पर मुझे वो गली पता थी जहाँ मैं उसे हमेशा रिसीव करने आता था। तो मैंने वहाँ जाकर लोगों से किसी एक्सीडेंट के बारे में पूछा, पर वहाँ किसी को भी उस एक्सीडेंट के बारे में कुछ पता नहीं था। ये सब देख-सुनकर मेरी जान में जान आई और मैंने खुद को जैसे-तैसे थोड़ा बहुत रिलेक्स किया कि चलो कुछ उल्टा-सीधा नहीं हुआ है। लेकिन रितेश का अभी भी कोई अता-पता नहीं था और यही सब दुबारा सोच-सोचकर मेरा गुस्सा और मेरा डर फिर से हर सेकंड के साथ-साथ बढ़ने लगा, और मैं अपना सिर पकड़कर वहीं सड़क के किनारे बैठ गया। उधर याना भी परेशान थी कि ये सब क्या हो रहा है? तभी याना ने मुझसे कहा कि अगर ऐसा हुआ है तो उस एरिया के पुलिस स्टेशन पर इसकी पूरी इनफार्मेशन होगी ही। उसे चित्रा ने बताया था कि उसका एक्सीडेंट रामपुरा चौराहे के पास हुआ है। मैं और याना भागकर मल्लातलाई पुलिस स्टेशन पहुँच गए। वहाँ जाकर पता चला कि किसी पिए हुए ड्राईवर ने उसकी बाइक पर बस चढ़ा दी थी और उसकी वहीं एट द स्पॉट डेथ हो गई थी। उन्होंने आगे हमें ये भी बताया कि उस वक्त उसके साथ एक बैग भी था, जिसमें कुल 42 हजार रुपये थे।

उस कॉन्स्टेबल के मुँह से ये सब सुनकर मुझे समझ ही नहीं आ रहा था कि मैं अब क्या करूँ? ये सब लोग कह रहे थे कि रितेश अब नहीं है, पर मैंने तो कुछ घंटों पहले ही उससे बात की थी। वो पैसे लेकर मेरे पास ही तो आ रहा था। उसने कहा था कि वो बस आधे घंटे में आ रहा है। तो वो ऐसे कैसे मर सकता है! मेरी हालत ये सब सोच-सोचकर बद-से-बदतर होती जा रही थी और उधर याना भी ये सुनते ही रोने लगी। फिर पता नहीं मुझे क्या हुआ कि मैं अचानक ही हँसने लगा। मुझे पता नहीं तब क्या हो रहा था पर मुझे बस हँसी आ रही थी कि वो साला अब नहीं रहा कि अब मुझे अपने फ्यूचर की चिंता करने की कोई जरूरत नहीं थी क्योंकि अब तो मेरे प्लान की ही कोई जरूरत नहीं थी। मैं हँसे जा रहा था और बस हँसे जा रहा था।

तभी याना ने शिफा को कॉल किया। उसे भी चित्रा ने बता दिया था कि रितेश अब नहीं रहा। उधर उस पुलिस वाले ने मेरी हालत देखकर मुझे पानी लाकर पिलाया और कहा कि उसके घर वाले हमें मेडिकल कॉलेज के मौचरी के बाहर मिलेंगे। ये सुनते ही याना मुझे कहने लगी कि चलो हम वहाँ चलते हैं पर मुझमें इतनी हिम्मत ही नहीं थी कि मैं वहाँ जा पाऊँ। उसे ऐसे देख

पाऊँ। सच कहूँ तो मैं वहाँ जाना ही नहीं चाहता था। उसे ऐसे बेजान सोए हुए देखना ही नहीं चाहता था। सच कहूँ तो मैंने उसे अभी तक उसकी आज की हरकत के लिए गालियाँ नहीं दी थी और चाहे कुछ भी क्यों न हो जाए पर वो मेरी गालियाँ सुने बिना मर नहीं सकता था और ऐसे कौन मरता है यार! ये भी कोई तरीका होता है क्या!

मेरे दिमाग में तब बहुत कुछ चल रहा था। जिसे मैं न तो समझ पा रहा था और न ही पचा पा रहा था और शायद इसलिए ही तब मैंने याना के हॉस्पिटल जाने की बात को इग्नोर करके अपनी बाइक को सीधा वाइन शॉप पर रोका। ये वही शॉप थी जहाँ से हम अक्सर ब्लैक में शराब खरीदते थे। हमेशा की तरह आज भी मैंने रम की पूरी बोतल ले ली। उधर याना भी तब तक ये समझ चुकी थी कि वो आज मुझे किसी भी हाल में रोक नहीं सकती है और उसने ये करने की हिम्मत भी नहीं की।

मैंने रूम पर जाकर हमेशा की तरह दो ग्लास में पेग बनाए। एक मेरा हल्का वाला और एक उसका ज्यादा रम कम पानी वाला। रितेश हमेशा कहता रहता था कि स्टार्टिंग के दो पेग हमेशा स्ट्रॉन्ग होने चाहिए जिससे कि शराब को भी ये पता चल जाए कि हमें बहकाने की उसकी औकात नहीं। पर वो तो साला टंकी था उसका क्या बिगड़ता! यही सोचकर मैंने उसकी बातों में न आकर आज भी अपना पेग हल्का ही बनाया था। पर मैंने उसके पेग के साथ कोई चीटिंग नहीं की थी। वो बिलकुल वैसा ही था जैसा वो हमेशा पीता था। देखते-ही-देखते मैं अपने एक के बाद एक पेग खत्म करता गया और वो भी बिना किसी चखने के, पर उधर वो साला आज पहली बार अपने पहले पेग में ही अटका हुआ था। पर तब मैंने उसे कुछ नहीं कहा, पर जैसे-जैसे मुझे चढ़ने लगी वैसे-वैसे उसकी इस हरकत पर मुझे गुस्सा आने लगा और तभी मैं उस पर जोर से चिल्लाया कि साले पीता क्यों नहीं है तू! देख मैं भी पी रहा हूँ न तो तू भी पी। तू आज शराब खत्म हो जाने की चिंता मत कर, तेरा भाई है ना! वो फिर जाकर ले आएगा। तू जितना मन चाहे उतना पी मेरे भाई और तू उल्टी हो जाने की चिंता भी मत कर। तेरा भाई है ना! वो रूम साफ कर लेगा, तू बस पी।

मेरे इतना चिल्लाने और इतना सब कुछ कहने के बाद भी उस ग्लास से थोड़ी-सी भी शराब कम नहीं हुई और ये सब देखकर मेरा कलेजा फटने लगा। शायद तब तक मैं कहीं-न-कहीं ये मान चुका था कि अब सामने वाली जगह

पर कभी भी मेरा वो पागल दोस्त नहीं बैठेगा कि अब मैं हमेशा बड़े आराम से, बिना इस डर के कि रितेश जल्दी-जल्दी सारी पी जाएगा, अपनी शराब पी पाऊँगा। शायद तब तक मैं ये भी मान चुका था कि अब मेरी लाइफ बड़े आराम से, बिना किसी लफड़े के गुजर जाएगी और ये भी कि अब से इस कमरे का रेंट भी मुझे अकेले ही देना होगा कि अब से मुझसे बिना पूछे कोई मेरे अकाउंट में मेरे खर्चे के लिए पैसे नहीं डलवाएगा कि अब कोई भी मुझसे एक फालतू बात के लिए नाराज नहीं होगा कि अब मुझे मेरे गुस्से के डर से वो नीचे झुकी शक्ल कभी भी नहीं दिखेगी। शायद तब तक मैं ये मान चुका था कि रितेश अब मर चुका है कि अब वो कभी वापस नहीं आएगा।

उस रात मैंने अकेले ही वहाँ बैठकर पूरी रात पी। याना भी पूरी रात मेरे पास ही बैठी रही और कहती रही कि अभि प्लीज थोड़ा रो लो, सब ठीक हो जाएगा। पर शायद उसे पता नहीं था कि रितेश की मौत के साथ ही मेरी लाइफ का सब कुछ पहले ही ठीक हो चुका था। मतलब कि अब मेरी जिंदगी में ऐसा कुछ था ही नहीं जिसे मुझे ठीक करना पड़े या जिसे ठीक करने की मुझे कोई जरूरत हो।

सुबह जब मैं उठा तो सब कुछ शांत हो चुका था। मेरा वो रूम जो उसकी बेमतलब की बातों और उसकी अजीब-सी हँसी से पक चुका था वो अब शांत हो चुका था। मेरा वो दिमाग जो उसकी शादी के प्लान को सँभालते-सँभालते थकने लगा था वो अब शांत हो चुका था। मेरी वो रूह जिसे उसकी शरारतों और उसके फितूर के बिना रहने की आदत नहीं थी वो अब शांत हो चुकी थी और मेरी वो दोस्ती जिसको जिंदा रखने वाला अब हमेशा के लिए सो चुका था वो अब शांत हो चुकी थी। सुबह जब मैं उठा तो सच में सब कुछ शांत हो चुका था।

उधर रितेश के शरीर को आज जलाने वाले थे। दिग्पाल सुबह से ही मुझे कॉल किए जा रहा था वहाँ जाने के लिए। लेकिन मैं वहाँ नहीं जाने वाला था। मेरे लिए मेरा दोस्त आज भी जिंदा था, बस वो मुझसे नाराज था कि कल मैंने उसे अकेला छोड़ दिया था कि कल वो बाइक पर अकेला था, क्योंकि हम दोनों ये अच्छे से जानते थे कि वो मेरे बिना एक भी काम ढंग से नहीं कर सकता था। तो वो नाराज था मुझसे कि कल उसे बचाने के लिए मैं कोई भी प्लान नहीं बना पाया। वो मरा उससे भी ज्यादा मुझे गुस्सा इस बात का था कि वो ऐसे मरा। पर शायद याना सही थी, हम चाहे कितनी भी कोशिश क्यों न कर लें पर कुछ

बातें हम कभी भी प्लान नहीं कर सकते। हम चाहे जिंदगी को कितना भी कम क्यों न आँके, पर जो उसके हाथ में है वो उसके ही हाथ में है। वहाँ न कभी किसी की चली है और शायद न ही कभी किसी की चलेगी।

मैंने न तो उसे बेजान लेटे हुए आखिरी बार देखा और ना ही मैं उस दिन उसे जलाने श्मशान गया। मैं बस वहीं रूम पर बैठा-बैठा पूरे दिन पीता रहा, हम दोनों की फेवरेट वाली ब्रांड। दिग्पाल ने बाद में मुझे बताया कि वहाँ कॉलेज के सब दोस्त आए थे और रितेश के पापा भी मेरे लिए पूछ रहे थे। उसने ये भी बताया कि शिफा भी वहाँ आई थी और वो सबके सामने उसकी बॉडी से लिपटकर खूब रोई। हमारे यहाँ लड़कियाँ श्मशान नहीं जातीं पर शिफा रितेश के साथ-साथ श्मशान तक गई। रितेश के समाज वालों के लाख मना करने के बाद भी उसे रितेश के पापा वहाँ तक लेकर गए।

पर मुझे कोई अफसोस नहीं था कि मैं वहाँ नहीं गया क्योंकि मेरा ये पागलपन और मेरी ये अकड़ ही रितेश को पसंद थी। हम कभी भी वो नहीं करना चाहते थे जो बाकी लोग किया करते थे। तो उस दिन कैसे मैं उसे नाराज कर देता और वो भी सिर्फ इसलिए कि वो अब मेरी इस हरकत पर हँसने के लिए, मेरी इस हरकत पर मुझे चिढ़ाने के लिए यहाँ नहीं है। अरे नहीं रे! मैं मेरे दोस्त के उसूलों को किसी भी हाल में नहीं टूटने दूँगा, कभी भी नहीं। और हाँ, चाहे लोगों ने, उसके घर वालों ने, उसके बाकी दोस्तों ने, याना ने, शिफा ने कुछ भी किया हो पर मैं एक आँसू नहीं रोया। क्योंकि हम दोनों तो बेकार की बातों पर रोने वाले लोग थे। इतनी बड़ी बात पर रोना तो कभी हमने सीखा ही नहीं था। तो मैं उस साले के लिए रोकर उसे एक बार और जीतने देने वाला नहीं था। क्योंकि मुझे पता था कि अगर उसने मुझे ऐसा करते देख लिया तो उसके बाद तो वो मुझे चिढ़ा-चिढ़ाकर मेरी नाक में दम कर देगा, मेरा जीना ही हराम कर देगा।

रितेश के मरने के बाद मैं कुछ दिन उदयपुर ही रुका रहा। याना के पास ही रुका रहा। पर अब यहाँ वो नहीं था जिसके लिए मैं दिल्ली और अपने IAS के सपने को छोड़कर आया था। अब न जाने क्यूँ, पर उदयपुर मुझे दिल्ली-सा ही लगने लगा था। तो कुछ दिनों बाद मैं और याना फिर से उसी ट्रेन के सामने खड़े थे जिसके सामने हम उस दिन उसका इंतजार कर रहे थे। मेरी आज वाली टिकिट रितेश को खरीदनी थी क्योंकि उस दिन उसकी वजह से मैंने अपनी ट्रेन छोड़ी थी। पर आज भी टिकिट मैंने ही खरीदी थी और इस बात के लिए किसी

पर गुस्सा करने की, किसी से नाराज होने की आज मेरे पास कोई वजह नहीं थी। क्योंकि मैं ये जानता था कि मैं आज उसका चाहे कितना भी वेट क्यों न कर लूँ, उसे कितने भी कॉल क्यों न कर लूँ, पर वो नहीं आने वाला था।

इधर याना मेरे दर्द और मेरी खामोशी को अच्छे-से समझ रही थी। उसने खुद को मेरे पास रखने के लिए मेरे हाथ को अच्छे-से पकड़ रखा था। पर तब उसकी पकड़ इतनी मजबूत थी कि मुझे लगने लगा था कि वो ताकत शायद रितेश लगा रहा था। शायद वो मुझसे कह रहा था, "सॉरी यार, आ नहीं पाया मैं। तू बस अपना ध्यान रखना और जल्दी ही कलेक्टर बन के वापस आ जाना। मैं तुझे यहीं मिलूँगा, उसी चाय की थड़ी पर, उसी शराब के ठेके पर, उन्हीं गालियों की आवाजों में, उसी अपने कमरे की बेसुरी हवाओं में। तू बस अपना ध्यान रखना यार! आई विल मिस यू यार, सच में बहुत सारा!"

(25)

रितेश की डेथ वाली बात को पूरे 2 साल हो चुके थे और मैं आज फिर से उसी रूम में खड़ा था जहाँ कभी वो कमीना मेरे साथ हँसता था, रोता था। लीवर फाड़ दारू पीता था और फिर मरने की हद तक उल्टियाँ करता था। मैंने यहाँ से दिल्ली जाने के बाद भी इस रूम को खाली नहीं किया था और करता भी कैसे! इसमें मेरा दोस्त आज भी तो रहता है। क्या पता कभी बोर होकर वो यहीं रहने आ जाता हो। यहीं पीने आ जाता हो। और मैं किसी और को हमारी यादों के साथ कैसे खेलने देता! शायद इसीलिए मैंने आज तक इस रूम में कुछ भी चेंज नहीं किया। बिस्तर की जगह तक भी नहीं।

आज शाम शिफा की शादी का रिसेप्शन था और हमें वहीं जाना था। मैं शिफा से आखिरी बार तब मिला था जब वो और रितेश मेरे रूम पर साथ थे। जब हम उनकी शादी का प्लान बना रहे थे। रितेश की डेथ के बाद शिफा ने मुझसे बहुत बार बात करने की कोशिश की, मगर मैंने उससे कभी भी बात नहीं की। क्योंकि मुझे पता ही नहीं था कि मैं क्या बात करूँगा उससे! क्या कहूँगा उसे! क्या समझाऊँगा उसे! क्या रीजन दूँगा उसे कि क्यों मैं उस दिन वहाँ नहीं आया! कि क्यों मैं अपने दोस्त को आखिरी बार देखने, उसे छोड़ने नहीं आया! पर अभी महीने भर पहले एक दिन शिफा ने मुझे अपनी शादी का कार्ड मेल किया और उसने साथ में लिखा था कि मैं चाहती हूँ कि इस दिन मेरा वास्तविक समाज, मेरे वास्तविक रिश्तेदार मेरे साथ हों। तो मैं अपने लाख

न चाहने के बाद भी उसकी शादी के दिन उसे कैसे अकेला छोड़ देता! अब ऊपर जाकर मुझे रितेश को अपना मुँह भी तो दिखाना था!

मैं वहाँ खड़ा-खड़ा इन्हीं खयालों में उलझा हुआ था कि उतने में याना भी तैयार होकर आ गई और मैं तो पहले ही तैयार था तो हम फिर पहुँच गए उसके रिसेप्शन में। मुझे पहले तो हल्का-सा डर था कि कहीं शिफा के भाई मुझे वहाँ देखकर गुस्सा न हो जाएँ लेकिन फिर मैंने सोचा कि आज मुझे रितेश के लिए वहाँ जाना ही था।

वहाँ जाने के बाद हम सीधा शिफा के स्टेज की ओर गए और मुझे देखते शिफा की आँखों में तुरंत ही आँसू आ गए। लगभग दो सालों के बाद मुझे देखा था उसने। सच कहूँ तो बहुत ही ज्यादा खूबसूरत दिख रही थी वो बिलकुल किसी परी की तरह और दिखती भी क्यों ना, आखिर मेरे भाई की पसंद थी वो और उसकी पसंद तो हमेशा से खास ही रही थी। तब शिफा ने मुझसे कुछ नहीं पूछा, बस मुझसे लिपटकर रोती रही वो। याना ने उसे बड़ी मुश्किल से सँभाला। मैं जानता था कि तब उसके आँसुओं में और उसकी उस खामोशी में कई सवाल थे। पर उनका जवाब जो दे सकता था वो तब मेरे साथ था नहीं।

धीरे-धीरे उसकी आँसुओं की उस नमी ने मेरे गुजरे वक्त को कुरेदना शुरू कर दिया और मेरा वो गुजरा वक्त मेरी आँखों के सामने फिर से जिंदा हो उठा। अगले ही पल मैंने भी शिफा को अच्छे से अपनी बाँहों में भर लिया और कुछ ही देर में मेरे आँसुओं का वो सैलाब जिसे शायद मैं पिछले दो सालों से रोके हुए था, मेरी आँखों से आहिस्ता-आहिस्ता पिघलना शुरू हो गया। शायद मैं तब इसलिए टूट गया था क्योंकि आज मेरे यार का प्यार, जिसके लिए न जाने हमने क्या-क्या नहीं किया था, वो किसी और का होने जा रहा था और मैं बस वहाँ खड़े-खड़े उसे किसी और के साथ जाते देखने के अलावा कुछ भी नहीं कर सकता था।

कुछ देर बाद मैंने आहिस्ता से शिफा को अपने से अलग किया और उसके चेहरे को अपने हाथों में लेकर बोला, ''सॉरी यार, आज मैं अकेला हूँ और तुम तो जानती हो ना कि मैं अकेले तुम्हें रोक नहीं पाऊँगा।'' बस मैं यही कह पाया उससे और मैंने फिर से उसे अपने सीने से लगा लिया। मेरा दिल मुझे कह रहा था कि रितेश यहाँ होता तो वो भी शिफा को ऐसे ही गले लगा रहा होता या फिर यहाँ हंगामा खड़ा कर दिया होता उसने तो।

मेरे हाथ में एक लिफाफा भी था जिसमें कुल छब्बीस हजार रुपये थे,

जिसे रितेश ने जब मैं दिल्ली में था तब बिना मुझे बताए ही मेरे अकाउंट में डाले थे। उसने कहा था कि जब मैं कलेक्टर बन जाऊँ तब उसे ये सूद सहित वापस लौटा दूँ। लेकिन मैं अब तक कलेक्टर बना नहीं था और मुझे ये भी नहीं पता था कि अगर बन भी गया तो इन पैसों को मैं लौटाऊँगा किसे! शायद इसे शिफा को लौटाना ही बेहतर था क्योंकि मेरे बाद अगर उन पर किसी का हक था वो सिर्फ शिफा थी। तब उस लिफाफे को उसे देते वक्त शिफा ने मुझे उन पैसों के बारे में पूछा भी, पर मैं उससे बस इतना ही कह पाया कि ये उसका उधार था मुझ पर जो शायद आज उतर गया है।

फिर मैं और याना उसकी पूरी शादी तक वहीं बैठे रहे और जिसका कन्यादान हमें करना था उसे किसी और के साथ जाते देखते रहे। मुझे पूरा यकीन था कि वो साला यहीं कहीं बैठकर सब कुछ देख रहा होगा। पर आज वो कुछ भी उल्टा-सीधा करेगा नहीं। क्योंकि वो भी अपने प्यार की शादी कैसे खराब कर सकता है! मुझे तो ये भी पता था कि वो यहाँ से निकलने के बाद, एक रम की बोतल खरीदेगा और मेरे पास आकर कहेगा कि यार दिमाग खराब हो गया साला, चल लगाते हैं अब...

***

जो अब भी है...

आज भी मेरी और याना की उँगली में वो सिल्वर रिंग वैसे ही चमक रही है, जैसे उस दिन रितेश ने हमें लाकर दी थी। हमने आज तक उस रिंग और हमारे उस रिश्ते को रितेश की एक याद के तौर पर सँभाल कर रखा हुआ है। अब मैं याना की और भी ज्यादा केयर करने लगा हूँ, उससे और भी ज्यादा प्यार करने लगा हूँ। वो कभी-कभी गुस्सा जरूर हो जाती कि अब मैं पहले की तरह एक्टिव नहीं रहता, मजाक-मस्ती नहीं करता, पर शायद अंदर-ही-अंदर वो भी ये जानती है कि अब वो मेरे साथ नहीं है जिसकी वजह से मैं हर बार कुछ-न-कुछ नया तमाशा खड़ा कर दिया करता था। साला अगर वो होता तो हमारी अब तक शादी करवा चुका होता या फिर शायद ब्रेकअप।

उधर विधि, जो रितेश की वजह से ही मेरी लाइफ का हिस्सा बनी थी, वो अब किसी और के साथ है। जैसे हमने हमारे रिश्ते की शुरुआत में एक-दूसरे को ऑफिशियली प्रपोज नहीं किया था, वैसे ही हमने कभी एक-दूसरे से ऑफिशिय्ली ब्रेकअप भी नहीं किया। बस सही वक्त पर हम दोनों ने ये मान लिया कि अब हम इस रिश्ते को आगे नहीं बढ़ा सकते। पर हम आज भी अक्सर बातें करते हैं। वो अब मुझे अपने ब्वायफ्रेंड के साथ वाले पिक भेजती है और मैं, मेरे और याना के। मैंने बहुत बार कोशिश भी की इस रिश्ते को पूरी तरह से खत्म करने की, पर आज तक कभी कर नहीं पाया। शायद कुछ रिश्ते एक्सपायरी डेट के साथ नहीं आते, वो किसी-न-किसी बहाने से बस चलते रहते हैं।

सच कहूँ तो मैं आज भी जब रितेश के बारे में सोचता हूँ तो मुझे दुःख से ज्यादा फख्र होता है। क्योंकि हमने कभी भी जिंदगी को काटा नहीं था। हमारे हिस्से में जितना भी वक्त था उसे हमने हमारी पूरी अकड़, हमारे पूरे पागलपन से जिया था। हमने हर बार अपना ही किया था, चाहे वो लाख गलत ही क्यों न हो। उस दिन शिफा को वो लिफाफा देते वक्त मुझे लगा था कि अब रितेश का सारा उधार मुझ पर से उतर गया है, पर शायद मैं गलत था। आज जब मैं हमारी कहानी के आखिरी शब्द लिख रहा हूँ, तो मुझे अपनी गहराइयों तक ये महसूस हो रहा है कि आज कहीं जाकर उसका उधार मेरे सिर से उतरा है।

साले, अगर तू सुन रहा हो तो सुन

Miss You Yaar... बहुत सारा!